U0139842

詩盡人間興

杜诗学研究的传承与探索

刘晓亮 著

凤凰出版社

图书在版编目（ＣＩＰ）数据

诗尽人间兴 ： 杜诗学研究的传承与探索 / 刘晓亮著
. -- 南京 ： 凤凰出版社，2024.1
ISBN 978-7-5506-4017-7

Ⅰ. ①诗… Ⅱ. ①刘… Ⅲ. ①杜诗－诗歌研究 Ⅳ.
①I207.227.423

中国国家版本馆CIP数据核字(2023)第241059号

书　　　　名	诗尽人间兴：杜诗学研究的传承与探索
著　　　者	刘晓亮
责 任 编 辑	李　霏
装 帧 设 计	陈贵子
责 任 监 制	程明娇
出 版 发 行	凤凰出版社(原江苏古籍出版社) 发行部电话025-83223462
出版社地址	江苏省南京市中央路165号,邮编:210009
照　　　排	南京凯建文化发展有限公司
印　　　刷	江苏凤凰数码印务有限公司 江苏省南京市栖霞区尧新大道399号,邮编:210038
开　　　本	890毫米×1240毫米　1/32
印　　　张	9.625
字　　　数	268千字
版　　　次	2024年1月第1版
印　　　次	2024年1月第1次印刷
标 准 书 号	ISBN 978-7-5506-4017-7
定　　　价	89.00元

(本书凡印装错误可向承印厂调换,电话:025-57718474)

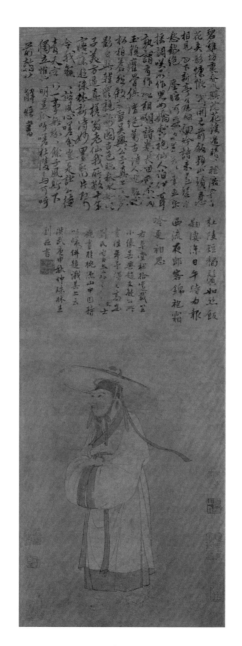

元　赵孟頫　杜甫像轴　藏于故宫博物院

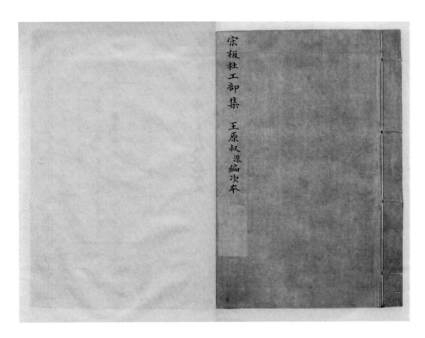

上海图书馆藏宋本《杜工部集》封面

杜工部集記

翰林學士兵部郎中知制誥史館修撰太原王洙　撰

杜甫字子美襄陽人徙河南鞏縣曾祖依藝鞏令祖
審言膳部員外郎父閑奉天令甫少不羈天寶十三
年獻三賦召試文章授河南尉尉辭不行改右衛率府
冑曹天寶末以家避亂鄜州獨轉陷賊中至德二載
竄歸鳳翔謁肅宗授左拾遺詔許至鄜迎家明年收
京扈從還長安房琯罷相甫上疏論琯有才不宜廢
免肅宗怒貶琯邠州刺史出甫為華州司功屬關輔
亂弃官之秦州又居成州同谷自　　　　　　　　採招
不給遂入蜀卜居成都浣花里復適東川久之召補
京兆府功曹以道阻不赴欲如荊楚上元二年間嚴
武鎮成都自閬州挈家往依焉武歸朝廷甫浮遊左
諸郡往來非一武再鎮兩川甫為節度參謀撿校
工部員外郎賜緋永泰元年夏武卒郭英乂代武崔
旰殺英乂楊子琳柏正節舉兵攻旰蜀中大亂甫逃
至梓州亂定歸成都無所依乃泛江遊嘉戎次雲安
移居夔州大歷三年春下峽至荊南又次公安入湖南
沂沅相泝遊衡山寓居未陽嘗至嶽廟阻暴水旬日
不得食未陽聶令知之自具舟迎還五年夏一夕

上海图书馆藏宋本《杜工部集》　书影一

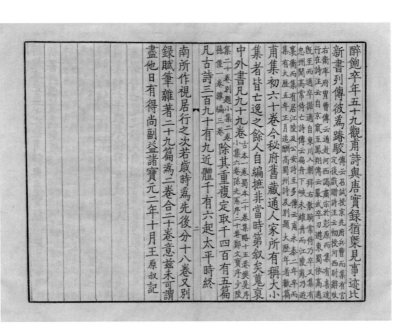

醉飽卒年五十九觀甫詩與唐實錄猶槩見事迹比

新書列傳彼爲蹐駮定後藏贈詩云初投河西幕而集者官
右衞率府胄曹傳云通此河西兵曹京兆府兵曹遷司京兆尹
行在官詩云自京竄至鳳翔西閣傳云高適武功尉有嘉遑
飽至而通卒原據武元功西閣傳云嚴武卒刀遊東蜀依有嘉遑
忠州閒傳云據高常侍傳七詩傳云入朝拜右散騎常侍卒而
衰衞而集有居江陵及公安詩主多傳云旅舟至多愁有居
集褧有大歷五年正月遇耦高蜀州詩云夏永泰二年卒而
凡古詩三百九十有九近體千有六起太平時終

甫集初六十卷今秘府舊藏通人家所有稱大小
集者皆亡逸之餘人自編撫非當時第叙矣蒐哀
中外書凡九十九卷古本一卷劉本十五集略十五卷獎昊序
集二十卷別題小集二卷小集六卷陳光蒉序二卷鄭文寶序少陵
孫僅一卷雜編三卷除其重複定取千四百有五篇

南所作視居行之次若歲時爲先後分十八卷又別
録賦筆雜著二十九篇爲二卷合二十卷意慈未可謂
盡他日有得尚副益諸寶元二年十月王原叔記

上海图书馆藏宋本《杜工部集》　书影二

目　录

前　言

　　杜甫是我国最伟大的诗人之一，留存至今的 1455 首诗歌，经过历史的淘洗，至今仍散发其诱人的魅力。自晚唐而今，人们编刻杜诗、传播杜诗、学习杜诗、研究杜诗，不仅将杜诗以及中国古典诗歌发扬光大，更积累了丰厚的研究文献。而放眼未来，围绕杜诗本身及大量的杜诗学文献的阐释和研究，还将继续成为我们的精神建构资源，成为我们的学术积累。

一、杜诗学研究的历程

　　"杜诗学"一词首见于金人元好问的《杜诗学引》一文中，但对杜甫、杜诗的评价，在杜甫生时及死后短时间内已经出现。杜甫在世时影响较小，但也得到了友朋的评价与关注。华文轩先生所编的《古典文学研究资料汇编·杜甫卷》，始于杜甫的同时代人王维、李白；杜诗中提到的严武、韦迢、任华、郭受等，也都有和杜诗、怀杜诗；自中唐开始，孟郊、韩愈、张籍等，开始将杜甫、杜诗作为一个"问题"来评价。而元稹所作《唐故工部员外郎杜君墓系铭并序》，可以说是对杜甫及杜诗的比较全面的"第一次画像"。自此而后，杜甫的声名如星星之火，仿佛黎明前的微光，也似长卷的引首，逐渐成了燎原之势，迎来了光芒万丈，展开了壮丽优美的画卷。

　　关于中国古代杜诗学研究，许总先生在其《杜诗学发微》中总结为四个阶段：中晚唐是肇始期；宋代是兴盛期；金元是过渡期；明清是总结期。这种从大的趋势上来鸟瞰杜诗学的发展，在杜诗学研究史上还是第一次，但杜诗学研究实际，并不能够如此简单划分。宋代固然是杜诗研究的兴盛期，出现了杜诗的辑佚、编辑、注解等，但宋人已开始做了"总结性"工作，那便是发源自黄氏父子的"集千家注"。而元代刘辰翁儿子刘将孙的门人高楚芳编辑刘辰翁的《集千家注杜工部诗》，这本书通行元、明两朝，直到明末清初钱谦益等人注杜之作行世后，刘辰翁的注才消歇。此外，所谓的"兴盛"也值得商榷。翻开目前通行的几种杜诗学书目，可以看到宋代的杜诗学书目数量远不及明代、清代，尤其是清代。

清代是中国古代社会的"总结期""集大成期"，杜诗学也不例外。宋、元、明三朝积累了丰富的杜诗学文献，清人想要着鞭于此，就不得不跟前人展开"对话"，从而形成一种总结。我们今天很容易把仇兆鳌的《杜诗详注》作为杜诗学的集大成之作，但在仇兆鳌之后，如浦起龙的《读杜心解》，其实称得上总结之外的一种独到和创新。更何况清代还有大量在体例、实践上具有创新意味的杜诗学著作。总之，大的发展趋势中又有特殊性的存在，这是杜诗学发展的实际情况。

20世纪以来，杜诗学作为传统学术的一支并没有因为时代的更替而中断，反倒是随着研究群体的职业化、研究人员的扩大化、研究文献的普及化、研究方法的多元化，而声名日隆，成果越积越多。

进入21世纪，杜诗学研究一如既往，承前启后，成为中国古典学的一部分，共同描绘着传统学术与现代人们的精神蓝图。

二、杜诗学研究的内容

中国古典诗歌的研究中被作为一门学问来对待的，有《诗经》学、《楚辞》学、乐府学、《文选》学、唐诗学等等，不仅有相关的学术团体，还有相应的专业性学术期刊，积累了各种各样的研究成果。杜诗学既可以算作唐诗学中的一部分，又"独木成林"。那杜诗学都研究什么？我们不妨先看一下什么是唐诗学。

唐诗学研究大家陈伯海先生在《唐诗学书系·总序》中概括说：

　　从题目上看，这套"书系"的特点即在于标示出"唐诗学"的

"学"字，这并不意味着我们要吹法螺，拉大旗，刻意抬高自己著作的地位，乃是切切实实地表明我们的宗旨，即以治专门之学的态度来对待唐诗研究，而不停留于一般的事象考证或作家、作品论析。唐诗研究自属整个古典文学研究中的有机组成部分，但它又有自身的独特性能所在，将其定位为"唐诗学"，就是要把它同古典文学研究领域里的"诗经学""楚辞学""乐府学""词学""曲学"一样视作一项专门的学问，从学科建设的高度来清理其历史资源，以掌握其整体构架。①

这套《唐诗学书系》包括《唐诗书目总录》《唐诗总集纂要》《唐诗论评类编》《唐诗学文献集粹》《唐诗汇评》《唐诗学史稿》《唐诗学引论》《意象艺术与唐诗》等八种。将"唐诗"作为一项专门的学问来对待，这也是杜诗学的学理内涵。所以，许总先生说：

> 仅据清代几种通行书目粗略统计，自宋至清，整理、笺释杜诗的专门著作即达一百一十余种，一千一百一十余卷；其他各家文集、各种诗话中的专门论述，更难以数计。不仅杜集形成编年、分类、集注、评点等各种类型和系统，而且对杜诗的分析、论说也形成各种观点和学派。杜诗研究实际上已成为一种专门之学。②

张忠纲先生在《山东杜诗学文献研究·绪论》中曾提及詹杭伦、沈时蓉所写的《元好问的杜诗学》一文。詹、沈二人认为元好问的《杜诗学》一书应包含三部分内容：一、元好问之父及其师友有关杜甫的言论；二、有关杜甫生平的资料；三、唐及北宋以来有关杜甫及其诗作的评论。詹、沈二人指出：元好问的《杜诗学》是以杜诗辑注之学为其根柢，以杜诗谱志之学为其线索，以唐、北宋、金诸家论杜为其参

---

① 陈伯海主编：《唐诗学书系》，上海：上海古籍出版社，2015年。
② 许总著：《杜诗学发微》，南京：南京出版社，1989年，第1页。

照,确实是一部博综群言、体例完备的杜诗学专著。张忠纲进而提道:

> 我们今天借用其"杜诗学"一词,所涵内容与其或有不同。杜甫是中国古典诗歌的集大成者,具有承前启后、继往开来的伟大意义。因此,对杜诗学的研究,一直是新时期杜甫研究的一个热点,出版了不少著作,发表了大量论文。大家认为,研究杜诗学史,应包括杜甫所受前人的影响及其对后世的影响,还应包括对后世研究杜甫著作的再研究与再评价。①

也就是说,杜诗学研究不仅包含研究杜甫及杜诗,还包括杜甫之研究者之研究,这即是所谓的学术史研究。

学术界对杜诗学的探讨自 20 世纪 90 年代以来绵延不断,笔者在这里认同傅光先生的总结。傅光先生在《论杜学的定义与内涵》一文中总结说:

> 学术意义上的杜学在内涵上应包括以下内容:
>
> 一、传世杜甫作品的整理诠释;二、理论阐释角度的杜甫研究;三、文艺批评角度的杜甫研究;四、杜甫研究史料的考订整理;五、杜甫研究及其发展的研究。
>
> 非学术意义上的杜学除以上内容外,还应包括以下内容:
>
> 一、历代有关杜甫的文物遗存。所谓文物遗存,是指历代保存至今的有关杜甫的遗址(如杜甫故居、杜甫墓等)、纪念物(如杜公祠等)、传世的杜集版本及稿本等。
>
> 二、不同文化形式的各种表现。所谓不同文化形式的表现则指文学、吟诵、书法、绘画、石刻、雕塑、音乐、戏剧、影视等各类不同形式的表现以及其他一些相关的纪念活动。

---

① 以上参张忠纲、綦维、孙微著:《山东杜诗学文献研究·绪论》,济南:齐鲁书社,2004 年,第 2 页。

由以上的论说可以看出,杜学不是一门具体单一的学问,也不是今天创立的一门有关杜甫的学问,更不是与杜甫研究分离或平列的一门学问,而是对以往和将来有关杜甫研究学科的一个总体的、概念性的统称。尽管杜学的内涵是相当宽泛的,但作为一个科学意义上的命题,究其实,还是要有一个范畴上的限制的。不能漫无边际地任意扩大化,杜学之"学"就注定此一命题在内容上必然有内涵上的制约。没有理念制约的命题,是没有实际应用的价值的。①

纵观古今有关杜诗学的研究成果,恰都包含在傅先生所概括的范围内。

三、杜诗学研究的成果

按照上面所框定的杜诗学研究内容来看,自晚唐以来,有关杜诗学研究的成果早已蔚为大观。今天,杜诗学在世界范围内仍得到各国学者的"上下求索",为中国传统学术、现代学术以及世界学术的发展做出了积极的贡献。

在整个中国古典诗歌史上,杜甫诗集最受后人重视。自晚唐开始,相关人士即开始对杜甫诗歌进行纂辑、校勘、整理。之后,宋人开始选注、评点、笺释、疏解等。元、明、清三朝,杜诗学者赓续传统,创造新知,但大体上未超出宋人对杜集所作研究的范围。

20世纪以来的杜诗学研究,不仅有单篇论文,如潘殊闲和张志烈的《杜甫研究百年回顾与展望》②;更出现了专著,如赵睿才的《百年杜甫研究之平议与反思》。而这一个世纪间所产生的单篇论文,非笔者所能尽录。《杜集书录》和《杜集书目提要》附有一定篇目,但也不够全面。

有关杜集书目的整理,早在1954年,北京图书馆参考研究组即

---

① 傅光:《论杜学的定义与内涵》,《人文杂志》1999年第3期。
② 潘殊闲、张志烈:《杜甫研究百年回顾与展望》,《西华大学学报》2019年第1期。

编纂《北京图书馆馆藏杜甫诗集书目》,之后浙江省图书馆、成都杜甫草堂等机构,万曼、马同俨等学者,均有杜集书目相关的成果问世。尤其是 1986 年诞生了两部杜集书目研究的标志性成果:郑庆笃等合著的《杜集书目提要》(齐鲁书社,1986 年 9 月)、周采泉独著《杜集书录》(上海古籍出版社,1986 年 12 月)。这两部书直到今天仍为杜诗学研究者案头必备的工具书。当然,两者皆存在一定不足,故张忠纲等合力编著的《杜集叙录》(齐鲁书社,2010 年 4 月)进行了适当的纠补工作。孙微教授也于 2007 年出版了单独考论清代杜集书目的《清代杜诗学文献考》(2019 年增订本由上海古籍出版社出版)。其他如曾祥波有关杜集宋本的考论(曾祥波《杜诗考释》,上海古籍出版社,2016 年)、曾绍皇有关杜诗未刊本的研究,也是当前有关杜集书目研究的代表性成果。

　　20 世纪至今,还出现了多种杜甫年谱、传记,举其大要,有闻一多《少陵先生年谱会笺》、李春坪《少陵新谱》、四川省文史研究馆《杜甫年谱》、冯至《杜甫传》、陈香《杜甫评传》、陈贻焮《杜甫评传》、金启华和胡问涛《杜甫评传》、罗宗强《杜甫》、莫砺锋《杜甫评传》、洪业《杜甫:中国最伟大的诗人》等。而今天,依然有人在从事杜甫传记的写作。

　　有关 20 世纪以来海外的杜诗学研究,《杜集书目提要》《杜集书录》《杜集叙录》都有介绍,可详细参看。赵睿才的《百年杜甫研究之平议与反思》,更是对海外杜诗学研究进行了较全面和深刻的评价。

　　进入 21 世纪以来,杜诗学研究呈现出一种总结趋势。即以学术研究专著而言,断代杜诗学史研究出现了魏景波《宋代杜诗学史》(中国社会科学出版社,2016 年)、邹进先《宋代杜诗学述论》(中国社会科学出版社,2016 年)、赫兰国《辽金元杜诗学》(河南人民出版社,2012 年)、王燕飞《明代杜诗选录与评点研究》(新华出版社,2019年)、刘重喜《明末清初杜诗学研究》(中华书局,2013 年)、张家壮《痛切的自觉:明末清初杜诗学考论》(凤凰出版社,2020 年)、孙微《清代杜诗学史》(齐鲁书社,2004 年)等。2023 年 11 月,张忠纲先生主编的《杜诗学通史》由上海古籍出版社出版,系统梳理、总结了宋代以来杜诗学研究的成绩。地域杜诗学研究,则有张忠纲、綦维、孙微合著

《山东杜诗学文献研究》、刘明华主编《杜诗学与重庆文化》(西南师范大学出版社,2018年)、蔡锦芳著《杜诗学史与地域文化》(浙江大学出版社,2015年)等。现代学术体制所培养出来的本科生、硕士生、博士生,所撰写的关于杜诗学的学位论文,选题丰富,方法纷呈,难以计数。还有各类学者所撰著的杜诗学专著,也非笔者所能搜尽。

新中国成立以来,有关古代杜集书目的整理工作日渐展开,可以分为影印、点校和注解三部分。

影印杜集书目,以台湾黄永武《杜诗丛刊》为代表,收录宋、元至清代重要杜集35种。之后,日本杜诗学者吉川幸次郎编《杜诗又丛》,补选7种杜诗文献。其他如《四库全书存目丛书》影印以下17种:《杜工部七言律诗》《读杜诗愚得》《重定杜子年谱诗史目录》《杜工部诗通》《杜律意注》《杜诗钞述注》《杜律意笺》《杜诗分类》《杜工部诗说》《杜诗概说》《读书堂杜工部诗集注解》《杜工部编年诗谱目》《杜诗会粹》《杜诗论文》《杜诗阐》《杜律详解(杜律疏)》《读杜心解》。2021年,国家图书馆出版社出版了刘跃进和徐希平两位先生主编的《杜集珍本文献集成·宋元卷(第一辑)》,收录了八种宋元旧本杜集文献。再有就是个别影印,如黎庶昌编《古逸丛书》收入蔡梦弼《草堂诗笺》;中华书局有影印本《九家集注杜诗》;国家图书馆出版社有影印本《宋本杜工部集》等。

杜集点校整理。宋代的杜集,林继中先生辑有《杜诗赵次公先后解辑校》,新近又有《九家集注杜诗》(陈广忠校点,安徽大学出版社,2020年)、《新刊校定集注杜诗》(聂巧平点校,上海古籍出版社,2022年)、《新定杜工部草堂诗笺斠证》(曾祥波新定斠证,上海古籍出版社,2021年)。元代杜集书目,内阁文库所藏海内孤本董养性《杜诗选注》,有赫兰国编《选注杜诗》(河南人民出版社,2017年),又有孙微、王冰雅、金莎莎点校《杜工部诗选注》(中华书局,2020年)。明清的较多,但就笔者所见,也仅有王嗣奭《杜臆》(曹树铭增校本)、金圣叹《杜诗解》、钱谦益《钱注杜诗》、朱鹤龄《杜工部诗集辑注》、张溍《读书堂杜工部诗集注解》、仇兆鳌《杜诗详注》、浦起龙《读杜心解》、杨伦《杜诗镜铨》、吴瞻泰《杜诗提要》、黄生《杜诗说》、边连宝《杜律启蒙》、许鸿磐

《六观楼读本杜诗钞点校》等。现存大量杜集书目，连影印本都没有。

杜诗注解之作。20世纪以来，很多杜诗学者承继传统，纷纷从事杜诗的注解工作。但我们看到，20世纪以来的注解大多是杜诗的选注，凡从事杜诗学研究的大家，大多有杜诗选注本。笔者所见者，即超过15种。而像古人那样，为杜诗全集作注者却未见。2013年，人民文学出版社出版了萧涤非先生主编的《杜甫全集校注》，引起了一定反响。这部三代杜诗学者的集体成果，不仅在体例上有创新，也可以看作是杜诗学研究的总结性著作。2015年，上海古籍出版社又出版了谢思炜先生以一人之力而成就的杜诗全集校注本，不仅是对他个人从事杜诗学研究30年的总结，也对杜诗学史上的一些问题进行了新的诠释，为当今从事杜诗学研究者提供了很好的注本。

以上叙述挂一漏万，但却让我们看到杜诗学研究傲人的研究成果。不过，我们也可以看到，杜诗学研究在今后还有很多开创性的工作有待探索。

四、本书所展开的相关研究内容

笔者根柢较浅，未经过系统的文献学、目录学的学习，有关杜诗学的研究，在我自己看来，只能看作是这些年来的读书笔记。笔者自2010年开始硕士阶段的学习，即跟随导师聂巧平教授从事《九家集注杜诗》的校点整理工作。2012年春季，硕士学位论文开题，我遵循聂老师的建议，从明末清初的杜诗学书目中，选择了卢元昌的《杜诗阐》作为研究对象。硕士毕业后辗转进入到博士阶段的学习，研究方向转移到了民国学术史的研究，但杜诗学研究一直是我的牵挂。因此，一边进行博士学位论文的写作，一边进行杜诗学的研究。博士毕业后进入工作岗位，围绕杜诗学研究申请了相关课题，因此在课题任务的驱动下，又陆续写作了几篇论文。近两年来通过电子文献的收集，我接触到了日本、美国、越南、韩国、朝鲜等地的汉籍，也陆续收集了一些杜集书目，对域外杜集产生了浓厚的兴趣。所以，这本书的内容，既是自己十年杜诗学研究的一个阶段总结，也是新一研究阶段的开始。主要内容有：

有关杜诗阐释的问题。自宋人开始，对杜诗进行了全面的注解。每个人的识见、学养等不一样，因此，每个人阐释杜诗的原因和方法会表现出一定的"个性"；而这些"个性"的不同，导致了他们对杜诗同一个问题的阐释难免会产生分歧，这在杜诗学史上积累了很多"公案"。笔者主要以明末清初的卢元昌为例，对他阐释杜诗所秉持的方法（原则）、受到的影响（刺激）进行了梳理和揭示。并选择了一个杜诗学史上的"公案"——对前、后《出塞》的阐释，来揭示为何杜诗的阐释会出现分歧。

有关杜诗的传播与接受。自晚唐开始，杜诗便成了诗人学习的对象。而自宋代开始，杜诗不仅成了诗人们共同的"资源"，也成了他们难以逾越的高山。明人作诗、论诗喜复古，其中，盛唐是很多人醉心的"天堂"，而这"天堂"的代表，除了李白，就是杜甫。有清一代，宗唐抑或祧宋的问题，一直争论到清代结束，而杜甫始终是他们绕不开的话题。笔者以未被今人发现的卢元昌《半林诗稿》为例，来分析卢元昌诗对杜诗的接受。笔者在从事清中期诗人舒位《瓶水斋诗集》的点校整理工作中发现，杜甫及杜诗就好比舒位作诗的"资源"，信手拈来，集内尽是杜诗词句、杜甫典故等。

有关杜诗学研究者的传衍问题。自中唐开始，便出现了一个又一个杜诗学研究者。宋人学习杜诗，不仅注杜，在各种笔记、诗话中，也有各种有关杜诗的记载或评价。作为北宋诗话的集成总结之作——《苕溪渔隐丛话》，不仅把杜甫作为个案重点介绍，也蕴含了编纂者胡仔本人的杜诗学研究。岭南的杜诗学研究虽较薄弱，但笔者发现了具有一定价值的《读杜姞妄》。这部书因为久藏秘阁，很多人都没亲见，而图书馆管理者又未能进行研究，所以一直沉埋至今。笔者对该书作者吴梯的杜诗学研究进行了系统介绍。此外，笔者关注谢思炜教授的杜诗学研究至少有 8 年了（自 2014 年开始），尤其是其《杜甫集校注》的出版，更引起了笔者的兴趣，所以不揣陋识，对谢教授的杜诗学研究进行了总结。

有关杜诗传播媒介的问题。傅光先生所总结的"非学术意义上的杜学"研究是笔者从事杜诗学研究伊始即积淀下的兴趣，如杜甫的遗迹，有关杜诗的书法和绘画，杜甫的画像及画像题诗，有关杜甫的戏曲、话剧、歌剧等。目前笔者只完成了杜甫诗意图和杜甫画像的研究，还有很多话题有待研究。

有关杜诗学文献的整理与研究。上面提到，历史上流传至今的杜集书目还有太多未被人注意、未经人整理。笔者自 2010 年以来，先后整理了郭知达《九家集注杜诗》、张溍《读书堂杜工部诗集注解》、卢元昌《杜诗阐》、吴梯《读杜姑妄》，整理过程中，就兴趣所至，对卢元昌《杜诗阐》、吴梯《读杜姑妄》的体例、版本、底本等进行了考述。近两年开始收集域外杜集文献，对日本内阁文库所藏杜集进行了基本情况的梳理。杜诗学文献的范围也不仅仅局限于杜集书目，还可以在各种笔记、诗话、文集序跋中搜检。因此，笔者近两年开始，也致力于岭南杜诗学文献的搜集和整理，先写作了一篇研究论纲，算是"发凡起例"。去年年末，刘明华先生主编的《杜甫资料汇编》出版，甫一上市，即购置囊中，就整体阅读心得写了篇报告。

以上就是本书的大致内容。书稿修订好以后，打算起个书名，于是想起了杜甫的一联诗："诗尽人间兴，兼须入海求。"（《西阁二首》其二）历来评价杜甫诗歌，都称之为"诗史"，因为他用诗的语言记录了大唐由盛转衰的人间百态。其实，杜诗不仅仅是一部"诗史"。孔子说《诗》，可以兴"，诗歌不仅是诗作者个人情志的抒发，也是读者阅读后的"情感体验"。所以，杜甫的诗歌不仅是对历史的记录，更是对人世间情感的记录，以及为读到他诗歌的人提供一种情感的激发。所以，"诗尽人间兴"更能代表杜诗所隐含和传达的深厚内涵——他的诗，写"尽"了"人间兴"。

清初大儒顾炎武曾说："昔日之得，不足以为矜；后日之成，不容以自限。"编辑这本集子，只是作为十年杜诗学研究的一个纪念，自矜是万万不敢存于心底的。而他日之成，才是我要努力去实践的。我读本科时未受过系统的学术锻炼，读硕、读博以来，得到众多师友的提携和帮助，但也仅算获得了一个"入门"的凭证。所以，本书的内容不免存在错漏之处，非常希望同道赐正。

第一章　杜诗阐释的"可能性"

第一节　卢元昌杜诗阐释之
实学思想论析

自明正德年间开始，宋明理学、阳明心学的思潮迅速成为时人为学、为人的一种集体选择，这股思潮被后世学者们称为"实学"。明清之际，山河易主，士人在痛定思痛中，更加推动了这股思潮。影响所及，不管是为文著述，还是探索宇宙自然，皆自觉以此为原则。

明末清初的杜诗学者卢元昌，历十八年撰成杜诗全集注解之作《杜诗阐》[①]。在其阐释杜诗时顺应思潮，也秉持实学思想，崇实黜虚，以批判的精神对待前人旧注。具体来说，这种思想主要体现在他阐杜时，发展了前人以史证诗、以小学家法注杜的传统。

一、以史证诗：以历史为依据

以历史为依据来解杜诗，宋人早已开其端。《苕溪渔隐丛话》前集卷十一中胡仔有云："余读史传及旧闻，于知识间得少陵诗事甚多，

---

① 据卢元昌自述，《杜诗阐》的撰写始于"乙巳（1665）秋"，"何朝夕，何寒暑，不手是编"，梓于"壬戌（1682）夏"。（清）卢元昌撰：《杜诗阐·自序》，哈佛大学燕京图书馆藏康熙壬戌（1682）华亭卢氏刊本《思美庐杜诗阐全集》。按本文所引《杜诗阐》均据此本，下不赘注版本。

皆王原叔所不注者。"①据笔者统计,卷十一中胡仔以史传、旧闻为据,笺注杜诗达二十条之多。又前集卷十二引《潜子真诗话》,亦以史传为据,笺注杜诗九条。至明末钱谦益笺杜,更将以史证诗发展为一套持之可行且行之有效的解杜方法。杜诗向号为"诗史",其间深隐着玄宗、肃宗、代宗三朝史实,以及杜甫对这些史实的评判。因此,即使如钱谦益对其笺杜成绩颇为自得,但犹有未尽处。如《冬日洛城北谒玄元皇帝庙》,钱谦益《读杜小笺》评曰:

> 唐自高祖追崇老子为祖,天宝中,见像降符,不一而足,人主崇信之极矣。此诗直记其事以讽谏也。②

钱谦益指出了此诗之主旨,但他所谓的"人主崇信之极"实是一种概括,而卢元昌则把钱谦益所谓的史实揭示了出来:

> 此诗大旨,在结四句。身退,则辞荣恬退,老于柱下,不必有玄元皇帝、玄元圣祖之号;经传,则《道德》五千,自足不朽,不必有告赐灵符、妙宝真符之说。谷神不死,养拙何乡? 何有于像? 开元间,盖屋之像何为? 天宝间,丹凤门之降何为也? 且何有于庙? 开元间,兴庆宫之迎何为? 天宝初,紫极宫之建何为也? 玄宗惑于神仙,至有宫中闻天语之妄。筑坛炼药,种种迂怪,诗寓微讽。③

我们核检两《唐书》,得到如下记载:

1. (开元)二十九年春正月丁丑,制两京、诸州各置玄元皇

---

① (宋)胡仔编著:《苕溪渔隐丛话》前集卷十一,清乾隆五年至六年海盐杨佑启耘经楼依宋板重刊本。

② (清)钱谦益著,(清)钱曾笺注,钱仲联标校:《钱牧斋全集·初学集》卷一百六,上海:上海古籍出版社,2003年,第2155页。

③ (清)卢元昌撰:《杜诗阐》卷二。

帝庙并崇玄学,置生徒,令习《老子》《庄子》《列子》《文子》,每年准明经例考试。①

2.(天宝元年)甲寅,陈王府参军田同秀上言:"玄元皇帝降于丹凤门之通衢,告赐灵符在尹喜之故宅。"上遣使就函谷故关尹喜台西发得之,乃置玄元庙于大宁坊。②

3.(天宝元年)二月,辛卯,亲享玄元皇帝于新庙③

4.(乾丰元年)二月己未,如亳州,祠老子,追号太上玄元皇帝,县人宗姓给复一年。④

5.(天宝元年)正月,甲寅,陈王府参军田同秀言:"玄元皇帝降于丹凤门通衢。……辛卯,享玄元皇帝于新庙。"⑤

6.(天宝)二年正月乙卯,作升仙宫。丙辰,加号玄元皇帝曰大圣祖。三月壬子,享于玄元宫,追号大圣祖父周上御大夫敬曰先天太皇,咎繇曰德明皇帝,凉武昭王曰兴圣皇帝。改西京玄元宫曰太清宫,东京曰太微宫。⑥

7.(天宝八载)闰(四)月丙寅,谒太清宫,加上玄元皇帝号曰圣祖大道玄元皇帝,增祖宗帝后谥。⑦

8.(天宝九载)十月庚申,幸华清宫。太白山人王玄翼言:"玄元皇帝降于宝仙洞。"⑧

9.(天宝)十三载正月丙午,至自华清宫。二月壬申,朝献于太清宫,加上玄元皇帝号曰大圣祖高上大道金阙玄元天皇大帝。⑨

将以上史实与卢元昌对"人主崇信之极"的阐释相对照,可谓一一印

---

① (后晋)刘昫等撰:《旧唐书·玄宗本纪》,北京:中华书局,1975年,第213页。
② (后晋)刘昫等撰:《旧唐书·玄宗本纪》,第214页。
③ (后晋)刘昫等撰:《旧唐书·玄宗本纪》,第215页。
④ (宋)欧阳修、宋祁撰:《新唐书·高宗本纪》,北京:中华书局,1975年,第65页。
⑤ (宋)欧阳修、宋祁撰:《新唐书·玄宗本纪》,第142页。
⑥ (宋)欧阳修、宋祁撰:《新唐书·玄宗本纪》,第143页。
⑦⑧ (宋)欧阳修、宋祁撰:《新唐书·玄宗本纪》,第147页。
⑨ (宋)欧阳修、宋祁撰:《新唐书·玄宗本纪》,第149页。

证,也更清晰地明白了杜诗之旨。

前人的诗歌只有得到后人的理解,才不至于湮没无闻,但后人的理解有时又可能与作者原意背道而驰。以史证诗,最易陷入穿凿附会的尴尬境遇。清人吴雷发针对解诗之人曾说:"诗贵寓意之说,人多不得其解,其为庸钝人无论已;即名士论古人诗,往往考其为何年之作,居何地而作,遂搜索其年、其地之事,穿凿附会,谓某句指某人,某句指某事。是束缚古人,苟非为其人、其事而作,便不得成一句矣。"①如吴雷发所批评的,历来解杜之人,很多皆陷入"穿凿附会",而卢元昌在以史证诗时,对前人之解不盲从,能够结合具体史实补前人之不足。如《述古三首》其二,对"秦时用商鞅"一句的注解,朱鹤龄注曰:

> 是时第五琦、刘晏皆以宰相领度支盐铁使,榷税四出,利悉锥刀,故言为治之道,在乎敦本而抑末,举良相以任之。不当用兴利之臣,以滋民邪伪也。②

卢元昌辩道:

> 宝应间,元载代刘晏,专判财利。按籍举八年租调之违负者,计其大数,籍其所有,谓之白著。故曰"商鞅",注家谓指刘晏、第五琦,非也。③

据《新唐书·刘晏传》载:"初,州县取富人督漕挽,谓之'船头';主邮递,谓之'捉驿';税外横取,谓之'白著'。人不堪命,皆去为盗贼。上元、宝应间,如袁晁、陈庄、方清、许钦等乱江淮,十余年乃定。

---

① 丁福保编:《清诗话》下册,上海:上海古籍出版社,1978年,第903页。

② (清)朱鹤龄辑注,韩成武等点校:《杜工部诗集辑注》,保定:河北大学出版社,2009年,第359页。

③ (清)卢元昌撰:《杜诗阐》卷十四。

晏始以官船漕,而吏主驿事,罢无名之敛,正盐官法,以裨用度。"①由此可知,刘晏乃罢敛正法之能吏,非"商鞅"也。

卢元昌之最难能可贵处,即是通过他对史事的钩沉,从而得出自己对于杜诗的独到理解,比如对前、后《出塞》主旨的讨论,钱谦益曰:"《前出塞》为征秦陇之兵,赴交河而作。《后出塞》为征东都之兵,赴蓟门而作。"②朱鹤龄曰:"玄宗季年,哥舒翰贪功于吐蕃,安禄山构祸于契丹,于是征调半天下。《前出塞》为哥舒翰,《后出塞》为禄山发也。"③钱谦益和朱鹤龄只是交代了史实,卢元昌则阐云:

> 前、后《出塞》,公痛玄宗始闻边釁,继宠禄山,骛远功,忽近虞,大约是开宝间三十余年中事。以言其事:《前出塞》曰"开边一何多",内治不修,而务广地,失在开边也;《后出塞》曰"今人重高勋",重高勋,所以任禄山,始而掩败为功,继而将骄难制,失在重高勋也。以言其地:《前出塞》曰"悠悠赴交河",赴交河者,发卒戍边也;《后出塞》曰"召募赴蓟门",赴蓟门者,赴禄山军前也。以言其时:《前出塞》曰"从军十年余",此十年,大约是开元十四年至二十四年,玄宗信任王君㚟,开釁吐蕃,结怨回纥之事。盖开元十五年以前,番戎岁不犯边,自十五年后,边事日多故也;《后出塞》曰"跃马二十年",自开元二十四年,玄宗始充任禄山,委以边事,至天宝十四载,此二十年中,边事日坏,祸延萧墙,为可叹也。后之谋国者,其亦悚然于前、后《出塞》也夫!④

卢元昌在阐杜时,善于先将杜诗之旨概括出来。如这两组诗,是杜甫对时政之弊所发出的痛心与讥讽,其一语道破:"前、后《出塞》,公痛玄宗始闻边釁,继宠禄山,骛远功,忽近虞。"卢元昌没有袭用前人旧

---

① (宋)欧阳修、宋祁撰:《新唐书》,第4797—4798页。

② (唐)杜甫著,(清)钱谦益笺注:《钱注杜诗》,上海:上海古籍出版社,1979年,第92页。

③ (清)朱鹤龄辑注:韩成武等点校:《杜工部诗集辑注》,第214页。

④ (清)卢元昌撰:《杜诗阐》卷九。

说,而是详细地钩沉史事,解出自己对杜诗的"又一种看法"。他合两组诗一起阐述,用"以言其事""以言其地""以言其时"将这两组诗缕析清楚。将杜甫之"痛"——开边寻衅、将骄难制、强征戍卒——剖析,并于结尾指出此诗之为后人"殷鉴"。所以,他以史实来解《秋雨叹三首》得到后人吴梯的称赞:"卢(元昌)仇(兆鳌)二注皆所宜知。颇厌注家每以时事注杜,穿凿附会。此三诗似有为而发,不专写时景也。"①

二、小学家法:以博学为根柢

　　晚明兴起的实学思潮,使考证经典本身的真正意义逐渐成为士人的集体认同,伴随着这种认同而生的就是考据之风的渐兴,这不仅体现在文学上,包括史学、地理学等在内,至乾嘉而蔚为大观,成为有清一代学术思想的代表。以杜诗注释而论,明末清初为杜诗作注之人,如钱谦益、朱鹤龄、金圣叹、卢元昌等,大都"博学于文",而又皆积数年之功而为之,其博学之根柢显现于杜诗注解上,则是考据赅博,论说有据,摆脱了"游谈无根"的空疏之病。

　　以小学家法来解杜诗,可以说是考据之风渐行于世的必然结果。这种风气倒不是清人的独创,宋人早已有所开掘,比如郭知达《九家集注杜诗》,再如宋人的一些诗话、笔记,对杜诗中某些字词的训诂、音读等,都达到了比较精准的水平。清人以小学家法来解杜诗,其开拓的地方表现在:既有汉学的扎实但不繁琐,又有宋人的心解而非空谈,有据有理,令人信服。卢元昌的《杜诗阐》在考据上多能发人所未发。

(一)析杜诗之用典

　　纵览三十三卷《杜诗阐》会发现:卢元昌在注杜诗所用典故时,别人注过的,如果正确,他很少再注;如果错误,则加以辩驳。尤见其功

---

　　①　(清)吴梯:《读杜姑妄》卷一下,广东省立中山图书馆藏清咸丰刻本。

力处,则体现在对那些前人没有注出的典故的钩索上。比如《和裴迪登蜀州东亭送客逢早梅相忆见寄》中有句云"幸不折来伤岁暮",诸家皆无注出典,而卢元昌阐云:"'幸不折来',暗用陆凯'折梅逢驿使,寄与陇头人'意。"①萧涤非主编《杜甫全集校注》在注"折"时也持此说:"指折梅。南朝宋陆凯《赠范尉宗》诗:'折梅逢驿使,寄与陇头人。江南无所有,聊赠一枝春。'"并提及日本津阪孝绰亦认为此句之"折""盖用'折梅逢驿使'之折"。②

再如《送重表侄王砅评事使南海》,卢元昌阐云:

> "剪髻鬟"一段,公取材于湛氏截髦,络秀治具,以况祖姑贫能款客。"上云""下云"一段,公取材于山涛之妇,窃窥嵇、阮,何无忌之母,能识刘裕,以摹写祖姑贤能有识。至于"子等成名,皆因此人"公取材于《汉高本纪》,老父之谓高祖"君相贵不可言","向者夫人儿子之贵皆以君",以极言祖姑能识真主。考之《王珪传》止母李氏,于房、杜过家时窥之,知其必贵,非珪妻杜氏。且未尝有秦王在坐事,公诗亦扬厉之词耳。③

以陶侃母湛氏截发易酒事比于此诗之"剪髻鬟",这在前此郭知达《九家集注杜诗》、朱鹤龄《杜工部诗集辑注》等已有阐发,但解王珪母窥房玄龄事出山涛妻事、解"子等成大名,皆因此人手"出《高祖本纪》,则是卢元昌的特殊眼力。《史记·高祖本纪》载:"高祖为亭长时,常告归之田。吕后与两子居田中耨,有一老父过请饮,吕后因餔之。老父相吕后曰:'夫人天下贵人。'令相两子,见孝惠,曰:'夫人所以贵者,乃此男也。'相鲁元,亦皆贵。老父已去,高祖适从旁舍来,吕后具言客有过,相我子母皆大贵。高祖问,曰:'未远。'乃追及,问老父。

---

① （清）卢元昌撰:《杜诗阐》卷十二。
② 萧涤非主编:《杜甫全集校注》,北京:人民文学出版社,2013 年,第 2084—2085 页。
③ （清）卢元昌撰:《杜诗阐》卷三十二。

老父曰:'乡者夫人婴儿皆似君,君相贵不可言。'高祖乃谢曰:'诚如父言,不敢忘德。'"①较之《史记》所载,卢氏之解一点都不牵强,毫无穿凿之痕。这种挖掘别人看不到的典源,是为了更好地欣赏杜诗、更恰当地理解杜诗。

(二) 论杜诗之用字

宋人叶梦得曾评杜甫说:"诗人以一字为工,世固知之,惟老杜变化开阖,出奇无穷,殆不可以形迹捕。"②对诗人炼字手法的探寻,是中国诗学的传统。诗评家贯以对一字或几字的见解来显出自己的独特会心处,但诗人本身也许并没有这种炼字的心理追求。一字一句的吟咏,很可能是随意的情感发泄,而没有那么多"贾岛式的推敲",但我们又不可否认王安石"春风又绿江南岸"的苦心孤诣。对诗人炼字手法的演绎,又确实可以见出大诗人的不平凡处。杜甫是一个对"炼字"要求很高的诗人,他自己就曾说:

> 雕刻初谁料,纤毫欲自矜。——《寄刘峡州伯华使君四十韵》
> 遣词必中律,利物常发硎。——《桥陵诗三十韵因呈县内诸官》
> 更得清新否? 遥知对属忙。——《寄彭州高三十五使君适虢州岑二十七长史参三十韵》
> 众人贵苟得,欲语羞雷同。——《前出塞九首》其九③

杜甫自己的这种追求也就给后人提供了一片广阔的天地。卢元昌对杜诗用字的探析,或明字义,或明诗意,或论诗法。

---

①　(汉)司马迁撰:《史记》,北京:中华书局,1959 年,第 346 页。
②　(清)何文焕辑:《历代诗话》,北京:中华书局,1981 年,第 420 页。
③　(唐)杜甫著,(清)仇兆鳌注:《杜诗详注》,北京:中华书局,1979 年,第 1719、235、643、125 页。

解明字义的,如他在《愁》后阐道:

> 公诗惯用底字,底作"何等"二字解。如"花飞有底急",言花
> 有何等事而急;"终朝有底忙",言终朝有何等忙而不来;"文章差
> 底病",言文章差比何等病;此曰"盘涡鹭浴底心性",言盘涡鹭浴
> 是何等心性。①

仇兆鳌解释"底"字说:"唐方言'底'字作'何'字解。《颜氏家训》、师
古《匡谬》云:何物为底。"②卢元昌虽未指出"底"字的方言义,但他对
"底"字义的解释是正确的。

阐明诗意的,如对《与李十二白同寻范十隐居》"怜君如弟兄"中
"怜"字的阐释:

> 士为不知己者妒,宁为知己者怜。"怜君"怜字,不泛。淮阴
> 国士,萧相国怜而追之,不能使市上少年怜;洛阳才子,吴公怜而
> 荐之,不能使朝中绛灌怜。文帝怜李将军矣,曰"惜乎子不遇
> 时",不能使灞陵醉尉怜;武帝怜司马长卿矣,曰"恨不与此人同
> 时",不能使临邛富人怜。即如公,明皇怜之,陈希烈辈不肯怜;
> 即如李,明皇亦怜之,高力士辈不肯怜。此曰"怜君",惟公怜君
> 耳。他日曰"世人皆欲杀,我意独怜才",夫至"皆杀""独怜",
> "怜"之一字,夫岂寻常惋惜。③

卢元昌联系历史上"淮阴国士"韩信初不为"市上少年"刘邦所看重;
"洛阳才子"贾谊年轻时得河南郡守吴公推荐入朝,但却为周勃、灌婴
所妒忌而遭贬;飞将军李广得文帝赏识,却遭灞陵醉尉呵斥"今将军
尚不得夜行,何乃故也";司马相如得汉武帝夸赞,却不为临邛富人爱

---

① (清)卢元昌撰:《杜诗阐》卷二十一。
② (唐)杜甫著,(清)仇兆鳌注:《杜诗详注》,第276页。
③ (清)卢元昌撰:《杜诗阐》卷一。

惜。又结合杜甫不为陈希烈辈赏识、李白为高力士辈之馋而遭放还。在历史的纵深中揭示出杜甫之为李白惋惜。一个"怜"字，得卢元昌之阐发，从而获得了赏识、爱惜、怜爱等多重意思，更透露出杜甫之于李白的敬重与知己之情，正如末句"'怜'之一字，夫岂寻常惋惜"所言，杜甫对于李白的遭遇，并非简简单单的惋惜，同时带着感同身受的味道。

探析诗法的，如《宴戎州杨使君东楼》，对"为"字的论析：

> 公诗中，惯用"为"字作韵脚，如《赠毕曜》曰"颜状老翁为"，此"为"字下得苦；《孟冬》诗曰"方冬变所为"，此"为"字下得微；《送王侍御》曰"此赠怯轻为"，此"为"字下得逸；《偶题》曰"余波绮丽为"，此"为"字下得雅；《复至东屯》曰"一学楚人为"，此"为"字下得傲；《和少府书斋》曰"书斋闻尔为"，此"为"字下得蕴藉。此曰"乐任主人为"，此"为"字下得放。[①]

卢元昌注意到杜诗以"为"字作韵脚的习惯，同时又在比较中见出杜诗的变化。此等解，是杜诗阐释史上"前无古人，后无来者"的创见。

还有论杜诗字法的，如《遣意二首》其二（檐影微微落），卢元昌阐道：

> 此诗须得其用字精细：影曰微，流曰脉，火曰细，沙曰圆，弦曰初，树曰小，酒曰美，子曰稚。檐影微微，如无影矣；津流脉脉，如不流矣。野船细火，半明半灭；宿雁圆沙，疑远疑近。初弦云掩，月在何处？小树香传，花在何处？邻人有酒，稚子能赊，酒之有无，未可知也。雁宿萦旋，沙为之起，沿滩而望，势若回环，故圆。[②]

---

① （清）卢元昌撰：《杜诗阐》卷十九。
② （清）卢元昌撰：《杜诗阐》卷十二。

卢元昌论杜甫此诗"用字精细",分析得非常精细。其他如论《绝句六首》其四的字法,析《新婚别》中用七个"君"字,也都精细入微。

（三）杜诗之校勘、音读、训诂

对杜诗版本之校勘、字词之音读及训诂,宋人已开其端。元明清之注杜者,也多注目于此。宋人的校勘多依据不同的底本、笔记以及石刻,而明清人的校勘,可说是带着笺疏性质的校勘。以《杜诗阐》为例,卢元昌对《曲江对酒》中"桃花细逐杨花落,黄鸟时兼白鸟飞"一句的校勘:

> 花落鸟飞,本寻常物色,却于逐字兼字,写得出色。逐字兼字,亦未深微,逐曰细逐,逐得有情;兼曰时兼,兼得无意。蔡梦弼云:老杜墨迹,初作欲共杨花语,自以淡笔改三字,作细逐落。诬也,花安得语。①

卢元昌注意到杜诗个别字词的音读,比如他解《送路六侍御入朝》"不分桃花红似锦"中的"分":"分,作忿。不忿,言岂不忿也。不忿,是方言。"②再如《故司徒李公光弼》"疲苶竟何人":"苶,音藥,疲也。"③

对杜诗的训诂,是卢元昌用力最多的。卢元昌的注释有的很简单,如《戏简郑广文虔兼呈苏司业源明》,卢元昌注此诗"时时乞酒钱"的"乞":"乞,训与。"④再如《曲江二首》其二,"穿花蛱蝶深深见,点水蜻蜓款款飞",卢引《韵略》曰:"点水,生子也。然则穿花,即求偶也。"⑤除此而外,卢元昌的注释多从史实来寻求佐证,比如他注《陪李北海宴历下亭》之"蕴真惬所遇":

---

①⑤　（清）卢元昌撰:《杜诗阐》卷六。

②　（清）卢元昌撰:《杜诗阐》卷十五。

③　（清）卢元昌撰:《杜诗阐》卷二十一。

④　（清）卢元昌撰:《杜诗阐》卷三。

李邕恃才负气,卢藏用尝语之曰:君如干将莫邪,难与争锋,终虞缺折。邕不能用,卒罹于害。公蕴真之言,欲其敛才入道,方惬所遇也。①

不管是校勘、音读还是训诂,卢元昌都带有"阐"的味道,这是清代杜诗学的一种新变,即不囿于"我注六经"的单纯笺注,而是加入了自己的理解,或者说,在"六经注我"的合理限度内,在隔代的叩问中理清"作者和他的听众之间的原始关系"②,通过前人诗作来达到对历史、对时代的理解。

明末清初注杜诸家,顺应时代发展与社会思潮,均以"实学思想"为阐杜、解杜之"津逮"。卢元昌在《杜诗阐·自序》中指出古今注杜之人"一晦于训诂之太杂,一晦于讲解之太凿,一晦于援证之太繁",其阐杜既应和了实学这一思潮,也在自己的阐杜实践中避免其所总结的"三晦",从而得出了较为合乎杜甫心声的真解。

第二节　论卢元昌阐杜之"以杜注杜"方法

卢元昌《杜诗阐》在注解杜诗时,通过"题解""述""夹评""阐"四种体例从各个方面来精解杜诗之语义及艺术,不仅受到时人如鲁超(生卒年不详)、仇兆鳌(1638—1717)、查弘道(生卒年不详)等人称赞和引述,也受到近现代学者如洪业、周采泉等人的高度评价。尤其是卢元昌在注解时所运用的"以杜注杜"方法,在杜诗阐释史上是比较特出的一种方法。孙微指出,"就目前所见文献来看,最早提出'以杜注杜'这一说法的,是明代的杨慎",并分析明末清初的注杜诸家已将

---

　　①　(清)卢元昌撰:《杜诗阐》卷一。

　　②　施莱尔马赫《诠释学讲演》:"我们必须想到,被写的东西常常是在不同于解释者生活时期和时代的另一时期和时代里被写的;解释的首要任务不是要按照现代思想去理解古代文本,而是要重新认识作者和他的听众之间的原始关系。"洪汉鼎主编:《理解与诠释——诠释学经典文选》,北京:东方出版社,2001年,第56页。

此法上升到理论的高度,并付诸实践,其中便提到了卢元昌。① 卢元昌之后,岭南杜诗学者吴梯之《读杜姑妄》,亦发挥了这种方法。此外,汪增宁在为乾隆年间程梦星所撰《李义山诗集笺注》所作《序》中亦指出程梦星笺注李商隐诗"望古遥集,临风结想,以意逆志,或以彼诗证此诗,或以文集参诗集"②。可见,以作者其人的诗文互为参证,是清人诗文笺注一种较为成熟的方法了。

据笔者统计,卢元昌共为 1 447 首杜诗作了注解,其中运用"以杜注杜"来注解词、句乃至整首诗意的共有 101 条(见表 1)。卢元昌在《杜诗阐·自序》中曾指出"古今注家""有因注得显者,亦有因注反晦者,一晦于训诂之太杂,一晦于讲解之太凿,一晦于援引之太繁。反是者,又为肤浅凡庸之词曰'吾以杜注杜也',则太陋③。"以杜注杜"本为卢元昌批评一些注家时所指出的一种毛病,却不意自己在注解时亦运用了这种方法。对 101 条"以杜注杜"的例子进行归类分析,可以发现其注解规律:以阐明诗意为出发点,以揭示杜诗艺术为目的,并且注意杜诗之前后联系。

表 1 卢元昌"以杜注杜"所引杜甫诗文详表

诗题	注解对象(字、词、句、整首诗意)	卢元昌所引诗、文	引文出处
游龙门奉先寺	逼	妖星带玉除	收京三首其一
望岳	一览众山小	脱略小时辈,结交皆老苍。饮酣视八极,俗物都茫茫。	壮游
与李十二白同寻范十隐居	怜	世人皆欲杀,我意独怜才。	不见
今夕行	布衣愿	许身一何愚,自比稷与契。致君尧舜上,立使风俗淳。	自京赴奉先县咏怀五百字

---

① 孙微辑校:《清代杜集序跋汇录》,北京:人民文学出版社,2017 年,第 9—11 页。

② 转引自颜昆阳:《李商隐诗笺释方法论:中国古典诠释学例说》,郑州:河南人民出版社,2018 年,第 84 页。

③ 卢元昌:《杜诗阐·自序》。

(续表)

诗题	注解对象(字、词、句、整首诗意)	卢元昌所引诗、文	引文出处
同上	同上	安得壮士挽天河，洗净甲兵长不用。	洗兵马
		安得广厦千万间，大庇天下寒士俱欢颜。	茅屋为秋风所破歌
画鹰	凡	一洗万古凡马空	丹青引赠曹将军霸
奉寄河南韦丈人	真怯笑扬雄	扬子云草《玄》寂寞，多为后辈所袭。	秋述
沙苑行	泉出巨鱼	复归虚无底，化作长黄虬。	奉同郭给事汤东灵湫作
投赠哥舒开府翰二十韵	策行遗战伐	请公问主将，焉用穷荒为。	送高三十五书记十五韵
		朝廷忽用哥舒将，杀伐虚悲公主亲。	喜闻盗贼总退口号五首其二
苦雨寄陇西公兼呈王徵士	南巷翁	我居巷南子巷北	逼侧行
月夜	云鬟	学母无为，晓妆随手抹。移时施朱铅，狼籍画眉阔。	北征
夜听许十一诵诗爱而有作	朝诣;飞动	意惬关飞动，篇终接混茫。	寄彭州高三十五使君适虢州岑二十七长史参三十韵
		神融蹑飞动，战胜洗侵凌。	寄刘峡州伯华使君四十韵
		下笔如有神	奉赠韦左丞丈二十二韵
		诗成觉有神	独酌成诗
		诗应有神助	游修觉寺
羌村三首其三	请为父老歌，艰难愧深情。	隔屋唤西家，借问有酒不。	夏日李公见访
		邻家送鱼鳖，问我数能来。	春日江村五首其四
		田父要皆去，邻家问不违。	寒食
		西蜀樱桃也自红，野人相赠满筠笼。	野人送朱樱
		药许邻人斸	正月三日归溪上有作简院内诸公

（续表）

诗题	注解对象(字、词、句、整首诗意)	卢元昌所引诗、文	引文出处
同上	同上	不教鹅鸭恼比邻	将赴成都草堂途中有作先寄严郑公五首其二
		堂前扑枣任西邻	又呈吴郎
		喜结仁里欢	晦日寻崔戢李封
秦州杂诗二十首其十六	水竹会平分	映竹水穿沙	秦州杂诗二十首其十三
秦州杂诗二十首其十九	故老思飞将	仍残老骕骦	秦州杂诗二十首其五
遣兴	弟妹各何之	闻汝依山寺,杭州定越州。	第五弟丰独在江左近三四载寂无消息觅使寄此二首其二
		有妹有妹在钟离,良人早殁诸孤痴。	乾元中寓居同谷县作歌七首其四
		我已无家寻弟妹	送韩十四江东省觐
梦李白二首其一	水深波浪阔,无使蛟龙得。	应共冤魂语,投诗赠汨罗。	天末怀李白
梦李白二首其二	三夜梦见君	魂来枫林青	梦李白二首其一
	告归常局促	魂返关塞黑	
佐还山后寄三首其三	坡	阳坡可种瓜	秦州杂诗二十首其十三
寄赞上人	近闻	邑有贤主人,……来书语绝妙,……	积草岭
	虎穴;龙泓	南有龙兮在山湫	乾元中寓居同谷县作歌七首其六
		停骖龙潭云,回首虎崖石。	发同谷县
发同谷县	临歧别数子	休驾投诸彦	积草岭
漫兴九首其八	不放香醪	凭谁给麹蘗,细酌老江乾。	归来
		浅把涓涓酒,深凭送此生。	水槛遣心二首其二
游修觉寺	诗应有神助	下笔如有神	奉赠韦左丞丈二十二韵
		诗成觉有神	独酌成诗

诗题	注解对象(字、词、句、整首诗意)	卢元昌所引诗、文	引文出处
进艇	昼引老妻乘小艇，晴看稚子浴清江。俱飞蛱蝶元相逐，并蒂芙蓉本自双。	妻孥隔军垒，拨弃不拟道。	雨过苏端
		叹思欢会处，恐作穷独叟。	述怀
		妻子亦何人，丹砂负前诺。	昔游
		叹息谓妻子，我何随汝曹。	飞仙阁
泛溪	东城多鼓鼙	他乡亦鼓鼙	出郭
凭何十一少府邕觅桤木栽	饱闻桤木三年大	桤林碍日吟风叶	堂成
凭韦少府班觅松树子栽	整首诗意	尚念四小松，蔓草易拘缠。	寄题江外草堂
		四松初移时，大抵三尺强。别来忽三岁，离立如人长。	四松
客至	市远	南市津头有船卖	春水生二绝其二
江畔独步寻花七绝句其三	直须美酒送生涯	烂醉是生涯	杜位宅守岁
江畔独步寻花七绝句其五	春光懒困倚微风	微风倚少儿	宿昔
寒食	田父要皆去，邻翁问不违。	田翁逼社日，邀我尝春酒。	遭田父泥饮美严中丞
		邻家送鱼鳖，问我数能来。	春日江村五首其四
		肯与邻翁相对饮，隔篱呼取尽馀杯。	客至
		西蜀樱桃也自红，野人相赠满筠笼。	野人送朱樱
恶树	鸡栖	驱鸡上树木	羌村三首其三
绝句四首其三	两个黄鹂	黄鹂并坐交愁湿	遭闷戏呈路十九曹长
	一行白鹭	白鹭群飞太剧干	遭闷戏呈路十九曹长
绝句四首其四	暂取誉	渐喜交游绝，幽居不用名。	遣意二首其一
	怯成行	畏人成小筑，褊性合幽栖。	畏人
	形	封题鸟兽形	路逢襄阳杨少府入城戏呈杨四员外绾

（续表）

诗题	注解对象(字、词、句、整首诗意)	卢元昌所引诗、文	引文出处
百忧集行	悲见生涯百忧集	中夜起坐万感集	乾元中寓居同谷县作歌七首其五
		杜陵有布衣，老大意转拙。穷年忧黎元，叹息肠内热。	自京赴奉先县咏怀五百字
闻斛斯六官未归	去索作碑钱	摆落多藏秽	八哀诗·赠秘书监江夏李公邕
赠虞十五司马	远师虞秘监	九龄书大字	壮怀
		鹅费羲之墨	摇落
范二员外邈吴十侍御郁特枉驾阙展待聊寄此作	论文或不愧	重与细论文	春日忆李白
		论文暂裹粮	寄彭州高三十五使君适虢州岑二十七长史参三十韵
		孟子论文更不疑	解闷十二首其五
枯棕	整首诗意	敕天下征收赦文，减省军用外，诸色杂赋名目，损之又损，剑南诸州，困而复振矣。	为阆州王使君进论巴蜀安危表
遭田父泥饮美严中丞	长番岁时久。……差科死则已。	伤时苦军乏，一物官尽取。嗟尔江汉人，生成复何有。	枯棕
	严中丞吏治	自中丞下车，军郡之政，罢弊之俗，已下手开济矣，凡百事冗长者，又已革削矣。	说旱
入奏行	检校之职	顷者，三城失守，非兵之过也，粮不足尔。	东西两川说
	八州刺史思一战，三城守边却可图。	八州之人，愿贾勇复取三城。	
奉和严中丞西城晚眺十韵	帝念深分阃，军须远算缗。花罗封蛱蝶，瑞锦送麒麟。	剑南自用兵以来，税敛则殷，部领不绝，琼林诸库，仰给最多。	为阆州王使君进论巴蜀安危表
戏赠友二首其一	元年建巳月	荒村建子月	草堂即事

（续表）

诗题	注解对象(字、词、句、整首诗意)	卢元昌所引诗、文	引文出处
严公仲夏枉驾草堂兼携酒馔得寒字	老农何有馨交欢	岂有文章惊海内，漫劳车马驻江干。	宾至
苦战行	马将军	勋业终归马伏波	奉寄别马巴州
宗武生日	熟精文选理	流传江鲍体	赠毕曜
		续儿诵《文选》	水阁朝霁奉简云安严明府
戏题寄汉中王三首其三	犹忆酒颠狂	甫也诸侯老宾客，罢酒酣歌拓金戟。骑马忽忆少年时，散蹄迸落瞿唐石。	醉为马坠诸公携酒相看
光禄坂行	安得更似开元中	忆昔开元全盛日，小邑犹藏万家室。九州道路无豺虎，远行不劳吉日出。	忆昔二首其二
春日梓州登楼二首其二	思吴胜事繁	王谢风流，阖闾丘墓。剑池石壁，长洲菱荷。趋太伯，忆勾践，想秦皇，访越女。	壮游
奉别马巴州	独把渔竿终远去，……兴在骅骝白玉珂。	长啸下荆门	春日梓州登楼二首其二
		江花未尽会江楼	短歌行送祁录事归合州因寄苏使君
陪章留后新亭会送诸君	绝荤终不改	江鱼美可求	戏题寄上汉中王三首其二
	劝酒欲无辞	忍断杯中物	戏题寄上汉中王三首其一
阆州奉送二十四舅使京赴任青城	整首诗意	领郡辄无色	有感五首其五
王命	深怀喻蜀意，恸哭望王官。	常怪偏裨终日待	奉待严大夫
送李卿晔	晋山虽自弃	汝等岂知蒙帝力	洗兵马
		文公赏从臣	寄张十二山人彪三十韵
		尝怪商山老，兼存翊赞功。	秋峡
		之推避赏从	壮游

（续表）

诗题	注解对象(字、词、句、整首诗意)	卢元昌所引诗、文	引文出处
伤春五首其四	料	江边老翁错料事	释闷
收京	克复诚如此，扶持在数公。	已喜皇威清海岱，常思仙仗过崆峒。	洗兵马
有感五首其四	整首诗意	愿陛下度长计大，速以亲贤出镇。必以亲王委之节钺，此古维城磐石之义。臣特望以亲贤为总戎者，意在根固流长，国家万代之利。	为阆州王使君进论巴蜀安危表
将赴成都草堂途中有作先寄严郑公五首其四	江槛落风湍	茅轩驾巨浪，焉得不低垂。	水槛
草堂	蛮夷塞成都	西山汉兵，食粮者四千人，皆关辅劲卒。脱南蛮侵掠，邛、雅子弟，不能独制，但分汉卒助之，不难扑灭。顷三城失守，非兵之过，粮不足也。今此辈见阙兵马，使八州素归心于其世袭刺史，独汉卒，属偏裨将主之。窃恐备吐蕃，宜先自羌子弟始。	东西两川说
四松	事迹两可忘	事迹毋固必	寄题江外草堂
王录事许修草堂赀不到聊小诘	昨属愁春雨，能忘欲漏时。	大庇天下寒士俱欢颜	茅屋为秋风所破歌
丹青引赠曹将军霸	貌	貌得山僧及童子	奉先刘少府新画山水障歌
		曾貌先帝照夜白	韦讽录事宅观曹将军画马图歌
黄河二首其二	整首诗意	河南河北，贡赋未入，江淮转输，异于曩时。独剑南自用兵以来，税敛则殷，部领不绝，琼林诸库，仰给最多，是蜀之土地膏腴，物产	为阆州王使君进论巴蜀安危表

（续表）

诗题	注解对象(字、词、句、整首诗意)	卢元昌所引诗、文	引文出处
同上	同上	繁富,足供王命也。近者贼臣恶子,频有乱常,巴蜀之人,横被烦费。犹自劝勉,充备百役。今吐蕃已下松、维、保三州,杨琳再胁普、合,颙颙两川,不能相救,百姓骚动,未知所裁。敕天下征收赦文,减省军用外诸色杂赋名目,剑南诸州,亦困而复振矣。	同上
茅屋为秋风所破歌	整首诗意	穷年忧黎元,叹息肠内热。	自京赴奉先县咏怀五百字
		几时高议排君门,各使苍生有环堵。	寄柏学士林居
营屋	我有阴江竹	恶竹应须斩万竿	将赴成都草堂途中有作先寄严郑公五首其四
暮登四安寺钟楼寄裴十迪	太向	不知贫病缘何事,能使韦郎迹也疏。	投简梓州幕府兼简韦十郎官
宴戎州杨使君东楼	为	颜状老翁为	赠毕曜
		方冬变所为	孟冬
		此赠怯轻为	送王侍御往东川放生池祖席
		余波绮丽为	偶题
		一学楚人为	从驿次草堂复至东屯茅屋二首其一
		书斋闻尔为	和江陵宋大少府暮春雨后同诸公及舍弟宴书斋
拨闷	长年三老遥怜汝,捩舵开头捷有神。已办青钱防雇直,当令美味入吾唇。	长年已省舵	敬寄族弟唐十八使君
		再宿烦舟子	北风
		篙师烦尔送	回棹
		稽留篙师怒	咏怀二首其二

（续表）

诗题	注解对象（字、词、句、整首诗意）	卢元昌所引诗、文	引文出处
承闻故房相公灵榇自阆州启殡归葬东都有作二首其二	剑动亲身匣，书归故国楼。	身瘗万里，家无一毫。	祭故相国清河房公文
寄赠王十将军承俊	整首诗意	安得突骑只五千，崒然眉骨皆尔曹。走平乱世相催促，一豁明主正郁陶。	久雨期王将军不至
八哀诗·故秘书少监武功苏公源明	煌煌斋房芝，事绝万手掣。垂之后来者，正始征劝勉。	今晨清镜中，胜食斋房芝。	苏大侍御访江浦赋八韵记异
八哀诗·故著作郎贬台州司户荥阳郑公虔	点染无涤荡	宫臣仍点染	秦州见敕目，薛三璩授司议郎，毕四曜除监察。与二子有故，远喜迁官，兼述索居凡三十韵
忆郑南玭	郑南	郑县亭子涧之滨	题郑县亭子
	云峤忆春临	宫柳、蜂燕。①	
愁	底	花飞有底急	可惜
		终朝有底忙	寄邛州崔录事
		文章差底病	赴青城县出成都寄陶王二少尹
园人送瓜	园人非故侯	推毂期孤骞	览柏中丞兼子侄数人除官制词因述父子兄弟四美载歌丝纶
		应拜霍嫖姚	陪柏中丞观宴将士二首其二
奉寄李十五秘书文嶷二首其二	飞腾	飞腾暮景②	杜位宅守岁
		前辈飞腾人	偶题
		飞腾急济时	别崔潩因寄薛据孟云卿
		飞腾无那敌人何	奉寄高常侍
		飞腾战伐名	公安县怀古

① 杜甫《题郑县亭子》："云断岳莲临大路，天晴宫柳暗长春。巢边野雀群欺燕，花底山蜂远趁人。"

② 杜甫《杜位宅守岁》："四十明朝过，飞腾暮景斜。"

（续表）

诗题	注解对象(字、词、句、整首诗意)	卢元昌所引诗、文	引文出处
七月三日亭午已后校热退晚加小凉稳睡有诗因论壮年乐事戏呈元二十一曹长	敻思红颜日，霜露冻阶闼。胡马挟雕弓，鸣弦不虚发。长铍逐狡兔，突羽当满月。	放荡齐赵间，裘马颇清狂。呼鹰皂枥林，逐兽云雪冈。	壮游
别崔潩因寄薛璩孟云卿	夙夜听忧主	取次莫论兵	送元二适江左
		数论封内事	别苏徯
壮游	七龄思即壮，开口咏凤皇。九龄书大字，有作成一囊。	臣自七岁所缀诗笔，向四十载矣，约千有余篇。	进雕赋表
	举隅见烦费	举兹一隅，昭彼百行。	唐故万年县君京兆杜氏墓志
解闷十二首其一	溪女得钱留白鱼	河鱼不取钱	陪郑广文游何将军山林十首其六
解闷十二首其十	忆过泸戎摘荔支	轻红擘荔支	宴戎州杨使君东楼
夔府书怀四十韵	不必陪玄圃，超然待具茨。	失道非关出襄野	释闷
杨监又出画鹰十二扇	干戈少暇日，真骨老崖嶂。为君除狡兔，会是翻鞲上。	莫试钩爪，空回斗星。众雏倘割鲜于金殿，此鸟已将老于岩扃。	雕赋
鸥	春苗	北有涧水通青苗。晴浴狎鸥分处处，……	夔州歌十绝句其六
黄鱼	整首诗意	鸧鸹之属，莫益于物，空生此身。长大如人。味不足珍。①	雕赋
熟食日示宗文宗武	邙山	何当奋飞。洛城之北，邙山之曲。	祭外祖祖母文

---

① 杜甫《雕赋》："尔其鸧鸹鸨鹢之伦，莫益于物，空生此身。联拳拾穗，长大如人。肉多奚有，味乃不珍。"据朱鹤龄《杜工部诗集辑注》。

（续表）

诗题	注解对象（字、词、句、整首诗意）	卢元昌所引诗、文	引文出处
得舍弟观书自中都已达江陵，今兹暮春月末，合行李到夔州，悲喜相兼，团圆可待，赋诗即事，情见乎词	朝朝上水楼	楚江巫峡半云雨	七月一日题终明府水楼二首其二
槐叶冷陶	苞芦	泥笋苞初获	大历三年春白帝城放船出瞿唐峡久居夔府将适江陵漂泊有诗凡四十韵
舍弟观归蓝田迎新妇送示二首其一	卜居期静处	卜筑同蒋诩，为园似邵平。①	舍弟观赴蓝田取妻子到江陵喜寄三首其三
夔州歌十绝句	整首诗意	相看多使者	入宅三首其二
		清秋万估船	白盐山
甘林	尽添军旅用，迫此公家威。	万里烦供给，孤城最怨思。	夔府书怀四十韵
寄刘峡州伯华使君四十韵	小子独无承	明主执先祖之故事，拔泥涂之久辱。	进雕赋表
		朝廷故旧礼数绝	投简咸华两县诸子
		膳部默凄伤	承沈八丈东美除膳部员外郎阻雨未遂驰贺奉寄此诗
		岁久空深根	赠蜀僧闾丘师兄
摇落	鹅费羲之墨	九龄书大字	壮游
奉酬薛十二丈判官见赠	文王日俭德	不过行俭德	有感五首其三
		何如俭德临	提封
		君臣节俭足	往在

---

① 杜甫《舍弟观赴蓝田取妻子到江陵喜寄三首》其三："卜筑应同蒋诩径，为园须似邵平瓜。"

（续表）

诗题	注解对象(字、词、句、整首诗意)	卢元昌所引诗、文	引文出处
夜二首其一	犯	飘飘犯百蛮	将晓二首其一
		北雪犯长沙	对雪
清秋	十月江平稳，轻舟进所如。	禹凿寒江正稳流	舍弟观赴蓝田取妻子到江陵喜寄三首其一
别李义	舒国	纪国则夫人之门，舒国则府君之外父。	祭外祖祖母文
寄从孙崇简	莫令斩断青云梯	淘米；刘葵①	示从孙济
又示宗武	整首诗意	聪慧与谁论	忆幼子
		骥子最怜渠	得家书
		已伴老夫名	宗武生日
敬寄族弟唐十八使君	磊落	磊落星月高	发秦州
		腾骧磊落三万匹	韦讽录事宅观曹将军画马图歌
		磊落如长人	通泉县署壁后薛少保画鹤
		君看磊落士	三韵三篇其一
		磊落映时贤	哭韦大夫之晋
		磊落字百行	入衡州
		磊落贞观事	奉送魏六丈佑少府之交广
移居公安敬赠卫大郎钧	入邑豺狼斗	世乱敢求安	移居公安山馆
		邻鸡野哭如昨日	晓发公安
		岸上空村尽豺虎	发刘郎浦
暮秋枉裴道州手札率尔遣兴寄递呈苏涣侍御	药物楚老	顷者，卖药都市。	进三大礼赋表
赠韦七赞善	虾菜	风俗当园蔬	白小②

① 杜甫《示从孙济》:"淘米少汲水，汲多井水浑。刈葵莫放手，放手伤葵根。"
② 卢元昌记为《小白》。

一、以阐明诗意为出发点

对杜诗字句的注解,杜诗学者多秉持"无一字无来历"的原则,从前代典籍中找寻杜诗之"源"(包括语典和事典)。任何人注杜,都应以阐明诗意为出发点,否则无法进一步分析杜诗之艺术。卢元昌"以杜注杜"亦以阐明诗意为出发点,对杜诗之字句、诗意做出合乎杜甫本心的解释。

卢元昌常引表达同样意思的杜诗来作解,如《绝句四首》其四"苗满空山惭取誉"之"惭取誉",诸家皆无注,卢元昌阐道:

> 大抵物为人誉,便不能免。漆以用割,膏以明煎①,皆由见知于人。夫惟惭取誉,斯能保其形,犹曰"怯成形",真忧患之至哉。②

接着便举杜甫《遣意二首》其一之"渐喜交游绝,幽居不用名"来进一步印证"惭取誉"。

再如《百忧集行》之"悲见生涯百忧集",卢元昌阐道:

> 公《同谷七歌》曰"中夜起坐万感集","万感集",《七歌》不足尽之。兹曰"悲见生涯百忧集","百忧集",妻孥之累,不足数也。公之忧,其大者,忧国忧民,忧家次之,忧一身之生涯又次之。《咏怀篇》曰:"杜陵有布衣,老大意转拙。穷年忧黎元,叹息肠内热。"③

卢元昌以《乾元中寓居同谷县作歌》和《自京赴奉先县咏怀五百字》所写之"忧"与此句进行对比,并揭示此句诗之深意,即杜甫所忧者,乃

---

① 杜甫《遣兴五首》其三有云:"漆以用而割,膏以明自煎。"
②③ (清)卢元昌撰:《杜诗阐》卷十二。

国与民，而家及自己之通达则在其次。同样亦可见于对"布衣愿""晋山虽自弃"等的注解，此不赘引。

其次是对杜诗诗意的阐释，《羌村三首》其三"请为父老歌，艰难愧深情"，为了阐明杜甫与邻里之情，卢元昌一连引用了杜甫《夏日李公见访》之"隔屋唤西家，借问有酒不"、《春日江村五首》其四之"邻家送鱼鳖，问我数能来"、《寒食》之"田父要皆去，邻家问不违"、《野人送朱樱》之"西蜀樱桃也自红，野人相赠满筠笼"、《正月三日归溪上有作简院内诸公》之"药许邻人斸"、《将赴成都草堂途中有作先寄严郑公五首》其二之"不教鹅鸭恼比邻"、《又呈吴郎》之"堂前扑枣任西邻"和《晦日寻崔戢李封》之"喜结仁里欢"。杜甫与邻里之深情厚谊，在杜诗中屡有表示，经卢元昌之称引得以给人留下深刻印象。同样的注解方法亦见于对《寒食》"田父要皆去，邻翁问不违"一句、《又示宗武》整首诗意的解释，此不赘引。

二、以揭示杜诗艺术为目的

卢元昌精于选文，曾自言："予昔年选评时牍，率被远贾翻刻，继唐宋八家，翻刻者，到处皆然。"①《杜诗阐》共四种体例，其中"夹评"注重分析杜诗之艺术特色。卢元昌在运用"以杜注杜"方法时，亦以揭示杜诗之艺术为目的。

对杜诗艺术的揭示，彰显了明末清初杜诗学之潮流所向。从钱谦益、金圣叹，到张溍、卢世㴶，再到卢元昌、仇兆鳌、浦起龙，杜诗经

由宋人的"文化发现和创作"①,到明清已经成了一种欣赏对象。从文化到艺术,从发现与创造到追怀,杜诗之经典地位得到了再次确认。而对艺术之揭示,也可以从诸如"笺""臆""解""阐"等书名上见出一斑,而非像宋人那样仅仅标为"注"。郭绍虞先生曾对"注"做过一精妙解释:"我所谓注,是包括注和解和评三方面的。注以明其义,解以通其旨,评以阐其志和论其艺,所以注则重在学,解则重在才,而评则于才学之外,更重在识。"②由此亦可见宋人与清人注杜之区别。

三、注重杜诗前后之间的联系

杜甫一生存诗 1 455 首③,同一主题会在不同时段得到同样的书写,故其诗前后之间存在着呼应关系。卢元昌运用"以杜注杜"方法来解杜诗,正是注意到了杜诗的这一特点。如解《遣兴》之"弟妹各何之",仇兆鳌引《列子》云:"弟妹之所不见。"④然卢元昌则引杜甫《第五弟丰独在江左近三四载寂无消息觅使寄此二首》其二云"闻汝依山寺,杭州定越州",《乾元中寓居同谷县作歌七首》其四云"有妹有妹在钟离,良人早殁诸孤痴"和《送韩十四江东省觐》云"我已无家寻弟妹"三句诗来共同阐释"弟妹各何之",杜甫之于弟、妹之牵挂,从前后不同诗中得到了共同的书写,足见杜甫之深情。杜甫另有一首《遣兴》诗,写牵挂诸弟,为卢元昌漏引,诗云:

---

① 王宇根在《万卷:黄庭坚和北宋晚期诗学中的阅读与写作》中论及:"杜甫的经典化在十一世纪的最终完成很好地显示了当时思想文化的总体运作过程,经由这一过程,一个作者的作品的内在品质,与当时的思想文化中对宏大模式和历史指引的深切欲望之间实现了完美的适配。可以说,是十一世纪渴望宏伟和模式指引的思想文化促生了这一时期对杜甫的狂热兴趣;杜甫的'高雅大体'不仅是这一时期的文化所发现的,它在很大程度上是这一文化所创造的。"北京:生活·读书·新知三联书店,2015 年,第 207 页。

② 郭绍虞:《杜诗镜铨前言》,(唐)杜甫著,(清)杨伦笺注:《杜诗镜铨》,上海:上海古籍出版社,1981 年,第 1 页。

③ 近年所出萧涤非主编《杜甫全集校注》、谢思炜《杜甫集校注》,均收杜诗 1 455 首。

④ (唐)杜甫著,(清)仇兆鳌注:《杜诗详注》,第 750 页。

　　我今日夜忧，诸弟各异方。不知死与生，何况道路长。避寇
一分散，饥寒永相望。岂无柴门归，欲出畏虎狼。仰看云中雁，
禽鸟亦有行。①

　　与此诗所云"干戈犹未定，弟妹各何之？衰疾那能久，应无见汝期"同意，亦体现了这种前后联系。

　　再如解《今夕行》"刘毅从来布衣愿"之"布衣愿"时，此"布衣愿"乃杜甫之自白，但此诗并未交代其所指，于是卢元昌在解释时，一连引用了"许身一何愚，自比稷与契。致君尧舜上，再使风俗淳"（《自京赴奉先县咏怀五百字》），"安得壮士挽天河，洗净甲兵长不用"（《洗兵马》），"安得广厦千万间，大庇天下寒士俱欢颜"（《茅屋为秋风所破歌》），杜甫之"布衣愿"或许不止于此，但此三句诗足以表明杜甫作为一介布衣，却心怀天下苍生的儒者情怀。

　　卢元昌在运用"以杜注杜"这种方法解杜时，大部分是引用杜诗，但有时也引杜甫之文。杜甫之文甚少为人关注，即使为杜诗作注之人，亦多只注其诗。朱鹤龄在《辑注杜工部集凡例》中曾言："子美文集，惟吕东莱略注《三礼赋》。余因为广之，钩贯唐史，考正文义，允称杜集备观。"②卢元昌共引杜文十五条③，数量上虽不多，但却可见其注意到了杜诗与杜文之间的联系。如解《草堂》之"蛮夷塞成都"，卢元昌引《东西两川说》载："西山汉兵，食粮者四千人，皆关辅劲卒。脱南蛮侵掠，邛、雅子弟，不能独制，但分汉卒助之，不难扑灭。顷三城失守，非兵之过，粮不足也。今此辈见阙兵马，使八州素归心于其世袭刺史，独汉卒，属偏裨将主之。窃恐备吐蕃，宜先自羌子弟始。"引史证诗可还原诗之背景，同样，引杜文来解杜诗，亦可揭示背景，俾人明晰诗意。

---

① （唐）杜甫著，（清）仇兆鳌注：《杜诗详注》，第493页。
② （清）朱鹤龄辑注，韩成武等点校：《杜工部诗集辑注》，第23页。
③ 其中引用《为阆州王使君进论巴蜀安危表》4条，《祭外祖祖母文》2条，《雕赋》2条，《进雕赋表》2条，《秋述》《东西两川说》《祭故相国清河房公文》《进三大礼赋表》《唐故万年县君京兆杜氏墓志》各1条。

"以杜注杜"本为卢元昌诋斥，然自己却将之运用得纯熟自然，不仅直接地阐明了诗意，形象地揭示了杜诗之艺术，且注意到了杜诗前后之间的联系，对杜诗的注解探索出了一条前人未曾过多留意、然却行之有效的方法。但这种方法不仅为时人所忽略，后之杜诗学者，注杜解杜仍是循归传统。像卢元昌这种探求解杜之法之人，并未多见。浦起龙在解《览柏中丞兼子侄数人除官制词因述父子兄弟四美载歌丝纶》"新渥照乾坤"之"新渥"时，引钱笺云："杜鸿渐入成都，请授茂林为邛南节度使。邛南节度使废。史不书茂林他除，岂即拜夔州都督乎？"浦氏加按语引《柏二将中丞命》诗云"迁转五州防御使"，谓"都夔而兼领五州，所谓新渥也"①。此可谓"以杜注杜"之遥应。

可以说，卢元昌的"以杜注杜"与金圣叹的"分解法"、钱谦益的"诗史互证法"、浦起龙的"心解"等共同丰富了杜诗阐释史。

第三节　论清代江南奏销案对卢元昌 《杜诗阐》的影响

卢元昌（1616—1695），字文子，后又名骆前。号观堂，晚自号半林居士。江苏华亭（今上海松江）人。明诸生，入清后遭奏销案削籍在家，故终生未仕。曾与彭宾（？—1651后）、顾大申（生卒年不详）等举赠言社（几社分支），与陈子龙（1608—1647）、陈维崧（1625—1682）、顾景星（1621—1687）等皆有交往。精于古文选评注疏②，诗追杜甫，词入云间。其积十八年之功而成的《杜诗阐》是清代康熙年

---

① （清）浦起龙著：《读杜心解》，北京：中华书局，1961年，第767页。
② 可参《松江府志·艺文志》《华亭县志·艺文》、卢元昌《左传分国纂略·纂例》、董含《三冈识略·卢先生》、沈德潜《清诗别裁集》"卢元昌小注"、钱仲联《清诗纪事》等文献，皆提及卢元昌"尤精注疏"。

间一部极有影响力的杜诗全集注本①。在杜诗注解上，其秉持实证和比兴的原则，独出心裁，通过"题解""述""夹评""阐"四种体例从各个方面来精解杜诗之语义及艺术，又通过"以杜注杜"直接还原杜诗的深层涵义及艺术特色。因此，不仅受到时人如鲁超（生卒年不详）、仇兆鳌（1638—1717）、查弘道（生卒年不详）等称赞和称引，也受到近现代学者如洪业、周采泉等的高度评价。本文以影响卢元昌后半生命运的"江南奏销案"为切入点，由此揭橥此案对于《杜诗阐》之成书及卢元昌阐杜方法的影响。

一、"江南奏销案"之始末

奏销，是指各州县每年将钱粮征收的实数（包括存留与逋欠等情况）报户部奏闻。而因部分地区逋欠，故清廷发动了严厉催征钱粮、惩处逋欠绅衿的案情，此即谓奏销案。征收赋税，乃封建政府官吏之职权所在，但恰值明清鼎革，清廷发动奏销案是与当时的具体情境有关的，即"特当时以明海上之师（指郑成功），积怒于南方人心之未尽帖服，假大狱以示威，又牵连逆案以成狱也"②。可以说，打击江南士绅，使其从心理上承认清朝入主中原这一既定事实，是发动这场奏销案的直接原因③。梁启超指出："那时满廷最痛恨的是江浙人。因为这地方是人文渊薮，舆论的发纵指示所在，'反满洲'的精神到处横

---

① 《四库全书总目》"别集类"共著录七种杜诗注解书目（只存目），分别是黄生《杜诗说》、张溍《读书堂杜诗注解》、张远《杜诗会粹》、吴见思《杜诗论文》、卢元昌《杜诗阐》、纪容舒《杜律疏》、浦起龙《读杜心解》。

② 徐珂编撰：《清稗类钞·狱讼类·顺治辛丑奏销案》，北京：中华书局，1984年，第996页。

③ 关于清廷发动奏销案之原因、目的及奏销案之历史意义，可详参孟森：《心史丛刊一集·奏销案》，北京：中华书局，2006年，第3—21页；陈寅恪《柳如是别传》第五章，《陈寅恪集》，北京：生活·读书·新知三联书店，2001年；伍丹戈：《论清初奏销案的历史意义》，《中国经济问题》1981年第1期；付丹芬：《清初"江南奏销案"补证》，《江苏社会科学》2004年第1期；宫宏祥：《论江南奏销案》，《太原理工大学学报（社科版）》2005年第1期；岁有生：《关于江南奏销案的再思考》，《兰州学刊》2008年第4期；王刚：《顺治朝的江南控制策略》，陕西师范大学2009年硕士学位论文。

溢。所以自'窥江之役'（即顺治十六年郑、张北伐之役）以后，借'江南奏销案'名目，大大示威，被牵累者一万三千余人，缙绅之家无一获免。"①当时发生奏销案的省份有山东、浙江、福建、广东、广西、陕西，但认真执行且打击深重的，则属"苏、松、常、镇四府属并溧阳县"，即"江南奏销案"②。

徐珂交代，顺治十八年（1661）正月初七，世祖驾崩。正月二十九日，康熙便给吏部、户部发布了谕旨。到了三月，又"定各省巡抚以下、州县以上征雇钱粮未完数分处分例"。这条"新令"，令当时人民"痛心疾首"，并"无不以新令为陷阱"③。在这道谕旨里，清廷不仅规定了征缴逋欠的办法，而且特意对那些征缴不力的官员作出了明确的裁处规定。这也便能够解释江苏巡抚朱国治肆意打击江南绅衿之现象了④。

清廷对此案虽讳莫如深，官方记载只字不提，但时人一些笔记却斑斑在目。据曾羽王《乙酉笔记》载：

> 康熙登级，仍以本年未顺治十八年，四大臣当国，未及一月，即严催十七年奏销钱粮，一时人情皇急，惧祸者即于正月内完

----

① 梁启超著，俞国林校：《中国近三百年学术史（校订本）》，北京：中华书局，2020年，第25页。

② 伍丹戈在其文中指出，江南四府一县，又以苏、松两府为重中之重，且事发后赋税追缴及革黜十分严峻。而诸如陕、粤、闽等处，被革黜生员续完拖欠，到康熙三年便恢复原来名义。而江南被革黜绅衿，直到康熙十四年才准高价捐复。详见伍丹戈：《论清初奏销案的历史意义》，《中国经济问题》1981年第1期。

③ 徐珂编撰：《清稗类钞·狱讼类·顺治辛丑奏销案》，第995页。按，根据伍丹戈、宫宏祥论证，清廷处理此案的依据是顺治十五年（1658）七月吏、户、礼三部共同议定的"绅衿抗粮处分定例"，非徐珂这里所谓的"新令"。孟森亦将顺治十八年的这道谕旨称为"新令"，伍丹戈也指其"不合乎事实"。

④ 朱国治雷厉风行，且在未充分弄清楚江南逋欠的情况下，便造册报户部，因此，江南人民恨之入骨。康熙元年，朱国治因丁忧被革职。但实际上，清廷对其严厉催缴是肯定的。然严厉催缴的，并非朱国治一人。故徐珂谓："以催征鞭扑士子，盖自辛丑新令以来，官吏无不以奉行为能事，又不独国治之所辖之江苏已也。"徐珂编撰：《清稗类钞·狱讼类·顺治辛丑奏销案》，第997页。

清，而未完者正十分之八。不意三月中，抚军朱国治，已推册解部。七月中，部文已转，凡绅衿于二月后输纳者，概行革职。苏常四府，共革进士、举人、贡监生员一万三千零。仍提解来京，从重治罪。我松约二千有余，一时人皆胆落。隔数月又得温旨，凡七月后完纳者，提解来京，余得免解。四府中尚有八百余名，而其他不及也。①

曾羽王此处所记，与徐珂之辑录正吻合。江南士绅受此案打击，经济上"未有甚于此时者也"，政治上或锒铛入狱，或被革黜生籍、官籍。至此，自顺治十七年发动嘉定、无锡奏销案开始，到顺治十八年四月发动影响深重的江南奏销案，逋欠绅衿基本续完，而真正未完并解京从重治罪的，只有溧阳县四名衿户②。不管经济上，还是政治上，江南士绅都受到了沉重的打击。但真正影响深远的，当时所谓"探花不值一文钱"③、"悍吏势同虎狼，士子不异俘囚"④，是此案之于士人的心态所造成的创伤。

二、江南奏销案对江南士人心态之影响

在中国古代，新的封建王朝之建立，常常伴随赋税制度的改革，因为这关系到天下百姓的生活和人心向背。清朝定鼎后，自顺治元年（1644）到顺治十七年（1660），朝廷每年都会因水旱灾害而减免受灾地区的赋税，同时通过编订赋税全书、推行易知由单、查办土豪绅士逃税行为等措施来稳定民心⑤，同时也可以保证征收到足够使用

　　① 转引自伍丹戈：《论清初奏销案的历史意义》，《中国经济问题》1981年第1期。
　　② 付庆芬：《清初"江南奏销案"补证》，《江苏社会科学》2004年第1期。
　　③ （清）董含撰：《三冈识略》，《四库未收书辑刊》肆集第贰拾玖册，北京：北京出版社，2000年，第674页。
　　④ （清）叶梦珠撰：《阅世编·赋税》，《笔记小说大观》第三十五编第五册，台北：新兴书局，1976年，第137页。
　　⑤ 具体参见李小林撰：《清史纪事本末》（第二卷顺治朝）"赋役制度"，上海：上海大学出版社，2006年，第565—583页。

的赋税。但对于异族入主中原这一既定事实,不管是前明遗老,还是普通民众,很多人都抱着"遗民"心态,或明或暗地从事反清复明的活动,尤其是江南地区。因此,统治者必须采取一些手段,来改变这种"远人不服"的事实。

翻检史料,我们会看到:从入关之初颁布的"剃发令",到"扬州十日、嘉定三屠""奏销案""通海案""哭庙案"以及诸起科场案,再到后来的《明史》案、文字狱、禁社令等,打击之深广,令人瞠目。以奏销案来说,"当是时,绅衿衙役欠者固有,要不及民欠十分之一",因此不管是经济上之近虑,还是政治上之远谋,"假大狱以示威,又牵连逆案以成狱"则是发动此次案件的主要动机。那么,受此"动机"牵连的,"万数千计"之江南绅衿,很多成了这次"城门失火"之"池鱼"。受此打击,其心理上形成了一种"寒噤"现象,具体表现就是"文士之气"受挫,文人之颜面、著述动机等都受到了影响。这里引三段材料:

> 辛丑奏销之事,同社人一网几尽,江左绅士凡一万五千人,社中人不啻千余。于是弃家客游者有人,仰屋毙牖者有人,改名就试者有人,纵酒逃禅者有人,文士之气,稍稍沮丧。①

> 自汝兄弟出门后,钱粮征比愈急,人情世事亦愈变愈奇。凡公私内外,巨细诸事,一埤遗我。不但签票追呼,无一刻不聒耳捣心,兼因时世穷极,人心日幻。亲友家人之事,种种意外烦恼,纷至叠来,应接不暇。我自朝至暮,写书酬对,舌敝笔秃,日无宁晷。从前书画闲适之趣,尽隔前尘。生年七十五,从未有如此焦灼疲劳者。风烛残年,何以堪此! 迩来形神非故,眠食顿减,恐亦不能久矣。②

---

① (清)杜登春纂:《社事始末》,《丛书集成新编》第 26 册,台北:新文丰出版社,2008 年,第 464 页。

② (清)王时敏著:《西庐家书》,《丛书集成续编》第 122 册,上海:上海书店,1994 年,第 1031 页。

> 进士董君阆石,与其弟孝廉苍水,云间世家也。当宗伯、少宰两先生凋丧之后,乃能联翩鹊起,克绳祖武,人以为今之二陆也。亡何,以逋赋微眚,同时被斥者甚众。董君自以盛年见废清时,既已嘿不自得,而其家徒四壁立。于是愈益无憀,幽忧侘傺,酒酣以往,悲歌慷慨,遇夫高山广谷,精蓝名梵,乔松嘉卉,草虫沙鸟,凡可以解其郁陶者,莫不有诗。①

从上面三段材料可看出,同是面对奏销案,"稍稍沮丧""书画闲适之趣,尽隔前尘"者有之,"凡可以解其郁陶者,莫不有诗"者亦有之,一是无意于创作,一却将郁闷托之于创作,这样两种相反的现象,却都指向了同一个事实,即奏销案对于士人心理上之打击,要远远超过外在的层面(如经济上、仕途上)②。

本文所论述之卢元昌,恰在受打击最为严重的松江府。关于其受奏销案之牵连,嘉庆《松江府志》卷五十六、《华亭县志》卷十四皆载,谓其"入国朝,坐逋赋(按即奏销案)削籍,以著述老于乡"。卢元昌在其所著《杜诗阐·自序》中亦提及:

> 自被放,辍举子业,鸡林之请谢,自分非场屋中人矣,碌碌于此,奚为者? 于乙巳秋病间,遂从事于少陵诗集云。

这里所说的"被放"即指被削籍一事。卢元昌是几社成员,复社、几社均研习科举考试之八股文,他自己也曾应书坊之请评选古文、时文"垂二十年",而遭此人祸,故卢元昌对科举也失去了信心和兴趣,即

---

① (清)宋琬著,辛鸿义、赵家斌点校:《宋琬全集》,济南:齐鲁书社,2003 年,第20 页。

② 另可参看陈璇《奏销案与清初江南词坛——以阳羡词人为中心》,在这篇论文里,陈璇指出"面对江山易代和满族统治者的迫害,清初江南词坛的词风较之前代有了明显的变化,除了崇尚稼轩风之外,风格悲慨,重真性情"。在所列受打击之阳羡词人里,卢元昌也被算了进去。陈璇:《奏销案与清初江南词坛——以阳羡词人为中心》,《中国韵文学刊》2009 年第 2 期。

所谓"自分非场屋中人矣,碌碌于此,奚为者"。今人论及卢元昌者,皆一语述及其因奏销案而被削诸生籍,但并未提示任何线索。笔者在研读其《半林诗稿》[①]时,发现了三条可资凭借的诗句:

> 1. "庚集"《春王坐雨独酌杂感》诗中有"行年过耳顺,万事到头空"。
> 2. "庚集"《义乌骆叔夜见过贻诗赋酬》诗中有"殷勤语骆统,我已十年农"。

庚集纪年起自乙卯(1675),距其生年(1616)恰可谓"行年过耳顺"。卢元昌坐奏销案被削籍是在1661年,迄乙卯已十五年,"十年农"当是约指。因被削籍为农,故"万事到头空"。

> 3. "庚集"有《读唐史》二首:
> 吴下民无担石存,八年并税事艰辛。一时言利登元载,白著家家怕杀人。
> 杨炎两税苦无余,搜尽元和会计书。马矢尚堪三十万,何劳竭泽取枯鱼。

在第一首末尾,卢元昌自注道:"唐肃宗用元载,八年并征江南,民有十斗粟者,发徒围之,谓之白著。"在第二首末尾,卢元昌自注道:"唐裴匦舒奏:卖马粪岁可得钱三十万。"卢元昌这两首诗里提到"唐肃宗用元载,八年并征江南""竭泽取枯鱼"与董含《三冈识略》所载"江南赋役,百倍他省,而苏、松尤重。……时司农告匮,始十年并征,民力已竭,而逋欠如故"时异事同。叶梦珠在《阅世编》中亦提及奏销案发

---

① 据《明清江苏文人年表》"一六六九年"引《松轩书录》载卢元昌于是年自定《半林诗集》甲乙丙三卷。笔者查到暨南大学图书馆特藏室藏有《半林诗稿》一函两册,分诗庚、辛、壬三集,词仅一癸集;另南京图书馆藏有甲乙丙三卷《半林诗稿》,有关版本、内容及文献价值,另文探讨。

生后,江南"十年并征""涸泽而渔"之惨状①。可见此诗即以唐朝赋税影射江南奏销案,又可见卢元昌受此案打击而心绪寥落,对清廷不无怨怼之气。

卢元昌是一个"湛思经术""尤精注疏"之人,且"苟非同志者,白眼睥视,不接一谈,时人往往畏而谤之"②,但即使这样一个有棱角之人,也因奏销案之打击,而无奈地改变了其后半生的生活轨迹:自己曾参禅悟佛多年,放弃了;对于仕途,也失去了信心③。其好友董含受挫,于是转为诗酒生涯,而卢元昌除去言于诗外,其"解郁陶者"另有凭借,即解杜诗。《杜诗阐》付梓之日,卢元昌曾自诩道:"今日之得授梓也,亦曰吾生之忧患多矣,借是以忘其所苦,而得其所乐焉云尔。"④

唐以后,身逢易代之人,多从心理上膜拜杜甫,且通过注解杜诗来表达内心的家国之念。就像颜昆阳先生所谓:"诠释的目的并不在于证明什么,诗中也没有什么让我们去证明。诠释的目的,只是由于理解别人而更理解自己。具体来说,诠释屈原作品的目的,只是由于理解屈原而更理解自己;诠释杜甫作品的目的,只是由于理解杜甫而更理解自己;当然,诠释李商隐作品的目的,只是由于理解李商隐而更理解自己。他们能够与值得让我们理解的,就是他们面对生命存在时,有着怎样的欢悦,怎样的惊愕,怎样的怖惧,怎样的悲苦,怎样的堕落与怎样的理想,而他们又以怎样的价值观念去判断这种种的

---

① 叶梦珠《阅世编》:"自是而后,官乘大创之后,十年并征,人当风鹤之余,输将恐后,变产莫售,黠术□□。或一日而应数限,或一人而对数官,应在此而失在彼,捍吏势同狼虎,士子不异俘囚。……赋税之惨,未有甚于此时者也。"(清)叶梦珠撰:《阅世编·赋税》,《笔记小说大观》第三十五编第五册,第137页。

② (清)董含撰:《三冈识略》卷十《卢先生》,《四库未收书辑刊》肆集第贰拾玖册,第773页。

③ 卢元昌《杜诗阐·自序》:"余丁壮盛,沉溺于鸡林之业者垂二十年,彼时朝讽夕批,寒不炉,暑不扇,矻矻不少休。虽非为己之学,而乐此不疲,亦足以消磨岁月,即精神志气得有所寄托,而穷通得丧,生老病死,果不足以介其怀。……自被放,辍举子业,鸡林之请谢,自分非场屋中人矣,碌碌于此,奚为者?"

④ 卢元昌:《杜诗阐·自序》。

经验,进而去割舍什么、坚持什么,终而怎样去安顿自己。"①

明末清初,江南士人遭逢易代,故纷纷投目于杜诗。纵观明末清初杜诗阐释史,的确不难发现,一些注杜大家如王嗣奭、钱谦益、朱鹤龄、金圣叹、张远、吴见思、仇兆鳌、浦起龙等都是江南人。卢元昌"借是以忘其所苦",既是自己内心所向,也呼应了当时注杜这股潮流。而且,因受奏销案之打击,卢元昌在阐杜时,善于运用比兴手法,来发见杜诗背后所蕴含的深意,而非仅仅停留在一字一句之疏解上,且有时还指出这些诗之"殷鉴"意义。

三、比兴解杜:卢元昌阐杜的重要方法

《杜诗阐》的撰写,据其自述始于"乙巳(1665)秋","何朝夕,何寒暑,不手是编",梓于"壬戌(1682)夏"。积十八年之功而为一千多首杜诗作解,用心之深不难想见。然这样一部"不逞臆解,不务凿空,语而详,择而精"②且具有"独创风格"③的杜诗阐释著作,历经三百多年,始终未能摆脱束阁之运。

《杜诗阐》壬戌刻本有鲁超序曰:

> 卢氏文子潜心学杜二十余年,所著《杜诗阐》一书,穿穴钩摘,直能取古人精意于千载之上,举前此诸家厄词曲说,牵合傅会之陋,一扫而空之,事类意义,两者兼尽,可谓至当而无遗议者矣。余观近时人有注《李义山集》者,其用心至为深苦,然余嫌其每章每句必牵合曲证,以为为王茂元、令狐绹事而发。岂古人胸臆中止有此一事,而其平日感物流连,应酬搞属,别无寄托乎?恐犹未免于私心僻见而未可以为定论也。若卢子之注杜,不逞

---

① 颜昆阳:《李商隐诗笺释方法论:中国古典诠释学例说》,第 66 页。

② 鲁超:《杜诗阐序》。

③ 周采泉谓:"在仇注以前清初之杜学家,吴见思之《杜诗论文》及卢氏《杜诗阐》,均是独创风格。两书虽优劣互见,可取资者不少,《四库》存目不存书,失之过严。"周采泉著:《杜集书录》,上海:上海古籍出版社,1986 年,第 183 页。

臆解，不务凿空，语而详，择而精，斯可尚也已矣。旧注丛杂芜秽，几如雾雾之翳白日，得卢子一为湔洗，而古人之精神始出，少陵有知当莫逆于千载之前，不独令后之观者旷若发朦也。①

这篇序虽短，却相当深刻地揭示了卢元昌在阐杜时所秉持的精神和方法。而秉持这样的精神和方法其实是因社会现实之影响，而非像鲁超所贬低"注《李义山集》"之"近时人"，"用心深苦"地"每章每句必牵合曲证"。这社会现实之影响，即奏销案之打击，使他能够感同身受且"不逞臆解，不务凿空"地揭示出杜甫因受其时社会现实之影响所寄托在诗歌背后的深意，从而来确认杜甫"诗史"的历史价值和社会政治意义，这即是自汉人解《诗》以来所形成的比兴解诗传统。

其实，以比兴手法解杜诗，宋人已开其端，如赵次公解《石笋行》云：

> 此篇作于上元元年。是年，李辅国日离间二宫，擅权之迹甚彰，故因赋石笋而指讥李辅国也。②

如胡仔《苕溪渔隐丛话》前集卷十三引《瑶溪集》云：

> 《诗》之六义，后世赋别为一大文，而比少兴多，诗人之全者，惟杜子美时能兼之。如《新月诗》："光细弦欲上，影斜轮未安。"位不正，德不充，风之事也。"微升古塞外，已隐暮云端。"才升便隐，似当日事，比之事也。"河汉不改色，关山空自寒。"河汉是矣，而关山自凄然，有所感兴也。"庭前有白露"，露是天之恩泽，雅之事。"暗满菊花团"，天之泽止及于庭前之菊，成功之小如

---

① 鲁超：《杜诗阐序》。

② （唐）杜甫著，（宋）赵次公注，林继中辑校：《杜诗赵次公先后解辑校》（修订本），上海：上海古籍出版社，2012年，第407页。

此,颂之事。说者以为子美此诗,指肃宗作。[1]

再如仇兆鳌《杜诗详注》引罗大经语:

> 诗莫尚乎兴。兴者,因物感触,言在于此,而意在于彼,非若比赋之直言其事也。故兴多兼比赋,比赋不兼兴,古诗皆然。今以杜陵诗言之,《发潭州》云:"岸花飞送客,樯燕语留人。"盖因飞花语燕,伤人情之薄,言运客留人,止有燕与花耳。此赋也,亦兴也。若"感时花溅泪,恨别鸟惊心",则赋而非兴矣。《堂成》云:"暂止飞乌将数子,频来语燕定新巢。"盖因乌飞燕语,而喜己之携雏卜居,其乐与之相似。此比也,亦兴也。若"鸿雁影来联峡内,鹡鸰飞急到沙头",则比而非兴也。[2]

至南宋末刘辰翁批点杜诗,臆解之说更见比兴手法之浸染。降及明清,如金圣叹、钱谦益、朱鹤龄等,有过之而无不及。洪业先生曾说:"钱氏求于言外之意,以灵悟自赏,其失也凿。"[3]卢元昌则并非凭借"灵悟自赏",而是依据史事,"穿穴钩摘,直能取古人精意于千载之上",通过"以意逆志",以"了解之同情"来还原杜诗的"在场感",真可谓"既又发其言中之意,意中之言,使当年幽衷苦调曲传纸上"[4]。我们举卢元昌对《九成宫》和《秋雨叹》其三之"阐"为例:

《九成宫》

苍山入百里,崖断如杵白。曾宫凭风回,岌嶪土囊口。立神扶栋梁,凿翠开户牖。其阳产灵芝,其阴宿牛斗。纷披长松倒,揭蘖怪石走。哀猿啼一声,客泪迸林薮。荒哉隋家帝,制此今颓

---

① (宋)胡仔纂集,廖德明校点:《苕溪渔隐丛话》,北京:人民文学出版社,1962年,第84页。

② (唐)杜甫著,(清)仇兆鳌注:《杜诗详注》,第736页。

③ 洪业:《杜诗引得·序》,上海:上海古籍出版社,1985年。

④ (清)卢元昌:《杜诗阐·自序》。

朽。向使国不亡,焉为巨唐有? 虽无新增修,尚置官居守。巡非瑶水远,迹是雕墙后。我行属时危,仰望嗟叹久。天王守太白,驻马更搔首。①

唐经安史之乱,盛世繁华,一去不再。肃宗即位灵武,仓皇备战。杜甫《九成宫》诗,以沉痛之笔,借一座宫殿表达了自己对世事浮沉之慨叹。杜诗阐释史上,只有卢元昌真切揭示了杜甫之心声:

> 按《史》,隋杨素作仁寿宫,夷山堙谷,穷极壮丽,故诗中有"断崖""凿翠"等句。玄宗华清,犹隋仁寿。隋之仁寿为巨唐有,唐之华清今安在也? 肃宗至灵武,魏少游盛治宫室,帷帐皆仿禁中。肃宗悉命撤去,是能禀"雕墙"之鉴者。此诗"荒哉"一段,指陈今昔,真《大雅》殷鉴之遗。②

在这段阐里,卢元昌由九成宫联想到玄宗之华清宫,而华清宫恰是玄宗与杨贵妃嬉戏游乐之处。卢元昌揭示出杜甫此诗之"指陈今昔",而卢元昌身历明清鼎革,借此诗之阐释,是否蕴蓄"明之故宫今安在"之意?

入清后,卢元昌不仅因奏销案被削籍,据王彬主编《清代禁书总目》,其作《国书》《明纪本末》《明纪本末国书》③被禁,这些书今天虽无由得见,但从其书名亦可揣度一二。卢元昌之于明、清之心境,大抵同于王夫之那联"清风有意难留我,明月无心自照人"所写。

《秋雨叹》其三

长安布衣谁比数,反锁衡门守环堵。老夫不出长蓬蒿,稚子

① (清)卢元昌撰:《杜诗阐》卷五。
② (清)卢元昌撰:《杜诗阐》卷五。按仇兆鳌在"荒哉隋家帝"至"迹是雕墙后"谓:"此段叙事,言宫历两朝,有殷鉴不远之意。"然卢元昌已先指出这段诗之涵义:"以上借隋示鉴。"(唐)杜甫著,(清)仇兆鳌注:《杜诗详注》,第388页。
③ 此三书是否为同一书,待考。

无忧走风雨。雨声飔飔催早寒,胡雁翅湿高飞难。秋来未曾见白日,泥污后土何时干。①

张溍解此诗:"此首言己因久雨,情绪作恶。"②仇兆鳌谓:"此章末章,自叹久雨之困。上四言雨中寥落,下则触景而增愁也。农夫田父,概指长安之人。老夫稚子,自述旅居情事。日者君象,土者臣象,日暗土污,君臣俱失其道矣。"③杜甫久困淫雨,与长安饥民一道,深陷凋敝。而君臣失其正位,君上移权于下,臣下则弄权于上。杜甫之叹,实为天下,并非如张溍所言,"因久雨,情绪作恶",其情绪之恶,缘于君臣失道。卢元昌对此诗阐云:

> 先是公在长安,作《秋述》。此"反锁衡门",正《秋述》中"旧雨来,今雨不来"之故。"老夫不出长蓬蒿",即《孟子》"闭户可也"意。"稚子无忧走风雨",写尽不知民艰,方蹀泄泄之状。曰"老夫",曰"稚子",分明"老夫灌灌,小子谑谑"也。天宝十三载秋,玄宗倦勤,谓高力士曰:朕今朝事付宰相,边事付诸将,夫复何忧!乾纲下移,太阳失照。"秋来未曾见白日",语意有谓。④

《秋述》作于天宝十载(751),此时杜甫已困居长安五年,卢元昌引《秋述》"杜子卧病长安旅次,多雨生鱼,青苔及榻,常时车马之客,旧雨来:今雨不来"作为"反锁衡门"之因,揭示出其时人情冷暖。引《孟子·离娄下》:"今有同室之人斗者,救之,虽被发缨冠而救之,可也;乡邻有斗者,被发缨冠而往救之,则惑也;虽闭户可也。"⑤"虽闭户可也"说的是像颜回那样甘于"一箪食,一瓢饮"的人。杜甫困雨久不出门,人迹罕至,写出其生活的凄凉,正像颜回"虽闭户可也"。《大雅·

---

① ④ (清)卢元昌撰:《杜诗阐》卷一。

② (唐)杜甫撰,(清)张溍注:《读书堂杜工部诗集注解》卷二,《四库全书存目丛书》第 5 册,济南:齐鲁书社,1997 年,第 570 页。

③ (唐)杜甫著,(清)仇兆鳌注:《杜诗详注》,第 218—219 页。

⑤ 杨伯峻译注:《孟子译注》,北京:中华书局,1960 年,第 199 页。

板》："天之方蹶，无然泄泄。"①身撄乱世，稚子年幼，不知忧虑，虽久困淫雨，亦可风雨中寻乐。《大雅·生民》："天之方虐，无然谑谑。老夫灌灌，小子蹻蹻。"②老夫与稚子，一心藏忧患，一嬉笑乐天，正"灌灌、谑谑"也。自李林甫下世，杨国忠上位，权倾朝野。玄宗亦贪于杨贵妃之"承欢侍宴"，无暇政务，于是悉委杨国忠。太阳为君象，久雨而不见白日，正如天下之民困于无太阳照耀之状。卢元昌此"秋来未曾见白日"之阐，前此诸人未有道及者。后此如仇兆鳌"日者君象，土者臣象，日暗土污，君臣俱失其道矣"之解，或也借鉴卢氏之阐。仇氏对于此三章《秋雨叹》之解，引用（稍有改造）卢注三次③。

仇兆鳌于此诗加总评云：

> 此感秋雨而赋诗，三章各有讽刺。房琯上言水灾，国忠使御史按之，故曰"恐汝后时难独立"。国忠恶言灾异，而四方匿不以闻，故曰"农夫田父无消息"。帝以国事付宰相，而国忠每事务为蒙蔽，故曰"秋来未尝见白日"。语虽微婉，而寓意深切，非泛然作也。④

以此与卢元昌之阐相较，既无卢元昌引史、引典之详，亦不如卢氏之精到。

卢元昌之生平虽于正史、笔记多付阙如，然其人其书，恰可为明末清初历史风云变幻之参鉴，也可见其时士大夫之心态情操。《杜诗阐》乃其心血凝结，在杜诗学史上应占有一席。本文所论，只是透过江南奏销案这一重大历史事件来观照其之于卢元昌人生轨迹的影响，进而对于其从事阐杜及阐杜时所采用的方法做一探求。卢元昌之"阐"与钱谦益之"笺注"、王嗣奭之"臆"、浦起龙之"心解"、杨伦之

---

①　程俊英、蒋见元著：《诗经注析》，北京：中华书局，1991年，第843页。
②　程俊英、蒋见元著：《诗经注析》，第844页。
③　（唐）杜甫著，（清）仇兆鳌注：《杜诗详注》，第216—219页。
④　（唐）杜甫著，（清）仇兆鳌注：《杜诗详注》，第219页。

"镜铨"等共同丰富了杜诗阐释学史。个中所论,不免隙陋,还望方家指正。

第四节　论杜甫前、后《出塞》的多歧性阐释及其原因

　　杜诗在后人的传播与接受中逐渐成为经典文本。自中唐开始迄今,对杜诗的阐释从未间断。但围绕这一经典文本诸多问题的阐释,至今仍存在一些"未解之谜"。对同一问题的阐释,有时又出现多歧互异的现象。本文拟以前人关于杜甫《前出塞九首》及《后出塞五首》的阐释为例,通过梳理其阐释存在的"多歧性"现象,进而对这种多歧性的原因及价值加以探索。既冀于全面、深刻地认识杜甫的这两组诗,也期以从宏观上对今人的杜诗阐释、研究提供一些参考。

一、前、后《出塞》的多歧性问题

　　流传至今的杜诗虽多,但并非每一首都成了今人传诵的经典。即就一些经典篇目来看,后人对其阐释也存在多歧性的问题。经笔者归纳,围绕前、后《出塞》这两组诗的多歧性问题主要集中于编年、主旨和写作手法三方面。

(一) 关于这两组诗的编年

　　对诗歌予以编年的理论支撑,可以溯源于孟子的"知人论世"。对杜诗予以编年,既是对杜诗号为一代"诗史"的诠释实践,亦是对杜诗进行阐释的一种"范式"。编年所运用的方法无非是征引史实来证明杜诗的写作时间,但这种"证明"存在两个前提性的"不足":一、史实本身存在不确定性(正史尚且为后代人删削而成,遑论笔记、野史),那么由此来证明杜诗,便使得编年出现了多歧性问题,如仇兆鳌在《杜诗详注·杜诗凡例》中指出的"今去杜既远,而史传所载未详,

致编年互有同异"①；二、杜甫的创作心迹早已无从验证，而凭借"索隐"杜诗来迎合史实，难免因杜诗本身的托寓比兴，从而也使得编年呈现多歧性。

总之，对杜诗编年固然方便了后人以杜诗来还原玄、肃、代三朝的历史兴衰及背后的人事代谢，如仇兆鳌所谓"依年编次，方可见其平生履历，与夫人情之聚散，世事之兴衰"②。但也因编年造成后人在解读杜诗时的按图索骥、先入为主，其多歧性则更限制了人们对杜诗本意的确切理解。围绕前、后《出塞》编年的分歧，至今仍可谓一"悬案"。

这两组诗是否为前后相续一气写完，还是先写了《前出塞》，后隔了段时间又写了《后出塞》？具体创作年月能否确指？对这些问题的解释有如下几种代表性的观点：

1. 杜甫诗集的祖本"二王（王洙、王琪）本"系这两组诗前后相续，编在卷三"寓秦州及同谷县行赴蜀中作"，未确指创作年月。萧涤非主编《杜甫全集校注》、谢思炜《杜甫集校注》均以二王本为底本，系年仍旧。按广勤书堂刊本《集千家注分类杜工部诗》所附黄鹤撰《杜工部诗年谱》载"乾元二年己亥"，杜甫"弃官去客秦州当在其年七月末"，"去秦又可知在十月之末，至同谷不及月遂入蜀"。仇兆鳌《杜诗详注》所附"杜工部年谱""乾元二年"条云："七月，弃官西去，度陇，客秦州……十月，往同谷，寓同谷不盈月。十二月，入蜀，至成都。"③莫砺锋《杜甫评传》所附"杜甫简谱"载"四十八岁乾元二年（759）"条，云："春自洛阳返华州，作'三吏''三别'。七月，弃官携家往秦州。作《秦州杂诗》《梦李白》等诗。十月，往同谷，沿途作纪行诗一组。至同谷后作《乾元中寓居同谷县作歌七首》。十二月往成都，途中复作纪行诗一组。岁末至成都。"④陈贻焮《杜甫评传》亦云："他从乾元二年（759）七月自华州携家来此（按秦州），直至九月始终寓居城中……十

---

①② （唐）杜甫著，（清）仇兆鳌注：《杜诗详注》，第 22 页。

③　（唐）杜甫著，（清）仇兆鳌注：《杜诗详注》，第 16 页。

④　莫砺锋：《杜甫评传》，南京：南京大学出版社，1993 年，第 424 页。

月,即携眷赴同谷。"①因此,"杜甫寓秦州及同谷县行赴蜀中"的时限是乾元二年(759)七月至十二月,也即这两组诗作于这个时限内。莫、陈之观点虽与黄鹤有出入,但杜甫入秦州的确在乾元二年七月后。

2. 蔡梦弼《杜工部草堂诗笺》谓这两组诗皆作于"天宝以来在东都及长安所作",然《前出塞九首》编于第五卷,《后出塞五首》编于第六卷。东都,指洛阳。杜甫于乾元二年七月往秦州以后,就再也没回过洛阳、长安。"天宝(742—756)以来",杜甫"旅食京华",因此,蔡本只指出了这两组诗的大致作年,并未确指。

3. 元刊本《集千家注杜工部诗集》中前、后《出塞》亦编于卷三"天宝以来在东都及长安所作",与《杜工部草堂诗笺》一致。《后出塞五首》题下注云:"天宝十四年,安禄山及契丹战于潢水,败之,故有是诗。"

4. 朱鹤龄《杜工部诗集辑注》"从《草堂》本分编",故《前出塞》编在第二卷(天宝中,公在京师作),《后出塞》编在第五卷(乾元中,公出为华州司功,弃官客秦州作)按,对前、后《出塞》的作年,朱鹤龄一系为"天宝"中,一系为"客秦州",也即乾元二年七月后。

5. 卢元昌《杜诗阐》中两组诗前后相续,系于"乾元二年秦州作"。

6. 仇兆鳌《杜诗详注》将《前出塞》编在卷二,题下注云:"《杜臆》:《前出塞》云赴交河,《后出塞》云赴蓟门,明是两路出关。考唐之交河,在伊川西七百里。当是天宝间,哥舒翰征吐蕃时事,诗亦当作于此时,非追作也。张綖注:单复编在开元二十八年,黄鹤以为乾元时,思天宝间事而作,今依范编在天宝年间。"②按仇兆鳌所引,可知单复主"开元说",黄鹤主"乾元说",而张綖"依范编在天宝年间"。仇兆鳌虽并未表明观点,但通过其征引张綖说,亦未反驳,故其应认同张说。

---

① 陈贻焮著:《杜甫评传》,北京:北京大学出版社,2003年,第463页。
② (唐)杜甫著,(清)仇兆鳌注:《杜诗详注》,第118页。

仇氏将《后出塞》编在卷四，题下注："鲍钦止曰：天宝十四载三月壬午，安禄山及奚契丹战于潢水，败之。故有《后出塞五首》，为出兵赴渔阳也。今按末章，是说禄山举兵犯顺后事，当是天宝十四载冬作。"①按仇兆鳌将《后出塞》系于天宝十四载（755）冬，且明确系于安史之乱爆发后。

7. 浦起龙《读杜心解》有"少陵编年诗目谱"，其中《前出塞九首》系于"天宝五载至十三载（746—754）"，《后出塞五首》系于"天宝十四载"，且明确指出是在安禄山"将叛之时"。浦曰："安禄山以边功市宠，数侵掠奚契丹，征兵东都，重赏要士。朝廷徇之，志益骄而反遂决矣。故作是诗以讽。当在禄山将叛之时。诸本或编叛后，或编秦州，大谬。"②按"禄山将叛之时"指天宝十四载冬之前，且这组诗的作年接近于天宝十四载，非此后，更非秦州（也就是乾元二年）。与仇兆鳌系于天宝十四载（755）冬禄山犯顺后正相反。

对仇兆鳌之"乱后说"，浦起龙亦予以了驳正，并顺带反驳了钱谦益、朱鹤龄、卢元昌"皆以此诗编秦州诗内"之不妥③。

8. 杨伦《杜诗镜铨》将《前出塞》编在卷二，《后出塞》编在卷三。对于《后出塞》，杨伦云："时征东都之兵赴蓟门而作。禄山以边功市宠，重赏要士，朝廷曲意徇之，志益骄而反遂决矣，故作是诗以讽。此当在禄山将叛之时，编从浦本。"④

9. 《杜工部集五家评本》将前、后《出塞》皆编于卷二。其中邵长蘅评曰："前、后《出塞》皆赋天宝间事，疑此当作于天宝末载。旧注云乾元时公在秦州思天宝间事而作，不知何据。玩诗意，似亦非追作也。姑存疑俟考。"按邵氏主"天宝末载"，近仇兆鳌。

10. 洪业在《杜甫：中国最伟大的诗人》中推测"《前出塞》九首中的五首（按其一、四、六、八、九），也许就是与《兵车行》同时（751 年之

---

① （唐）杜甫著，（清）仇兆鳌注：《杜诗详注》，第 285 页。
②③ （清）浦起龙著：《读杜心解》，第 15 页。
④ （唐）杜甫著，（清）杨伦笺注：《杜诗镜铨》，第 102 页。

前)所作"①。《后出塞》则作于安史叛乱发生之后②。

11. 萧涤非主编的《杜甫全集校注》将《前出塞》编于卷一,关于《前出塞》之作年,总曰"历来说法不一",引用了黄鹤、胡震亨、唐元竑、王嗣奭之说,并未加按语③。《后出塞》编于卷三,在"备考"中详细列举了鲍钦止(天宝十四载)、唐元竑(天宝末年,禄山未叛时)、仇兆鳌(天宝十四载冬叛乱后)、施鸿保(禄山未反时)、钱谦益(同《九家注》寓秦州)、朱鹤龄(客秦州)、卢元昌(秦州)、浦起龙等八家说,然亦未加按语④。

不过,萧涤非主张《前出塞》作于安史之乱前,他认为:"在安史乱前,他(杜甫)就反对统治阶级发动的侵略战争。《前出塞》说:'君已富土境,开边一何多?'"⑤

12. 金启华也表达过跟萧涤非同样的观点,他说:"安史之乱以前,他是反对唐王朝统治者发动侵略战争的。所谓'君已富土境,开边一何多?'"⑥

13. 今人杨经华在解析《后出塞》的意蕴时,径言这组诗作于"天宝十四载(755)安禄山反唐之初",然并未交代推断理由⑦。

14. 谢思炜《杜甫集校注》从二王本,编前、《出塞》于"寓秦州及同谷县行赴蜀中作"。关于编年,谢氏云:"黄鹤注:当是乾元二年(759)至秦州思天宝间事而为之。王嗣奭《杜臆》谓非追作。仇注依范编在天宝年间。川《谱》系于天宝十一载(752)。"加按语云:"诗云

① (美)洪业著,曾祥波译:《杜甫:中国最伟大的诗人》,上海:上海古籍出版社,2011年,第66页。

② (美)洪业著,曾祥波译:《杜甫:中国最伟大的诗人》,第90—91页。

③ 萧涤非主编:《杜甫全集校注》,第242页。

④ 萧涤非主编:《杜甫全集校注》,第649—651页。

⑤ 萧涤非:《杜甫研究》,济南:齐鲁书社,1980年,第71—72页。

⑥ 金启华:《杜甫诗论集》,长春:吉林人民出版社,1979年,第11页。

⑦ 杨经华:《盛唐边塞之梦的破灭——杜甫〈后出塞〉意蕴解析》,《杜甫研究学刊》2010年第1期。

'中原有斗争',显指安史之乱。黄鹤注依旧编不误。"①可知,谢氏同意黄鹤之说,认为是秦州作,且是追作。

综合以上诸说,前、后《出塞》或作于开元年间,或作于天宝年间(又分安史之乱前、安史之乱后两说),或作于乾元二年杜甫客秦州以后,但究难断定,诸家亦多主存疑。另外,如吴若本、卢元昌、今人张天健等皆认为这两组诗前后相续,也即作于同时。因此,今人再次审视这两组诗时,对其作年,就不能随意径直标为某个时间了。审慎一点,应该举出几种代表性的观点,然后存疑。

(二) 关于这两组诗的主旨

对这两组诗的编年,往往伴随着对主旨的探讨。编年若能明确,则可以"知人论世",从而论主旨;主旨若明,则可反推创作年月。但正因为编年的多歧性,对主旨的探讨也迄无定论。

关于《前出塞》的主旨,诸家大致认同此诗是讽刺"开边",如浦起龙曰:"《前出塞》,刺开边也。物众地大,有侈心焉。公所为讽也。首章述初出门情事。'赴交河',点清出兵之路。'已富'而又'开边',乃九首寓讽本旨,在首章拈破。"②杨伦评"君已富土境,开边一何多"引邵云:"二句是《前出塞》诗旨。"③

但对"开边"所指及何人开边,诸家意见尚未统一,如钱谦益认为:"《前出塞》,为征秦陇之兵,赴交河而作。"但讽刺的是"主上好武"④。朱鹤龄认为讽刺的是哥舒翰,曰:"玄宗季年,哥舒翰贪功于吐蕃……《前出塞》为哥舒翰(发)。"⑤杨伦认为开边所指是吐蕃,在评"磨刀呜咽水"时指出"时将征吐蕃,故度陇而经此水也"⑥。浦起

①　(唐)杜甫著,谢思炜校注:《杜甫集校注》,上海:上海古籍出版社,2015年,第451页。

②　(清)浦起龙著:《读杜心解》,第6页。

③⑥　(唐)杜甫著,(清)杨伦笺注:《杜诗镜铨》,第48页。

④　(唐)杜甫著,(清)钱谦益笺注:《钱注杜诗》,第92页。

⑤　(清)朱鹤龄辑注,韩成武等点校:《杜工部诗集辑注》,第214页。

龙认为"征西已久,不必泥定哥舒,与《兵车行》所指之事同"①。更有查慎行认为"《前出塞》,为天宝中用兵南蛮而作"②,不知据何言之。

今人傅庚生亦主张:"'君已富土境,开边一何多','杀人亦有限,立国自有疆',是这九章(《前出塞》)的主旨,主要是反对本朝对外族的侵略战争。"③单芳通过考证史实,证明《前出塞》所写与哥舒翰征吐蕃无关,而是高仙芝征西域,时间亦在天宝年间。④ 但对《前出塞》的战争性质也有持异议的,如王崇、王晓秋认为"盛唐时期对吐蕃的边战是反侵略性质的正义的战争","不难看出,诗人是用现实主义的手法,塑造了一个奋勇参战、思想高尚的民族英雄的形象。这个形象寄托了诗人的希望,诗人对这场战争的态度已表明了他不但支持这场战争,而且对战争取得的胜利进行了热情的讴歌"⑤。唐朝与吐蕃、契丹等多有战争,战争的性质也因从不同视角来审视,所以性质会有所不同。自宋人以来,对这些战争的审视,皆是站在"中国"的角度,因此把对吐蕃、契丹的征战上升为"征伐"、反侵略,而吐蕃、契丹则皆为"侵略"。

对于《后出塞》的主旨,诸家对编年虽存有异议,但大部分认为是讽刺安禄山,是"为征东都之兵,赴蓟门而作",如钱谦益、朱鹤龄、浦起龙、杨伦等。

对这两组诗主旨的探讨,卢元昌皆将讽刺对象指向了唐玄宗,谓《前出塞》"追讽玄宗用兵于吐蕃",并详细列举了"开边之多";《后出塞》"追讽玄宗宠任安禄山"。仇兆鳌、浦起龙、邵长蘅皆反对卢元昌的"追作说"。近人郭曾炘在梳理诸家论述这两组诗主旨时谓:"曾湘乡乃谓《前出塞》追咎天宝间征兵开边,《后出塞》追咎至德间征兵赴

① (清)浦起龙著:《读杜心解》,第6页。
② 郭曾炘:《读杜札记》,上海:上海古籍出版社,1984年,第22页。
③ 傅庚生:《杜诗散绎》,西安:陕西人民出版社,1979年,第167页。
④ 单芳:《杜甫〈前出塞〉是为哥舒翰征吐蕃事而发吗》,《杜甫研究学刊》1996年第2期。
⑤ 王崇、王晓秋:《杜甫〈前出塞〉新解》,《沈阳师范学院学报(社科版)》1997年第3期。

蓟州以讨安、史，尤为乖谬。安、史叛乱安得不讨？何追咎之有？且此诗三四两章明指安、史未乱之事，与至德以后事全不合。"①曾国藩的"追咎说"类同卢元昌。又佚名《杜诗言志》云："注家谓《出塞》诗前后各有所指，前指秦陇之兵赴交河而作，后指东都之兵赴蓟门而作。理固然也。而吾谓读此诗者，正不必在此著解。盖先生只意在写出两种异样人物。看先一位绝不是后一样人，看后一位绝不是前一样人，各各标奇夺胜，各各淋漓尽致。吾不知先生文心一何狡狯至此！"②将杜诗的创作目的归为了"典型人物"的塑造，而弱化了对诗歌主旨的探讨。

综合以上对主旨的探讨观点，我们可做出如下总结：（1）因诸家对《前出塞》的战争性质基本认同是"开边一何多"，因此皆主讽刺说，只是讽刺的对象有所不同；（2）诸家皆认同《后出塞》的内容是针对安禄山，因此，或主张讽刺安禄山，或主张讽刺玄宗。

其实回到历史现场，唐朝与吐蕃、契丹等民族之间的战争，其性质可以概括为"春秋无义战"。在唐朝一方看来，吐蕃、契丹向内陆的扩展是侵略；但在吐蕃、契丹一方看来，唐朝版图的逐渐扩大，对他们来说又何尝不是一种侵略？所以，笔者认同卢元昌的看法，这两组诗的主旨应该是杜甫针对玄宗而发。不管是对边庭的扩大，还是对安禄山的宠任，终导致了战争的爆发，而遭殃的是被征发的兵役，以及战火纷飞中的黎元百姓。作为一个深度同情百姓的诗人，杜甫是绝不会对唐朝的开边战争抱有"讴歌"的心态的。

（三）关于这两组诗的写作手法

关于这两组诗的写作手法有三种意见：

1. 有的认为是杜甫根据所见所闻而"实写"，也即纪实，如黄生云："杜公不拟古乐府，前、后《出塞》，偶用其题耳。凡拟古者，类无其事，而假其词。公则辞不虚设，必因事而设，即其修辞立诚之旨，已非

---

①　郭曾炘：《读杜札记》，第22页。

②　佚名：《杜诗言志》，南京：江苏人民出版社，1983年，第94页。

诗人所及,何待较其工拙乎?"①因《出塞》是古乐府题目,黄生认为这两组诗虽用古题,但"词不虚设,必因事而设"。

2. 有的认为杜甫并未亲历,而是根据自己的"悬想",从而创作出了典型人物,如佚名《杜诗言志》曾详细论道:"古人作文,皆以自写其胸中之奇。或于己身之所历,其奇辟有不可纪述者;或于中心之有所感触而咏叹之者;或于时事之所见闻,为之兴歌以美刺之者,是皆随题著见。而若于与己无干涉之事,而悬空拟一物以赋之,则自禽鱼花鸟、服物器用,以至于人事,必极其心摹手追之能,以踌躇满志而后快。则若咏马、咏古迹、咏史皆是,而此前后《出塞》,则尤其淋漓尽致者也。盖老杜非从军之人,亦无出塞之事,而篇中之所言皆悬拟而出之者。看他前九首,便是一位努力从王之人,而以功成不居终之;后五首,便是一位意气豪上之人,而以大节不夺终之。夫出塞之士,何虑万计? 而如所咏者,恐无一二。则是老杜借此题以摹写出两般忠义之士,可歌、可咏、可法、可传,以寓其愿慕之所在也。"②

关于这两组诗对典型人物的刻画,冯文炳在 20 世纪 50 年代也曾予以了详细分析。因处于特定年代,冯文炳按照当时的文艺理论思想所分析出"《前出塞》写的是一个士兵,《后出塞》写的是一个将校"。并且主张这两组诗写于同时。③

3. 有的则认为这两组诗是"拟代体",即杜甫借征夫之口表达了其讽刺主旨,如王嗣奭《杜臆》云:"《出塞》九首,是公借以自抒其所蕴。"④杨伦认为"诸诗皆代为从征者之言"⑤。单芳也认为:"这组诗固然假征人之口,表子美内蕴之思,认为当时的吐蕃战争是'一何多'的'开边',而未从当时的大局出发,但他从自己的见解站在出征者的角度,发其为民请命之心,仍是值得肯定。""第九首之'为冒功邀赏',

① 萧涤非主编:《杜甫全集校注》,第 257 页。

② 佚名:《杜诗言志》,第 89 页。

③ 冯文炳:《杜甫写典型——分析〈前出塞〉〈后出塞〉》,《东北人民大学人文科学学报》1956 年第 1 期。

④ 萧涤非主编:《杜甫全集校注》,第 256 页。

⑤ (唐)杜甫著,(清)杨伦笺注:《杜诗镜铨》,第 47 页。

则全借征人之口,而吐己之所求。"①

二、杜诗阐释的多歧性原因探析

汉儒解《诗经》提倡"诗无达诂",宋儒陆九渊提出"六经注我,我注六经",这些论见提示我们古人对经典本身所蕴含深意的阐释并非是确定唯一的。杜诗因其所处时代的特殊性,以及诗歌本身的艺术属性,使得自北宋以来的杜诗阐释留存下很多"未解"的焦点问题。笔者认为古人对杜诗的阐释之所以会出现多歧性的原因有以下两点:

(一) 将杜诗作为一种历史文献解读

早在五代时,杜诗已被称为"诗史"(孟棨《本事诗》),此后,宋、元、明、清,历代皆有人以"诗史"论杜诗。颜昆阳先生指出:"杜诗此一特质之获判断,不是纯为理论的臆说,而是可以直接由作品本身反映时事并加以讽刺的内容得到证明。"②因此,后人便努力从杜诗中发掘玄、肃、代三朝的历史史实,甚至后人修史亦参酌杜诗,如《新唐书》中关于李白等"酒中八仙"的人名,即是根据杜甫《酒中八仙歌》。颜昆阳先生总结说:"中国传统所谓诗、史相通,只有从主体的意识上,才能获得合理的解释。至于其差异处,则在于'史'是'从实着笔',故事实的记述是必要的条件。而'诗'则'即事生情',虚灵之'情'才是它构成意义的必要条件。'诗'与'史'既有这种'虚''实'的本质差异,则其会通当在主客虚实的辩证超越处,绝不可落在事实的证明上。"③也就是说,诗与史是有区别的,不能混同。

前、后《出塞》与杜甫诸多叙事诗一样,表面看来是对历史的一种叙写,但其本质仍是"诗",是对"虚灵之情"的书写,因此,就不能单纯

---

① 单芳:《杜甫〈前出塞〉是为哥舒翰征吐蕃事而发吗》,《杜甫研究学刊》1996 年第2 期。

② 颜昆阳:《李商隐诗笺释方法论:中国古典诠释学例说》,第 7 页。

③ 颜昆阳:《李商隐诗笺释方法论:中国古典诠释学例说》,第 115 页。

地把杜诗作为一种历史文献予以阐释和确认,这是一种"艺术真实"。然诸家解读前、后《出塞》,恰恰坐实了杜诗的历史文献性质。因此,对诗句的分析因所依据的史实不一致,从而导致了对这两组诗的作年、主旨判断不一。张天健在分析这两组诗时指出:"尽管宋人称杜甫'史笔森严'以'诗史'相称(《新唐书·杜甫传》)。但我们看到作品中的'史实'不是'记'进去的,而是'融化'进去的。它服从于诗人的审美情趣,因此,前、后出塞作品中的'史实'不再是指谓着某一件实事,或一个实在的人物,它由于诗人的情感过滤,虚拟创造而得到提高,得到升华,它超越了对'史实'的指谓,当笔下超越这种指谓,'史实'已变形为另有意味的艺术品了。"①笔者认同以上分析,这两组诗所写"史实"是经过艺术处理后的史实,是为了从"情感"上引起读者的共鸣。杜甫所要读者注意的是对征夫的同情,也含有对统治者开边黩武的批判。诚所谓"前后出塞……不是客体的冷静叙述,而是主体的强烈发挥,全诗洋溢着诗人独有的爱,洋溢着诗人悲天悯人的人道精神"②。

我们还会看到,认为前、后《出塞》所写是确定"史实"的解读者,会认为杜甫的创作手法是写实事;而不主张坐实史实者,则认为杜甫运用了拟代(借代)的手法,是为了创作一类典型。

(二) 以比兴法来索解杜诗背后的深意

比、兴原是汉人解《诗经》时总结出的"六义"之中的两"义",按照朱熹在《诗集传》中的解释,兴是指"先言他物以引起所咏之辞"③;比是指"以彼物比此物"④。不过,据颜昆阳先生的总结:"'兴'在中国诗学史上发展出二类意义:一、是汉儒解《诗经》时,以'兴'为'喻',而义涉于'比',并将所比喻的对象特定为政教上的美刺讽喻。二、是由六朝感物起情的美学观念所发展而成:从创作者心灵活动的立场而

---

① ②　张天健:《杜甫前后出塞诗漫议》,《杜甫研究学刊》2001 年第 2 期。
③　(宋)朱熹集注、赵长征点校:《诗集传》卷一,北京:中华书局,2011 年,第 2 页。
④　(宋)朱熹集注、赵长征点校:《诗集传》卷一,第 6 页。

言，是触物生情的美感经验；从读者鉴赏的立场而言，是触象（指诗中作者所构造之意象）生情的美感经验；而自语言表达式本身的效用而言，则正如钟嵘《诗品序》所谓'言已尽而意有余'。"①也就是兴中含比，所以，比和兴逐渐合为"比兴"，成了一种固定且影响深远的写作方法（修辞）与诗学理念。杜诗固然采用了比兴的手法，但因其产生的特殊年代，因此，有些本来可能是"赋"，但却被后人解释成了"比兴"。这种阐释传统，由宋人肇端，深刻影响了后代的杜诗学者。而其弊端，则是容易以实凿虚，甚而下者，竟编撰历史来证明诗歌。

对前、后《出塞》的阐释，也因为有些人企图从比兴这一切口来探析杜诗背后的深意，从而导致了一些分歧。以卢元昌为例，他在解杜时尤喜以比兴解杜，并引史证诗，一一将杜甫所讽喻的史事坐实，并着意提示杜诗的"讽谏"价值。谢思炜先生指出"清代注家中钱谦益、卢元昌好钩深穿凿，附会史实，颇多争议"②。卢元昌在前、后《出塞》后的总论中不仅坐实了"开边"的情况，也把"十年""二十年"皆予以确认，提出这两组诗的讽谏价值在于使"后之谋国者"在读到这两组诗时感到"悚然"。如此，杜诗俨然已由诗歌上升为历史，从而获得了"资治通鉴"的价值。

但在朱鹤龄、仇兆鳌等人看来，这两组诗皆是杜甫亲历其事，是针对哥舒翰、安禄山而发，而非"比兴"；而在冯文炳等看来，这两组诗又非杜甫亲历其事，虽也含有"讽谏"的意味，但主要是为了塑造两种典型。总之，是否以比兴手法解杜，也会产生杜诗阐释的多歧性现象。

三、杜诗阐释多歧性的价值

中国古人解诗喜以"诗无达诂"（《春秋繁露·精华》）作为理论指引，但有时往往陷入自圆其说的尴尬境地。所以，在诗作者自己可能未曾蕴蓄的"深意"，经解诗者之解反倒彰显了出来，而这种"彰显"有

① 颜昆阳：《李商隐诗笺释方法论：中国古典诠释学例说》，第57页。
② 谢思炜：《杜甫集校注·前言》，第8页。

时难免索解太深、太凿，终致使诗失去了"诗"的本真韵味，如汉人对《诗经》的索解、清人对李商隐诗的笺注等。相对客观的理论选择是"知人论世"，因此，杜诗阐释自宋人开始已出现了以诗证史、以史证诗的阐释现象。但因后人距唐史有了一定距离，加之各人所据史料或有不同，因此，面对同一诗句的阐释，也会出现多歧性的问题。然反观这种多歧性现象，也为我们理解杜诗提供了一定价值：

多歧性的解释为我们全面、综合地理解杜诗提供了诸多"先见"，尽管有些"先见"并非杜诗原意。杜诗的写作年代距后人有一定的时间隔膜，其心志所向，也没有明文交代，因此，这种多歧性的"先见"正是今人理解杜诗的一种凭借。我们会发现，如前、后《出塞》一样，很多杜诗都存在这种多歧性阐释的现象。汇合诸家意见，见出杜诗的多元内涵，这是多歧性阐释的价值体现。

多歧性的阐释为我们探析解诗者的理论建构及思想旨归提供了凭借。杜诗的阐释是历史性的，不同时代的人因各自的成长经历、思想追求、方法水平等不同，从而在面对杜诗这一固定"文本"时，与杜甫的"对话"也会产生不同的解释，这些解释有时也会呈现出递承的关系，这恰为我们探析解诗者"何以不同"提供了凭借。以卢元昌为例，他喜欢以比兴手法解杜，除了受钱谦益影响外，更主要的原因是因为他曾遭受江南奏销案的打击，因此，在解杜时"善于运用比兴手法，来发见杜诗背后所蕴藉的深意，而非仅仅停留在一字一句之疏解上，且有时还指出这些诗之'殷鉴'意义"。

关于杜诗阐释的多歧性现象，其实前人早有所关注。如诸家解杜者，在笺注、解析时，总喜欢批驳前人，这即体现出对杜诗多歧阐释的进一步确认。后来者总试图通过自己的潜心来获得一种关于杜诗的"后见之明"，或者最接近杜甫本意的确证。今天的杜诗学者也有关注杜诗阐释多歧性的，比如萧涤非主编的《杜甫全集校注》，已将围绕杜诗诸多未解的问题作为"备考"列于每首诗之后，详细排比诸家多歧性的解释。《后出塞》后的"备考"便是有关《后出塞》的编年。本文对杜诗多歧性问题的分析，即是对围绕杜诗阐释的一些看似不成问题的问题的一种探析，不足之处，还请方家指正。

第二章 杜诗的传播与接受

第一节 新见卢元昌《半林诗稿》考略

卢元昌(1616—1695[①]),又名骆前[②],字文子,又署随庵[③],号观堂,晚自号半林居士,江苏华亭(今上海松江)人[④]。他本为明诸生[⑤],崇祯十五年(1642)与彭宾、顾大申等创赠言社(几社分支),"读书讲义,图尺寸进取"[⑥]。但入清后遭"江南奏销案"[⑦]削籍在家,故终生未

---

① 关于卢元昌生年,皆主万历四十四年(1616)。然其卒年,《华亭县志》等古籍无载,张慧剑《明清江苏文人年表》"一六九三"条载卢元昌,此后无载,不明卒年。故今人言及卢元昌卒年,多主康熙三十二年(1693)说。笔者查阅南京图书馆藏《稀馀堂留稿》清刻本,卷首有黄之隽《序》,称此集乃卢元昌"由七十而至八十之所作也"。又《全明词》"卢元昌小传"、《全清词》"卢元昌小传"、《清诗纪事》"卢元昌"条,皆将卢元昌之卒年定为康熙三十四年(1695),则卢元昌享年八十。参张慧剑著:《明清江苏文人年表》,上海:上海古籍出版社,2008年1月,第439、894页。饶宗颐初纂、张璋总纂:《全明词》(第六册),北京:中华书局,2004年,第3382页。南京大学中国语言文学系《全清词》编纂研究室编:《全清词(顺康卷)》,北京:中华书局,2002年,第1225页。钱仲联主编:《清诗纪事》(影印本),第7389页。

② 杜登春《社事始末》载:"震雄……集二十余人为一会,与几社诸子之文会相等。其中人才实有可观,如……卢子文子元昌后名骆前。"杜登春:《社事始末·东林始末·复社纪事》,《丛书集成初编》第764册,北京:中华书局,1991年,第4页。

③ 卢元昌《左传分国纂略·叙例》末署"乙巳六月随庵原字文子偶笔"。罗琳主编:《四库未收书辑刊》叁辑第玖册,北京:北京出版社,2000年,第70页。

④ 《华亭县志·卷十四·文苑》:"卢元昌,字文子,东门外人,明诸生。"(清)王显曾、冯鼎高纂修:《华亭县志》,台北:成文出版社,1983年,第626页。

⑤ 《半林诗稿》(丙集)有《式微行》,其中有:"少为小诸生,老为大布衣。"

⑥ 杜登春:《社事始末·东林始末·复社纪事》,第4页。

⑦ 奏销案,又名通赋案,是指清顺康年间清廷发动的严厉催征钱粮、惩处逋欠绅衿的案情,其中"苏、松、常、镇四府属并溧阳县"所受打击最重,即所谓"江南奏销案"。

仕。卢氏为几社名流,与王士禛、陈子龙、陈维崧、顾景星等名士皆有交往,又精于古文选评注疏,曾积十八年之功注解杜诗。卢氏曾有多种著述,但由于奏销案等原因,大多已遭禁毁,目前传世者有《思美庐杜诗阐全集》《左传分国纂略》《唐宋八大家集选》《稀徐堂留稿》《思美庐删存诗》《东柯鼓离草》,另有《明纪本末》《半林诗集》《半林词》等已不存。在诗词创作上,卢元昌诗学老杜,词入云间,颇得时誉。但这些诗词创作,除了未见点校整理出版的《思美庐删存诗》《半林诗稿》《东柯鼓离草》以外,其他只是从一些文献上零星辑得几首,一直未见别的单行本。今新见暨南大学图书馆特藏室藏有《半林诗稿》刻本庚辛壬癸四集,又见南京图书馆藏有《半林诗稿》抄本甲乙丙三集。现就所见七集《半林诗稿》之版本、内容进行考论,并进而分析其艺术特色及文献价值。

一、《半林诗稿》版本考辨

卢元昌曾自云:"予无他著述,间有杂撰,随成随毁,一二吟咏,《半林集》外,有东柯草堂未刻稿。"[①]此处所谓"半林集"应为《半林诗稿》,而"东柯草堂未刻稿"或即是《东柯鼓离草》。现对所见七集《半林诗稿》之版本予以说明。

1. 清抄本《半林诗稿》(甲乙丙三集)

张慧剑《明清江苏文人年表》"一六六九年"引《松轩书录》载,卢元昌于是年自定《半林诗集》甲乙丙三卷[②]。李灵年、杨忠编《清人别集总目》、柯愈春编《清人诗文集总目提要》及徐侠著《清代松江府文学世家述考》皆载南京图书馆藏有《半林诗稿》清抄本三卷[③]。经查

---

① 卢元昌:《左传分国纂略·纂例二》。

② 张慧剑:《明清江苏文人年表》,第 747 页。

③ 按:张慧剑、李灵年、柯愈春、徐侠称"卷",然卢元昌称"集"。又柯愈春、徐侠皆谓此稿乃卢元昌自定,卢文弨校并跋,且前有董含序。然笔者查验,书前并无序,有董含跋;而卢氏亦无跋语,仅每集末有朱笔评语。又柯、徐皆谓此稿为乾隆三十九年抄本。然据甲集后卢文弨所云:"顺治十三年丙申,集中诗以是年起。越百十九年,文弨得是(转下页)

验，正标明是甲乙丙三集。

南京图书馆藏抄本《半林诗稿》（以下简称"南大本"）共 57 页，每半页 11 行，行 21 字，计 248 题 301 首诗。甲集首页署"丙申（1656）至甲辰（1664）作"；乙集署"乙巳（1665）至戊申（1668）作"；丙集署"戊申（1668）至己酉（1669）作"。每集首页署"华亭卢元昌文子氏著"，首有董含跋。每集后有卢文弨朱笔评语①，共三条，第一条指出抄录时间，第二条评论卢元昌古体诗艺术特色，第三条对县官不爱惜像卢元昌这样的名士感到愤愤。集内间有朱笔圈点，或标句读，或改字②，或标识警句，可见清人评点学、校勘学之一斑。

又首页董含跋上钤有"善本书室""八千卷楼藏书之记""嘉惠堂藏书之记"等藏书印章。此三枚印均为钱塘丁氏昆仲之藏书印。1908 年，丁氏后人将八千卷楼所藏全部书籍低价卖予江南图书馆，后藏南京图书馆。南图曾辟专库贮藏，遂完好无损。另笔者核光绪钱塘丁氏本《八千卷楼书目》集部卷十七，正有《半林诗稿》三卷，版本信息标为"国朝卢元昌撰，抄本"。

2. 清刻本《半林诗稿》（庚辛壬癸四集）

暨南大学图书馆所藏《半林诗稿》（以下简称"暨大本"），诸家书目皆未提及。是本为一函两册，共 43 页，每半页 11 行，行 21 字。共四集：三集诗，一集词。诗分庚辛壬三集，词仅一癸集。庚集首页署"乙卯（1675）至丙辰（1676）作"，辛集署"丁巳（1677）至戊午（1678）作"，壬集署"戊午（1678）至己未（1679）作"，共计 202 题 293 首。词纪年起于甲辰（1664），无终年，共计 58 个词牌 99 阕词。

（接上页）集……录而传之。"由顺治十三年往后推百十九年，乃乾隆四十年。此外，柯愈春谓卢元昌号半亭，其诗稿称《半亭诗稿》，亦不确。详见李灵年、杨忠编：《清人别集总目》，合肥：安徽教育出版社，2000 年，第 291 页；柯愈春编：《清人诗文集总目提要》，北京：北京古籍出版社，2002 年，第 107 页；徐侠著：《清代松江府文学世家述考》，上海：三联书店，2013 年，第 58 页。

　① 按，据徐侠按语："此稿（《半林诗稿》）自定，卢文（徐误为元）弨校并跋。诗编年，顺治十三年至康熙八年之作，盖四十以后之诗。前有董含序。"

　② 按，集内所有圈点及改字皆为朱笔，与集后评语朱笔一致，故可推测圈点及改字皆卢文弨所为。

每集首均题"华亭卢元昌文子氏著",但不知刊刻时间和地点。从卢元昌目前传世著述来看,其著作或为书林王万育刊本,或为其后人(孙卢月川)刊刻,均有标识。此四集《半林诗稿》却未署时、地与梓人姓名等任何标识。然据辛集第七页钤印,内容有"程祥隆和记定厂选料加工督造",可知非卢元昌自刻。

合南京图书馆、暨南大学图书馆所藏可推知,卢元昌之《半林诗稿》当是按地支分为十集,今只剩"丁戊己"三集未见。又据南图及暨大所藏卢元昌存世之三种诗集《思美庐删存诗》《东柯鼓离草》《半林诗稿》所收诗之纪年可知卢诗之刊刻当是有计划进行的①。

二、《半林诗稿》的内容及艺术特色

无论从诗题、诗意,还是从诗中时常出现的"老翁""病翁""衰翁"等词来看,这七集《半林诗稿》当为卢元昌晚年之作。按其内容,大致可分为以下四类题材:其一,感时伤怀。他身历明清鼎革,目睹家国沦丧,妻、子下世,弟、妹飘零,种种经历,使集中感时伤怀之作弥漫着垂垂老矣之意味;其二,交游纪行。卢元昌曾是几社名士,《华亭县志》卷十四《文苑》载:"茅起翔,字旦戈,金山卫城东人,明季诸生,有声几社,与卢元昌等操月旦评者四十年,一时知名,士莫不引重焉。"②董含在《半林诗稿跋》中亦云:"(文子)独居文选楼中,常经旬不出,而一字之评,重于华衮。海内之士,无不知有卢先生者。"故与卢元昌交结之人不乏名士俊贤。即使被削籍后屏居乡野,亦时常与三五好友举行诗酒聚会,集中多交游纪行诗;其三,感物吟志。卢元昌注杜诗时注重运用比兴原则解析杜诗背后的深意,其为诗亦注重通过描摹物态来抒发心志;其四,咏史怀古。此类不仅"借他人之酒杯,浇自己之块垒",亦可见出卢元昌之史识。

---

① 《半林诗稿》纪年起于丙申(1656),止于己未(1679);《思美庐删存诗》起于庚申(1680),止于己巳(1689);《东柯鼓离草》起于庚午(1690)。

② 王显曾、冯鼎高纂修:《华亭县志》,第626页。

（一）《半林诗稿》的内容

1. 感时伤怀

《杜诗阐》付梓之日,卢元昌曾谓:"今日之得授梓也,亦曰吾生之忧患多矣,借是以忘其所苦,而得其所乐焉云尔。"①又其《东柯鼓离草》卷首有一《小引》,先引《离》九三曰:"日昃之离,不鼓缶而歌,则大耋之嗟。"接着表明作此卷之意:"前明将尽,有日昃之象。若不安宁以自乐,则不能自处,而有将尽之悲。……此集之为,亦聊以当鼓缶焉云尔。"卢元昌一生以奏销案(发生于 1661 年)为分界线,前半段应该如他的几社好友一样,读书、应举,然后做官,但奏销案却剥夺了他诸生的资格,也因此使他对科举失去了信心:"自被放,辍举子业,鸡林之请谢,自分非场屋中人矣,碌碌于此,奚为者?"②卢元昌前半段诗今日无缘得见,后半段诗则可以这七集《半林诗稿》为代表。受世事打击,加上妻、子不幸离世③,又自己体弱多病,故诗中充满了辛酸与凄楚、孤独与苍凉。如"我生本弱质,鹯斥甘为群"(甲集《抒怀四首》)、"老去交游多浩荡,春来风景半荒芜"(甲集《西郊晚眺有感》)、"儿童娱景物,老子笑头颅。河汉双眸冷,乾坤一枕孤。何心盼牛女,直欲伴鸥凫"(庚集《七夕》)、"留萤住,萤莫归,我今老伴谁依依……形影追随六十载,头童齿豁还故态"(庚集《留萤》)、"寂寞草堂谁共语,春来老伴尔相依"(庚集《留燕》)、"此时暖老思燕姬,六十鳏夫拟渴风"(辛集《烧灯戏作》)。他有首《此生》,可作为其一生的总结:

> 灯花半委一孤檠,角枕匡床梦不成。牧犊子吟霜永夜,饭牛

---

① ②　卢元昌:《杜诗阐·自序》。

③　卢元昌五十五岁,不幸丧子,庚集有《薄暮见亡儿智裘十岁时墙上草书》;六十岁,妻子去世,壬集有《蕲州顾赤方垂念有作》,于"六十两人皆悼亡"下自注:"赤方亦罹鼓盆。"壬集还有首《接台州孙表兄札》,在"还珠子在兄愁释,炊臼妻亡我梦惊"后,卢元昌自注:"札中次儿被掳复归,别后予罹鼓盆。"鼓盆,即庄子"鼓盆而歌",用以指妻亡。卢氏晚年鳏居独处,甚为凄凉,诗中多写其孤独。

人起月三更。青年意气消残腊，黄绢文章娱此生。白雪满头看渐老，不知何处是前程。

用"牧犊子"的典故来寓意自己的孤独，又用"饭牛人"的典故来表白自己甘于穷困的境遇。其"青年意气"随着年岁的辗转都消磨在了"残腊"里，所幸尚有文章可以自娱自乐。"白雪满头"形容头白，渐老的岁月里，却"不知何处是前程"。满心的怨怼与无奈，充盈于整首诗间，读来让人为之凄恻。

2. 交游纪行

卢元昌为一时名士，故相与交结之人不绝于庭，董含谓："（卢元昌）与人交重然诺，古道照人，一时词坛彦会，云兴霞蔚。仆所心折，一人而已。"①即使晚年屏居草堂，或有友人来札、赠诗，或参加诗酒聚会，或有人来拜访。《半林诗稿》中所提及相与交结且姓名可考者有陶月峤、何燕台、王元倬、王士禛、李在湄、张忍斋、陈维崧、许力臣、张檗持、孙淳夫、易田授、王惟夏、吴绮、陆密庵、王印周、邹祗谟、陆兰陔、孙介夫、张汉度、李渔、归庄、赵双白、顾景星、沈麟、王日藻、董含、董俞、周茂源、王广心、张彦之、王光承、吴懋谦、邵其人、姚开吉、林安园、王昊、曹重、陈次云、陈于王、徐釚、张遰音、徐武静、钱文海、叶切庵、钱穀、姚湘士、骆复旦、王周臣、卢琏、冯景修、陈心微等51人，另有陈郡丞、张将军等多人不可考其行迹。此中不乏王士禛、李渔、陈维崧、陈子龙、顾景星等一时名彦。另外，从当时其他诗人——尤其是其好友的诗歌中也可见其交往行迹，如顾景星有诗《步文子集洮侯斋十六韵》《张梅嵩园亭看秋色步文子韵》《偕沈友圣山阴邵其人再饮文子草堂作放歌仍限韵》②；再如徐釚有《卢文子钱荀一董苍水招同宋既庭先生集张洮侯斋中同赋二首》③。

---

①　董含：《半林诗稿跋》，南京图书馆藏《半林诗稿》抄本。

②　以上皆见于顾景星：《白茅堂集》，《清代诗文集汇编》第76册，上海：上海古籍出版社，2010年，第236、238页。

③　徐釚：《南州草堂集》，《清代诗文集汇编》第141册，第277页。

交游纪行,虽有时不免沦为应景之作,尤其是集会时的"分韵",但有些诗却可见卢诗之高妙,如《送雯上人还苕》:

> 江乡秋暂往,烟景去无踪。远水层层浪,他山朵朵峰。鬓毛分宿昔,岁行各穷冬。此去苕溪月,云树更几重。

整首诗都在描摹景物,却句句寓以离别愁绪。尤其是尾联,以云树之相隔"几重"来揭示两人天涯相距之苦,比较巧妙地化用了杜甫《春日忆李白》之"渭北春天树,江东日暮云"。

3. 感物吟志

《半林诗稿》中咏物诗较多,所咏之物不少为琐碎之物,比如《击蝇》《论蚊》等。庚集有一组咏物诗,诗前卢元昌谓:"是年(按 1675 年)二月初,予染风疾,随罹横事(按卢妻死),事匝月就理,疾则自春徂夏未瘳。"卢元昌借吟诗"萱苏忘忧",共写了十首:《问蝉》《蝉答》《蜘蛛》《遣萤》《留萤》《秃笔歌》《留燕》《燕答》《送燕》《燕答》。此中如"看花南国来时易,带雪他乡归路难""轻薄世情稀送旧,炎凉时态惯迎新"等,充满了对世态炎凉的鄙薄。集中有首《梅花怨》,可以代表其咏物诗的整体特色:

> 寂寞墙东有一枝,常年风雪惯相期。自怜赋性与俗异,嵚畸傲骨无媚姿。粗疏潇洒好风韵,冷落襟情更可闷。题诗宫阁既无由,薄命和羹岂有分。轻寒轻暖本世情,那知苦节能常贞。偶见夕曛开笑口,还遭妒雨摧瑷英。妒花只道羌儿管,可惜东君思亦浅。不如早寄陇头人,江南今日无好春。

一枝寂寞于墙东的梅花,秉持着"与俗异""无媚姿"的性格,如董含所谓"其为人廉静寡欲,不骛声势",却"还遭妒雨摧瑷英"。这正如卢氏自己遭奏销案打击,因此,对生活的江南感到了失望。"江南今日无好春"表面上是梅花对外在自然环境的怨怼,实际却是卢元昌对当时社会现实及自身处境的慨叹。

此外如辛集的《戏题大红牡丹》、癸集的两组咏物组词（《减字木兰花》，分咏"梅、松、竹、菊、鹤、雁、鸥、云、石"，《贺新郎》分咏"茉莉、佛手柑、橄榄、荔支、珠兰"）等，亦非仅仅描摹物态之作。

4. 咏史怀古

"江南奏销案"对卢元昌一生影响颇大，受此案之打击，除了通过注杜来化解内心之忧郁外，《半林诗稿》中亦自然流露出了其对此案之怨怼，如："行年过耳顺，万事到头空"（庚集《春王坐雨独酌杂感》）、"殷勤语骆统，我已十年农"（庚集《义乌骆叔夜见过贻诗赋酬》）。

（二）《半林诗稿》之艺术特色

总体来说，卢诗不仅在形式上、内容上蹑武杜诗；就连风格上，也趋于"沉郁顿挫"。诚如董含所谓："又以其绪余发为诗歌，气雄以沉，格练而老。盖十余年来阖户注杜，故落笔便神似。大历以后勿屑也。"具体分析如下：

1. 体裁上：以律体、古体为主

笔者对六集《半林诗稿》所涉及体裁及篇目进行了统计，如下表：

表 2 《半林诗稿》体裁统计表

集数	古体（含歌行）	五律	七律	五绝	七绝	排律（五言或七言）	杂体	平仄各半体	六韵	七韵	四言	合计
甲集	7	12	51		12	7	1		7			**97**
乙集	18	30	24		19	3	1	3				**98**
丙集	29	25	16	1	17	16	1				1	**106**
庚集	17	57	12		4	4			1			**95**
辛集	9	47	25		15	3	2	2		1		**104**
壬集	11	48	34									**94**
合计	**91**	**219**	**162**	**1**	**68**	**33**	**5**	**5**	**8**	**1**	**1**	**594**

由上表可知，五律、七律两种体裁的诗所占比例分别为36.87％、27.27％。排律亦为律体，而平仄各半体也是律诗的变体。卢元昌所作平仄各半体，皆系八句，前四句仄韵，后四句平韵。若再

加上这两种体裁，那么六集《半林诗稿》中，律体所占比例已超过了70%。

卢元昌学杜甫之古体，数量上由上表统计可知占15.32%。集中亦不乏《击蝇》《新秋病起南郊闲步有作》《破楼大风雨歌》等长篇古体。卢文弨在乙集末朱笔评价曰："七古多不合调，独《四诛》有'同谷'遗音，辞亦新警。"杜甫有《同谷七歌》，卢文弨亦看到了卢元昌古体诗追效杜甫，"遗音"不仅是一种肯定，更是对卢元昌从精神上逼肖杜甫之确认。

2. 情感上：哀民生，系友朋

卢元昌虽身在江湖，却心系魏阙，尤其有着"哀民生之多艰"的忧世情怀。如丙集《冒雨从县治归二章》其一，尾句云："谁为民父母，尚其念蒸黎。"其二起句又对统治者提出了质问："驭马亦有术，驭民岂无方？"如辛集《舟次》尾联写道："乾坤还战代，垂老望升平。"再如壬集《寒晖》的颔联把市民与官家作对比："市上饥民有，官家饿隶稀。"让我们看到了杜甫"朱门酒肉臭，路有冻死骨"的影子。尾联则直抒胸臆："纵把流亡写，只令老泪挥。"表达了自己的无奈与哀痛。

对天下苍生如此，对其友朋亦如董含所谓"与人交重然诺，古道照人"。故集中多有友朋寄札，而卢元昌亦多写诗怀念。如《春夜怀阳羡陈其年并酬来札》《暮春喜得广陵许力臣师六答札》《得关使李梦沙札》等，足见彼此感情之深。

3. 风格上：气雄以沉，格练而老

杜诗最显著的风格是"沉郁顿挫"，卢元昌追摹杜诗，故在风格上亦趋于"沉郁顿挫"。董含评其诗"气雄以沉，格练而老"，可谓知音。形成此风格，一方面是由于卢元昌一生坎坷，世事无常，其诗"气雄以沉"；另一方面，由于他通经史，精注疏，故"格练而老"。我们以壬集《接台州孙表兄札》为例：

> 昔因避乱客霞城，今日霞城又避兵。骨肉老来悲聚散，干戈行处少逢迎。还珠子在兄愁释，炊白妻亡我梦惊。米贱人贫且旅食，故乡连岁减秋成。

兵荒马乱,仓皇避兵。颔联表达了对世态人生的透彻认识。颈联呼
应诗题,一句写孙表兄,一句写自己。卢元昌自注:"札中次儿被掳复
归,别后予罹鼓盆。"世乱人老,子散妻亡,又"米贱人贫且旅食"。可
即使如此,卢元昌仍心系故乡的收成。整首诗之起承转合自然无间,
技法纯熟,看不出一丝雕琢的痕迹。

三、《半林诗稿》的文献价值

1. 有补于清诗、清词文献之辑录与研究

卢元昌身兼才学,颇有傲骨,董含《三冈识略》卷九"卢先生"
条载:

> 卢先生元昌,晚自号半林居士,湛思经术,昼夜不辍,尤精注
> 疏。所评月旦,倾动海内。素善饮酒,喜长啸。每当高会,浮白
> 拊掌,千人辟易。苟非同志者,白眼睨视,不接一谈,时人往往畏
> 而谤之。晚岁著述益富,虽病不废笔墨。窃怪天下妄庸之流,取
> 科第如拾芥,而独于二三魁奇磊落之士,一若故靳之,偃颠仆偃
> 塞,终身沦没,不获展一日之志。岂天之忌才,果若此哉?或得
> 者未必是,而失者未必非欤?抑丰于名者,必啬于遇欤?
> 悲夫![1]

董含为卢元昌朋友,重其才学,许之"魁奇磊落之士",为其"颠仆
偃塞"而颇为不平。卢元昌"晚岁著述益富,虽病不废笔墨",但留存
下来的却不多。南图及暨大所藏《半林诗稿》的发现,则可稍补此缺,
其文献价值自不待言。

目前所见卢元昌诗,据笔者查检,顾景星《白茅堂集》载光复堂集
会,顾景星作《留别五子》诗,并附集会八子诗,其中有卢元昌诗四

---

[1]　(清)董含撰:《三冈识略》,第773页。

题六首①；又载卢元昌《集友胜斋》诗一首②；董含《三冈识略》卷七"梅菊夏开"条载卢元昌纪诗一首；沈德潜《清诗别裁》卷八选卢元昌诗五首；《清诗纪事》载卢元昌《岁荒志慨》诗一首。以上共计14首。

　　卢元昌之词，据金烺《绮霞词》康熙刻本《满江红·读卢文子半林词稿却赠》后评语③可知卢曾作一阕《满江红》送金烺，惜未见原词；《全明词》《全清词》收卢元昌词四首④；李桂芹据《枫江渔父题词》发现卢元昌一阕《渔家傲·万顷烟波真淡写》⑤。又据《倚声初集》可知，卢元昌有《醉花阴·暮云叆叆高楼闭》⑥《蝶恋花·银雨廉纤深院落》两阕词，惜不见全词。以上记8首（3首存目）。

　　就目前所见，除南京图书馆所藏《思美庐删存诗》《东柯鼓离草》外，卢元昌今存诗14首；存词5阕，存目3阕。而南图所藏《半林诗稿》收301首诗，尤其是暨大所藏四集共载卢元昌诗293首，词99首，皆为首次发现，未见其他记载。故此《半林诗稿》七集的发现，亦可为清诗、清词文献辑录与研究稍做贡献。沈德潜曾谓："人之无名

---

　　① 分别是：《集友圣斋》《六子饮酒歌》《重九前一日柬黄公》《顾子在茸城两月便成千秋，忽赋骊句，惘然话别，聊叠三唱》。顾景星撰，《白茅堂集卷十四》，《清代诗文集汇编》第76册。另据本卷顾景星有《宿来文子友圣阃石沧水暨予数相聚诸君赋六子饮酒诗聊叙长律呈五子兼致勖焉》《寒夜集董榕庵光复堂得扶字》《步文子集洮侯斋十六韵》《张梅嵓园亭看秋色步文子韵》《借沈友圣山阴邸其人再饮文子草堂作放歌仍限韵》等诗题来看，亦可推知卢元昌有诗，惜不见。

　　② 卢元昌《集友圣斋》诗："邀我一识荆州面，乃是骚坛顾虎头。虎头落笔妙天下，诗中有画凌沧州。"顾景星《白茅堂集》卷十四。

　　③ "雪岫自癸亥岁过云间，值文子山居，未获晤面，文子为赋《满江红》词以寄怀。甲子复至吴淞，始得定交。诗词倡和，博酒言欢，足称忘年交。今读其词，语语真切，非泛为落笔者。始信声应气求之不诬也。"参金燕：《清初词人金烺研究》，南京师范大学2011年硕士论文。

　　④ 分别是：《菩萨蛮·谯楼曲》《少年游·别金陵女郎》《醉花阴·和辕文重九作》《蝶恋花·和卧子咏落叶》。《全明词》《全清词》所据皆邹祗谟、王士禛所选编《倚声初集》。

　　⑤ 李桂芹：《从唱和词集为〈全清词顺康卷〉补目》，《殷都学刊》2008年第2期，第95页。

　　⑥ 陈廷焯《云韶集》亦选录卢元昌《醉花阴·暮云叆叆高楼闭》，并评道："有志之士，方有此种语。笔力甚劲。"孙克强、杨传庆：《〈云韶集〉辑评（之三）》，《中国韵文学刊》2011年第1期，第30页。

位者,一生无他嗜好,惟孳孳矻矻于五字、七字之中,而忽焉徂谢,苟无人焉表而章之,人与诗归无何有之乡矣。"然沈德潜与"同人"虽"远近征求",《清诗别裁集》关于卢元昌之生平非常简略,亦仅录卢诗五首,卢诗仍"归无何有之乡"①。迄今"全清诗"仍未编纂出来,像《半林诗稿》这样的"遗珠"亦不知有多少。

2. 有助于勾勒卢元昌之家世

卢元昌虽为明末清初之名士,然正史无传,诸如《松江府志》《华亭县志》及董含《三冈识略》所载亦一鳞半爪。《半林诗稿》的发现,有助于我们对卢元昌之生平大概作一勾勒。如卢元昌之家世:

籍贯:《送姚江邵开吉之维扬》诗有句"维桑与梓必敬恭",卢元昌自注:"予五世以前亦姚江人。"卢元昌有一同宗兄弟卢琏,戊午年卢琏过访卢元昌,卢有作《武林汉华弟过舍叙及家世与予同出姚江半林一支,小酌志喜》,卢元昌自号"半林居士",即志其里贯之意。卢元昌《杜诗阐》壬戌刻本首页亦题"清卢元昌述,弟卢琏汉华订",可见二人之关系非同一般。

子女:卢元昌有一子名智裦,惜不幸早夭,卢有《薄暮见亡儿智裦十岁时墙上草书》诗。据笔者考证应死于1669或1670年②。壬集有首《接台州孙表兄札》,在"还珠子在兄愁释,炊臼妻亡我梦惊"后,卢元昌自注:"札中次儿被掳复归,别后予罹鼓盆。"知卢元昌曾将次子托付孙表兄。乙集《放榜后示箕儿》有"汝今亦抱子,明发实堪思",由此可知卢元昌有一子名箕儿,且有了孙子③。在《又示箕》中,卢元昌写道:"汝肩随两弟,有妹更伶仃。"由此知卢元昌有三个儿子、一个女儿。卢有《病中》诗:"衰年儿女不开心",《七夕》诗:"儿童娱景物",知

---

① (清)沈德潜:《清诗别裁集·凡例》,《历代诗别裁集》,杭州:浙江古籍出版社,1998年,第365页。

② 《半林诗稿》庚集有《薄暮见亡儿智裦十岁时墙上草书》,庚集为"乙卯(1675)至丙辰(1676)作",推知此诗作于1675年或1676年,又诗中有"聪俊谁同汝,回头六载空"。以此往前推六载,即1669年或1670年。

③ 《华亭县志》载:"(卢元昌)孙,畏盈,字广涵,雍正己酉举人。"《稀徐堂留稿》黄之隽序称卢元昌孙卢月川。月川为卢畏盈之号。

卢晚年有子女相伴，名不可考。在乙集《仲夏漫兴》中写道："五湖人老荒芜宅，八口家悬风雨秋。"乙集创作时间为"乙巳(1665)至戊申(1668)"，据笔者考证，卢妻死于 1675 年①，那么，"八口家"应该包括卢元昌、卢妻、上面提到的三个儿子、一个女儿，还剩两口人，不明。或包括卢子箕儿之妻及其子。上面提及其子智裘死于 1669 年或 1670 年，故不包括于此处所谓"八口家"。

综上所述，新见卢元昌之《半林诗稿》为我们深入了解卢元昌之生平、进而探讨其注杜之心理，以及开展清诗、清词之研究，都不无裨益，具有较高的文献价值。董含在《半林诗稿跋》中谓："夫人文之传世，亦有幸不幸焉。幸者寥寥数语而垂之百祀，不幸者著述等身而变同苍狗。或贫贱而常存，或富贵而湮灭。俯仰今昔，何可胜道！然如文子之人与诗，可以传矣！"此或可为卢氏其人其文之盖棺定论。

第二节　论舒位诗歌中的"杜甫资源"

自北宋开始，杜甫及杜诗便作为一种"资源"为后人创作诗歌、建构诗学理论所不断挖掘，并逐步确立起杜诗的典范作用。这在宋代以来的诗话、笔记中俯拾即是。经过历代杜诗评点、笺注类著作的影响，其"资源"意义更加明显。以至于后世言诗者，不管是抑是扬，均绕不开杜甫。

舒位(1765—1816)是清代中期著名的诗人，与王昙、孙原湘并称"三君"，合称"乾隆后三家"。20 世纪 90 年代以来，一些研究清代诗歌史的专著如朱则杰《清诗史》、严迪昌《清诗史》等开始注意到舒位的诗歌创作；进入 21 世纪，陆续有硕士生、博士生选择舒位诗歌作为研究对象，仅 2009—2011 年三年间，就涌现了 6 篇关于舒位诗歌的

---

① 《半林诗稿》壬集有《蕲州顾赤方垂念有作》，于"六十两人皆悼亡"下自注："赤方亦权鼓盆。"《烧灯戏作》："此时暖老思燕姬，六十鳏夫拟渴风。"

学位论文①，足见舒位诗歌的重要价值。以上研究对舒位的生平、交游，舒位诗歌的内容、艺术特色、思想水平，以及舒位的诗学理论均已进行了较为深刻的论述。

对于舒位诗歌创作的渊源，钱基博指出其踵武沈德潜，由昌黎、山谷而入杜②。今人有的认为其继承了李白③，有的认为其转益多师④。法式善在评价舒位《张公石》《断墙老树图》《破被篇》等作时指出"前无古人，后无来者，非浸淫于三李二杜者不能"⑤。宋霭若云："顷者铁云过吴门见访，得读其行箧所携诗二卷，皆黔南戎幕往还时作。助之以江山，习之以军旅，则又如少陵入蜀后诗之一变。"⑥可见与舒位同时之人已注意到舒位诗歌受杜甫的影响，然令笔者感到奇怪的是，当今研究舒位之人却鲜有道及者。故本文对舒位诗歌中的"杜甫资源"加以探讨，并对舒位何以选择了"杜甫"的原因进行分析。这既是对舒位诗歌创作渊源的揭示，也可见出杜甫诗歌在清代乾嘉时期的传播与接受情况。

一、舒位诗歌中的"杜甫资源"

"杜甫资源"主要表现为诗歌技艺上的典范、杜甫人格思想的感召力。笔者通读《瓶水斋诗集》，对舒位诗歌中的"杜甫资源"总结

---

① 其中 5 篇硕士学位论文：刘延霞《舒位诗歌初探》（2009）、李艳《乾嘉诗人舒位研究》（2010）、陈秀春《舒位诗歌研究》（2010）、李冬香《舒位诗歌研究》（2010）、闫会雁《舒位研究》（2011）；1 篇博士学位论文：石天飞《乾嘉诗人舒位研究》（2011）。

② 钱基博在《现代中国文学史·编首·近代》中论沈德潜时说："及自为诗，古体宗汉、魏，近体宗盛唐，尤所服膺者为杜……天下之谭诗者宗焉。踵其后而以诗名者：大兴有舒位，秀水有王昙，昭文有孙原湘，世称三君。……其中以舒位、孙原湘、黎简三家，尤为特出。位与原湘皆自昌黎、山谷入杜，而简则学杜而得其神髓者也。"钱基博：《现代中国文学史》，长春：吉林人民出版社，2012 年，第 32 页。

③ 闫会雁：《舒位研究》，河南师范大学 2011 年硕士学位论文。

④ 李艳：《乾嘉诗人舒位研究》，辽宁师范大学 2010 年硕士学位论文。

⑤ （清）舒位著，曹光甫点校：《瓶水斋诗集》附录，上海：上海古籍出版社，2009 年，第810 页。

⑥ （清）舒位著，曹光甫点校：《瓶水斋诗集》附录，第 810 页。

如下:

1. 对杜诗的化用

中晚唐人已开化用杜诗的先河,如仇兆鳌指出晚唐司空曙的"乍见翻疑梦,相悲各问年"是化用杜甫的"夜阑更秉烛,相对如梦寐";陈后山的"了知不是梦,忽忽心未稳"是翻用杜诗①。为了直观起见,笔者将舒位诗歌对杜诗的化用整理如表3:

表3 舒位对杜诗的化用

序号	舒位诗题	句	杜甫诗题	句
1	江行杂诗	日月摩双镜,乾坤禁百洲。	衡州送李大夫七丈勉赴广州	日月笼中鸟,乾坤水上萍。
2	空谷	天寒修竹娟娟静,翠袖苍茫独立时。	佳人	天寒翠袖薄,日暮倚修竹。
			乐游园歌	此身饮罢无归处,独立苍茫自咏诗。
3	昭君诗其一	可知千载琵琶语,绝胜三秋团扇歌。	咏怀古迹五首其三	千载琵琶作胡语,分明怨恨曲中论。
4	昭君诗其三	省识春风一面无,真真难向夜深呼。	咏怀古迹五首其三	画图省识春风面,环佩空归夜月魂。
5	铜城驿店对雨,与张尚之炯秀才夜话题壁	柳从今夜短,山到隔江青。	月夜忆舍弟	露从今夜白,月是故乡明。
6	山塘与朱二秀才棠话旧	夜阑如梦寐,又唱鹧鸪飞。	月夜	夜阑更秉烛,相对如梦寐。
7	典裘诗其二	王恭鹤氅晏婴裘,紫凤天吴不记秋。	北征	天吴及紫凤,颠倒在裋褐。
8	典裘诗其二	羞涩忽成垂老别,轻肥虚忆少年游。	秋兴八首其三	同学少年多不贱,五陵衣马自轻肥。
9	陆杉石仪曹雨中过访,明日作诗寄之,并取观其诗集	骑马似乘船,但少歌欸乃。	饮中八仙歌	知章骑马似乘船,眼花落井水底眠。

---

① (唐)杜甫著,(清)仇兆鳌注:《杜诗详注》,第391页。

序号	舒位诗题	句	杜甫诗题	句
10	重过松南草堂感怀	酒杯不到坟中土，诗卷长留海上竿。	送孔巢父谢病旧游江东兼呈李白	诗卷长留天地间，钓竿欲拂珊瑚树。
11	读孟郊集	怅望千秋泪，横陈一卷诗。	咏怀古迹五首其二	怅望千秋一洒泪，萧条异代不同时。
12	寄呈伯父及兄云其一	伤心东郡趋庭日，应遣门生废杜诗。	登兖州城楼	东郡趋庭日，南楼纵目初。
13	寄呈伯父及兄云其三	阿买近来粗识字，每依北斗写红笺。	秋兴八首其二	夔府孤城落日斜，每依北斗望京华。
14	渡江用东坡《自金山放船至焦山》韵	我生性僻佳句耽，题诗一路来江南。	江上值水如海势聊短述	为人性僻耽佳句，语不惊人死不休。
15	向读《文选》诗，爱此数家，不知其人可乎？因论其世，凡作者十人诗九首(江文通)	分明性僻耽佳句，此笔何曾梦里来。	江上值水如海势聊短述	为人性僻耽佳句，语不惊人死不休。
16	渡江用东坡《自金山放船至焦山》韵	江南烟波渺无际，野航恰受人两三。	南邻	秋水才深四五尺，野航恰受两三人。
17	毗陵舟次，赠别恽敬子居孝廉	经年作客怅离群，天末凉风日暮云。	天末怀李白	凉风起天末，君子意如何？
			春日忆李白	渭北春天树，江东日暮云。
18	初春宋助教过访弊居，并出示近诗，即送之看梅邓尉	春风吹故人，叩我柴扉梦。	梦李白二首其一	故人入我梦，明我长相忆。
19	古意四首戏寄海珊其二	丛菊黄怜他日泪，桃花红记此门中。	秋兴八首其一	丛菊两开他日泪，孤舟一系故园心。
20	卧龙冈作其四	异代萧条吾怅望，斜阳满树暮云繁。	咏怀古迹五首其二	怅望千秋一洒泪，萧条异代不同时。
21	梁元帝祠	留得哀江南一赋，暮年萧瑟庾兰成。	咏怀古迹五首其一	庾信平生最萧瑟，暮年诗赋动江关。
22	龙井	禅榻茶烟何处飏？在山泉水本来清。	佳人	在山泉水清，出山泉水浊。
23	始读《小仓山房全集》竟，各题其后	若裁伪体耽佳句，愿铸黄金拜事之。	戏为六绝句其六	别裁伪体亲风雅，转益多师是汝师。

（续表）

序号	舒位诗题	句	杜甫诗题	句
24	始读《小仓山房全集》竟，各题其后其三	万古江河流不废，六朝风雨劫无灰。	戏为六绝句其二	尔曹身与名俱灭，不废江河万古流！
25	向读《文选》诗，爱此数家，不知其人可乎？因论其世，凡作者十人诗九首（沈休文）	可惜文章千古事，不如云雾六朝僧。	偶题	文章千古事，得失寸心知。
26	向读《文选》诗，爱此数家，不知其人可乎？因论其世，凡作者十人诗九首（鲍明远）	俊逸真堪定品评，杜陵老眼胜钟嵘。	春日忆李白	清新庾开府，俊逸鲍参军。
27	南山松皮歌	报我以广寒殿前八万四千户修月之青枝，不若成都诸葛丞相祠堂溜雨四十围老柏之苍皮。	古柏行	孔明庙前有老柏，柯如青铜根如石。霜皮溜雨四十围，黛色参天二千尺。
28	南山松皮歌	濡染大笔题此抑塞磊落之奇材。	短歌行	王郎酒酣拔剑斫地歌莫哀，我能拔尔抑塞磊落之才。
29	衡山景行图诗	剩有高歌摇五岳，更教异代望千秋。	咏怀古迹五首其二	怅望千秋一洒泪，萧条异代不同时。
30	诗去而雨樵折柬来，亦有七律四篇见示，喜其不约而同也。走笔依韵答之，时余将傲装归，末篇兼志别云其四	若忆梁园旧宾客，几时樽酒共论文。	春日忆李白	何时一樽酒，重与细论文？
31	杂言八首，与唐六稚川话别其七	书券不书字，擒贼不擒王。	前出塞九首其六	射人先射马，擒贼先擒王。
32	曲阜拜圣人林下其三	半部功名输吏牍，一堂岁月误儒冠。	奉赠韦左丞丈二十二韵	纨绔不饿死，儒冠多误身。
33	酬别子潇	衣裳远梦催刀尺，风雨深谈接展裙。	秋兴八首	寒衣处处催刀尺，白帝城高急暮砧。
34	立秋日陆杉石太守寄示《青蓉阁诗钞》却寄	性僻耽佳句，思量句句传。	江上值水如海势聊短述	为人性僻耽佳句，语不惊人死不休。

序号	舒位诗题	句	杜甫诗题	句
同上	同上	同上	解闷十二首其六	复忆襄阳孟浩然，清诗句句尽堪传。
			奉赠严八阁老	新诗句句好，应任老夫传。
35	卧龙岗作其二	芒芒玉垒变浮云	登楼	玉垒浮云变古今
36	襄城见月，是夜作家书，附题于后	若忆鄜州小儿女，谁知今夜宿襄城。	月夜	遥怜小儿女，未解忆长安。
37	蒋廷宣表兄烜新疆赐环余适归自南诏相遇于吴门道上索诗为别	又是萧晨掉船去，落花时节正离君。	江南逢李龟年	正是江南好风景，落花时节又逢君。
38	破被篇	读书万卷读不破	奉赠韦左丞丈二十二韵	读书破万卷

以上计有 38 例。其中第 2、17、34 例，乃化用杜甫两首诗中的若干句为一句或一联；第 6 例，合杜甫两句诗为一句诗；第 27 例，则将杜甫 4 句诗概括为 1 句；第 18 例，将杜甫的"故人入我梦"演为两句"春风吹故人，叩我柴扉梦"[1]，意境较杜甫原诗更为静谧、蕴藉；第 31、38 例，乃反用杜诗原意；第 32 例，杜甫云"儒冠多误身"，舒位之"一堂岁月误儒冠"[2]也是反用杜甫之意。其余皆直接化用、移植杜诗原句，如第 16 例之"野航恰受人两三"（杜诗原句作"野航恰受两三人"）；再如第 24 例"万古江河流不废"[3]，也是将杜诗原句"不废江河万古流"变动了一下次序；等等。

还有一种并非直接化用杜诗语句，而是化用杜诗原意。如杜甫《王十五司马弟出郭相访兼遗营茅屋赀》云："客里何迁次，江边正寂寥。肯来寻一老，愁破是今朝。忧我营茅栋，携钱过野桥。"[4]杜甫对王氏馈钱资助其"营茅栋"的行为十分感激，但言下之意也透露出自

---

① （清）舒位著，曹光甫点校：《瓶水斋诗集》，第 163 页。

② （清）舒位著，曹光甫点校：《瓶水斋诗集》，第 406 页。

③ （清）舒位著，曹光甫点校：《瓶水斋诗集》，第 304 页。

④ （唐）杜甫著，（清）仇兆鳌注：《杜诗详注》，第 730 页。

己生活的艰辛。舒位的生活也很艰辛，因此也在诗中多次表达如杜甫无钱置办茅栋的忧愁，如《赵昧辛司马权知兖州置酒少陵台送别》其三云：“岱宗青未了，谁办草堂钱？”①《姊丈戴松南兆莳挽诗》其二云：“侧闻蒿里曲，不办草堂资。”②《自乡思桥移家南华桥》其二云：“匆匆难办草堂钱，小住青墩近四年。”③

对杜诗的化用，从修辞学的角度讲，可以称为用典（语典和事典）；也可以从集句诗的角度分析：杜诗仿似“零件”，后人将其重新“组装”。但不管怎么看，这种化用都遵循诗歌创作的原理，运用得当，宛如己出，其产生的艺术效果有时也会超越原诗，如上面提到的第 18 例。

2. 杜甫作为一种咏怀题材及“典故”

杜诗在宋代成为“经典”之后，杜甫本人、杜诗以及与杜甫相关的一些事件（如上提到的营建草堂）、地点（如草堂、浣花溪）等，常常作为题材或“典故”出现在后人的文学创作中（不止诗歌），来表达对杜甫的怀念、同情等情感。

（1）作为咏怀题材的杜甫

舒位对杜甫之遭遇深表同情，对杜甫本人深怀敬仰之情。因此，在《瓶水斋诗集》中，或以杜甫为咏怀题材，或直接表达对杜甫的怀念。

早至北宋时，已有欧阳修《堂中画像探题得杜子美》、王安石《杜甫画像》等人题咏杜甫画像，据罗时进引述衣若芬的统计，宋人题咏杜甫图像诗共二十五题二十六首④。舒位有首《杜工部遗像》，诗云：

> 草堂相近锦官城，七尺躯留一部名。乱后麻鞋见天子，夜来白酒醉先生。凌烟阁上穷无相，饭颗山头瘦有情。幸未遗讹巾

①　（清）舒位著，曹光甫点校：《瓶水斋诗集》，第 406 页。
②　（清）舒位著，曹光甫点校：《瓶水斋诗集》，第 96 页。
③　（清）舒位著，曹光甫点校：《瓶水斋诗集》，第 174 页。
④　罗时进：《宋图像传播对唐诗人与作品的经典化形塑》，《文学遗产》2018 年第 6 期。

恫事,须眉如画祀文贞。①

从上诗看不出这幅遗像为何人所画,但从开头一句可推测,这幅遗像的背景应该是草堂。至德二载三月,被困长安十年的杜甫终于从长安城中逃出,到达肃宗行在凤翔,"麻鞋见天子,衣袖见两肘"②。肃宗为褒奖他的忠心,授为左拾遗。"饭颗山头瘦有情"乃化用《本事诗·高逸第三》所载李白《戏赠杜甫》③,王定保《唐摭言》、计有功《唐诗纪事》、《全唐诗》卷185均载此诗。《旧唐书》也袭《本事诗》之说,谓李白嘲笑杜甫作诗刻板、雕刻艰苦。然洪迈早已辨其非李白之作④,但舒位仍袭用这一典故,可见其影响多么深远。

"文贞"是唐代最高级别的,也是读书人梦寐以求的谥号。但新、旧《唐书》并未交代杜甫的谥号,元稹所作《唐故工部员外郎杜君墓系铭并序》亦未见杜甫谥号。今所见称杜甫为"文贞"者,有清康熙年间福建光泽人陈光绪所作《杜文贞诗集》;另平江杜甫墓前石碑上刻"唐左拾遗工部员外郎杜文贞之墓",墓前有清光绪十年重修的杜文贞祠;洛阳偃师杜甫墓前有清乾隆五十五年(1790)所立墓碑,上刻"唐工部拾遗少陵杜文贞公之墓"。舒位此诗以"文贞"称杜甫,足见其敬仰之情。

在有些诗中,舒位则直陈对杜甫的怀念之情,如《重过泰山作》。因杜甫曾作《望岳》,当舒位经过泰山时,自然想到了杜甫,诗末尾一联云:"岱宗夫如何? 我怀杜陵叟。"⑤在《米价》其六的末尾,舒位又想到了杜甫:"东游思杜老,贵贱问淮南。"⑥

集中尚有《赵味辛司马权知兖州置酒少陵台送别》三首,此三诗作于嘉庆七年(1802),时舒位三十八岁,应考完南下归家途经兖州,

---

① (清)舒位著,曹光甫点校:《瓶水斋诗集》,第516页。
② (唐)杜甫著,(清)仇兆鳌注:《杜诗详注》,第358页。
③ 孟棨:《本事诗》,《丛书集成初编》第2546册,上海:商务印书馆,1935年,第9页。
④ (唐)杜甫著,(清)仇兆鳌注:《杜诗详注》,第51页。
⑤ (清)舒位著,曹光甫点校:《瓶水斋诗集》,第142—143页。
⑥ (清)舒位著,曹光甫点校:《瓶水斋诗集》,第675页。

因少陵台而自然怀念杜甫，又因送别友人，故兼及送别之情。其中两首融化杜诗给人不着痕迹的感觉，诚如黄庭坚所谓"夺胎换骨、点铁成金"。诗云：

> 稷契空相许，风骚自总持。三篇大礼赋，一代盛唐诗。老尚依人惯，生应恨我迟。千秋劳怅望，况是别离时。

> 东郡趋庭日，当年最少年。可怜垂老别，不幸以诗传。身受全家累，官随去国迁。岱宗青未了，谁办草堂钱？①

上两首诗，依次化用杜甫《自京赴奉先县咏怀五百字》《咏怀古迹五首其二》《登兖州城楼》《垂老别》《望岳》，并涉及与杜甫相关的典故：上《三大礼赋》、无钱置办草堂。不仅表达了对友人的惜别之情，如"身受全家累""谁办草堂钱"等句，也表达了对杜甫之同情，亦是舒位自道。

(2) 作为典故的杜甫

自北宋而后，杜甫的"诗圣"、老翁、"苦吟"、骑驴等形象，以及浣花溪、草堂等地点，时常出现在后人的诗歌中，以"典故"的形式成为后人诗歌创作的一种艺术表达。舒位诗中也运用了很多与杜甫相关的典故。

杜陵典衣：杜甫一生多飘零江湖，贫困潦倒，故在《曲江二首》其二中云："朝回日日典春衣，每日江头尽醉归。"仇兆鳌注云："朝回典衣，贫也。典现在春衣，贫甚矣，且日日典衣，贫益甚矣。"②舒位又何尝不为柴米油盐而愁？故他多次表达如杜甫"典衣"一般的郁愁。在一首题为《留别学坡姊丈》的诗中写道："典衣杜陵醉，吹屐阮孚忙。"③一句用杜甫典衣醉归之典，一句用阮孚叹屐之典。在这两句

---

① （清）舒位著，曹光甫点校：《瓶水斋诗集》，第 405—406 页。

② （唐）杜甫著，（清）仇兆鳌注：《杜诗详注》，第 448 页。

③ （清）舒位著，曹光甫点校：《瓶水斋诗集》，第 67 页。

之前写道:"记得听莺处,松南旧草堂。"①故知舒位这两句用典所指,乃是回忆当日与"学坡姊丈"醉游之乐。

更多时候,杜陵典衣的典故表达的是一种愁苦,如舒位有首从题到意皆模拟杜甫《曲江》的《典裘诗》:

> 王恭鹤氅晏婴裘,紫凤天吴不记秋。羞涩忽成垂老别,轻肥虚忆少年游。蛾眉绝塞金谁赎,狐腋重关客未偷。比似春衣杜陵醉,两般滋味一般愁。②

这首诗作于乾隆五十四年(1789),依次化用杜甫《北征》《垂老别》《秋兴八首其三》等诗,然后结尾点出典故,最后直接抒发"两般滋味一般愁",故《清诗注评读本》评此诗云:"寒士生涯,说得可笑。读此真令人有安得广厦千万间之想。"③

杜陵广厦:杜甫一生虽志向偃蹇,然一生常抱"穷年忧黎元"之儒家情怀,故即使当他的茅屋为秋风吹破,房顶上的茅草被群童抱走,他依然能唱出"安得广厦千万间,大庇天下寒士俱欢颜,风雨不动安如山。呜呼!何时眼前突兀见此屋,吾庐独破受冻死亦足"④的诗句。在舒位诗中,也常见"杜陵广厦"的典故。

"杜陵广厦"有时表示的是一种胸襟。如在《自送诗》中,舒位写道:"主人似怜客无家,邀我西堂夜深宿。"⑤舒位这个"客"无家,得到"主人"的怜惜,并邀请他到"西堂"留宿,但舒位接着却说:"岂知风雨杜陵人,想到三间破茅屋。"⑥舒位虽然贫穷,但他自比杜甫,仍怀心系苍生之念。在《与仲瞿论画十五首并示云门》其九中有云:"胸无杜陵千万厦,手持规矩不得下。"⑦在舒位看来,作画前若"胸无杜陵千

---

① (清)舒位著,曹光甫点校:《瓶水斋诗集》,第 67 页。
② (清)舒位著,曹光甫点校:《瓶水斋诗集》,第 83 页。
③ 佚名:《清诗注评读本》下册,北京:中华书局,1936 年,第 101 页。
④ (唐)杜甫著,(清)仇兆鳌注:《杜诗详注》,第 832—833 页。
⑤⑥ (清)舒位著,曹光甫点校:《瓶水斋诗集》,第 118 页。
⑦ (清)舒位著,曹光甫点校:《瓶水斋诗集》,第 452 页。

万厦"，便不好下笔。"胸无杜陵千万厦"并非"胸有成竹"，而是要像杜甫一样有儒家的悯人情怀。

　　有时候，"杜陵广厦"又仅作为居住地的代指。乾隆五十五年(1790)，舒位奉母命自广西回吴门。然吴门旧居已非舒家所有，幸得友人沈松庐慷慨相助，借屋供其居住。故舒位《答示仲瞿话旧之作十首》其四有句云："杜陵广厦今无恙，彭泽迷途昨更非。"在"杜陵"句后，舒位自注道："借住沈松庐廉访乌戍南华老屋，今已十年，而廉访于去秋捐馆矣，语次黯然。"①沈松庐的"捐馆"(即去世)让借居十年"广厦"的舒位感到物是人非，不免心中黯然。

　　处在穷困中的舒位，有时候对置办房屋一事感到无奈，因此，他曾说："杜陵营广厦，毋乃未欢颜。"②又说："失笑杜陵营广厦，匠心毕竟未能欢。"③在这里，"杜陵营广厦"就不再是心系苍生，而是对自身不能营广厦的一种自嘲与无奈。

　　杜陵旧雨：杜甫《秋述》云："秋，杜子卧病长安旅次，多雨生鱼，青苔及榻。常时车马之客，旧雨来，今雨不来。"④"旧雨"遂成为老朋友之代称。舒位诗中也常用到"杜陵旧雨"这个典故，用来作为对昔日友朋、时光的怀念，如《陆杉石太守归自雅州，余方移具禾中，旋有淮南之行，寄诗为别》其一有云："诗近杜陵怀旧雨，人来蜀道抵青天。"⑤《莺脰湖舟中逢雨，忆薏园师诗有"吴江二月真堪画，柳暗花明莺脰湖"之句，正此景也。时方作张掖书寄师，因即事奉怀云》其二有云："杜陵旧雨还惆怅，况是当年载酒人。"⑥再如《梧门先生前于放榜日枉顾，既复为先祖检讨公遗诗作序见付，积雨迟谢，赋诗感怀，凡一百二十字》有云："杜陵新旧雨，欲向托长笺。"⑦

---

①　(清)舒位著，曹光甫点校：《瓶水斋诗集》，第 398—399 页。
②　(清)舒位著，曹光甫点校：《瓶水斋诗集》，第 349 页。
③　(清)舒位著，曹光甫点校：《瓶水斋诗集》，第 648 页。
④　(清)朱鹤龄辑注，韩成武等点校：《杜工部诗集辑注》，第 907 页。
⑤　(清)舒位著，曹光甫点校：《瓶水斋诗集》，第 429 页。
⑥　(清)舒位著，曹光甫点校：《瓶水斋诗集》，第 338 页。
⑦　(清)舒位著，曹光甫点校：《瓶水斋诗集》，第 540 页。

3. 对杜甫制题艺术的学习

吴承学先生对杜甫的制题艺术做过精到的分析，总结了杜甫制题的类型、各自的特色及对后世的影响。他指出"杜诗制题体现出他独特的美学追求……杜诗长题极为用心，舒徐翔实。……这一类题目都是因为本诗的写作与具体而重要的人物与事情有关"，"杜诗的短题，也有两类写作。一类是精到准确，……另一类短题则是一时即目与感触的随笔记录。……这类短题往往随意性很强，有的甚至随意摘取篇首二字为题"。① 舒位的诗歌制题虽不能确切指出其对杜甫的继承，但细加分析，仍可看出其学习杜甫的痕迹。

经笔者统计，舒位诗歌中题目字数在 20 字以上（含 20 字）的便有 127 题。相较于整本《瓶水斋诗集》虽不算多，但特色却非常明显。如《既至济上，易车而舟，时吏方捕民车以应官需，御者苦其役，乃以酒饮逆旅，主人醉，弃车牵马而宵遁焉。余固知之，而不以言，且为诗以送之，并题主人之壁》，长 60 字，真可谓"细叙情事，体兼诗序"；再如《比部杨六士梦符，曩于陆杉石太守处见仆所撰〈咏史乐府〉，击节枉顾，会仆卧疴拒客，寻又以事南下。虽名刺往还，而曾无半面之识。比仆再入都，则先生下世久矣。重过所居，怆然有作，并录一通寄杉石、雅州》，诗题共 80 字，交代其与杨梦符的一段交往，既可入诗话，又可比一篇小品文。

更为夸张的是《先祖检讨公尝作〈摩诃庵杏花〉诗，都下一时传诵。后山阳程鱼门晋芳编修于壬申岁过庵，则为枣花，而无杏树，乃赋一绝感怀。近见乌程戴菔塘璐太常〈藤阴杂记〉及此事，而未录先祖诗。位检〈试墨斋遗诗〉中，只有〈重过摩诃庵杏花〉七律一首，殆即是也。一花开谢，何关重轻？自经题咏，便有情绪。既感家世，因赋一篇，并补录前诗，以为缘起。太常昉竹垞旧闻，搜罗畿坰诗迹，当有取乎此尔。先祖诗云："花发谁能认旧枝，曲栏深处我曾知。二年踪迹同游少，三月风光再到迟。莫遣壶觞虚后会，已输蜂蝶识前期。嫣然一树留人久，又是黄昏欲去时。"鱼门先生诗云："玉堂仙客题诗处，古刹离离放小红。三十年来人事改，枣花香细月朦胧。"》这个诗题共 243 字，不仅对舒位先祖舒大成《摩诃庵杏花》与程晋芳绝句的创作缘起进行了交代，还录了这两首诗，但我们看这首诗仅六韵 42 字。

陈之壎曾言："古人诗成不得已，而有题皆相诗为之。至或诗外或诗内有意无意署二字，或编集者摘篇首二字，及纽合非一时作，为几首也不得已也，非题也。"①舒位诗的短题也学习杜甫"随意取篇首字为诗题的方式"，如《欲说》取首句"欲说愁鹦鹉"，《新燕》取首句"新燕谁能话旧愁"，《一声》取首句"一声铜斗唤扬舲"，《可惜》取首句"可惜当年醉舞盘"等。从诗题上看不出诗歌内容所指，这种命题方式"事实上也是无题诗"。

舒位有些诗的题目一看便知是学杜甫，如《苦热》，杜甫有《早秋苦热堆案相仍》《舟中苦热遣怀奉呈阳中丞通简台省诸公》；如《鹊巢为秋风所破》，杜甫有《茅屋为秋风所破歌》；还有一首《行次费县遇雨，县令遣人来迎，宿馆两日，于脂车时题诗馆壁为谢》，不仅诗题模仿杜甫《聂耒阳以仆阻水，书致酒肉，疗饥荒江，诗得代怀，兴尽本韵，至县呈聂令。陆路去方田驿四十里，舟行一日，时属江涨，泊于方田》，还在末尾将县令比为聂耒阳，云："比似耒阳贤令宰，黄牛白酒笑如何？"②

4. 对杜诗句法的学习

杜甫本身对诗歌句法非常注意，曾自言"为人性僻耽佳句，语不惊人死不休"③。对杜诗句法的研究，早在北宋时便已兴起④。杜甫作为一种"资源"为舒位所接受，也体现在舒位对杜诗句法的学习。在《竹渗夜泊闻杜鹃》其一的末尾，舒位说"杜陵诗思苦，得句不能

---

① 孙微辑校：《清代杜集序跋汇录》，第 154 页。
② （清）舒位著，曹光甫点校：《瓶水斋诗集》，第 407 页。
③ （唐）杜甫著，（清）仇兆鳌注：《杜诗详注》，第 810 页。
④ 孙立平：《古典诗论中的杜诗句法研究》，《南昌大学学报（人社版）》1999 年第 4 期。

肥"①,其实是自比杜甫,以提示自己对诗歌句法的要求。

杜甫在五言常式"2－2－1"的基础上探索出"1－4"句式,如《赴青城县出成都寄陶王二少尹》云:"老被樊笼役,贫嗟出入劳。"②再如《北征》云:"或红如丹砂,或黑如点漆。"③舒位《自安顺赴镇宁,黔路之平者止此六十里》有云:"如久梦忽醒,亦少见多怪。"④也是"1－4"句式。再如《与守斋论诗三首》其一中有云:"诗三百五篇,圣人所手订。"⑤其三中有云:"非心所欲言,虽奇亦不赏。"⑥"诗三百五篇""非心所欲言"也都为"1－4"句式。

再如大家所熟知的"绿垂风折笋,红绽雨肥梅"⑦"青惜峰峦过,黄知橘柚来"⑧,这四句将最惹人眼目的颜色词"绿""红""青""黄"置于句首,有意突出其色彩上的视觉效果。舒位也有同样的表达,如《晓出浒墅,午次锡山驿,与唐靖川表兄作》有云:"青飘酒一旗,红倚塔双树。"⑨《落花诗》其四有云:"碧憎霍霍双鹰眼,红踏荒荒四马蹄。"⑩

他如上面提到的"柳从今夜短,山到隔江青"⑪,也是学习杜甫"露从今夜白,月是故乡明"⑫的"1－3－1"句式。

舒位《归兴》其七颈联云:"更指严州塔,仍沿秀水堤。"⑬熟悉杜诗的非常容易看出舒位这联乃模仿杜甫"即从巴峡穿巫峡,便下襄阳

① （清）舒位著,曹光甫点校:《瓶水斋诗集》,第233页。
② （唐）杜甫著,（清）仇兆鳌注:《杜诗详注》,第824页。
③ （唐）杜甫著,（清）仇兆鳌注:《杜诗详注》,第397页。
④ （清）舒位著,曹光甫点校:《瓶水斋诗集》,第244页。
⑤ （清）舒位著,曹光甫点校:《瓶水斋诗集》,第305页。
⑥ （清）舒位著,曹光甫点校:《瓶水斋诗集》,第306页。
⑦ 杜甫:《陪郑广文游何将军山林十首》其五,（唐）杜甫著,（清）仇兆鳌注:《杜诗详注》,第151页。
⑧ 杜甫:《放船》,（唐）杜甫著,（清）仇兆鳌注:《杜诗详注》,第1040页。
⑨ （清）舒位著,曹光甫点校:《瓶水斋诗集》,第136页。
⑩ （清）舒位著,曹光甫点校:《瓶水斋诗集》,第392页。
⑪ （清）舒位著,曹光甫点校:《瓶水斋诗集》,第44页。
⑫ （唐）杜甫著,（清）仇兆鳌注:《杜诗详注》,第589页。
⑬ （清）舒位著,曹光甫点校:《瓶水斋诗集》,第329页。

向洛阳"①的句法，即以连缀地名的手法表现出地点的变化，暗寓诗人归家的欣喜与急迫。

此外，像"安得尽遣朱八作画唐六歌，我乃化为蝴蝶夜夜飞天魔"②"安得快雪时晴早，穷檐遍赐黄绵袄"③"安得雪花片片大如席？能令四方万国无寒饥"④等，不仅学杜甫"安得广厦千万间，大庇天下寒士俱欢颜"的句式，其旨向亦同杜甫。

舒位诗歌中的"杜甫资源"其实还可从题材、体式上加以一定分析，尤其舒位为人所称道的古体诗，很多皆如杜甫的《自京赴奉先县咏怀五百字》《北征》等，以诗纪史，体现出鲜明的"诗史"精神。

二、舒位的诗歌创作为何选择了"杜甫"

清初的钱谦益、屈大均、卢元昌等，清中期的沈德潜等，因种种原因，都成了杜诗的忠实学习者。舒位的诗歌创作为何也选择了杜甫？笔者试从以下三点予以探析。

1. 时代背景的相似，使得舒位从思想上接近杜甫

舒位的前半生处于"康乾盛世"的后半段，盛世的繁华虽在，但积弊已显。官吏腐败、民生疾苦，时常出现在他的笔底。杜甫的前半生（712—755）也恰好是在"开元盛世"的后半段度过的，且这种盛世表面之下也逐渐凸显出各种弊端。我们对比一下舒位和杜甫的诗歌也可发现，二人虽皆经历过盛世，但却鲜有对盛世的讴歌。杜甫虽有"忆昔开元全盛日，小邑犹藏万家室。稻米流脂粟米白，公私仓廪俱丰实"的自得与自豪，但这是以"回忆"的角度再现曾经的富庶，其目的是"盖亟望代宗拨乱反治，复见开元之盛焉"⑤。《瓶水斋诗集》以岁阳、岁阴纪年法编次，起玄黓摄提格（壬寅，1782），时舒位十七岁。

---

① 杜甫：《闻官军收河南河北》，(唐)杜甫著，(清)仇兆鳌注：《杜诗详注》，第968页。
② 舒位：《破被篇》，(清)舒位著，曹光甫点校：《瓶水斋诗集》，第388页。
③ 舒位：《春分日雪》，(清)舒位著，曹光甫点校：《瓶水斋诗集》，第671页。
④ 舒位：《春雪歌》，(清)舒位著，曹光甫点校：《瓶水斋诗集》，第23页。
⑤ (唐)杜甫著，(清)仇兆鳌注：《杜诗详注》，第1165页。

卷一(乾隆四十七年至乾隆五十二年,1782—1787)中所收诗的时代背景正是乾隆盛世,然舒位已写出了《鲊虎行》这样的讽刺之作。至如后来的《卢沟桥行》《杭州关纪事》《和尚太守谣》等篇,寓讽刺于诙谐的叙述,读来令人捧腹之余,对墨吏与世态的愤懑与感叹也给人留下深刻印象。

可以说,相似的时代背景让舒位看到了杜甫思想的光辉,使他自觉地继承了杜甫的"诗史"精神。像《和尚太守谣》这种据邸报而改写成的诗歌,便纯然是历史的记载,诗化了的历史。

2. 个人生平的相似更使其亲近杜诗

历史上为杜诗作笺注之人,多有与杜甫较为相近的生平。后世学杜诗之人,除了诗歌技艺上的考量外,也多是从思想上、心理上亲近杜甫。

杜甫一生经历玄、肃、代三朝,可大致分为"读书漫游""长安困顿十年""战乱初起,颠沛流离""流寓两川""寓居夔州""漂泊荆湘"六个时期[①],最高官职仅为从八品上的左拾遗,然而实际上没有任何实权。杜甫晚年寓居夔州,回首一生,感叹道"支离东北风尘际,漂泊西南天地间"[②]。舒位一生亦如杜甫之漂泊无定,曾自言"我生本飘荡"[③],故为他写传记的友人常提到舒位"客"的身份,如"铁云旧家蓟北,作客江南"[④],"欲家焉而无屋,则之湖州,假馆于乌镇沈氏,寄其孥而身乃往依河间太守王朝梧,为幕中上客"[⑤],"既又客秣陵、会稽、云间"[⑥];舒位诗中对"客"的身份也十分敏感,如"人面沾尘如败鼓,

---

① 萧涤非主编:《杜甫全集校注》,第4—24页。

② (唐)杜甫:《咏怀古迹五首之一》,(唐)杜甫著,(清)仇兆鳌注:《杜诗详注》,第1499页。

③ (清)舒位:《录别》其二,(清)舒位著,曹光甫点校:《瓶水斋诗集》,第38页。

④ (清)萧抡:《序》,(清)舒位著,曹光甫点校:《瓶水斋诗集》附录,第812页。

⑤ (清)石韫玉:《舒铁云传》,(清)舒位著,曹光甫点校:《瓶水斋诗集》附录,第797页。

⑥ (清)陈文述:《舒铁云传》,(清)舒位著,曹光甫点校:《瓶水斋诗集》附录,第799页。

客心薄暮抵悬旌"①,"桥横流水客才到,门掩落花僧未归"②,"照人当夜浅,送客到秋深"③,"摇鞭计远程,客至秋深矣"④,"细雨东陵道,平明送客船"⑤等等。

杜甫非常早慧,居夔州时写的《壮游》诗云:"往昔十四五,出游翰墨场。斯文崔魏徒,以我似班扬。七龄思即壮,开口咏凤凰。九龄书大字,有作成一囊。"⑥舒位也"少颖悟,读书十行俱下,十岁能文。希忠抚之曰:'此吾家千里驹也。'年十四,随父任永福……会安南使人入贡,永福君奉大府檄出关馆伴,挈位同行。位赋《铜柱》诗,使者携归安南,由是其国中贵人皆知位为中国才子"⑦。

仇兆鳌《杜工部年谱》"天宝六载丁亥"条载:"公应诏退下,留长安。元结《谕友》文云:'天宝六载,诏天下有一艺,诣毂下。李林甫命尚书省试,皆下之。遂贺野无遗贤。'时公与结,皆应诏而退。"⑧杜甫虽抱"致君尧舜上""窃比稷与契"之壮志,然一生未能在仕途上施展抱负。我们现在知道的加在杜甫头上的官职有河西尉、右卫率府兵曹参军、华州司功参军、左拾遗,都是些小官。即使严武举荐的"工部员外郎",却是"检校"(代理)。舒位自乾隆五十三年(1788)中恩科举人后,亦"九上春官"皆不售,可谓备尝封建科举考试之艰辛,对期间所充斥的不公,如杜甫一样,舒位只能无奈接受。杜甫与舒位也都有着佐幕生涯,才华、识见也均得府主赏识。二人常处于贫困状态中,一生多靠友朋接济。杜甫营建一处草堂,尚需友人赠钱、赠花草树木;舒位的境况更甚,要靠借居朋友的房子。

---

① (清)舒位:《初发樊城》其二,(清)舒位著,曹光甫点校:《瓶水斋诗集》,第8页。

② (清)舒位:《出南西门憩广恩寺遂至丰台即事》其一,(清)舒位著,曹光甫点校:《瓶水斋诗集》,第15页。

③ (清)舒位:《初月》其一,(清)舒位著,曹光甫点校:《瓶水斋诗集》,第30页。

④ (清)舒位:《录别》其一,(清)舒位著,曹光甫点校:《瓶水斋诗集》,第38页。

⑤ (清)舒位:《德州晓雨渡卫河》,(清)舒位著,曹光甫点校:《瓶水斋诗集》,第41页。

⑥ (唐)杜甫著,(清)仇兆鳌注:《杜诗详注》,第1438页。

⑦ (清)舒位著,曹光甫点校:《瓶水斋诗集》,第797页。

⑧ (唐)杜甫著,(清)仇兆鳌注:《杜诗详注》,第13页。

正是因为与杜甫较为相近的生平,使得舒位常以杜甫自比,如在《小除日在兴义作家书附寄女床山人》其一中云:"三年皮骨杜工部,一檄头风袁豫州。"①他的诗不仅学杜诗的"皮",更学杜诗的"里"。如他的《春雪歌》,乃模仿杜甫的《茅屋为秋风所破歌》,其中所云"我闻齐梁之间谷食稀,连年苦旱草不肥。雨珠不得以为粟,雨玉不得以为衣。安得雪花片片大如席? 能令四方万国无寒饥"②,也是杜甫"安得广厦千万间,大庇天下寒士俱欢颜"的翻版。他如《雪珠》《赈灾行并示沈小如明府》等忧生之作,都可见杜甫"穷年忧黎元"式的心肠。

3. 在诗学思想上也亲近杜甫

截至目前论舒位诗学思想的,皆谓其主性灵,故如王英志等径将舒位列为"性灵派"。其实舒位所谓的"古诗多歌谣,性情之所寓"③"几从患难伤离别,却谢才华见性灵"④,只是强调抒发真性情,诚如杜甫《解闷十二首》其七云:"陶冶性灵存底物,新诗改罢自长吟。"⑤

舒位虽自云"甚欲头低谢宣郡,居然身遇贺知章"⑥,即表达了对李白之倾慕,然他对杜诗"得江山之助从而成其大"亦颇为矜许,在《龙雨樵先生铎见题拙集作此为谢》中曾云:"直堕云门文字禅,取矜杜老江山助。"⑦在《转斗湾》中云:"谢累尘土里,得助江山间。"⑧

杜甫曾云"读书破万卷,下笔如有神"⑨,舒位也主张多读书,在

---

①　(清)舒位著,曹光甫点校:《瓶水斋诗集》,第 251 页。

②　(清)舒位著,曹光甫点校:《瓶水斋诗集》,第 23 页。

③　舒位:《答孟楷论诗三首》其一,(清)舒位著,曹光甫点校:《瓶水斋诗集》,第714 页。

④　舒位:《城南雨夜与姨生王仲瞿孝廉话旧》,(清)舒位著,曹光甫点校:《瓶水斋诗集》,第 185 页。

⑤　(唐)杜甫著,(清)仇兆鳌注:《杜诗详注》,第 1515 页。

⑥　舒位:《奉别梁山舟先生》,(清)舒位著,曹光甫点校:《瓶水斋诗集》,第 589 页。

⑦　(清)舒位著,曹光甫点校:《瓶水斋诗集》,第 300 页。

⑧　(清)舒位著,曹光甫点校:《瓶水斋诗集》,第 224 页。

⑨　杜甫:《奉赠韦左丞丈二十二韵》,(唐)杜甫著,(清)仇兆鳌注:《杜诗详注》,第74 页。

《与守斋论诗三首》其二中云："读书多多许，用书少少许。"①杜甫教导自己的儿子宗武云："熟精《文选》理，休觅彩衣轻"②，舒位也主张多读书才能明白事理，如他说"然非读书多，不能鞭入里"③，"岂有未读书，便可耽佳句"④等。

舒位身处翁方纲"肌理说"、沈德潜"格调说"、袁枚"性灵说"并峙的诗歌潮流之间，故笔者同意卞波指出的"舒位秉承'转益多师是汝师'的传统，多方学习，从而形成了自己独特的诗风"⑤。"转益多师是汝师"⑥同样是杜甫的诗学主张。

本文通过对比舒位与杜甫二人具体的诗句，本着知人论世的原则，来见出舒位诗中的"杜甫资源"，揭示出舒位对杜甫诗歌技法、杜甫的人格思想以及诗学主张的学习与继承，从而加深今人对舒位诗歌的进一步了解。舒位对杜甫的学习并非本人的创见，本文是为了印证开篇提到的法式善、宋霭若的观点，但这种"印证"可谓是第一次。今人对清代杜诗学的认识多依赖于钱谦益、朱鹤龄、卢元昌、仇兆鳌等人的笺注之作，本文则通过舒位的诗歌创作，揭示杜甫诗歌在后世的巨大影响力。清代诗话、笔记中的"杜甫资源"虽俯拾即是，而庞大的诗人群体及其作品，也是我们探析杜诗传播与接受的重要凭借。

---

　　①　(清)舒位著，曹光甫点校：《瓶水斋诗集》，第 306 页。

　　②　(唐)杜甫：《宗武生日》，(唐)杜甫著，(清)仇兆鳌注：《杜诗详注》，第 1478 页。

　　③　(清)舒位：《与瓯北先生论诗并奉题见贻续诗钞后》其一，(清)舒位著，曹光甫点校：《瓶水斋诗集》，第 532 页。

　　④　(清)舒位：《答孟楷论诗三首》其一，(清)舒位著，曹光甫点校：《瓶水斋诗集》，第 715 页。

　　⑤　卞波：《舒位诗歌研究述评》，《文教资料》2008 年第 33 期。

　　⑥　(唐)杜甫：《戏为六绝句》其六，(唐)杜甫著，(清)仇兆鳌注：《杜诗详注》，第 901 页。

第三章　杜诗学研究者的传衍

第一节　《苕溪渔隐丛话》之杜诗学述论

诗话在北宋中期产生以后①,发展极其迅速,不仅逐渐摆脱了草创期笔记式的性质,从理论上来说越来越系统化,而且数量上也相当可观。据郭绍虞考证,宋诗话著作"现尚流传者"有四十二种,"部分流传,或本无其书,而由他人纂集成之者"有四十六种,"有其名而无其书,或知其目而佚其文,又或有佚文而未及辑者"有五十一种,再加上其中附及的数种,共约一百四十种②。在如此众多的诗话著作中,作为诗话汇编性质的《苕溪渔隐丛话》③,自成书之日起便产生了深远的影响。这既缘于《丛话》之编纂者胡仔搜罗之全与精,同时也在于胡仔编排之匠心、理论之系统等。

从编排体例上来说,《丛话》以人为纲,因人系事,同时又增设西昆体、长短句、借对、的对等类,既科学,又便于查检。此外,胡仔在编纂时还特意突出重点,即唐之李、杜,宋之苏、黄。《丛话》前、后集共

---

① 对于诗话的缘起,清章学诚认为诗话之创体当"本于钟嵘《诗品》",然诗话之源流则可上推至先秦之经传,详见其《文史通义·诗话》;清何文焕认为诗话起源于上古三代,详见其《历代诗话序》;今人罗根泽认为"诗话出于《本事诗》",见其《中国文学批评史》第五篇第五章;又郭绍虞则认为诗话起于北宋中期,标志即欧阳修的《六一诗话》;张海明则认为诗话滥觞于魏晋之人物评,详其《魏晋人物品评与诗话之滥觞》,《文艺研究》2008年第2期。

② 详郭绍虞《宋诗话考》序一,北京:中华书局,1979年,第1页。

③ 以下简称《丛话》。本文所引《丛话》,俱依人民文学出版社1962年廖德明校点版。

计 100 卷,而这四人即编有 33 卷,占到全书卷数的三分之一。本文即以《丛话》所辑关于杜甫的条目为据来展开论述,以期对宋代杜诗学做一探索。

一、论杜诗之渊源

元稹在《唐故工部员外郎杜君墓系铭并序》中说:

> 余读诗至于子美,而知大小之有所总萃焉。……至于子美,盖所谓上薄风骚,下该沈宋,古傍苏李,气夺曹刘,掩颜谢之孤高,杂徐庾之流丽,尽得古今之体势,而兼今人之所独专矣。①

“大小之有所总萃”,说的是杜甫广泛学习前代诗人的经验,其实也即提出了杜诗的渊源所自。任何作家的创作都必须学习前代作家所形成的文学传统和积累的创作经验,但很少有人能从理论上予以揭示。元稹所论杜诗之汲取前人经验,可以说是绍继了陆机、钟嵘、刘勰等人对于创作经验的继承、创作源流的梳理的论述②。而元稹此论,不仅在后代的正史中,如《旧唐书·杜甫传》《新唐书·杜甫传》,还是个人的论述中,如宋王彦辅《增注杜工部诗序》,都得到了继承。《丛话》亦辑录了许多关于论述杜诗之渊源所自的条目。这其中有的认为杜诗“大率宗法《文选》”③;有的认为“老杜律诗布置法度,全学沈佺期,更推广集大成耳”④;有的认为杜诗乃“家学所传”“人宗而取法”,即

---

① (唐)元稹撰,冀勤点校:《元稹集》卷五十六,北京:中华书局,1982 年,第 601 页。
② 陆机《文赋》:“伫中区以玄览,颐情志于坟典。……咏世德之骏烈,诵先人之清芬。游文章之林府,嘉丽藻之彬彬。”(晋)陆机撰,金涛声点校:《陆机集》卷一,北京:中华书局,1982 年,第 1 页。钟嵘《诗品》则不仅对所选诗人进行品评,亦为其“溯源流”。刘勰在《文心雕龙·通变》里提出“博览以精阅”。
③ 《丛话》前集卷九引《琼瑶集》,第 56 页。
④ 《丛话》前集卷六引《诗眼》,第 33 页。

学习乃祖杜审言①；有的还认为杜诗"远继周诗法度"②，也就是继承《诗经》。

孟子曾称赞孔子："孔子，圣之时者也。孔子之谓集大成。集大成也者，金声而玉振之也。金声也者，始条理也；玉振之也者，终条理也。"③杜诗之兼备众体，用秦观的话说，就是："杜子美之于诗，实积众家之长，适其时而已。……杜子美者，穷高妙之格，极豪逸之气，包冲澹之趣，兼峻洁之姿，备藻丽之态。"并将杜诗、韩文并称："呜呼，杜氏、韩氏，亦集诗文之大成者欤！"④

二、杜诗之注解

宋代之杜诗注解，向有"千家注杜"之说。虽然从影响上来说宋注逊于明清之王嗣奭《杜臆》、钱谦益《钱注杜诗》、仇兆鳌《杜诗详注》、浦起龙《读杜心解》、杨伦《杜诗镜铨》等，但后世注本的形式、体例，其实在宋注中都已现了端倪。胡仔《丛话》所辑关于杜甫的条目，涉及杜诗之注解的很多，这其中有对杜诗个别语词的笺注；有的则对杜诗进行疏解；还有的对宋代的杜诗伪注加以考辨。

（一）杜诗之笺注

宋杜诗学者赵次公曾言：

> 世之注解者，谬引旁似，遗落佳处固多矣。至于只见后人重用、重说处，而不知本始，所谓无祖。其所经后人先捻用，并已变化，而但引祖出，是谓不知夫舍祖而取孙。又至于字语明熟混成，如自己出，则杜公所谓"水中着盐，不饮不知"者。盖言非读

①　《丛话》前集卷六引《后山诗话》，第33页；《丛话》后集卷五引《麈史》，第35页。
②　《丛话》前集卷十四引《西清诗话》，第95页。
③　《孟子·万章下》，杨伯峻译注：《孟子译注》，第233页。
④　（宋）秦观：《韩愈论》，《淮海集笺注》卷二十二，上海：上海古籍出版社，1994年，第751—752页。

书之多，不能知觉，尤世之注解者弗悟也。①

宋人之于杜诗之笺注，以"无一字无来处"（黄庭坚语）或"杜子美诗无两字无来处"（孙莘老语）为信条，于是查找语词之最初出处、理清典故来源成了宋人注杜的重头戏。又由于"诗史"说的盛行，宋人把杜诗当作史事来读，于是对其笺注，亦注重从史传、旧闻间寻根觅据。宋人的这些笺注传统，在后代都得到了继承与发扬。

比如"五马"，杜诗用"五马"者凡五次，《送贾阁老出汝州》云："人生五马贵，莫受二毛侵。"《送梓州李使君之任》云："五马何时到，双鱼会早传。"《冬狩行》云："春搜冬狩侯得用，使君五马一马骢。"《江亭王阆州筵饯萧遂州》云："二天开宠饯，五马烂生光。"《将赴成都草堂途中有作先寄严郑公五首》其一云："五马旧曾谙小径，几回书札待潜夫。"②《丛话》前集卷六曾引《漫叟诗话》《遁斋闲览》《学林新编》《潘子真诗话》来笺注"五马"，胡仔亦加按语，指出："五马事当以《遁斋》《学林》二说出《汉官仪》者为是。余尝细考《诗》注，'子子干旆'，鸟隼曰旆。后人多用隼旆为太守事，又见注云：'州长之属'，因以诗之五马为太守，误矣。"③然后世注杜诗之"五马"者，或谓出《汉官仪》，如浦起龙、杨伦，然与《遁斋》《学林》所引有出入；或承袭胡仔所论，如钱谦益、仇兆鳌。

《丛话》所辑关于杜诗之笺注，大都为后世之杜注所沿袭。如前集卷七引《潘子真诗话》注"银床"，前集卷八引《西清诗话》《少陵诗正异》《多识录》注"天阙"，前集卷九引《洪驹父诗话》注"黑暗"，引《三山老人语录》注"荡胸""决眦"，引《学林新编》注"折大刀"，前集卷十一引东坡注"桃竹"等。

此外，钱谦益之《钱注杜诗》秉持以史证诗之原则，其实在《丛话》

---

① 赵次公：《自序》，(唐)杜甫著，(宋)赵次公注，林继中辑校：《杜诗赵次公先后解辑校》(修订本)，第1页。

② 以上分见(唐)杜甫著，(清)仇兆鳌注：《杜诗详注》，第443、917、1057、1075、1105页。

③ 胡仔纂集，廖德明校点：《丛话》前集卷六，第35页。

中已现其端。《丛话》前集卷十一中胡仔有谓"余读史传,及旧闻于知识间,得少陵诗事甚多,皆王原叔所不注者",之后,胡仔以史传、旧闻为据,笺注杜诗凡二十条之多。[①]　又前集卷十二引《潘子真诗话》,亦以史传为据,笺注杜诗达九条。[②]

宋儒之学重讲疏,虽多空迂之论,有异于汉学考据之精,然于词语之笺注,却信实有据。故宋人诗话之于杜诗笺注,应引起十分注意。章学诚谓:"间或诠释名物,则诗话而通于经部之小学矣。或泛述闻见,则诗话而通于子部之杂家矣。虽书旨不一其端,而大略不出论辞论事,推作者之志,期于诗教有益而已矣。"[③]莫砺锋先生也说:"当我们总体上研究宋人对杜诗的注释时,就不能把目光局限于注本。笔者认为,那些保存在文集、诗话、笔记中的释杜、评杜之语,往往是有感而发,有见方书,所以更加简洁,更为精警。"[④]

(二) 杜诗之疏解

浦起龙在《读杜心解·发凡》中说:"注与解体各不同:注者其事辞,解者其神吻也。神吻由事辞而出,事辞以神吻为准。故体宜勿混,而用贵相顾。"[⑤]浦氏之"神吻"与"六义"之"比兴"从实质上来说是一个意思,都是要解诗之人透过语词来还原诗人之本心,发见真正的诗意。还有这种"神吻"式的疏解,是综合了"知人论世"与"以意逆志"的结果。宋人之于杜诗之疏解,实已开浦氏"神吻"之端,从《丛话》所辑相关条目便可知。

前集卷七引东坡驳南都王谊伯论《杜鹃行》首四句,随之以历史事实对这四句诗进行了疏解。这种微言大义式的挖掘文字背后所隐

---

①　胡仔纂集,廖德明校点:《丛话》前集卷十一,第70页。

②　胡仔纂集,廖德明校点:《丛话》前集卷十二,第76—77页。

③　(清)章学诚著,叶瑛校注:《文史通义》卷五"诗话",北京:中华书局,2014年,第559页。

④　莫砺锋:《宋人注释杜诗的特点与成就》,《古典诗学的文化关照》,北京:中华书局,2005年,第227页。

⑤　(清)浦起龙著:《读杜心解》,第5页。

含的历史信息,是宋人注解诗歌时共同的趋向。正如苏轼于此条中谓:"原子美之意,类有所感,托物以发。亦六义之比兴,《离骚》之法欤!"①胡仔亦举杜甫《杜鹃行》来增益苏轼之解。

前集卷十三引《瑶溪集》云:

> 《诗》之六义,后世赋别为一大文,而比少兴多,诗人之全者,惟杜子美时能兼之。如《新月诗》:"光细弦欲上,影斜轮未安。"位不正,德不充,风之事也。"微升古塞外,已隐暮云端。"才升便隐,似当日事,比之事也。"河汉不改色,关山空自寒。"河汉是矣,而关山自凄然,有所感兴也。"庭前有白露",露是天之恩泽,雅之事。"暗满菊花团",天之泽止及于庭前之菊,成功之小如此,颂之事。说者以为子美此诗,指肃宗作。②

再如前集卷七引《蔡宽夫诗话》解杜甫"五圣联龙衮,千官列雁行"、前集卷十二引《三山老人语录》解《登慈恩寺塔》、前集卷十四引《蔡宽夫诗话》论《洗兵马》"张公一生江海客,身长九尺须眉苍。征起适会风云际,扶颠始知筹策良"之张公,诚为后来的黄氏父子补注《千家集注》而成"考定史鉴"之功、钱谦益"以诗证史、以史证诗"做出了示范。

又前集卷七引东坡疏解"自平宫中吕太一"、《后出塞》之"我本良家子,出师亦多门。将骄益愁思,身贵不足论。跃马二十年,恐辜明主恩。坐见幽州骑,长驱河洛昏。中夜间道归,故里但空村。恶名幸脱免,穷老无儿孙"、《邓公骢马行》之"肉骏碨礧连钱动"、《咏怀诗》之"杜陵有布衣,老大意转拙。许身一何愚,窃比稷与契",前集卷九引《西清诗话》载刘克为客人解杜甫《人日》之"元日至人日,未有不阴时",都可谓"深得古人用心"。

但有时候这种类似于断章取义的疏解又落于穿凿,或者只见树木不见森林的诉病。浦起龙有谓:"解之为道,先篇义,次节义,次语

---

① 胡仔纂集,廖德明校点:《丛话》前集卷七,第39页。
② 胡仔纂集,廖德明校点:《丛话》前集卷十三,第84页。

义。语失而节紊,节紊而篇晦;紊斯舛,晦斯畔矣。而说者每喜摘一句、两句,甚或一两字,别出新论。不顾篇幅宗主如何归宿,上下文势如何连缀。此最害事,凡是必痛削之。"①所以,有时候因过于刨根"皮里阳秋"而反倒张冠李戴、无中生有。后人之于先人的解释,"往往依其自身所遭际之时代,所居处之环境,所熏染之学说,以推测解释古人之意志"②。但不管怎样,宋人这种透过诗歌表面而发掘深层的比兴意义,深刻地影响了后代人对于杜诗之疏解,甚至也影响到了其他诗家的诗文注释。

(三) 宋代杜诗伪注考辨

随着杜诗的通行,关于杜诗的注解也随之出现了"千家注杜"的高潮,这其中不免有滥竽充数之辈,或好利,或好事。章学诚说:"以己之所作伪托古人者,奸利为甚,而好事次之。好事则罪尽于一身,奸利则效尤而蔽风俗矣。"③但宋代杜诗之伪注虽为托名,然亦有可资借鉴的地方,并非一名不文。对于杜诗之伪注,从宋人开始就注意到了。《丛话》所辑条目虽然篇幅短小,但亦多真知灼见,尤其为后人提供了考辨杜诗伪注的线索。今人如周采泉、程千帆、莫砺锋等学者,可谓沿着这条线索而广之,取得了显著的成绩,为杜诗学、也为学术史做出了重大的贡献。

《丛话》中所考辨的伪注有伪王注、伪苏注。

1. 伪王注

《宋史·艺文志》载:"王洙注《杜诗》,三十六卷。"④《丛话》后集卷八引李伯纪《杜工部集序》后胡仔加按语云:

> 子美诗集,余所有者凡八家:杜工部《小集》,则润州刺史樊

---

① (清)浦起龙:《读杜心解·发凡》,第 7 页。
② 陈寅恪:《冯友兰〈中国哲学史〉上册审查报告》,《金明馆丛稿二编》,北京:生活·读书·新知三联书店,2001 年,第 279—280 页。
③ (清)章学诚著,叶瑛校注:《文史通义》卷二"言公中",第 183 页。
④ (元)脱脱等撰:《宋史》卷二百八《艺文志七》,北京:中华书局,1977 年,第 5383 页。

晁所序也。《注杜工部集》，则内翰王原叔洙所注也。《改正王内翰注杜工部集》，则王宁祖也。《补注杜工部集》，则学士薛梦符也。《校定杜工部集》，则黄长睿伯思也。《重编少陵先生集并正异》，则东莱蔡兴宗也。《注杜诗补遗正缪集》，则城南杜田也。《少陵诗谱论》，则缙云鲍彪也。不知余所未见者，更有何集，继当访之。若近世所刊《老杜事实》，及李歜所注《诗史》，皆行于世。其语凿空，无可考据，吾所不取焉。①

胡仔于此段按语中指出了"伪王注"——《注杜工部集》和"伪苏注"——《老杜事实》《诗史》。王洙编订《杜工部集》这是不争的事实，但其并未注杜。之所以出现托名"王注"，不过是托名以求行于世也。《丛话》前集卷九胡仔在笺注杜甫《清明日》"争道朱蹄骄啮膝"之"啮膝"这个典故时，曾对王注进行了批驳，认为王注所引魏文帝事不如自己引王褒《圣主得贤臣颂》更合"子美之意"②。

又如前集卷九引《洪驹父诗话》讥笑王注、邓注；前集卷十四引《学林新编》考论杜甫之卒年，尾云："近世有小说《丽情集》者，首叙子美因食牛肉白酒而卒，此无据妄说不足信。今注子美诗者，亦假王原叔内翰之名，谓甫一夕醉饱卒者，无乃用小说《丽情》之语邪。"③再如前集卷十三胡仔又在疏解杜诗《严氏溪放歌》"边头公卿仍独骄"时，据史实对王注进行了批驳④。

关于伪王注的考辨，古人如晁公武、元好问，今人如程千帆、周采泉、梅新林、邓小军等，都发表了自己的看法，本文不再赘述。

2. 伪苏注

伪王注经今人（如梅新林、邓小军等）考订乃邓忠臣所作，但伪王注并非不可取，从上引"啮膝"之笺注也可看出，只不过有点"舍祖取

---

① 胡仔纂集，廖德明校点：《丛话》后集卷八，第 56 页。
② 胡仔纂集，廖德明校点：《丛话》前集卷九，第 55 页。
③ 胡仔纂集，廖德明校点：《丛话》前集卷十四，第 96 页。
④ 胡仔纂集，廖德明校点：《丛话》前集卷十三，第 87 页。

孙"罢了;或者虽然疏解错了,如后集卷七所引《复斋漫录》云:"'昨日玉鱼蒙葬地,早时金碗出人间。'邓忠臣乃引茂陵玉碗为据。少陵岂以玉碗为金碗哉? 盖指卢充幽婚事也。"①然此亦在所难免,而伪苏注则不然。伪苏注尽是史实的肆意搬弄,典故的任意编造,且非出自一人之手。诚如赵次公所言,"乃轻薄子所撰"②。胡仔于伪苏注亦加以辩驳,前集卷八引《学林新编》释"天棘蔓青丝",胡仔加按语,其中驳斥了《东坡事实》所论,其说与赵次公所说一样,只不过赵说更详细,考证更充足。③

又前集卷十一胡仔驳斥李歡注《诗史》:"必好事者伪撰以诳世,所谓李歡者,盖以诡名耳。"又驳伪苏注两条曰:"似此等语甚众,此聊举其一二言之,当亦是伪撰耳。"④

托名以"取重广传"这无可厚非,然托名之书给后人造成谬解,这就不仅是给"前代圣贤"背了黑锅,也贻害了千秋万代。虽随着时间的发展与后人的斟酌,真伪终会妍媸自现,然我们亦应该像莫砺锋先生所诚言的那样,"对'伪苏注'保持足够的警惕"。⑤

三、杜诗之版本校勘

杜诗之盛行,随之而来的则是文字的讹变,而要想求杜诗注解之真,则必须对杜诗进行科学的校勘,对杜诗之版本作一考辨。《丛话》所辑对杜诗版本校勘的条目,虽不尽全,然已为后世杜诗之版本校勘开了个好头。

如前集卷九引《雪浪斋日记》云:"'日日江鱼入馔来',验石本乃

---

① 胡仔纂集,廖德明校点:《丛话》后集卷七,第 48 页。

② 赵次公解《巳上人茅斋》"天棘蔓青丝"云:"蔡伯世又以近传《东坡事实》所引王逸少诗为证,其说不一。然《东坡事实》乃轻薄子所撰。"(唐)杜甫著,(宋)赵次公注,林继中辑校:《杜诗赵次公先后解辑校》(修订本),第 9 页。

③ 详见胡仔纂集,廖德明校点:《丛话》前集卷八,第 48 页;赵次公说,详见(唐)杜甫著,(宋)赵次公注,林继中辑校:《杜诗赵次公先后解辑校》(修订本),第 9 页。

④ 胡仔纂集,廖德明校点:《丛话》前集卷十一,第 75 页。

⑤ 莫砺锋:《杜诗伪苏注研究》,《文学遗产》1999 年第 1 期。

‘白白江鱼入馔来’。”①

又前集卷九引蔡宽夫《诗话》云：

> 今世所传《子美集》本，王翰林原叔所校定，辞有两出者，多并存于注，不敢彻去。至王荆公为《百家诗选》，始参考择其善者，定归一辞。如“先生有才过屈宋”，注：“一云先生所谈或屈宋”，则舍正而从注。“且如今年冬，未休关西卒”，注：“一云如今纵得归，休为关西卒”，则刊注而从正本。若此之类，不可概举。其采择之当，亦固可见矣。惟“天阙象纬逼，云卧衣裳冷”，阙字与下句语不类，“隔目青荧夹镜悬，肉骏碨礧连钱动”，肉骏于理若不通，乃直改阙作阅，改骏作鬃，以为本误耳。②

又前集卷十中有谓：“《杜位宅守岁诗》，旧本作《守岁阿咸家》，当以此为是。”③

以上三例，既有对诗中个别语词之校勘，亦有诗名之订正，虽校勘之法较为粗略，然亦已开后来者先路。

前集卷十胡仔录贾至《早朝大明宫诗》，亦录杜甫、王维、岑参和诗，于此条末尾曰：“今苏台、闽中《杜工部集》本，皆不附此三诗，惟钱唐旧本有之。”④杜甫集中附有岑参、高适、严武等人诗，都是与杜甫互相酬唱之作。此处胡仔指出贾、王、岑三诗不见苏台、闽中《杜工部集》，为我们研究杜诗之版本提供了一条非常有益的线索。

胡仔在前集卷十三中还说：“先君平日，尤喜作诗，手校老杜集，所正舛误甚多。”⑤胡仔先君即三山老人胡舜陟，而其“手校老杜集”我们于今亦无从得见。这又是一条关于杜诗版本的有益信息。

又前集卷十三引《洪驹父诗话》云：

---

① 胡仔纂集，廖德明校点：《丛话》前集卷九，第 55 页。
② 胡仔纂集，廖德明校点：《丛话》前集卷九，第 59 页。
③ 胡仔纂集，廖德明校点：《丛话》前集卷十，第 65 页。
④ 胡仔纂集，廖德明校点：《丛话》前集卷十，第 67 页。
⑤ 胡仔纂集，廖德明校点：《丛话》前集卷十三，第 87 页。

刘路左车为予言："尝收得唐人杂编时人诗册,有《送惠二归故居》诗云:惠子白驹瘦,归溪惟病身。皇天无老眼,空谷滞斯人。崖蜜松花白,山杯竹叶新。柴门了生事,黄绮未称臣。真子美语也。"白驹或作驴字。[1]

对于这首《送惠二归故居》,刘辰翁《集千家注批点杜工部诗集》作《闻惠子过东溪》。《钱注杜诗》把这首诗放在了《附录》之"吴若本逸诗"中,题目亦作《闻惠二过东溪》。杨伦《杜诗镜铨》作《送惠二归故居》,于题注中存《闻惠二过东溪》之题,并指出乃"集外诗,见吴若本"。仇兆鳌《杜诗详注》作《送惠二归故居》,且于题下提到上面《洪驹父诗话》所论。今萧涤非主编《杜甫全集校注》,于此题亦作《送惠二归故居》,诗题下引黄鹤说,而黄鹤则以《洪驹父诗话》。《杜甫全集校注》并未对此诗题目展开分析。[2] 此诗之题目有两说,而"白驹"之"驹"(一作"驴")、"松花熟"之"熟"(一作"白")、"竹叶春"之"春"(一作"新"),这些也需作进一步的校勘。另外,此诗为"吴若本"所录,亦只是钱、杨二家持论,所以,这亦需要我们对杜诗之版本作考辨。这是《丛话》为我们提供的有益信息。

四、"诗史"论

"诗史"是宋人对杜诗的极高称誉,其实最早用"诗史"来称呼杜诗的孟棨并不是在褒扬杜甫[3]。然自宋人开始,一直到现在,论杜诗者,均以"诗史"来彰显杜诗的这种独特价值,对诗史说的内涵进行

---

① 胡仔纂集,廖德明校点:《丛话》前集卷十三,第89页。
② 萧涤非主编:《杜甫全集校注》,第4486页。
③ 孟棨《本事诗·高逸》:"杜逢禄山之难,流离陇蜀,毕陈于诗,推见至隐,殆无遗事,故当时号为诗史。"孟棨是扬李抑杜的,对于杜诗之"诗史",只是取其能够为李白的行迹提供材料罢了。正如裴斐先生所说的:"所谓'诗史'也非后世论家眼里那样一种崇高的评价;至于'当时号为诗史',一如刘昫所说'天宝末甫与李白齐名',并无文献依据,实为史家稗官惯用的假托之词。"见裴斐:《唐宋杜学四大观点述评》,《杜甫研究学刊》1990年第4期。

深度阐释。而明末清初，"诗史"说竟成为一种诗学理论，唐李商隐、清吴梅村等人的诗，均被赋予了诗史的色彩。宋刘克庄《后村诗话》云：

> 子美与房琯善，其去谏省也，坐救琯。后为哀挽，方之谢安。《投赠哥舒翰》诗，盛有称许。然《陈涛斜》《潼关》二诗，直笔不少恕，或疑与素论相反。余谓翰未败，非子美所能逆知，琯虽败，犹为名相。至叙陈涛、潼关之败，直笔不恕，所以为"诗史"也。何相反之有！①

刘克庄看到了杜诗"直笔不恕"的价值。《丛话》亦引《缃素杂记》论"霜皮溜雨四十围，黛色参天二千尺"②、引《临汉隐居诗话》论"三军晦光彩，烈士痛稠迭"③、引《西清诗话》论王珪母事④等来高扬杜诗之"诗史"。

杜甫以诗纪史、纪事、纪人，既可补史之阙，正史之讹，又发抒比兴大义，终造于《春秋》笔法。而宋人于"诗史"的高扬，既予杜诗一个合乎实际的定论，亦为后世杜诗学者欣然接受。

无论是生前还是死后一段时期，杜甫的诗歌创作一直没有得到主流诗坛的认可。尽管他曾身居庙堂，尽管他和当时诗坛的一些主要诗人如李白、高适、岑参等都结下了深厚的友谊，留下了许多酬唱，但这些都没能提高杜甫的诗名。杜甫晚年漂泊沅湘，曾慨叹"百年歌自苦，未见有知音"⑤。虽然当时有倾慕杜诗的如任华、郭受、樊晃等人，但这些人毕竟都是些名不见经传的小人物。他们有心替杜甫于诗坛争得一席地位，但似乎都是徒劳的。而即使有元稹这样的人为

---

① （宋）刘克庄撰，王秀梅点校：《后村诗话后集》卷二，北京：中华书局，1983 年，第 59 页。

② 胡仔纂集，廖德明校点：《丛话》前集卷八，第 53 页。

③ 胡仔纂集，廖德明校点：《丛话》前集卷十一，第 69 页。

④ 胡仔纂集，廖德明校点：《丛话》前集卷十三，第 86 页。

⑤ 杜甫：《南征》，（唐）杜甫撰，（清）仇兆鳌注：《杜诗详注》，第 1950 页。

杜甫写墓志铭进行褒扬①，即使有韩愈写诗进行称赞②，但唐人留给杜甫的依然是"寂寞身后事"，我们可以从《唐人选唐诗（十种）》窥见一斑。但宋人却为杜甫的"千秋万岁名"做出了极大的贡献。除以上四点所论，《丛话》中亦多论及杜诗之句法、章法、变体、炼字、属对、长篇、生平行迹，杜诗之力量，杜诗之方言，等等，这些都是杜诗学的范围所在。宋人之于杜诗学，可谓奠其本基，框其架构，开宗括脉，亦登堂入室。为杜诗之批评史做出了重大的贡献，亦为诗国之流脉推以波澜。

第二节　卢元昌著述考

明末清初涌现了多种杜诗注本，其中华亭（今上海松江）人卢元昌积十八年之功而成的《杜诗阐》是清代顺康年间一部极有阐释特色的杜诗全集注本③，却并未引起杜诗学者太多注意。而卢元昌的著述也为史籍所忽略。现就其著述作一考略，以期见出卢元昌之学术大概，亦期有裨于杜诗学史。

卢元昌虽为明末清初名士，但流传至今的著述很少。现据《松江府志》《华亭县志》等古籍所载及《明清江苏文人年表》《杜集书录》等今人著述可知，其主要著作有：《杜诗阐》《半林诗集》《左传分国纂略》《唐宋八大家集选》《明纪本末国书》《稀馀堂留稿》《东柯鼓离草》《思美庐删存诗》《半林词》等。现就可考者略述于下：

1.《杜诗阐》

《杜诗阐》的撰写，据其自述始于"乙巳（1665）秋"，"何朝夕，何寒

---

① 唐宪宗元和八年（813），杜甫的孙子杜嗣业把杜甫的遗骨从岳阳迁回故里洛阳。嗣业路过江陵时，请正贬官于此的元稹为乃祖写了墓志铭，即《唐故工部员外郎杜君墓系铭》。

② 韩愈《调张籍》："李杜文章在，光焰万丈长。不知群儿愚，那用故谤伤。"（唐）韩愈著，钱仲联集释：《韩昌黎诗系年集释》，上海：上海古籍出版社，1984年，第989页。

③ 《四库全书总目》"别集类"共著录七种杜诗注解书目（只存目），分别是黄生《杜诗说》、张溍《读书堂杜诗注解》、张远《杜诗会粹》、吴见思《杜诗论文》、卢元昌《杜诗阐》、纪容舒《杜律疏》、浦起龙《读杜心解》。

暑,不手是编",梓于"壬戌(1682)夏"。积十八年之功而为1 447首杜诗作"阐",用心之深不难想见。

关于《杜诗阐》之卷数,有以下四种说法:

(1)《清文献通考》《清史稿·艺文志(四)》《松江府志·艺文志》《华亭县志·艺文》言及《杜诗阐》,皆谓"三十三卷",持此说者另有康熙壬戌(1682)刻本、丙寅(1685)刊本及周采泉、郑庆笃、张忠纲、孙微、郑子运等;

(2)董含《三冈识略·云间著述》谓"卢先生元昌有《分国左传》十六卷、《杜诗阐》三十四卷";

(3)《全清词》"卢元昌小传"谓"四十余卷";

(4)叶嘉莹《杜甫秋兴八首集说》"引用书目"中有《杜诗阐》,谓"三十卷十九册"。

《杜诗阐》版本系统简单,只有一个版本。初刻本刻于康熙二十一年(1682)壬戌,思美堂刻。半叶十行,行二十二字,小字双行,黑口,单鱼尾,四周单边。镌印较精,未见覆刻。①　每卷首署"同学王日藻却非氏阅　华亭卢元昌文子氏述　武林弟　璀汉华氏订",卷前有鲁超序、卢元昌自序。又卷一目录后署"男智心、孙守仁仝较　马均梁梓"字样,提示校对、刻工信息。据《中国古籍善本总目》记载,此刻本现藏于黑龙江省图书馆、吉林省图书馆、首都图书馆、清华大学图书馆、中国社会科学院图书馆、上海图书馆、上海师范大学图书馆、上海辞书出版社图书馆、湖北省图书馆、青海省图书馆。另又有康熙刻本,清"钱佳过录再生翁批点"本,今存于中国社会科学院文学研究所。②　哈佛大学图书馆亦藏有此本。

又有康熙二十一年听玉堂本。据王雪考论,此版本刻年,各大图

---

①　此处关于刻本情况,参周采泉著《杜集书录》,第180页。

②　《中国古籍善本总目》"集部唐五代别集类"。钱佳批点本经曾绍皇考证,此本虽名为"钱佳批点",但实际是钱佳过录外从祖再生翁批语,故应题为"钱佳过录再生翁批点"。曾绍皇:《明清杜诗手批本书目著录的辑补与辨正》,《中国文学研究》2017年第1期。孙微整理清代杜集序跋,已称此本为"再生翁批点《杜诗阐》",孙微辑校:《清代杜集序跋汇录》,第90页。

书馆皆据清康熙二十一年作者自序定。该本首页题"云间卢文子先生述　杜诗阐注　听玉堂藏板",内容版式与思美庐刻本同,当是听玉堂用原板重印而成。[①] 此本北京大学图书馆有藏。

又有康熙二十五年(1686)丙寅书林刊本。首页题"康熙二十五年卢文子著　思美庐杜诗阐全集　书林王万育、孙敬南梓行"。卷一目录后亦署"马均梁梓"字样。卷前有鲁超序、卢元昌自序。

以上三种刻本在内容、刻本、版式上并无区别,只是装帧偶有不同。当是康熙二十一年刻本行世后,听玉堂、王万育、孙敬南又依思美堂刻本覆刻。

明末清初的众多杜诗学者,如王嗣奭、钱谦益、朱鹤龄、张溍、吴瞻泰、仇兆鳌、浦起龙、杨伦等人的杜诗注本,今天均有整理本行事,但《杜诗阐》却至今无人整理。1974 年,台湾大通书局据康熙二十五年书林刊本影印《杜诗阐》;1999 年,齐鲁书社出版《四库全书存目丛书》,据吉林省图书馆藏清康熙刻本影印《杜诗阐》;2002 年,上海古籍出版社出版《续修四库全书》,亦据康熙刻本影印《杜诗阐》。为当今研究《杜诗阐》提供了便利。

《杜诗阐》自刊刻伊始,即得到迅速传播。首先在江浙一带流传。《四库全书总目提要》所提刻本,为江苏周厚堉[②]家藏本。周厚堉与卢元昌同为松江府人,得"近水楼台"之便。另据台湾大通书局书林刊本影印本卷三十首页所钤"眉寿堂藏书印"来推测,此刊本在浙江一带有所通行。眉寿堂为清浙江嘉兴著名金石学家、书法家、收藏家张廷济(1768—1848)之室号,其又号眉寿老人。

其次,该书曾传入广东。以父荫任广东盐道知事、官至潮州知府

---

① 王雪:《〈杜诗阐〉整理与研究》,西北大学 2019 年硕士学位论文。
② 周厚堉,字仲青,娄县人,诸生,家干山下。富藏书,乾隆中开《四库全书》馆,厚堉进书数百种。参(清)叶昌炽:《藏书纪事诗》卷五载《松江府续志》,上海:上海古籍出版社,1999 年,第 523 页。

的方功惠①曾藏有《杜诗阐》刊本。方氏所藏刊本,共 1 函 10 册,用竹纸线装,每卷首页校订者署名处均以墨钉刷印,对比以往同样版本皆无此现象,可证此本当为初印。书首有方功惠光绪十八年九月立冬前一日墨笔题跋一篇,对该书体例评价说:"每篇不注出处,诠释文义,贯穿一气,间用排偶,或引时事,作为讲章,如《四书味根录》之例,亦创见之格,用心亦良苦矣,毋怪为《提要》所讥。"②内钤方功惠印、柳桥、巴陵方氏碧琳琅馆藏书、方家书库等十余方藏书印。

再次,该书也传入了日本、美国等。张伯伟先生提道:"根据现存日本的各种舶载书目,包括赍来书目、大意书、书籍元帐、落札帐等资料可知,下列清人注杜之著均有东传,如卢元昌《杜诗阐》,元禄七年(1694)传入。"③今日本早稻田大学图书馆、中央图书馆均藏有康熙二十五年刊本《杜诗阐》,旧藏者为鹿岛则文、土岐善麿。鹿岛则文资料不详,土岐善麿(1885—1980)是著名反侵略战争诗人,对中国文化、诗歌有着相当大的热情,曾翻译过杜诗。由此,其收藏《杜诗阐》便在情理之中了。另据大通书局影印本内所钤"倭劫残余"印④亦可知,《杜诗阐》定流入日本。此外,今美国哈佛大学图书馆也藏有康熙二十一年刻本,据王雪考证,书内"有'知非楼所藏书''知非楼''曾为祝小雅阅'等藏印,可知曾是嘉兴藏书家祝廷锡藏书,当是敌伪时期被不肖子孙卖掉的十四箱善本书中的一种"⑤。

此外,广东省立中山图书馆藏有宋荦批康熙二十五年刊《杜诗阐》残本 2 册,共八卷(卷一至四、三十至三十三)。此本为海内孤本,"是牧仲(宋荦)先生手录邵子湘(长蘅)评点,亦间有牧翁(钱牧斋)评

---

① 方功惠(1829—1897?),字庆林,号柳桥,清湖南巴陵(今岳阳)人。以父荫任广东盐道知事、官至潮州知府。方氏自幼嗜书,家有藏书楼"碧琳琅馆",储书十万卷。参林申清编著:《明清著名藏书家·藏书印》,北京:北京图书馆出版社,2000 年,第 188—189 页。

② 孙微辑校:《清代杜集序跋汇录》,第 91 页。

③ 张伯伟:《典范之形成:东亚文学中的杜诗》,《中国社会科学》2012 年第 9 期。

④ 《杜诗阐》卷十三、卷三十首页均钤有"倭劫残余"印。

⑤ 王雪:《〈杜诗阐〉整理与研究》,西北大学 2019 年硕士学位论文。

语,则加'濙堂批'三字以别之"①。

《杜诗阐》为卢元昌集一生心力之作,既体现出其对杜甫其人、其诗的追慕②,也与明末清初众杜诗学者一起,为杜诗学史添了一抹重笔。通过题解、评、述、阐等体例来解出自己对杜甫、杜诗及时世的深刻理解;体现出的实证精神,也暗合了明末清初之思想史、学术史潮流。

2.《半林诗集》

详《新见卢元昌〈半林诗稿〉考略》,此不赘。

3.《左传分国纂略》十六卷

是书另有《春秋分国左传》《分国左传》等称谓。《松江府志》《华亭县志》均有著录,今有齐鲁书社据书林刊本影印《四库全书存目丛书》本。卢元昌于《纂例》中曾自道是书编纂之由:"予弱冠时,方禹修③先生有《国纬》一书,曾将《左传》分校。彼时见解未彻,晚年略窥其蕴,因有此集。"并于《叙例》中交代为何春秋年表中列有二十国,而其《纂略》只有九国之因。④

是书每卷首署"华亭卢元昌文子氏评阅　孙男守仁点次",分十六卷辑二十国事,或多或少,分条从《左传》中辑出,每条后附评语,并于页眉处间下"评语"。

卢元昌曾于《叙例》中交代该书不同于《资治通鉴》,亦非"纪事本末体"。民国时靳德峻有《史记释例》一书,曾总结司马迁叙事有"互

---

① 宋荦批本《杜诗阐》卷一所附识语,广东省立中山图书馆藏康熙二十五年刊本《杜诗阐》。

② 卢元昌颜其庐曰"思美庐";其诗亦多化用杜诗,如"又不见下食乌,不鸣而去遭泥途"(《广川惠教新诗扎中有尔来贫困诗境欲落句赋以解之》)、"式微式微岁云暮,有客有客胡勿旋"(《燕答》)、"把酒愁能失,吟诗老更工"(《元旦观春逢雪》)、"好友亡崔李,衰年愧马枚"(《晦日雨窗》)、"无愁稚子弄春冰,忧时老翁苦又雪"(《春寒行》)、"老友逢今雨,空江得旧鱼"(《集振雅堂次邓肯堂韵》)等。此处所引卢诗,均见暨南大学图书馆藏卢元昌《半林诗稿》。

③ 方岳贡,字四长,号禹修,明末松江知府。

④ 卢元昌分周、鲁(三卷)、晋(四卷)、郑(二卷)、卫、齐、宋、楚(二卷)、吴九国。参见《左传分国纂略·叙例》,《四库未收书辑刊》叁辑玖册,北京:北京出版社,1997年。

见法”一例。卢元昌之《左传分国纂略》则是把分见于不同年月同一国的事辑在一起，可以说正是“互见法”的运用。而从其评语来看，是书又类似于“月旦”，当缘于卢元昌精于时文、古文评阅之习。

今有张秋菊《卢元昌〈左传分国纂略〉研究》一文（华中师范大学2020年硕士学位论文），对该书的成书背景、编排特色、评点方法、时文评点特色等进行了详细论证，是迄今关于此书研究最全面的成果，可参看。

4.《唐宋八大家集选》十二卷

《华亭县志》卷十四《文苑》载："茅起翔，字旦戈，金山卫城东人，明季诸生，有声几社，与卢元昌等操月旦评者四十年，一时知名，士莫不引重焉。"①董含《三冈识略·卢先生》云："卢先生元昌，……湛思经术，昼夜不辍，尤精注疏，所评月旦，倾动海内。"②沈德潜《清诗别裁集》"卢元昌小注"曰："文子横门两版，下帷著书，选定古文，不胫而走……上海陈生龙岩，为余述其梗概如此。"《清诗纪事》引王豫《江苏诗征》载阮常生云："文子著《杜诗阐》，辑《唐宋八家文选》、《分国左传》等书。"③卢元昌本人亦云："予昔年选评时牍，率被远贾翻刻，继唐宋八家，翻刻者，到处皆然。"④这里所谓的"唐宋八家"，应该即指《唐宋八大家集选》。

《明清江苏文人年表》"一六五八年"引《续补汇刻书目》谓是年"卢元昌刻所编《唐宋八大家集选》"。今浙江省图书馆、北京大学、日本内阁文库均藏有顺治十五年《唐宋八大家集选》刻本十二卷。今付琼对卢元昌是书有较详细考证⑤，可参看，此不赘。

5.《明纪本末国书》

卢元昌为明末几社名士，后又与彭宾、顾大申等组赠言社。亲历

---

① （清）王显曾、冯鼎高纂修：《华亭县志》，第626页。
② 董含：《三冈识略》，《四库未收书辑刊》肆集第贰拾玖册，第773页。
③ 钱仲联主编：《清诗纪事》（影印本），第1851页。
④ 卢元昌：《左传分国纂略·纂例》。
⑤ 付琼：《清代唐宋八大家散文选本考录》，北京：商务印书馆，2016年，第39—49页。

鼎革,以著史来表达对故国的怀念,本是中国传统士大夫的一种"集体无意识"。《明清江苏文人年表》"一六九二"条引《东柯鼓离草》谓:"是年,卿云阁刻《明纪》,伪署华亭卢元昌名,元昌作辩诗。"①据王彬主编《清代禁书总目》著录卢元昌所作禁书共有三种:《国书》《明纪本末》《明纪本末国书》。皆于乾隆年间奏销,可能为同一著作。卢元昌为卿云阁所刻《明纪》作辩诗,知《明纪》定非其作。然卢元昌确有《明纪》之作,然非卿云阁所刻②。今日本《内阁文库藏明代稀书》有"国书十九卷,(清)卢元昌编,清康熙三年序,刊8册",此《国书》即《明纪本末国书》。

6.《稀馀堂留稿》

今南京图书馆藏有《稀馀堂留稿》清刻本一卷。据卷首黄之隽序称,此卷乃卢元昌之孙卢月川所刻,为卢元昌所作"赋、记、序、论、书、说",共五十七首③,99页,每页18行,每行20字。

7.《东柯鼓离草》

今南京图书馆藏有《东柯鼓离草》清刻本一卷。纪年起于庚午(1690),无终年。存诗162首,共46页,每页18行,每行20字。据卷首《小引》,卢元昌先引《离》九三曰:"日昃之离,不鼓缶而歌,则大耋之嗟。"接着表明作此卷之意:"前明将尽,有日昃之象。若不安宁以自乐,则不能自处,而有将尽之悲。……此集之为,亦聊以当鼓缶焉云尔。"④

8.《思美庐删存诗》

今南京图书馆藏有《思美庐删存诗》清刻本一卷。据卷首《小引》知此卷乃卢元昌删选自己"自庚申(1680)至己巳(1689)"之诗所存者。己巳为1689年,推知此卷之刻在己巳后。共存诗:庚申年27

---

① 张慧剑:《明清江苏文人年表》,第887页。

② 吴航:《增订晚明史籍考》,《图书馆理论与实践》2012年第8期。

③ 按,此据黄之隽序称"首",实应为篇,因此集为卢元昌之文。

④ 按,从卢元昌存世之三种诗集可知:《半林诗稿》纪年起于丙申(1656),止于己未(1679);《思美庐删存诗》起于庚申(1680),止于己巳(1689);《东柯鼓离草》起于庚午(1690)。卢诗之刊刻当是有计划进行的。

首、辛酉年 9 首、壬戌年 23 首、癸亥年 13 首、甲子年 11 首、乙丑年 12 首、丙寅年 10 首、丁卯年 10 首、戊辰年 15 首、己巳年 31 首,总共 161 首。

此外,今日本早稻田大学图书馆藏有明邱浚《幼学须知故事必读成语考》上下卷,书名全称"新镌详解邱浚山故事必读成语考",但书封署"琼山先声汇纂幼学须知必读成语考"。首有荒川秀天和辛酉季冬上浣(1681 年十二月上旬)所撰《故事成语考序》,后有中岛义方天和壬戌六月上浣(1682 年六月上旬)《跋》。正文首页题下署"云间卢元昌文子补著",知此蒙学读物经卢元昌补注。又由中岛义方《跋》可知,此书还经过了中岛义方的"训点"。查日本历史纪元,天和为江户时代灵元天皇第三个年号,共历三年:天和元年辛酉(1681)、天和二年壬戌(1682)、天和三年癸亥(1683)。

《幼学琼林》(亦名《幼学须知》《成语考》)为明清最通行的蒙学读物,故其编纂者一直存程允升和邱浚二家之说。王丹在《〈幼学琼林〉研究》一文中曾详细考证清代程编《幼学琼林》各个版本①;而李莉《〈幼学琼林〉作者、成书及版本考》一文亦考证了邱编《幼学琼林》的版本,且列表统计了日本所刊《成语考》,其中便有天和元年卢元昌所补注本,以及上文所述天和二年卢元昌补注、中岛义方训点本②。

今《丛书集成三编》收邱浚《成语故事考》二卷,无任何版本信息,亦无卢元昌补著。民国时,香港五经书局曾有《成语考》石印本。将《丛书集成三编》本《成语故事考》及五经书局石印本《成语考》与早稻田大学所藏本对读,发现早稻田大学图书馆所藏本每页天头处均有小字,为解释正文个别语词,如卷上"天文"条有解释"五星""虹""蟾蜍""石燕飞"等,知这些解释内容当为卢元昌补著。

卢元昌因精时文、古文之选评,故书贾请他补注《幼学琼林》,以借其名来获利。

以上是笔者所能考知卢元昌的全部著述,期望他日能够见到《半

---

①　东北师范大学 2016 年硕士学位论文。

②　山东大学 2017 年硕士学位论文。

林诗稿》所缺三卷,也希望其中的某些著作能够经人整理,以飨今后的读者。粗浅陋识,以上考述,希望有裨于卢元昌及其《杜诗阐》之研究,亦期补杜诗学史之文献积累。

第三节 论吴梯的杜诗学研究

吴梯(1775—1857)字秋航,一字云川,号岭云山人。广东顺德伦教黎村堡(今荔村一带)人。嘉庆六年(1801)广东乡试解元,由大挑出仕山东蒙阴知县。调任潍县、禹城,擢任胶州、济宁。告病还乡,倾力注杜。能文善诗,文宗昌黎,诗祖少陵。道光年间与林联桂、谭敬昭、黄培芳、张维屏、黄玉衡、黄钊并称"粤东七子"。著有《岱云编》三卷、《岱云续编》三卷、《归云编》二卷、《归云续编》二卷、《巾箱拾羽》二十卷、《读杜姑妄》三十六卷等。吴梯告病还乡后,倾力注杜,终经三年断续刊成《读杜姑妄》一书。笔者曾对广东省立中山图书馆所藏该书之版本、底本、体例予以考辨。① 兹复以此书为中心,探讨吴梯的杜诗学研究特色,以呈现此书之全貌,以见出其在杜诗学史上的位置。

一、吴梯的杜诗学研究范式

本文所谓的"研究范式",是指吴梯对杜诗阐释所遵循的原则及呈现的样式。杜诗的阐释发源于北宋,虽然历代杜诗阐释之作均可纳入"注"的范畴,但其实各种样式之间确然存在一些差异,这就是杜诗学研究范式的不同。我们所熟知的宋郭知达《新刊校定九家集注杜诗》、明王嗣奭《杜臆》、清朱鹤龄《杜工部诗集辑注》、清卢世㴭《读杜私言》、清卢元昌《杜诗阐》、清仇兆鳌《杜诗详注》、清浦起龙《读杜心解》、清杨伦《杜诗镜铨》等,书名诚为范式的标榜,然至今尚无从杜

---

① 详本书《广东省立中山图书馆藏吴梯〈读杜姑妄〉考辨》一文。

诗学史的角度对这些杜注书名做整体研究。

　　笔者将吴梯的杜诗阐释体例分为杜诗题解、杜诗校勘、杜旨阐释、杜诗分段、杜诗析疑五种,但不管哪一种体例,吴梯都遵循着同样的范式,也就是他在《读杜姑妄序》中所说的"旧解所有,存是去非;旧解所无,独抒鄙见"①,这一范式类似于"集注"＋"疏",也就是辑录前代诸说,然后或从或驳,各申以己见。这与卢元昌《杜诗阐》、仇兆鳌《杜诗详注》所遵循的范式大体一致。卢元昌在《杜诗阐·自序》中说:"予于杂者芟之使归于一,于凿者核之使确,于繁者约之使不多指而乱视,于陋者泽之使雅,于简者栉比而遍识之使不罣漏,而又加以镕铸组织之功焉。"②仇兆鳌在《杜诗详注序》中也说:"汰旧注之楦酿丛脞,辩新说之穿凿支离。"③

　　仇兆鳌在《杜诗凡例》"历代注杜""近代注杜"两条中已基本指出《杜诗详注》所采录的注杜之作,吴梯《读杜姑妄》虽未明言,但通过笔者分析、核对,其所辑录、参考的前代杜诗注解(包括笔记、诗话)之作共有:郭知达《新刊校定九家集注杜诗》、钱谦益《钱注杜诗》、仇兆鳌《杜诗详注》、浦起龙《读杜心解》、杨伦《杜诗镜铨》、五家评本《杜工部集》、江浩然《杜诗集说》、查慎行《初白庵诗评》、洪迈《容斋随笔》、杨慎《丹铅总录》、翁方纲《石洲诗话》等。个中尤以《杜诗详注》《读杜心解》为多。虽《读杜姑妄》中引述较多王嗣奭、朱鹤龄、黄生、卢元昌、申涵光等人之注,但皆是转引自《杜诗详注》。

　　为了更清晰地了解吴梯所谓"旧解所有,存是去非;旧解所无,独抒鄙见",现分别举例以说明之。

　　"旧解所有,存是"者,如卷七下《古柏行》:"霜皮溜雨四十围,黛色参天二千尺。"吴梯引范温和朱鹤龄二家注:

---

　　①　(清)吴梯:《读杜姑妄》,清咸丰五年刻本。此书现已收入《广州大典》第五十八辑·集部诗文评类。本文所据即以《广州大典》影印本为据。

　　②　(清)卢元昌:《杜诗阐》。

　　③　(唐)杜甫著,(清)仇兆鳌注:《杜诗详注》,第2页。

　　范元实曰：诗有形似之语，盖出于诗人之赋，"萧萧马鸣，悠悠旆旌"是也；有激昂之语，盖出于诗人之兴，"周余黎民，靡有孑遗"是也。古人形似之语，如镜取形，灯取影。激昂之语，《孟子》所谓"不以文害辞，不以辞害意"者。今游武侯庙，然后知《古柏》诗所谓"柯如青铜根如石"信然，决不可改，此乃形似之语。"霜皮溜雨四十围，黛色参天二千尺。云来气接巫峡长，月出寒通雪山白。"此乃激昂之语。不如此，则不见柏之高大也。文章固多端，然警策处往往在此两体。

　　朱注：四十围、二千尺，皆假象为词，非有故实。《梦溪笔谈》讥其太细长，《缃素杂记》以古制围三径一驳之，次公注又引南乡故城社柏大四十围，皆为鄙说。考《水经注》，社柏本云三十围，亦与此不合。①

以上范温和朱鹤龄之说，仇兆鳌亦引，但无任何说明，而吴梯则加按语云："范、朱二家之说并是，其余纷纭斜结，直可斩尽葛藤。"②

　　"旧解所有，去非"者，如卷六上《赤谷》"乱石无改辙"，吴梯引赵次公云："言涂虽值乱石，业已欲前矣，不以乱石之故而改辙焉。"吴梯加按语云："赵解非。乱石载涂，只有一辙，非能改而不欲，乃欲改而不能。仆前莅蒙阴，由县城西南行，往盘车沟。中有数里，遍地皆石，车从石面转轮，更无他径，沟之得名以此。每到其间，辄诵杜诗'乱石无改辙'之句，为黯然销魂焉。"③吴梯以自己的亲身经历来印证杜诗④。再如卷六下《成都府》"信美无与适"，吴梯引杨西河曰："《登楼赋》'虽信美而非吾土兮'，谓弟妹等不可见。"并加按语云："此解恐非。'无与适'者，言初至成都，素无交旧，故无与适也，非不见弟妹之谓。杜《两当县吴十侍御江上宅》诗有'出门无与适'句，亦指交旧

---

①②　（清）吴梯撰：《读杜姑妄》，《广州大典》影印本第517册，第459页。
③　（清）吴梯撰：《读杜姑妄》，《广州大典》影印本第517册，第428—429页。
④　以注杜者自己际遇来解杜诗，在清代的杜集序跋中有很多提示，可参孙微《清代杜集序跋汇录前言》，孙微辑校：《清代杜集序跋汇录》，第11—13页。

言。"①吴梯最擅长以杜注杜，此条可见一斑。

对于"旧解所无，独抒鄙见"，书中屡见"注家亦未得解""此篇古今无致疑者，鄙见……""诸家俱欠分晓""蠡测所及，愿质方家"等表达，表现出吴梯的自得与自信。比如他对《江亭》《江上值水如海势聊短述》《水槛遣兴》三诗题目互换的阐释，这在杜诗学上是独一无二的。在《江亭》诗后吴梯有一段长按语：

> 此诗古今无致疑者，文义亦非难理会，惟收二语突入归心，兼及裁诗排闷，似乎别有见地。记仆从幼读杜诗，即疑《江上值水如海势聊短述》一首诗与题不相应，百思不得其故。后忽读此，有悟恍然。曰"坦腹江亭暖，长吟野望时"，二句乃"江上"二字；"水流心不竞，云住意俱迟"，二句乃"值水如海势"五字；"寂寂春将晚"至"排闷强裁诗"，乃"聊短述"三字。则此诗当以"江上值水如海势"为题，而彼诗则却当以二十三卷之"水槛遣兴"为题，何也？彼诗起四句"为人性僻耽佳句，语不惊人死不休。老去诗篇浑漫与，春来花鸟莫深愁"，乃一"兴"字；五、六"新添水槛供垂钓，故着浮槎替入舟"，乃"水槛"二字；结"安得思如陶谢手，令渠述作与同游"，乃"遣兴"也。至此诗之题为"江亭"者，则当移为"去郭轩楹敞"及"蜀天常夜雨"二首，题曰"江亭二首"。虽其诗中未点"亭"字，然前一首曰"去郭轩楹敞"，第二首曰"江槛已朝晴"，不言亭而亭可知，且诗中句句是江亭情景。如此互换，庶得诗与题应。不敢臆断，亦不欲蓄疑，姑存以质为杜学者。②

在解释《江上值水如海势聊短述》的诗题及诗后阐释时，吴梯仍不忘重申此说。且不管吴梯对以上三首诗的题与文互换合理与否，但最起码为今人研究杜诗的编排提出了一个疑问。古人印书的确存在错行断简、题文不符的问题。吴梯的疑问从幼年读杜即已产生，而到晚

---

① （清）吴梯撰：《读杜姑妄》，《广州大典》影印本第 517 册，第 447 页。

② （清）吴梯撰：《读杜姑妄》，《广州大典》影印本第 518 册，第 25 页。

年才有所悟，足见其对杜诗的痴心。

但吴梯的"自得与自信"有时的确值得商榷。如卷三十中上《咏怀古迹五首》其一"支离东北风尘际"，吴梯对此诗阐释道：

> 此篇前六句皆自道，结乃点庾信，而古迹亦不显，故读者疑焉。不知宋玉以下四篇皆直咏古人，不与己身相似，而此篇将庾信与己合而为一。前面支离漂泊，哀时未还，说己处即说信；后面平生萧瑟，诗赋江关，说信处即说己。我即古人，古人即我，感慨系之，故当以是终焉。宜与《戏为六绝》"庾信文章老更成"一首参看，盖彼诗亦直以信自居，绝不让也。此论为古人所未及，姑识以俟卓裁。①

吴梯这里的"此篇将庾信与己合而为一""我即古人，古人即我，感慨系之"，并要读者连同《戏为六绝》"庾信文章老更成"一首参看，说"彼诗亦直以信自居，绝不让也"，言外之意，此诗亦是"直以信自居"。但其实这种见识王嗣奭早已提出，只是吴梯并未见到王嗣奭原本《杜臆》。我们看王嗣奭对这一首的解释：

> 自蜀言之，则中原皆为东北。"支离"犹云"割裂"，不相属也。公在巫峡，栖于西阁，故云"三峡楼台"，而"淹日月"谓留滞多时也。"五溪衣服"犹云"左衽"，而"共云山"谓同居也。说到羯胡，追溯其漂泊之繇。公于此自称"词客"，盖将自比庾信，先用引起下句；而以己之哀时，比信之哀江南也。荆州有庾信宅，江关正指其地。公自萧瑟，借诗以陶冶性灵，而借信以自咏己怀也。②

两相对照，意旨大体一样。从吴梯所引前代杜注以及吴梯的过于"自

---

① （清）吴梯撰：《读杜姑妄》，《广州大典》影印本第 518 册，第 257 页。
② （明）王嗣奭撰，曹树铭增校：《杜臆增校》，台北：艺文印书馆，1971 年，第 450 页。

得与自信",我们会发现另一个问题,即这些杜诗注本在岭南的传播,另文讨论。

二、吴梯论杜诗体式及杜律分派

(一)论杜诗体式

本文所说的体式指的是诗歌的体裁(或体格)。古典诗歌经由六朝的发展,至初唐经过沈佺期、宋之问等人对诗歌声律的研究和实践,要求讲究平仄、粘对、押韵、对偶等格式要求的近体诗最终确立。杜诗的体裁总体来说分古体、近体,细分的话,浦起龙分为五古、七古、五律、五排、七律、七排、五绝、七绝等。葛晓音教授在《杜诗艺术与辨体》中对杜诗的五古、五言乐府、七言新题乐府、七古、歌行、五律、七律、五绝、七绝等体式进行了艺术分析。杜诗体式的分析也是吴梯杜诗学研究的重要问题。

1. 杜诗有没有乐府体

据葛晓音教授的分析,明清诗论家辨体意识增强,因此,如胡应麟、许学夷、冯班等人开始从辨体的角度对杜甫的某些古诗、歌行进行了体式上的重新确认,结果便是如"三吏""三别"以及《兵车行》《留花门》等诗均被当作新题乐府予以重新阐释。葛晓音教授更是通过分析,对杜甫五言新题乐府和七言新题乐府的艺术特色进行了总结和分析。① 清代诸杜诗注家也表现出与诗论家同样的趋向,如浦起龙,他所作《读杜心解》虽然在《目录》的编排上有六种体式,但在论述具体篇目时却对个别诗篇进行了体式上的重新确认,比如卷一上《兵车行》,吴梯引浦起龙云:

> 是为乐府创体,实乃乐府正宗。齐梁间拟汉魏者,意在仿

---

① 详参葛晓音著:《杜诗艺术与辨体》,北京:北京大学出版社,2018 年,第 100—122 页。

古，非有所感发规讽也。若古乐府，未有无谓而作者。①

浦起龙认为《兵车行》乃"乐府正宗"，与齐梁间拟汉魏乐府只是一味仿古而无"感发规讽"不同，杜甫的乐府与古乐府一样，乃"有谓而作"。这也正是葛晓音教授所阐发的："杜甫的七言新题乐府与五言新题乐府一样，借鉴了汉魏古乐府即终事名篇的传统，自创新题，不仅在反映现实的深度和广度上远超同时代诗人，而且在艺术上极富独创性。"②"杜甫运用了汉乐府取材典型化的原理，也采用了对话、独白和截取情节片段的叙述方式，但既能将事件发生的广阔背景展示出来，又使高度提炼的场景具有普遍意义，不为一时一地的历史事件所局限。"③葛晓音教授用以验证她这个观点的例子即是《兵车行》。

由明清诗论家到浦起龙，再到葛晓音，可见人们对杜甫的"新题乐府"有了比较一致的看法，但吴梯恰不这么认为，他说：

> 愚见以为乐府至唐已失其音节，不能入乐，空有虚名。杜不独无乐府旧题，而所作亦未尝自谓乐府，仍古诗耳，此可法也。世人不知杜近体有二格，古体亦有二格。其一体按部就班，含宫咀羽，命意运笔，涂辙可寻，世人指为古诗者是也。其一体飞行绝迹，不主故常，感慨悲歌，惟意所适，世人指为乐府者是也。其实俱是古诗，并非乐府，强以加之，为失杜旨。④

萧涤非先生曾对乐府的内涵分析道：

> 乐府之范围，有广狭之二义。由狭义言，乐府乃专指入乐之歌诗，故《文心雕龙·乐府篇》云："乐府者，声依永，律和声也。"而由广义言，则凡未入乐而其体制意味，直接或间接模仿前作

---

① ④ （清）吴梯撰：《读杜姑妄》，《广州大典》影印本第517册，第333页。
② 葛晓音著：《杜诗艺术与辨体》，第113页。
③ 葛晓音著：《杜诗艺术与辨体》，第114页。

者,皆得名之曰乐府。

　　然此二者之界限,并无当于今之所谓乐府也。窃谓在今日而谈乐府,其第一着即须打破音乐之观念。盖乐府之初,虽以声为主,然时至今日,一切声调,早成死灰陈迹,纵寻根究底,而索解无由,所谓入乐与未入乐者等耳。侈言律吕,转滋淆惑。故私意以为今日对于乐府之鉴别,宜注意下列两点:(一)文学之价值;(二)历史之价值。①

按照萧涤非先生所指出注意的两点,有些虽然入乐,如《郊庙歌辞》《燕射歌辞》,却非乐府,而具备文学价值和历史价值的虽不入乐,但亦可以乐府论之。王运熙先生也曾指出:"要理解乐府诗,必须懂得乐府诗的体例。乐府诗的一个曲调,除原始古辞(有时古辞亡佚)外,以后产生不少同题之作。这些作品的内容,往往与曲名与曲调本事不相符合,但在题材、主题或声调上仍保持或多或少的联系。不理解这种情况,容易对某些乐府篇章产生误会。"②

　　我们来反观吴梯所持的观点,他仍局限于萧涤非先生所分析的狭义的乐府概念上,也未能认识到王运熙先生所指出的"题材、主题或声调上仍保持或多或少的联系",仅以入乐与否来判定是否为乐府,是不太符合杜诗创作实际的。尤其抹杀了杜甫对乐府诗的发展所起到的作用。浦起龙把《丽人行》《后出塞五首》定为乐府体,杨伦把《无家别》《前出塞九首》定为乐府,这些都被吴梯予以否认。他一再申明:"愚则谓必音节可以入乐,方成乐府。唐时,乐府音节已失,故老杜不肯作。集中如《兵车行》、'三吏'、'三别'之类,皆非乐府,乃古诗之绝高古者耳。"③

　　吴梯的这种辨体意识虽存在偏颇,但却给我们以提示:诗歌的体

---

　　①　萧涤非著,萧海川辑补:《汉魏六朝乐府文学史》(增订本),北京:人民文学出版社,2011年,第11页。

　　②　王运熙:《研究乐府诗的一些情况和体会》,《王运熙文集》第一卷《乐府诗述论·附录》,上海:上海古籍出版社,2012年,第498页。

　　③　(清)吴梯撰:《读杜姑妄》,《广州大典》影印本第517册,第380页。

式并非一成不变,从其产生到成熟再到衰落,从体式演变的角度或许能够对某一体式的诗歌发展进行重新认识。个人以为,葛晓音教授对杜诗体式的分析便是这一思路,它让我们重新认识了杜诗及其所代表的盛唐诗歌。

2. 论杜诗绝句

(1) 杜诗绝句非律诗截句

绝句是否为律诗的截句,这涉及绝句的起源及绝句的体制。有关绝句的起源及发展,可详参葛晓音教授的《初盛唐绝句的发展——兼论绝句的起源和形成》①。李晓红经梳理指出:"以'绝句'为'截句',虽是宋元以来才涌现之观念,但具有较深的文化渊源。"②在某些明清诗论家看来,绝句乃律诗的截句,杜诗学者亦有持此论者,如仇兆鳌评《绝句二首》其一"迟日江山丽"云:

> 此诗皆对语,似律诗中幅,何以见起承转阖? 曰:江山丽而花草生香,从气化说向物情,此即一起一承也。下从花草说到飞禽,便是转折处。而鸳燕却与江山相应,此又是收阖法也。范元实《诗眼》曾细辨之。③

仇兆鳌的这一"截句"说本于范梈,仇兆鳌在《赠李白》一诗注后引范梈曰:"绝句者,截句也,或前对,或后对,或前后皆对,或前后皆不对,总是截律之四句。是虽正变不齐,而首尾布置,亦由四句为起承转合,未尝不同条而共贯也。"④因此吴梯辩道:"起承转阖乃村学究、八股家数,作时文而本领从古文出者尚不屑为,乃持以论诗,且持以论杜诗,亦方枘而圆凿矣。此诗四句平排,何处索起承转阖? 而必强古

①　原载《文学评论》1999 年第 1 期,收入葛晓音著:《诗国高潮与盛唐文化》,北京:北京大学出版社,1998 年,第 357—368 页。亦收入葛晓音著:《唐诗流变论要》,北京:商务印书馆,2017 年,第 81—108 页。

②　李晓红:《绝句文体批评考论》,《学术研究》2011 年第 6 期。

③　(唐)杜甫著,(清)仇兆鳌注:《杜诗详注》,第 1135 页。

④　(唐)杜甫著,(清)仇兆鳌注:《杜诗详注》,第 43 页。

人以就我范围，老杜有知，应绝倒也。"①

又仇兆鳌认为《绝句二首》（"迟日江山丽""江碧鸟逾白"）"前是截五律中四，此是截五律下四"。对此，吴梯辩驳，认为仇说"大谬"，认为律诗和绝句的产生先后还不能下定论，故反问到"安知非先有绝而后有律？""至五绝而四句平排，古人先有，杜集尤多……考杜全集，止有绝句，而无截句。"杜甫之绝句，乃"维意所适，故以名之。全整全散，整散兼行，无所不可"。认为"绝""截"乃"双声之转"，故"截中截下之说，可发一笑也"②。葛晓音教授曾总结道："五绝与七绝分别起源于汉代和西晋的民间歌谣。五绝律化始于齐，七绝律化始于梁中叶。"③由葛晓音教授的总结可以印证，仇兆鳌的"截句"说是不成立的，吴梯的绝句定义不仅注意杜甫创作心理，也注意体制上的考虑（"全整全散，整散兼行，无所不可"），是符合杜诗绝句创作实际的。

（2）杜甫绝句之体格

对于绝句的分类，王力先生分为古体绝句和近体绝句两种，并认为《声调四谱》所分"律绝""古绝""拗绝"，"其所谓'拗绝'，实在就是失粘失对的'古绝'，和失粘失对的'律绝'，所以实际上只能分'律绝'和'古绝'两种"。因此，认为这种分法与自己的一样。④ 吴梯根据杜甫绝句创作的实际，分为古绝、律绝和"一句一义之格"的绝句三种。律绝他没有分析，只是对人们有所误会的"古绝"和"一句一义之格"的绝句加以申论。

古绝和律绝之分，其实早在董文涣《声调四谱》之前，明代的邵长蘅已有此分。如吴梯引邵评《三绝句》云："有古绝，有律绝。此及《黄河》二首，皆古绝也。"吴梯认可邵长蘅的分法，并谓："世人论绝句，多以风调胜者为正格，转谓老杜不工此体，直儿童之见。"⑤

---

　① （清）吴梯撰：《读杜姑妄》，《广州大典》影印本第518册，第120页。

　② （清）吴梯撰：《读杜姑妄》，《广州大典》影印本第518册，第121页。

　③ 葛晓音：《初盛唐绝句的发展——兼论绝句的起源和形成》，《唐诗流变论要》，第94页。

　④ 王力著：《汉语诗律学》，上海：上海教育出版社，1979年，第41页。

　⑤ （清）吴梯撰：《读杜姑妄》，《广州大典》影印本第517册，第501页。

相对于其他诸体创作,杜甫的绝句的确遭到胡应麟、王士禛等人的诟病,认为杜甫之绝句非正声典范,乃变格。^① 但吴梯不这样认为,在《绝句》"江边踏青罢"的按语中他说:"诸说未尝不是,然俱不敢论杜,意谓非所长也。杜五绝一意古调,迥绝时蹊,故学步固难,而知音亦少。"^②吴梯认为杜甫的绝句是古绝,且"迥绝时蹊,故学步固难",因此能够喜欢、赏识的不多。吴梯这一看法,与明末清初的杜诗学者卢世㴩不谋而合,卢世㴩曾说:"天生太白、少伯以主绝句之席。……子美恰与两公同时,又与太白同游,乃恣其倔强之性,颓然自放,独成一家。宁为鸡口,勿为牛后。天实生才不尽,才人用才又自不同。若子美者,可谓巧于用拙,长于用短,精于用粗,婉于用憨者也。"^③

杜诗绝句又有一种"一句一义"之格,杨慎评《绝句漫兴九首》时说:"绝句诗一句一义,如杜诗此章,本于古诗《四时咏》。王维诗:'柳条拂地不忍折,松干捎云从更长。藤花欲暗藏猱子,柏叶初齐养麝香。'欧阳公诗:'夜凉吹笛千山月,路暗迷人百种花。棋散不知人换世,酒阑无奈客思家。'亦是此体。"对杨慎的这一说法,吴梯表示赞同,并详细引述了数句杜诗:

> 杜又有"两个黄鹂鸣翠柳,一行白鹭上青天。窗含西岭千峰雪,门泊东吴万里船""堂西长笋别开门,堑北行椒却背村。梅熟许同朱老吃,松高拟对阮生论"二绝;五言又有"日出篱东水,云生舍北泥。竹高鸣翡翠,沙僻舞鹍鸡""凿井交棕叶,开渠断竹根。扁舟轻袅缆,小径曲通村""急雨悄溪足,斜晖转树腰。隔巢黄鸟并,翻藻白鱼跳""舍下笋穿壁,庭中藤刺檐。地晴丝冉冉,

---

①　参葛晓音:《初盛唐绝句的发展——兼论绝句的起源和形成》,葛晓音著:《唐诗流变论要》,第43页。按亦可参吴梯所引高棅、严羽、周敬三人之论。(清)吴梯撰:《读杜姑妄》,《广州大典》影印本第518册,第81页。

②　(清)吴梯撰:《读杜姑妄》,《广州大典》影印本第518册,第81页。

③　卢世㴩:《读杜私言·论五七言绝句》,转引自葛晓音:《初盛唐绝句的发展——兼论绝句的起源和形成》,《唐诗流变论要》,第44页。

江白草纤纤""江动月移石,溪虚云傍花。乌栖知故道,帆过宿谁家"五首,并是此体,而升庵反遗之,何也?①

明清诸杜诗学者,对杜诗绝句给予赞同意见的,均从"别调"的角度入手,吴梯曾详加引述:

> 李东阳云:少陵《漫兴》诸绝句,有古竹枝词意,跌宕奇古,超出诗人蹊径,韩退之亦有之。
>
> 申涵光曰:绝句以浑圆一气、言外悠然为正,王龙标其当行也,太白亦有失之轻者。然超轶绝尘,千古独步,惟杜诗别是一种,能重而不能轻,有鄙俚者,有板涩者,有散漫潦倒者,虽老故不可一世,终是别派不可效也。李空同处处摹之,可谓学古之过。"恰似春风相欺得,夜来吹折数枝花",语尚轻便;"莫思身外无穷事,且尽生前有限杯",似今小说演义中语;"糁径杨花铺白毡",则俚甚矣。
>
> 浦(起龙)云:七言绝句,至龙标、太白入圣矣,少陵自是别调。然宋元以还,每以连篇作意别见新裁,王、李遗音已成《广陵散》,渊源故多出自少陵也。特声韵比杜贴谐耳,明空同、大复多效此种。
>
> 杨西河曰:绝句以太白、少伯为宗,子美独创别调,颓然自放中,有不可一世之概。卢德水所谓"巧于用拙,长于用短"者也。

针对以上看法,吴梯对杜诗绝句进行了总结,他说:

> 前人之论如此,鄙人别有见地。绝句有二派,其一老朴肆横,杜、韩皆是;其一风流蕴藉,余家多然,有至有不至耳。此如词家二派,一则缠绵婉挚,一则慷慨激昂。世必以老杜、坡公为非当行,大可笑也。大抵见浅者喜风流,见深者喜老朴。见浅者

---

① (清)吴梯撰:《读杜姑妄》,《广州大典》影印本第 518 册,第 34 页。

多,故好杜者少。识量限之,不可强也。"莫思身外无穷事,且尽生前有限杯",至以为小说演义中语,愚无所辨,但诵退之"断送一生惟有酒,寻思百计不如闲",与听而已。①

吴梯不仅指出了杜诗绝句的派别,并对诸家不喜杜甫绝句之原因进行了揭示,值得今天研究杜诗绝句者注意。

(二)论杜律分派

葛晓音教授对杜甫五律、七律的艺术分析十分精到,可详参其著作②。吴梯对杜甫律诗艺术特色,尤其是律诗的风格定位,基于他对杜律的分派。在《登高》一诗末,他先引述张绖论杜诗分派的说法:

> 少陵诗有二派:一派立论宏阔,如此篇"万里悲秋常作客,百年多病独登台",又"二仪清浊还高下,三伏炎蒸定有无"等作,其流为宋诗,本朝庄定山诸公祖之;一派造语富丽,如"珠帘绣柱围黄鹤,锦缆牙樯起白鸥""鱼吹细浪摇歌扇,燕蹴飞花落舞筵"等作,其流为元诗,本朝杨孟载诸公祖之。

针对张说,吴梯加按语云:

> 张说似是而非。杜律固有两派,一是宏阔雄壮,一是清空如话。张氏不知清空一派,而以造语富丽当其一。不知造语富丽即包在宏阔雄壮一派中,所见殊左。③

按照吴梯的说法,张绖所分的两派实为一派。吴梯所谓"宏阔雄壮"即葛晓音教授所分析的"豪放派"。

---

① (清)吴梯撰:《读杜姑妄》,《广州大典》影印本第518册,第35页。
② 详见葛晓音著:《杜诗艺术与辨体》第五章、第六章,第179—269页。
③ (清)吴梯撰:《读杜姑妄》,《广州大典》影印本第518册,第154页。

在《晓望》一诗的评论中，吴梯引胡应麟所谓"诗眼为病"论调，胡氏云：

> 盛唐句法浑涵，如两汉之诗，不可以一字求。至老杜而后，句中有奇字为眼，才有此句法，便不混涵。昔人谓石之有眼为研之一病，余亦谓句中有眼为诗之一病。如"地坼江帆隐，天清木叶闻"，故不如"地卑荒野大，天远暮江迟"也。如"返照入江翻石壁，归云拥树失山村"，故不如"蓝水远从千涧落，玉山高并两峰寒"也。此最诗家三昧，具眼自能辩之。

对胡应麟的说法，吴梯表示不以为然，他评价道：

> 胡氏此论似是而非，以论后人则可，以论老杜则不可。盖"诗眼"二字后人说耳，老杜无所谓诗眼，而其诗自有两派，其一沉雄警炼，其一高妙自然，各极其工而不相掩。乃持后人之见以律老杜，未许为知音也。即如此诗，"地坼江帆隐，天清木叶闻"，亦自然高妙，何诗眼之足云？①

吴梯仍然从杜律的艺术风格着眼，不局限于一字一句，他在这里提出的杜律两派"沉雄警炼、高妙自然"应是分别对应上面的"宏阔雄壮、清空如话"。而在其他杜律的评价中，吴梯着眼的主要是常被其他杜诗学者误解的清空一派，因此他屡屡提出，以正诸家，如《寄杜位》，在引述了王渔洋、顾宸、卢元昌诸家之说后，吴梯总结道："渔洋评非，顾、卢评近是，却俱未知杜律自有此清空如话之一派，故皆逐末而遗其本。"②如《赤甲》，吴梯引朱瀚评曰："卜居、迁居，重复无法。'献天子'突甚。'由来知野人'筋脉不收。中联厄塞，全无顿挫磊落气象。'笑接'不典。'郎中评事'岂律诗可著？或置题中可耳。末句从'近

---

① （清）吴梯撰：《读杜姑妄》，《广州大典》影印本第518册，第328—329页。
② （清）吴梯撰：《读杜姑妄》，《广州大典》影印本第518册，第149页。

识峨嵋老,知余懒是真'偷出,潦倒甚矣。且抱病何能深酌?与'比来病酒开涓滴'参看自知。"针对朱瀚之说,吴梯加按语云:"瀚说有意求疵,却不中窾,盖全未会杜旨。此篇亦清空一派,老朴,非杜不办。惟'炙背、美芹'两句同一出典,不可为训,而瀚固未之知也。"①他不引述,集中尚多。

吴梯所谓的"清空"是什么意思呢?根据吴梯所评诸诗及其表述,其意旨当包括:

1. 明白易懂,真率如话。如朱瀚评杜甫《至后》诗:"此诗疑赝作。复点'至'字,累坠。'日初长',剩语。有何意?可发一笑。'金谷铜驼'正是故乡,但可云风景非昔耳。'不自觉'冗率。竟以'棣萼'为兄弟,亦是俚习。七、八如村务火酒,薄劣异常。"而吴梯认为属于清空一派。②像这种明白易懂的律诗,杜集中非常多,如葛晓音教授分析的《江村》《客至》等,这些诗"好像是把口语稍加剪裁",能够达到"句调声情欲诗意切合,却似信手拈来,极富潇洒流逸之致"。③

2. 率尔为作,老朴自然。这里是指杜甫运用诗歌语言所达到的随心所欲,不加雕饰而极臻工的境地。如《崔评事弟许相迎不到应虑老夫见泥雨怯出必愆佳期走笔戏简》,朱瀚评曰:"为一酒食侵晓而待,亦太无聊。云'不负春色',语尚可通。雨不孤白帝,便无意义。沾湿有何好处?醉则龙钟,何得体轻?虚疑、冲泥,声韵颓唐。马行何必银鞍?且马又何必傍险赴燕,岂逃难耶?"邵长蘅注:"通首逐句顺下,俱带戏词。"针对朱、邵二家说,吴梯加按语评论道:"朱说非,邵说是。诗亦清空一派,通首八句皆对,一气贯注,非杜不办。朱氏忘却题中'戏'字,句句以庄语求之,抑固矣。至'马'字犯复,偏看不出,可谓失之目前。"④再如《垂白》,吴梯指出王慎中(遵岩)前后共抹六句,并评云:"暗涩,绝无兴致。"吴梯辩驳说:"其谬如此,盖由不知杜

---

① (清)吴梯撰:《读杜姑妄》,《广州大典》影印本第 518 册,第 176 页。
② (清)吴梯撰:《读杜姑妄》,《广州大典》影印本第 518 册,第 153 页。
③ 葛晓音著:《杜诗艺术与辨体》,第 238 页。
④ (清)吴梯撰:《读杜姑妄》,《广州大典》影印本第 518 册,第 178 页。

律有清空一派,故致率尔狂妄。"①杜律艺术的至境,便是看似游戏、率尔之作,技法却臻老到自然。尤其是"老朴"一词,是吴梯对杜甫诗歌艺术的至高评价,另文探析。此等率尔为作、老朴自然之律诗,便是葛晓音教授所论流畅自然之杜律。吴梯用"高妙自然"来等同清空,亦是此率尔、老朴之意。

以"清空"来论杜律,不仅有着源远流长的诗学理论传统,并且有着深厚的义理内容,值得我们细细挖掘。尤其,清空还被宋末张炎作为其宣扬词学的理论大纛,这就更值得我们对吴梯所总结的杜律分派作进一步分析,并且要与词学之"清空"加以对比。

吴梯对杜诗的体式分析是他杜诗学研究的重要组成部分,除上述分析外,如他在分析《曲江三章章五句》时指出:"此题在集中为变格,直是后人序注《诗经》之体。全集只此一题为然,而读者罕觉,其诗亦集中变体,向无的解。"②在分析《渼陂西南台》时指出:"此诗除起、结外,余并工对。而'蒹葭天水'一联虽对,而平仄与上下不粘,似律非律,颇近选体。通篇每四句相承,自为意义,亦他诗所无,读者多未之知也。"③如此皆可作进一步分析。再如他对"吴体"的分析,等等。他如对杜诗句法的分析,也是其论杜诗体式的有机构成,此不复赘。

三、吴梯论杜诗声病

杜甫是律诗的集大成及开创者,尤其是他对律诗格律的运用,后世诗家莫能超越,因此历来注杜诸家多有探讨杜诗格律的。吴梯的声病说基于他对杜诗校勘所遵循的一个原则——基于沈约提出的"上尾"声病,来校定杜诗个别字的对错。

沈约等人提出的"八病说"是针对五言诗的,但杜诗学者用来施

---

① (清)吴梯撰:《读杜姑妄》,《广州大典》影印本第518册,第237页。
② (清)吴梯撰:《读杜姑妄》,《广州大典》影印本第517册,第344页。
③ (清)吴梯撰:《读杜姑妄》,《广州大典》影印本第517册,第348页。

诸杜诗,其目的是为了说明杜律之细。吴梯论杜诗声病,主要是传承仇兆鳌等人关于"上尾"这一声病的分析。

但对于上尾的定义,至今仍存在分歧。第一种看法如日本人遍照金刚所谓:"上尾,或名土崩病。上尾诗者,五言诗中,第五字不得与第十字同声,名为上尾。诗曰:'西北有高楼,上与浮云齐。'"[①]宋人魏庆之引沈约定义[②],与遍照金刚一样。第二种看法除认同第一种说法外,另增加单句(即出句)句脚如果同声,则是犯上尾。简单来说,即五言诗第五字与第十五字同声(上、去、入),则为犯上尾。持此种说法的,有朱彝尊[③]、陶开虞[④]、仇兆鳌[⑤]、吴梯[⑥],今人王力先生则进而引申说:

出句句脚上去入俱全,这是理想的形式。最低限度也应该

---

① (日)遍照金刚撰,周维德校点:《文镜秘府论》西卷"文二十八种病",北京:人民文学出版社,1975 年,第 182 页。

② (宋)魏庆之编:《诗人玉屑》卷十一《诗病·诗病有八》,上海:上海古籍出版社,1978 年,第 234 页。

③ 朱彝尊说:"老杜律诗单句句脚必上去入俱全。"转引自王力著:《汉语诗律学》,第 121 页。

④ 仇兆鳌引陶开虞曰:"杜五律有偶然失检者,如《移居》诗云:'春知催柳别''农事闻人说',别、说同韵。与王摩诘'新丰树里行人度''闻道甘泉能献赋',度、赋同韵,皆犯上尾,学者不可不知。"(唐)杜甫著,(清)仇兆鳌注:《杜诗详注》,第 1266 页。

⑤ 仇兆鳌云:"所谓上尾者,上句尾字与下句尾字俱用平声,虽韵异而声则同,是犯上尾。如古诗'西北有高楼,上与浮云齐',楼与齐皆平声;又如'庭隅有若榴,绿叶含丹荣',榴与荣亦平声也。又一句尾字与三句尾字连用同声,是亦上尾。如古诗'客从远方来,遗我一书札。上言长相思,下言久离别',来、思皆平声。又如'新制齐纨素,皎洁如霜雪。裁为合欢扇,团圆似秋月',素、扇皆去声,亦犯上尾矣。其在七律,如杜诗'春酒杯浓琥珀薄'与'误疑茅堂入江麓',同系入声。王维诗'新丰树里行人度'与'闻道甘泉能献赋',去声同韵,皆犯上尾也。又如杜《秋兴》诗'西望瑶池降王母,东来紫气满函关。云移雉尾开宫扇,日绕龙鳞识圣颜',王母、函关、宫扇、圣颜,俱在句尾,未免叠足,亦犯上尾。若'林花着雨胭脂落,水荇牵风翠带长。龙虎新军深驻辇,芙蓉别殿漫焚香',前联拈落、长二字于句尾,后联移深、漫二字于上面,便不犯同矣。"(唐)杜甫著,(清)仇兆鳌注:《杜诗详注》,第 49 页。

⑥ 吴梯:"惟单句末字无隔句同声,乃杜律之定例。"(清)吴梯撰:《读杜姑妄》,《广州大典》影印本第 518 册,第 40 页。按吴梯所举出的上尾例子太多,此不复举。

避免临近的两联出句句脚声调相同,否则就是上尾。临近的两个出句句脚声调相同,是小病;三个相同是大病;如果四个相同,或首句入韵而其余三个出句句脚声调都相同,就是最严重的上尾。①

对王力等人的上尾说,今人有赞同者,如冯春田②;但也有反对者,认为王力等人把沈约所说的鹤膝当成了上尾③。魏庆之引沈约谓鹤膝:"第五字不得与第十五字同声。如'客从远方来,遗我一书札。上言长相思,下言久离别。''来''思'皆平声。"④沈约所定义的"鹤膝"的确等同于仇兆鳌、王力等人的上尾,但宋代的《蔡宽夫诗话》对沈约的鹤膝说也提出了质疑,他说:

> 蜂腰鹤膝,盖出于双声之变。若五字首尾皆浊音,中一字独清,则两头大而中间小,即为蜂腰。若五字首尾皆清音,中一字独浊,则两头细而中间粗,即为鹤膝矣。今按张衡诗"邂逅承际会",是以浊夹清,为蜂腰也;如傅玄诗"徽音冠青云",是以清夹浊,为鹤膝也。旧注以"客从远方来""上言长相思"为鹤膝,意不分明。⑤

吴梯利用这一声病说,主要是为了校勘杜诗,这里仅举一例,如《秋野五首》其五有云:"大江秋易盛,空峡夜多闻。"吴梯云:

> 此联古今无致疑者,鄙见是必有误。"盛"字去声押脚,与起

---

①　王力著:《汉语诗律学》,第127页。

②　冯春田:《永明声病说的再认识——谈平头、上尾、蜂腰、鹤膝》,《语言研究》1982年第1期。

③　王振权:《关于诗病"上尾"的讨论》,《榆林高专学报》1997年第3期。此文中还引及日本儿岛吉献郎的观点,亦认为王力的说法不对。

④　(宋)魏庆之编:《诗人玉屑》卷十一《诗病·诗病有八》,第234页。

⑤　仇兆鳌引,见(唐)杜甫著,(清)仇兆鳌注:《杜诗详注》,第49页。

句"身许麒麟画"为犯声病。且"盛"字属大江,"闻"字属人,亦未适称。疑本作"大江秋易感",则与"空峡夜多闻"俱属人言较胜。盛、感形近而讹。①

本文以吴梯《读杜姑妄》为中心,对他的杜诗学研究进行了总结。吴梯所采用的研究范式为我们保留了诸多杜诗学文献;他对杜诗体式、杜律和杜诗声病的探析,加深了我们对杜诗艺术的进一步认识,也为我们进一步研究杜诗提供了诸多视角。但我们也看到他的研究存在些许不足,这是无法避免的。吴梯身处天南,他的杜诗学研究也处于杜诗学史上的相对式微期——清代中后期,但他的《读杜姑妄》足可以代表岭南杜诗学研究的集大成。吴梯的《读杜姑妄》因流传少,又久藏广东省立中山图书馆和中山大学图书馆,今天即使收入《广州大典》,但它的传播仍有限,今人对它的认识还有待进一步挖掘。

第四节　问题、方法与视野:谢思炜教授杜诗研究述评

自宋人纷纷研究杜诗以来,杜诗学研究逐渐成了一门显学,历经千年而不衰。评价个中得失,亦可做出有关学术思想、学术潮流等有价值的判断。杜诗学史上取得卓著成就的宋代及明末清初两个高峰至今为人瞩目,学术研究转型后的 20 世纪杜诗学,所谓"第三个高峰",其研究成果亦得到了"平议与反思"②,这些为今后的继续研究奠定了良好的基础。在众多默默耕耘的杜诗学研究者中,谢思炜教授的研究值得我们认真总结与借鉴。

谢思炜是新中国恢复高考以后的第一届大学生,先后在北师大完成了学士、硕士和博士的学习,师从启功先生。从硕士阶段的

---

① （清）吴梯撰:《读杜姑妄》,《广州大典》影印本第 518 册,第 256 页。
② 赵睿才:《百年杜甫研究之平议与反思》,北京:人民出版社,2014 年。

江西诗派研究,到博士阶段的白居易诗文研究,从硕士毕业(1984年)留校任教,到2001年起转至清华大学任教至今,谢思炜一直在唐宋诗学领域默默耕耘,其中尤以白居易诗文研究和杜诗研究成绩显著。据笔者统计中国知网,其自1985年发表《〈宋本杜工部集〉注文考辨》①至今,已发表相关杜诗研究论文20余篇,同时在其专著《禅学与中国文学》中亦有关于杜诗的论述。尤其是2015年出版了其独自校注的《杜甫集校注》,不仅是其个人研究杜诗的集大成之作,也是杜诗学研究领域的一项重大成就。朱熹云:"旧学商量加邃密,新知涵养转深沉。"山东历城周永年亦云:"为文章者,有所法而后能,有所变而后大。"②这些做学术和写文章的"玉言"都指示后学要对前贤之成就有所总结,并加以继承和转化,学术与文章方得"能"与"大"。对谢教授杜诗研究之总结,亦复如是。

一、三十年耕耘:杜诗研究概述

谢教授在其《杜甫集校注》(以下简称《校注》)前言中回忆道:三十年前初次通读仇注杜诗,当时曾据《续古逸丛书》本和几种宋本进行校勘③,由此初步尝试文献工作基本方法,稍窥治学门径。其后一直将杜诗作为研究课题。④ 古代注杜之人,动辄几易其稿、耗费十几年,谢教授之杜诗研究,亦继承了前人这种坚持不懈的可贵精神。为清晰了解谢教授之杜诗研究,现将其大致分为四类:

(一) 杜诗的语词笺释

杜诗的注释始于北宋,即所谓"二王本"上已有部分注文。后又

---

① 中国历史文献研究会:《中国历史文献研究集刊》第5集,长沙:岳麓书社,1985年,第136—143页。

② (清)姚鼐:《刘海峰先生八十寿序》,《惜抱轩诗文集》,上海:上海古籍出版社,1992年,第114页。

③ 此处"校勘"的结果即其撰写的《〈宋本杜工部集〉注文考辨》。

④ (唐)杜甫著,谢思炜校注:《杜甫集校注》,第11页。

有吴若本、九家注，至所谓"千家注"。后世杜诗研究大家，如钱谦益、朱鹤龄、卢元昌、仇兆鳌等，皆以注杜为业。因所见材料不同、学识不等，故后世注家对前注加以辩驳在所难免。近现代杜诗研究大家如闻一多、冯至、萧涤非等，皆对杜诗进行过注释。可以说，研究杜诗的第一步工作必须从注释开始。不明语词所指，很难做出基于注释基础之上的其他阐释。谢教授的杜诗研究亦以语词笺释起步。

其《〈宋本杜工部集〉注文考辨》首先将"二王本"注文与其他各本（《九家集注》《分门集注》和《草堂诗笺》）进行对照，进而比较分析"甫自注""公自注"，并介绍了吴若本注文的特点；其次对"二王本"注文的内容进行分类，分析注文中的典故；最后对影宋本吴若本部分注文进行了鉴别。总的来说，此文是对杜甫自注的整理与研究，也是对杜诗语词笺释的深入研究。清人吴棫《读杜姑妄》中对杜甫自注多有申论，谢教授对我们今天重新梳理杜甫自注、对吴棫的申论加以检讨具有重要的借鉴意义。

《杜诗人物考补》（载于《中华文史论丛》，2011 年第 4 期）乃延续古人如黄鹤、钱谦益、朱鹤龄等，近人陶敏、陈冠明等对杜诗所涉人物之考辨研究。共考补 22 人。此文之特色在于"旧材料"之"新用"，如周绍良主编《唐代墓志汇编》、陶敏《全唐诗人名汇考》、严耕望《唐代交通图考》、吴钢主编《全唐文补遗》、陈冠明《杜甫亲眷交游行年考》、《唐会要》、《大正藏·历代法宝记》、《册府元龟》等。

《杜甫的数学知识》（载于《古典文学知识》，2013 年第 2 期），文中谢教授结合《大衍历》来考杜甫《唐兴县客馆记》所谓"秋分大余、小余"；结合唐代流行的六甲八卦冢葬法分析《唐故范阳太君卢氏墓志》所记葬法。其中有关历法问题，已先于 2012 年发表于《傅璇琮先生八十寿庆论文集·杜甫诗文中的历法问题》（中华书局，2012 年）；而关于唐代的冢葬法，2014 年又扩深一步，有《唐代葬法与杜审言夫妻合葬问题——据杜甫〈卢氏墓志〉考察》一文（载于《清华大学学报》，2014 年第 3 期）。此等研究乃基于杜甫诗文中某一两个语词之考释，进而作出有关文化背景方面的研究，所谓"小中见大"的典范。

有关杜诗与六朝文学，尤其是《文选》的关系向为杜诗学研究者所注意。早在民国时,已有李详《杜诗证选》。谢教授《杜诗与〈文选〉注》(载于《文学遗产》,2013 年第 4 期)一文可谓李详之仿作,但又有所扩深。一般人研究杜诗受《文选》之影响,主要是秉持"无一字无来历"之说,从《文选》中寻绎杜诗之典源。谢文则主要讨论了杜诗与《文选》李善注、五臣注的关系。"杜甫在写作中应是首先参照李善注,同时也参考五臣注。"因《文选》李善注和五臣注的流行,唐人写诗除了熟读《文选》外,另对注释亦了然于胸,故受其影响在所难免。

语言会随着时代的变化而变化,某些词语会表现出"由俗到雅"或"由雅到俗"的转化。杜诗中有好多唐代流行的俗语,而至今天则有可能因不明其意而致诗意误解。研究杜诗中的俗语先有蒋绍愚《杜诗词语札记》(收入氏著《唐诗语言研究》,语文出版社,2008 年)、曹慕樊《杜诗杂说全编》(生活·读书·新知三联书店,2009 年)等。谢教授《杜诗俗语词补释》(载于《中国典籍与文化》,2015 年第 1 期)乃绍继前贤之作。此文分动词、形容词、名词、副词、连词几类对杜诗57 个俗语词进行了考释,对杜诗的诗意理解裨益甚大。

谢教授在《校注》"前言"中谓:"注书亦如积薪,后来者居上……由于受整体研究水平所限,旧注在管制、科举、军事等唐代专门史方面有较多知识局限,在涉及天文历算等专门之学时也往往力不从心……对《唐兴县客馆记》所记秋分'大余小余',杨伦则直言'即观朱释亦未明'。又如《唐故范阳太君卢氏墓志铭》,杜甫实为说明继祖母不能与祖父合葬,旧注不知是否有所避讳,亦不予深究。"由此,亦可见出谢教授之《校注》乃其多年对杜诗语词笺释的集大成之作。

(二) 诗艺阐释研究

杜诗之文学成就除了其蕴蓄的道德关怀外,便是其艺术特色。近体诗发源于六朝,至唐初经沈佺期、宋之问等人实践,最终定型。但真正成为后人宗尚,却得力于杜甫的全力创作及其艺术感召,尤其是律诗。故自白居易始,后人总能从杜甫这里找到其想要学习的技巧。因此,历来杜诗学研究者,皆对杜诗之艺术予以深刻阐释。

谢教授对杜诗诗艺的研究,主要集中在杜诗的"叙事艺术"。

《〈丽人行〉与〈羽林郎〉——一个改造传统的示例》（载于《名作欣赏》，1988 年第 4 期）一文虽为个案研究，但所讨论问题却异常丰富。首先，对《丽人行》之"讽刺说"主旨进行了纵向梳理；其次，重点分析了该诗之叙述方法；再次，对比分析了《丽人行》与《羽林郎》的相似性，及《丽人行》对传统妇女描写的改造。该文注重学术史之梳理，同时亦注重横向比较，纵横结合恰到好处。此外，该文还顺带讨论了传统诗歌妇女形象的演变；在分析具体问题时，注重引用国外理论，如苏联巴赫金学派关于文学、文学体裁的观点，法国后结构主义者克里斯蒂娃关于诗学语言的观点，结构主义文论家罗朗·巴赫特的叙述学理论，伽达默尔的"效果历史"观点等。

《论自传诗人杜甫——兼论中国和西方的自传诗传统》（载于《文学遗产》，1990 年第 3 期）属于比较文学研究，但对杜诗的自传性书写，此文具有开创意义。该文指出："与西方诗歌比较，中国（文人）诗歌最明显也是最重要的特征，不在于它的意象性、神韵、格调等等，而是它进入社会、进入历史的一种特殊方式，即自传方式。"文章主体首先梳理了杜甫之前中国自传诗的发展，接着将杜甫自传诗的特征分为三个方面论述，最后通过分析西方自传诗人代表英国的华兹华斯和美国的惠特曼，将杜甫诗歌的自传性与西方自传诗进行了对比。

通过对《丽人行》的个案研究及杜诗自传性书写的透视，谢教授推出了其杜诗叙事艺术研究的总结之作——《杜诗叙事艺术探微》（载于《文学遗产》，1994 年第 3 期）。该文首先对民间叙事传统与文人记事传统进行了辨析与梳理，指出杜甫在面对"民间叙事传统、文人抒情记事传统和文人仿作叙事诗传统"所要做的两件事："一是发展提高文人仿作的叙事诗，开拓更多的题材，注入更鲜明的社会意识，使之成为真正的文人叙事诗"；"一是改进充实原有的文人抒情记事诗，扩大体制，加强批判精神"。这两件事并非独立，而"是相互关联的"。接着，便详细分析了杜甫所做的这两件改造：结合《兵车行》和《丽人行》谈杜诗"记事对叙事的改造"；结合"三吏""三别"谈杜诗叙事和记事的拼合；结合风俗诗（如《负薪行》《最能行》）和寓言诗（如《客从》）谈杜诗"叙事的替代"。最后加以总结："这两种形式（叙事诗和抒情记事诗）的结合，才使得杜诗具有'诗史'的性质，具有可与社会历史本身相媲美的完整性和深厚性。"从叙事艺术来探讨杜诗的"诗史"性质，视角非常独特。

《杜诗的自我审视与表现》（载于《文学遗产》，2001 年第 3 期）继续杜诗的自传性研究，并开宗明义道："自传性是杜诗的一个基本特点。"该文主要谈论了：杜诗的自我审视一方面是情感发现和道德自觉的过程，另一方面则伴着反省自嘲和对自觉主题的拆解。由此引出杜诗在内容和修辞、风格上的一系列变化：穷愁生活的描写、修辞上的用拙以及具有反讽意味的戏谑风格。在文章结尾处谢教授提示：戏谑态度后来在韩愈诗文中又有所发展，在苏轼身上发挥得尤为淋漓尽致，那是由于他们在追求思想目标或表达个性自由时遇到了更多的挫折和限制，但在基本格调上显然与杜甫有一脉相承之处。

长期以来，对杜诗叙事艺术的关注成果繁多，但谢教授长期以来对杜诗叙事艺术的研究，尤其是杜诗的自传性描写，为杜诗诗艺阐释做出了自己的贡献。

（三）道德阐释研究

杜甫被称为"诗圣"，主要因其博大的儒家情怀。故历来论杜诗者，多发掘其诗所蕴含的儒家伦理道德。谢教授对杜诗的道德阐释也主要基于其道德关怀，并对杜甫之精神探索和思想界限予以了深入探析。

《杜诗的伦理内涵与现代阐释》（载于《文学遗产》，1995 年第 1 期）主要论述了"杜甫在中国传统道德性文学中的典型意义"。该文指出："杜甫成为一个道德诗人，与那个道德意识低落而正趋于复苏的历史转变时期紧密相关，他自己在其中也经历了由道德的不自觉逐步走向自觉的转变过程。"对杜诗所体现的"仁者爱人""忠君爱国"等道德情感、思想上和为人上成为道德意识转变的代表进行了深入析论。并以"三吏""三别"和《北征》等诗为例，分析了杜甫"在文学中深刻展现了道德意识背后复杂而深厚的社会内容和历史内容"。文章最后，呼应了标题的"现代阐释"，指出"杜甫的以伦理意义为支持的文学实践，又确实是九至十六世纪新儒学思想革新运动的先导和有力支持"。本文所谓"现代阐释"，即将杜诗之伦理内涵放到儒学发展的背景上阐释，来见出杜诗中所体现的"儒家伦理的诸种困境，体验到在纯思想论述中无法看到的儒者个人的道德发现、完善乃至动摇、失落的真实思想过程"。此文不仅从文学研究的角度研究了杜诗，且予以了深切的现实关怀。

《杜甫的精神探索与思想界限》（载于《徐州师范大学学报》，2012年第3期）梳理了杜甫的精神成长之路：从理想破灭到社会批判，至最后自我人性的发现。通过分析杜甫的人性关怀，指出了杜甫的思想界限：最终无法逃脱中国专制社会传统政治格局和以儒学为主的传统思想格局的限制。杜甫的思想遗产尽管包含了道德自觉、社会批判、人性关怀等内容，但在整体上或许正属于中国传统思想"政治权威平民化"的有效组成部分。本文可以说是《杜诗的伦理内涵与现代阐释》和《杜诗的自我审视与表现》两文的总结与深化。体现出谢教授之杜诗研究一贯性的特点——谢教授对杜诗某个问题的关注，并非点到为止，而是形成一种持续性关注。

（四）文化学视角下的杜诗研究

文学研究引入文化学视角，不仅丰富了文学的阐释，而且亦增加了文学阐释的厚实之感。但这无疑给研究者增加了难度。所谓"打通文史哲"并非每一个文学研究者都能做到，多数仍停留在一种"口号"或"设想"阶段。谢教授的杜诗研究，有一部分是基于杜诗的基本阐释，从而作出有关诗学、史学等方面的研究，本文统称之为"文化学视角"。

《杜诗解释史概述》（载于《文学遗产》，1991年第3期）一文对诸多杜诗解释按照线性发展分为七类：白居易的伦理解释，从道德层面解释杜诗；李商隐和黄庭坚的诗艺解释，对杜诗从技巧层面加以分析和模仿；引述伽达默尔的"体验美学"理论来分析宋人关于杜甫年谱的编订；由对杜诗的阐释来观照杜诗阐释者所处的时代；运用传统诗学阐释方法——以意逆志对杜诗创作意图的解释；断章取义式的解释，把解释当作创作来阐发解释者自己的学说或思想；诗史说的历史价值。此文不仅对杜诗解释史提出了自己的分类，还指出了各种分类存在的不足，及其价值所在。比如"诗史说"，文章在最后指出了这种阐释方法"为我们提供了将本文与历史统一起来，在历史框架内理解本文的新的可能"。此外，作者在文章开头也总结出杜诗解释应该持有的一种"共性"追求："杜诗解释史也体现了解释的双向性特征，不但逐步揭示出杜诗本身的丰富内涵，同时也在不同时代以多种方式反映了解释者对他们的处境和他们自己的理解。因而我们的目的并不是追寻对杜诗的某种最终的、绝对的、唯一的解释，也并不是单纯推翻或驳正前人的种种解释，而是发现这些解释和它们的历史条件的关联，说明这些解释如何成为可能的，从而显示杜诗解释曾有的和还会有的丰富的历史可能。"

此外，该文亦引用了国外诸多理论，如心理重建解释学、结构主义哲学、存在主义哲学等。

杜甫作为儒家伦理的代表，长期以来研究者多关注其儒家思想。其诗歌所体现出的佛教教义，尤其是禅宗思想，也得到了诸如钱谦益、郭沫若、吕澂、陈允吉等学者的考证。但究竟信仰南宗还是北宗，一时论争难分。谢教授《净众、保唐禅与杜甫晚年的禅宗信仰》（载于《首都师范大学学报》，1995 年第 5 期）一文则撇开南北宗的争执，根据《历代法宝记》的材料，从禅宗的另一支净众宗和保唐宗来探讨杜甫晚年漂泊四川时所受的影响。该文对杜诗《望牛头寺》"休作狂歌老，回看不住心"一联进行了分析，认为"不住心"即杜甫受净众"无念"法门之影响。此外，"杜甫如何在主体伦理实践中遵循儒家思想，以及这种理想如何遭遇困境，以致他晚年如何转向宗教思想寻求出路"，谢教授在其《禅宗与中国文学》中亦有专门论述。本文属于旧材料的新利用，然在未经人使用的情况下，亦可谓"新材料"的发现与利用。本文还提示了一个事实："恰恰从杜甫开始，儒家思想的认真信奉者和实践者们都必须以某种方式对禅宗思想的影响作出回应。"

自唐元和年间开始，"李杜优劣论"成了一桩诗学公案，久讼不息。谢教授《李杜优劣论争的背后》（载于《北京大学学报》，2009 年第2期)亦从这一公案入手,来剖析中唐分别以韩愈和元、白为代表的"两大诗派在诗坛影响和诗学观念上的区别、变化和竞争"。

《唐代葬法与杜审言夫妻合葬问题——据杜甫〈卢氏墓志〉考察》(载于《清华大学学报》,2014年第3期)一文属于对唐代葬法的研究。文章首先考证了《墓志》所载卢氏;继而考实《墓志》为杜甫作。文章主要根据唐代六甲八卦冢葬法分析杜甫祖父杜审言所葬系乾冢壬穴,卢氏取甲穴。这种葬法合乎唐代五姓葬法中杜姓属商之说,而卢氏不与夫合葬,合于唐代士族的通行做法。本文特色在于新材料的运用,如罗振玉编《芒洛冢墓遗文续补》(收入1917年刊《唐风楼碑录》)、顾燮光《梦碧簃石言》所考证20世纪出土之苏珽所撰《大周故京兆男子杜并墓志铭并序》、洛阳文物工作队编《洛阳出土历代墓志辑绳》、李献奇和郭引强编《洛阳新获墓志》、魏津《偃师县志》(明弘治钞本,天一阁藏明代方志选刊)、金身佳《敦煌写本宅经葬书校注》所载敦煌文书《卜藏书》、《重校正地理新书》、李岗等《西安南郊唐贞观十七年王怜夫妇合葬墓发掘简报》等文献,为本文之考证论述提供了切实的依据。

谢教授在其《唐宋诗学论集》的"后记"中曾对自己的学术研究特点和成就进行过一次总结:

> 文学史研究一方面以文献工作和史实考察为基础,另一方面又与思想意识形态问题密不可分。前一方面依靠材料说话,有事实管着;后一方面需要思想的理解能力,有思维逻辑管着。但正像弗罗斯特(Frost)的诗里说的,未选择的路总给人留下遗憾。我所从事的文学史研究,让我在向这两个方向努力的同时感觉遗憾的是:既缺少历史学的专业训练,也缺少哲学的专业训练,在两个方向上都走不了太远。走到目前这一步,就人生而言大概已基本"定型",不大可能返回去重新开始了。回头看一下勉强可算是"学术"的这些文字,就事实考察而言,只有几个分散的点,始终未能连成一片,因为没有读那么多的书,被"分段"、专题研究方式限制住了;就对文学现象的理解而言,只反映了自己

在那一时期的观察视野，所能达到的度，其中某些刻意求取之处，浅深得当与否，不仅自知，读者亦知。①

这段话是 2002 年 2 月说的，二十年过去了，以杜诗研究来说，他所谓的"两个方向"相对于二十年前均得到了进一步的积淀；而他曾经的"遗憾"和所谓的"只有几个分散的点，始终未能连成一片"，通过二十年的积淀，亦得到了部分"偿愿"。

二、杜诗研究特点分析

一千四百多首杜诗犹如一座宝库，又凝结着时代印记和思想履痕，故为各个时代的研究者提供了挖掘的必要性与可能性。分析并总结谢教授的杜诗研究特点，只是现阶段的一步工作。即使像《校注》这样集大成之作的出版，也并不能使我们断言谢教授之杜诗研究不会再出现新的成果。相反，其可能在《校注》的基础上做出更大的成就。分析其研究特点，也是为更多的杜诗研究者乃至文学史研究者提供一种"方法论"的参照。

（一）问题的发掘与辩证：杜诗阐释的必要性

杜诗虽经千年阐释，但其所蕴蓄的问题还有很多，即使已被发掘的问题有些亦存在争议，故需要辨析：这些都提示出杜诗阐释的必要性。

1. 对杜诗所蕴蓄问题的发掘

对杜诗所蕴蓄问题的发掘和解决，有助于我们深刻理解杜诗。比如杜诗中所涉及的典章制度、名物、职官、杜诗的接受、杜甫的诗学思想等。纵观谢教授之杜诗研究，其抓住了杜诗的"自传性书写""叙事艺术""伦理内涵"等几个关键问题做了多角度研究，层层深入。尤其关于"叙事艺术"的研究，不仅有助于从整体上把握杜诗及中国诗歌的

---

① 谢思炜：《唐宋诗学论集》，北京：商务印书馆，2003 年，第 329—330 页。

叙事传统,对"叙事学"研究、现当代诗歌的叙事艺术研究亦有所帮助。

2. 对杜诗研究诸多问题的考辨

杜诗研究积累下众多成果,当然也存在诸多未解的问题。谢教授在研究杜诗时,亦注重对这些未解问题的梳理与考辨。比如"二王本"上之"甫自注""公自注"这些注文(《〈宋本杜工部集〉注文考辨析》)、《丽人行》的主旨(《〈丽人行〉与〈羽林郎〉——一个改造传统的示例》)、杜甫之"忠君"思想(《杜诗解释史概述》)、杜甫的禅宗信仰(《净众、保唐禅与杜甫晚年的禅宗信仰》)、《卢氏墓志》是否为杜甫代作(《唐代葬法与杜审言夫妻合葬问题——据杜甫〈卢氏墓志〉考察》)、李杜优劣论(《李杜优劣论争的背后》)等问题,谢教授通过对比材料或观点,加以辨析,不仅对这些争论未解的问题提出了自己的看法,同时部分问题可谓得到了确切证明。以《卢氏墓志》为例,黄鹤疑此《志》为杜甫代其叔父杜登作;钱谦益驳黄鹤,认为乃代杜闲作;朱鹤龄"弥缝"钱谦益之失,亦以为代杜闲作;今人闻一多采朱鹤龄之说,至洪业始辩驳"代杜闲作"之说。最后,谢教授综合诸家观点指出此《志》确为杜甫作,对文中存在争议的"某"字,谢教授指出:"'某'字并不是作者自称,而是杜甫避父讳不书,所指即是其父杜闲。大概前人皆习惯于以'某'字自称,因此对本文'某'字出现误会。"

(二) 方法的传承与变通:杜诗阐释的可能性

学术研究不仅需要"才、学、识、德"①,亦需要"术",即所谓方法。谢教授之杜诗研究,在方法上继承前人,又有自己的变通。

1. 文本细读

谢教授在《校注》"前言"中提示了一条治学的"重要经验":"注书是细读原著的最好方式,当研究进展到一定程度,势必要回到这项工作上来。很多被忽视的问题,在注释工作中得以发现。一些问题看似已有成说,但在注释中发现还有待推敲。"这既是"注书"的经验,亦

---

① 按,"才、学、识"为刘知幾在《史通》中提出的治史者应具备的能力,"德"为章学诚在《文史通义》中对治史者能力的一种扩充。

是其"文本细读"（读杜诗、读杜诗注）心得的总结。他的杜诗研究，可以说皆基于文本细读。对"影宋本吴若本部分注文"的鉴别，若非细读，恐难以鉴定；对《丽人行》叙述方式的分析，与《羽林郎》进行了详细比较；对杜诗中"自我审视"所涵盖的"双重焦点"的分析，得出其"个人阅读经验"："正是这种多面性和内在矛盾张力为杜诗赢得众多观众，而并非单纯道德意义上的'诗圣'使他名压众人"①等等。

2. 无征不信

谢教授在一篇总结其师启功先生治学特点的文章中提到一点："无征不信"②。谢教授之杜诗研究亦复如是。以对杜甫晚年对净众、保唐禅信仰的考辨为例。谢教授详细征引并分析敦煌写本《历代法宝记》所载宝应、永泰年间"无相传法""无住出山"之事，又据唐史所载严武、高适、杜鸿渐、崔旰等都深深介入了无相门下继法之争，而杜甫与这些人皆有交接，故对净众在成都的活动及法争应有耳闻，最终吸引其对禅宗的注意。这亦可从其成都以后的诗作中找到印迹。从佛书、史书记载来推测杜诗之禅宗信仰，进而从其诗歌所写来印证这一事实，征引材料翔实可靠，故其结论亦较为准确。

3. 纵横比较

自唐韩愈始以"李杜"并称，后人逐渐竞言"李杜优劣"。或者从杜甫身后寻找受其沾溉者，如白居易、李商隐、黄庭坚等，加以比较论述；又或者将杜甫与其同时代之高适、岑参、王维等加以比较。这些研究仅限于中国传统诗歌范围之内。冯至先生曾将杜甫与歌德进行比较，从"两个诗人的同和异""诗与政治""诗与自然"等方面展开论述③。谢教授之杜诗研究，不仅将杜甫置于中国传统诗人的对比之中，如讨论杜甫记事诗的感情表现方式，提及嵇康、阮籍、陶渊明、庾信等（《论自传诗人杜甫》）；而且将杜甫置于中外诗人对比之中，由杜甫之自传诗来比较西方的自传诗，如华兹华斯、惠特曼等。其对中外

---

① 谢思炜：《杜诗的自我审视与表现》，《文学遗产》2001 年第 3 期。
② 谢思炜：《启功先生的治学与育人之道》，《北京师范大学学报》2002 年第 3 期。
③ 详见赵睿才：《百年杜甫研究之平议与反思》，第 75 页。

自传诗传统的梳理与比较,亦十分见功力。

比较诗学的研究虽有其限制性,但若运用得当,确能收到"比较"之效。谢教授将杜诗置于中外、古今的纵横比较之中展开论述,拓展了杜诗阐释的可能性。

(三) 视野的开阔与多元:杜诗阐释的丰富性

视野的广狭在某种程度上决定了研究成果的厚重与否,因此,开展文学研究伊始,就应有开阔的视野作为"先导"。谢教授之杜诗研究,体现了其视野的开阔与多元,也正因为这种视野,从而丰富了杜诗的阐释。具体表现为:

1. 材料的"旧与新"及其利用

"新材料"之于学术的推进至关重要,王国维、陈寅恪等前贤早有论述。但光占有"新材料"而不懂利用,则无异于买椟还珠。另外,除去出土材料的发现外,材料的"旧与新"又是辩证的,与时间又有关系,过去的旧材料久置不用,而一旦被人发现其可用的部分,"旧"的便变成了"新"的。谢教授之杜诗研究,除了对"近代以来学术发展"在"唐史各领域研究""唐语言研究"诸项成果的利用外,还将诸多"旧材料"转换成了新材料,如《册府元龟》等大型文献,旧注家极少有人利用;此外便是对新材料的利用,如新见唐人墓志、敦煌文献(《历代法宝记》等)。诚如其《校注》前言所谓:"本书尽可能利用这些材料和学界已有研究成果,对杜诗所涉及的背景、编年、地理、人物及语言运用等各方面问题加以探讨。对杜诗语言运用,除核查各种书面成语出处外,还要根据见于敦煌文献和其他材料的各种语言用例,说明大量俗语、口语词及社会流行语的用法;除对前人所谓'无一字无来历'加以查证外,还有必要对杜诗中的自造语和一些特殊用法加以鉴识。这样才能全面了解杜诗的语言追求。"[①]这虽是仅就其《校注》而言,但其实是对其杜诗研究心得的总结。谢教授懂得将"旧"材料变成"新"材料,又懂得如何将新材料来证实或辩驳旧说。总之,材料的利

---

① (唐)杜甫著,谢思炜校注:《杜甫集校注》,第10页。

用为阐释杜诗提供了确切的帮助。

2. 理论的引用与化用

材料是研究的基础，而理论对于研究是一种指导。谢教授之杜诗研究，对于理论的引用，并非仅仅局限于文学理论（上文已经述及，此不复述）。这种多学科理论的引用，并转化为自己研究的支撑，使其研究显得十分厚实。比如引入结构主义文论家罗朗·巴赫特的叙述学理论来分析《丽人行》的叙述方式，让我们清晰地明白了《丽人行》这种"取消了自己作为作者、作为诗人的自我形象，采取了非己性的单纯叙述者的语言"的特殊性。

3. 打通文史哲的界域

中国古代文学所体现出的"文史哲不分"的现象在先秦文学中表现尤为明显，后世文史分途，术业专攻。尤其现当代学术研究工作者，限于专业，故往往多"专家"，而鲜有"通才"。也因此，"打通文史哲"基本停留在一种口号或一种理想，与实际研究不符。谢教授作为20世纪80年代成长起来的学者，深受老一辈学者治学特点与人格情怀之熏染，故多能打通文史哲，将文学与史学、哲学融合，从而获得经得起推敲的成果。从对历史的梳理来辨析钱谦益、卢元昌等所秉持的讽刺比兴说，从儒家思想的发展来透视杜诗的伦理内涵，从前人不够重视的释道农医卜算之类的文献中发现杜诗的语言真意，又从杜诗中来见出制度、伦理、诗学思想、学术、风俗等内容。总之，文史哲等多个领域的融会贯通，极大地丰富了杜诗的阐释。

以上对谢教授三十年的杜诗研究成果进行了梳理，并对其研究特点予以了总结。不足之处，还请谢教授本人及方家指正。若想全面了解其杜诗研究成就，最好的凭借，无疑是其新近出版的《校注》。近几年杜诗文献的整理和出版日渐繁盛，为开展杜诗研究提供了基础材料。而对如谢教授这些一个个杜诗学者研究成就的总结，亦是构建"杜诗学史"的必备工作。

第四章　杜诗传播媒介的多样性

第一节　诗意图:杜诗的"跨媒介"传播
——以《江深草阁图》的历代传衍为中心

　　诗与画虽为两种艺术类型,但自苏轼评王维"诗中有画,画中有诗"开始,古人便努力探求二者之间的关系。也正基于此,古今画家竞相创制一种特殊的画作——诗意图①。这种画取材于前人诗句,以自己的想象运于丹青,从而表达画家对诗意的理解和再阐释,以及自身的一种思想诉求。

　　杜诗是众多诗意图中较为集中的取材之一。在众多杜甫诗意图中,笔者发现许多画家竞相取材"百年地辟柴门迥,五月江深草阁寒"这两句诗创制"江深草阁图"。通过梳理历代《江深草阁图》的创制情况,进而探析其原因,至今尚未引起杜诗学者注意。《江深草阁图》的历代传衍,不仅丰富了山水画创作,也让我们看到了一条南宗画的创作史。而如《江深草阁图》等杜甫诗意图,为杜诗学研究则又提供了一个新视角——杜诗的跨媒介传播。通过对诗意图的分析来看画家对于杜诗的理解,进而又可由诗意图来揭示诗歌"文本"之外的隐情。尤其在图像传播方式盛行、取得显著效果的当代,传统经典的普及与

---

　　①　关于诗意图,衣若芬教授曾下过定义:"诗意图,又称诗画,或诗图,是以特定的单一诗文为题材,表达诗文内涵与意趣的绘画。"见衣若芬:《宋人题"诗意图"诗析论——以题〈归去来图〉〈憩寂图〉〈阳关图〉为例》,台北"中研院"中国文哲研究所《中国文哲研究集刊》第 16 期;另罗福崇教授亦曾指出:"诗意画又叫命题画,源远流长,属文人画的范畴。"罗福崇:《略论诗意画的传统和特点》,《温州师范学院学报》1995 年第 2 期。

研究，就更应该对诗意图予以特别关注。

一、《江深草阁图》的历代传衍

杜甫诗意图的创制较早，据杨伦《杜诗镜铨》卷十《涪江泛舟送韦班归京，得山字》引宋牧仲（荦）评曰："'花远'二句，王摩诘绘成图，杜诗已为当时所重如此！"并有按语云："此图见董元宰《画禅室跋语》。"①王维所画或非实②，然至南唐周文矩（生卒年不详）已有《饮中八仙歌》图。

《江深草阁图》的创制应始于元王蒙（1308—1385），康耀仁在考证故宫博物院所藏王蒙《溪山风雨册》时，兼考证了今上海博物馆所藏题名赵孟𫖯（1254—1322）的《山水三段卷》。此三段图卷为纸本，墨笔，每段纵 28 cm，横 36 cm，全卷 28.5 cm×218 cm。图卷由三段小幅水墨山水画装裱而成，原无款识，惟首段可见"赵孟𫖯""赵子昂氏""天水郡"三方朱文印鉴。近代收藏鉴赏家吴湖帆曾分别将其定名为"秋林远岫""江岸乔柯""江深草阁"。"卷后题跋者，按顺序有沈尹默、陈定山、徐邦达、叶恭绰、张珩、周炼霞、冯超然、谢佩真、张大千等"，引首有文徵明隶书"逸格"。③ 经康耀仁考证，此《山水三段卷》非所谓赵孟𫖯作，第三段"江深草阁"亦非吴湖帆所鉴定之"赵雍（字仲穆）"作，实均为王蒙作。

明代山水画诸家继承宋元诸家，尤其吴门派的崛起，其对明中后期、清朝及近现代之山水画坛都产生了深远的影响。现能查到创制《江深草阁图》的吴门派画家有唐寅（1470—1523）、文徵明（1470—1559）、文伯仁（1502—1575）等。

---

① （唐）杜甫著，（清）杨伦笺注：《杜诗镜铨》，第 439 页。
② 关于杜甫《涪江泛舟送韦班归京，得山字》诗之编年，仇兆鳌《杜诗详注》引黄鹤注、浦起龙《读杜心解》皆系于广德元年（763）春在梓州作。其时王维（701—761）已死。故或宋荦所记出错，或所见非王维真品。
③ 康耀仁：《王蒙〈溪山风雨册〉考——兼谈旧题赵孟𫖯〈山水三段卷〉问题》，《中华书画家》2014 年第 6 期。

唐寅所作《江深草阁图》,《珊瑚网》《听帆楼书画记》《梦园书画录》《式古堂书画汇考》皆载,朱卓鹏编著《中国民间收藏集锦》亦收录(上海人民出版社,1995 年)。此图创制时间应为明弘治十二年(1499)之前(唐寅时年二十九岁)。图上有沈周(1427—1509)、吕憙(生卒年不详)题诗[①],对其技法、风格进行了品鉴。《珊瑚网》所载亦有"夗上千秋渔长"识语,云:"子畏焦墨画江干石壁,作二松虬结,根梢不可辨,奇怪之笔,自然动人。松下一茅亭,有幽人凭栏清坐,子畏题署在石壁下。"[②]

《庚子销夏记》载"衡山江深草阁图",云:"衡翁此帧全仿梅道人,山峦林木屋亭人物,无一不肖。暑月对之,觉新凉满座。"[③]此图东方艺都 2011 年秋拍曾以 170 万元成交。此图作于明嘉靖二十三年(1544),设色、绢本、旧裱。题识云:"为爱江深草阁闲,倚栏终日坐忘还。个中妙境谁应识,阁下江声阁外山。嘉靖甲辰秋日写,徵明。""作品高 81 cm,宽 25.5 cm,约合市尺 1.9 平尺。画面采用高远式构图,取近景。画面中一片山峦作为画面主体耸立在中心位置。山峦有碧树掩映其间,山路迂回盘旋而下。有小桥流水隐隐可闻其声,更有茅庐草阁依江而建;阁中高士悠然而坐于栏前似吟咏陶潜佳句:'啸傲东轩下,聊复得此生。'顺其目光处望去,有一童子沽酒而归。试想若能置身奇境,是何等惬意哉!"[④]

文徵明侄子文伯仁(1502—1575)亦作有《五月江深图》,现藏台北"故宫博物院"。"画上题识提示此图作于'停云馆'","画面以对角线构图,一边布置葱郁的山林,一边则为浩瀚的江天;山林中隐蔽数

① 沈周题云:"唐子弄造化,发语鬼欲泣。游戏山水图,草树元气湿。多能吾亦忌,造物还复惜。愿子敛光怪,以俟岁月积。"吕憙次韵云:"子且不试艺,西狩因麟泣。密云而不雨,槁物何由湿。空山来者稀,白日成叹惜。唐君非画师,英华发于积。"汪砢玉:《珊瑚网名画题跋》卷十六,卢辅圣主编:《中国书画全书》第五册,上海:上海书画出版社,2009年,第 1130 页下。

② 汪砢玉:《珊瑚网名画题跋》卷十六,第 1130 页下。

③ 孙承泽:《庚子销夏记》卷三,卢辅圣主编:《中国书画全书》第七册,第 771 页上。

④ 李思嵘:《江深草阁思千载,以诗入画画如诗——文徵明〈江深草阁图〉漫谈》,东方艺都 2011 年秋拍文徵明《江深草阁图》说明。

间屋舍,有一人独倚栏杆远眺江景,传达出僻地幽居的情景"。①

　　明代尚有钱榖(1508—?)②、宋懋晋(生卒年不详)③、赵左(晚明人,生卒年不详)、张学曾(明末清初人)、吴彬(1605—1684)④、盛茂烨(生卒年不详)⑤等创制《江深草阁图》。

　　自宋人掀起第一次杜诗学研究高潮后,明末清初再次出现杜诗学研究高峰,产生了众多影响至今的研究成果。与此相合拍,在绘画领域,亦出现了众多杜甫诗意图,个中包括多幅《江深草阁图》。如傅山(1607—1684)作于清康熙五年(1666)的《江深草阁图》,现藏北京故宫博物院。绫本,水墨,纵 176.5 cm,横 49.8 cm。"此画近景左边为一块耸立的巨石,巨石上长了几丛小树;右边为一跨江小木桥。近景与中景的连接是一段靠着陡峭山崖的小路,路边长有三三两两的杂树;中景是一间面江靠崖的草房,草房边长有杂树;远景为高大灰迷的山峰。"比较现今所见明末清初人所创制的《江深草阁图》,傅山所作,特色尤为明显。并且因其与杜甫"最为接近"的情感体验,与杜甫相通的"情怀",与杜甫有关的诗歌创作、书法创作等,使得他的《江深草阁图》"能贴近杜诗情意"。⑥

　　清代山水画创作一如有明之繁盛,尤其自董其昌倡为"南北宗论","南宗画"的创作异常兴盛。以"四王"为代表的"正统派",直接溯源董其昌,并深而化之,影响有清三百多年。"南北宗"问题亦为近现代人纷讼不止,成为美术学史一大"公案"。

---

　　①　台北"故宫博物院"网(http://www. npm. gov. tw/exh99/wen_boren/ch_02. html)。

　　②　乾隆有《钱榖杜甫诗意图》云:"五月江深草阁时,枏木飒飒引寒飔。"知钱榖所据诗句为"五月江深草阁寒"。故宫博物院编:《清高宗御制诗》(影印本)第八册三集卷五十七,海口:海南出版社,2000 年,第 216 页。

　　③　据殷春梅:《现存有关杜甫的古代书画作品目录》,《杜甫研究学刊》2006 年第 2 期。

　　④　赵、张、吴皆据仇春霞:《四幅杜甫诗意画的文本外解读》,《美术大观》2007 年第 1 期。

　　⑤　据《沈阳故宫博物院院藏文物精粹(绘画卷上)》第 37 幅,辽宁:万卷出版公司,2006 年。

　　⑥　仇春霞:《四幅杜甫诗意画的文本外解读》,《美术大观》2007 年第 1 期。

　　清康熙四年(1665)腊月,"四王"之王时敏(1592—1680)应其外甥董旭咸之属作《仿杜甫诗意图册(十二开)》,每开纵 39 cm,横25.5 cm,今藏北京故宫博物院。其中第八开为"山庄草阁",墨笔,左上角自识:"百年地辟柴门迥,五月江深草阁寒。"并有朱文"烟客"钤印。有学者分析称:"此图因用水墨之笔,明净、高丽,这表明王时敏的心境是恬淡而乐观的。这幅画的用笔有一如既往的轻松、率意,是董巨法与子久法的混用。这种率意因年老之人无所用心的心手为一,不显精致,而得自然。"①从画法上来看,所论尚确,然所谓"这表明王时敏的心境是恬淡而乐观的"或可商榷。清顺治十八年(1661)所发生之"江南奏销案",王时敏亦是受牵连者。此案对其晚年心境之影响颇深,他在《西庐家书》中对其子写道:

　　　　汝兄弟出门后,钱粮征比愈急,人情世事亦愈变愈奇。凡公私内外,巨细诸事,一埠遗我。不但签票追呼无一刻不聒耳捣心,兼因时世穷极,人心日幻。亲友家人之事,种种意外烦恼,纷至叠来,应接不暇。我自朝至暮,写书酬对,舌敝笔秃,日无宁晷。从前书画闲适之趣,尽隔前尘。生年七十五,从未有如此焦灼疲劳者。风烛残年,何以堪此! 迩来形神非故,眠食顿减,恐亦不能久矣。②

　　王时敏在《仿杜甫诗意图册》"跋语"中亦云"顾以肺肠枯涸,俗赖填塞",故由此图看出其心境"恬淡而乐观",似有不确。
　　清初"画中九友"之李流芳(1575—1629)亦有《江深草阁图》。李流芳,字长蘅,一字茂宰,号檀园、香海、古怀堂、沧庵,晚号慎娱居士、六浮道人。歙县(今属安徽)人,侨居嘉定(今属上海)。与唐时升、娄

---

　　①　楚默著:《四王图式研究》,《楚默全集》第 9 卷,上海:上海书店出版社,2014 年,第41 页。
　　②　王时敏:《西庐家书》,《丛书集成续编》第 122 册,上海:上海书店,1994 年,第1031 页。

坚、程嘉燧合称"嘉定四先生"。其山水学吴镇、黄公望。亦工书法，并有绘画理论。其《江深草阁图》乃扇面，曾于北京保利2015年春拍展出，题识："百年地辟柴门迥，五月江深草阁寒。李流芳。"右下角钤朱印"旭庭画记"，左下角铅朱印"朱之赤鉴赏"。整幅画局于右半面，两棵细矮树下有一茅屋，茅屋里简笔勾勒一人，正襟危坐，凝望屋前江水。远处迷茫一片。此图虽题云"五月江深草阁寒"，然与唐寅、文徵明等所画迥异，对杜诗诗意的阐释也较为简单。

清中后期之杜诗学研究虽有所式微，但在绘画领域，杜甫诗意图之创制却不断有继作。吴门翟继昌（1770—1820）曾作有两幅《江深草阁图》。翟继昌，字念祖，一字墨瘿，号琴峰，浙江嘉兴人，居苏州吴门。与其父翟大坤（？—1804）"皆善山水"。翟氏所作，一幅作于1805年，立轴，设色纸本，右上有翟继昌题诗，云："直处深林转处山，烟霞过眼水云宽。少陵诗合文家画，五月江深草阁寒。"款识："以文徵仲笔意写杜少陵句。时嘉庆乙丑十二月廿六日并题，琴峰翟继昌。"此幅香港苏富比2007年春拍以264 000港币成交。翟氏1815年曾作《仿各家山水册》（十二开），分别临仿王维、王诜、赵伯驹、张子正、刘松年、沈周、唐寅、江贯道、王蒙、范宽、马远等唐宋元明十一家笔意。其中第七开为《江深草阁图》，设色，绢本，款识："五月江深草阁寒。仿唐居士本。翟继昌。"两幅图虽前后相距10年，然皆其晚年所作。翟氏晚年主要学吴镇、沈周，故此两幅虽云"仿唐寅、仿文徵明"，实已融化自己之风格。

近世海派名家云集，一时为世人瞩目。其中顾沄（1835—1896）曾作有一幅《江深草阁图》扇面。顾沄，字若波，以字行，后改字浚川，号云壶、壶翁、壶隐、病鹤、颂墨、云壶外史等。江苏吴江人。1895年与吴昌硕（1844—1927）、陆恢（1851—1920）、吴大澂（1835—1902）等结怡园画集，为"怡园七子"之一。其山水融汇四王、吴、恽（所谓"清六家"）诸家之长。顾氏虽为海派名家（海派以人物画闻名），然其山水却溯源四王，又上溯明吴门派，如沈周。2013年上海藏真海派美术馆举办的学院派绘画展上，曾展出一幅顾沄临沈周《秋水草阁图》，由此可见海派之于吴门之学习。

顾氏此幅《江深草阁图》扇面，尺寸为 19 cm×52 cm，正面款识云："五月江深草阁寒。戊寅秋八月，仿王二痴笔法。哲甫仁兄大人大雅之鉴。若波顾沄。"背面为近人严龙文（字心耕，生卒年不详）书论董源画法。款识云："哲甫仁兄大人雅正。心耕严龙文。"扇骨为蔡铣书、画，西泉刊刻。此扇面曾于苏州吴门 2010 年春拍上以 5.6 万元成交。

另"四王"之王鉴（1598—1677）、晚清"海派四杰"之蒲华（1839—1911）、李墅（1843—?）、萧俊贤（1865—1949）、汪琨（1877—1946）等亦有作《江深草阁图》。

近现代画坛，"南北宗"成为时人之共同话题，尤其是"四王"遭到了批判。但不可否认，近现代诸家对吴门、四王的取法痕迹仍很明显。

吴湖帆（1894—1967）为近世海上名家，且有家学渊源。受其先祖吴大澂（1835—1902）影响[1]，故精于书画鉴赏。其与吴徵（1878—1949，字待秋，以字行）、吴子深（1893—1972）、冯超然（1882—1954）号为"海上四大家"（或"三吴一冯"）。

吴湖帆对《江深草阁图》可谓"款款深情"。他曾为唐寅所作《江深草阁图》写题跋，并仿唐寅作多幅《江深草阁图》。其中 1936 年所作款识云："近得唐六如少作此图，有沈石田、吕秉之题和诗，笔法全师李希古，余用其法，略参盛子昭意，不知识者以为何如？丙子春三月，四欧堂作。吴湖帆。"后十年（1946），吴氏又将此作"重加润色"，款识中有一阕《浣溪沙》，云："五月风生小阁寒，去年酬倡倚阑干。几番相对言笑欢。绿草池塘诗意思，黄梅时节雨半酸，落花无奈倍凄然。此帧为余十年前仿唐子畏之作，留笈中，偶检得，夏夜漫兴，重加润色并题，丙戌夏日，吴湖帆。"题词所流露出的凄然之感与杜诗"草阁寒"诗意相得益彰。

此外，又有费树蔚（1883—1935）书、吴湖帆画扇面，书款云："戊

---

① 王伯敏：《中国绘画通史》下册，北京：生活·读书·新知三联书店，2008 年，第 400 页。

辰(1928)三月下浣,宙忱姻兄见过清谈,出此箑索书,即成一律为赠,弟费树蔚。"画款云:"五月江深草阁寒。丙子(1936)春三月,用唐六如、沈石田,略参盛子昭笔法,以为如何? 吴湖帆。"1948年吴氏又仿唐寅作,并请桂馥雅鉴。由此亦可见二人交结。

陆俨少(1909—1993)是杜甫诗意图创作大家,有《杜甫诗意百开册》(先成40开,经吴湖帆"怂恿",续成一百开)。陆氏于众多杜甫诗意图中,亦钟情于《江深草阁图》。仇春霞所论为陆氏作于1962年和1985年,笔者亦搜得1980年及1991年所作两幅①。尤其1991年所作,画面苍远辽阔。正中下有茅屋两间,其间有五六人,相对觥筹;茅屋右面为山石,上有嶙峋古树;茅屋左侧为江水,江上有一叶扁舟,茅屋里亦有人对江而望,暗合"看弄渔舟移白日"诗意;画面后半幅为苍茫的连山,并有云雾缭绕,宛如仙境。左上角为款识。

近现代另有吴徵、冯超然、沙曼翁(1916—2011)、朱梅邨(1911—1993)、卢元蛟(1965—   )等所作《江深草阁图》,兹不赘述。

为明晰《江深草阁图》之历代传衍,特做一统计表:

表4 《江深草阁图》创作统计表②

朝代	序号	作者	具体创作时间	备　注
明代	1	唐　寅	不明	
	2	文徵明	嘉靖二十三年	
	3	文伯仁	不明	
	4	钱　穀	不明	
	5	宋懋晋	不明	宋绘有《杜甫诗意图(十二开)》。
	6	盛茂烨	不明	

---

①　1980年作款识云:"百年地僻柴门迥,五月江深草阁寒。杜陵诗意,庚申冬陆俨少写。"1991年作款识云:"百年地僻柴门迥,五月江深草阁寒。杜陵诗意。辛未(1991)春日八三叟。陆俨少画于岭南之晚晴轩。"

②　按大抵依各家所作之时间先后排序,时间不能确指的以"不明"标示。浅学漏识,恐或有遗漏。

（续表）

朝代	序号	作者	具体创作时间	备　　注
同上	7	赵　左	万历四十三年	
	8	张学曾	不明	扇面。
	9	吴　彬	清代	
清代	10	王时敏	康熙四年	
	11	李流芳	不明	
	12	傅　山	康熙五年	
	13	王　鉴	康熙七年	仿范宽少陵诗意图。
	14	翟继昌	嘉庆九年	以文徵仲笔意写杜少陵句。
	15	蒲　华	同治九年	
	16	顾　沄	光绪四年	扇面。仿王二痴笔法。
	17	萧俊贤	宣统二年	题识："为爱江深草阁闲，倚栏终日坐忘还。个中妙境谁应识，阁下江声阁外山。继珊仁兄大人方家鉴正。弟萧俊贤写文待诏诗意，时庚戌二月。"
	18	李　墅	不明	仿文待诏笔法，为幻泉仁兄大人教之。
	19	汪　琨	不明	
现当代	20	吴湖帆	1936 年	共三幅，分别作于 1936 年、1946 年、1948 年。
	21	冯超然	1939 年	扇面。拟文待诏墨法。
	22	吴　徵	1946 年	
	23	陆俨少	1962 年	共作有四幅，分别作于 1962 年、1980 年、1985 年、1991 年。
	24	沙曼翁	1976 年	
	25	朱梅邨	不明	作有两幅，其中一幅"参文衡山格"。
	26	卢元蛟	不明	

二、《江深草阁图》对杜诗的误解与真解

现如今，"图像"作为一种"媒介"所取得的传播效果已远远超过了文字，"占据人们艺术世界和日常生活的核心地位"，进入了所谓的

"读图时代"。因此，"古代文化典籍在当代的存在方式（包括传播、改编、接受等各种类型）不可避免地受到视觉文化和图像媒介的影响。而在图像传播的规定语境中探讨古典文化的传承，也就成为相关领域研究者很难逃避的历史使命"。① 诗意图作为"图像"的一种，对杜诗的传播曾起到重要作用，但因为加入了诗意图作者的理解和社会背景等方面的影响，加之艺术的想象，难免对杜诗的理解存在偏差。

（一）杜诗诗意分析

"五月江深草阁寒"出自《严公仲夏枉驾草堂，兼携酒馔，得寒字》：

> 竹里行厨洗玉盘，花边立马簇金鞍。非关使者征求急，自识将军礼数宽。
> 百年地僻柴门迥，五月江深草阁寒。看弄渔舟移白日，老农何有罄交欢。

关于此诗之纪年，黄鹤曰："既题云严公，则是宝应元年严未赴召时作。按旧史纪：元年四月庚戌朔十八日丁卯，肃宗崩于长生殿，是月二十日己巳，代宗即位。史云代宗即位召武者，非即位之日也，故五月犹能枉驾草堂。"②自至德元载（756）十二月杜甫入蜀至成都，卜居浣花溪，营建草堂，到永泰元年（765）四月严武死，二人交结频繁，时常诗酒酬唱。广德二年（764）六月，严武还上表荐杜甫为节度参谋、检校工部员外郎，赐绯鱼袋。③ 杜甫屏居草堂，严武为当朝官员，故题中敬称"枉驾"。"得寒字"指示相与觥筹者非严杜二人，另有他人在座，分韵赋诗，杜甫分得"寒"韵。紧接此诗，杜甫又有《严公厅宴同

---

　　① 薛海燕、赵新华：《图像传播时代的中国古典小说传承——以〈红楼梦〉为例》，《中国海洋大学学报》2011年第6期。

　　② 萧涤非主编：《杜甫全集校注》第六卷，第2582页。

　　③ 此处杜甫行迹，依《杜诗详注》所附《杜工部年谱》。（唐）杜甫撰，（清）仇兆鳌注：《杜诗详注》。

咏蜀道画图,得空字》,足见二人往来之频繁。

关于此诗之意旨,浦起龙谓:"要合从前严武投赠、亲造诸律、绝看,便得此诗神理。须知此诗之前,严使之频数久矣,严盖久欲为公养之举。而公犹未许也,今复殷然亲致,因深感其勤而吐露焉。谓此日而又'行厨''立马',躬亲降重,则前此使命征求,非'使者'饰为'急'词,'将军'乃不怒我而觊我,又何'宽'也。夫'柴门''草阁',老狙耕渔,自顾'何有',而'馨尽交欢'若此乎? 神情欣跃,语致纡徐。"①

然我以为理解此诗的关键在尾联,诸家注解中,卢元昌之阐释亦最得杜甫真意。他说:"'老农何有',旧注谓公自言家贫固陋;一说中丞膺节制之尊,何有于老农,亦非。公盖谓老农何有才能,足佐中丞,乃馨交欢如此,即'岂有文章惊海内,漫劳车驾到江干'意。"②杜甫一生心系苍生,渴望"致君尧舜",但赍志以殁,徒恨无穷。入蜀屏居草堂后,幸得严武照顾。此诗写后之秋天,严武即还朝,杜甫也就失去了依靠。故"老农何有馨交欢"道出了杜甫晚年有志难酬的无奈,也隐约吐露了自己的凄然。也正因此,故面对本应澄碧的五月江水,才生发出了"深"彻的"寒"意。心理感应取代视觉效应,更直达人心,不愧为一代诗圣。

(二)《江深草阁图》之误解与真解

1. 误解

纵观诸家《江深草阁图》,有江水、山、树木、草阁、人五种共同元素。虽此图取材"五月江深草阁寒",但并非忽略整首诗的意境,故吴湖帆(1936年作)、陆俨少(1991年作)、汪琨等添加了帆船和渔人的元素,以呼应"看弄渔舟移白日"。画的格局皆分近景、中景和远景三部分。从这首诗题目中得知,应包含多人,但只有陆俨少所作画有六七人。这可谓艺术的创造。

---

① (清)浦起龙著:《读杜心解》,第627页。
② (清)卢元昌撰:《杜诗阐》卷十三。

　　杜诗向以"沉郁顿挫"之风格受人宗尚，其所写亦少欢快，像《闻官军收河南河北》这样的"平生第一首快诗"究竟不多。杜甫晚年"挈妇将雏"入蜀避难，虽蜀中风光无限，但需要自己建屋、种菜才能过活，何谈山水之兴！故历代《江深草阁图》之作者，虽选取了"五月江深草阁寒"这句描写山水的诗句入画，但多数因"性灵"思潮之影响表现出一派闲情逸致，此可谓之对于杜诗的"误解"（尤其是明清诸家，后人则是仿袭）。但此种误解并非有意为之，或受限于作者之思想与杜甫之差异，或限于绘画与作诗之区别，或缘于绘画之需要。不过，这种误解也提示我们对杜诗的理解要立体化、艺术化。将杜甫还原为切实的一个"个人"，而把杜诗作为一种创造出来的文学作品。基于此，便能够理解杜诗并非一味吟讴"支离东北风尘际，漂泊西南天地间"①般的愁苦，就像陶渊明，"除论客所佩服的'悠然见南山'之外，也还有'精卫衔微木，将以填沧海，形天舞干戚，猛志固常在'之类的'金刚怒目'式，在证明着他并非整天整夜的飘飘然"②。诸画家从"五月江深草阁寒"这句诗中读出了"惬意、闲适、性灵"等，进而以南宗画法发挥自己的想象，这不能不说是一种艺术的创造。

2. 真解

　　杜甫曾云："百年歌自苦，未见有知音。"③《江深草阁图》的作者也并非都未能直达杜甫诗心，这其中傅山和蒲华可算其知音。蒲华之《江深草阁图》设色黯淡，所画近景为直挺的树木立于矮坡上，中景为山谷之间的茅屋，远景为陡峭的连山。整个画面毫无生机，仿佛与世隔绝。蒲华一生鬻画度日，尝尽冷暖，于杜甫晚年之凄凉、无奈感同身受，故所画与杜诗深蕴契合。身处明末清初的傅山，"与杜甫的情感体验却最为接近。他雪地行千里为恩师雪冤，与杜甫冒着生命危险疏救房琯相类似；他是位坚定的民族主义者和赤诚的忠明者，这

---

① 杜甫：《咏怀古迹五首》其一，(唐)杜甫撰，(清)仇兆鳌注：《杜诗详注》，第1499页。
② 鲁迅：《题未定草》六，《鲁迅全集》第6卷《且介亭杂文二集》，北京：人民文学出版社，2005年，第436页。
③ 杜甫：《南征》，(唐)杜甫撰，(清)仇兆鳌注：《杜诗详注》，第1950页。

与杜甫'每依北斗望京华'的情怀是相通的"。他"宁愿忍耐贫寒,耕耘度日,自食其力,不愿为求饱暖而钻营投机,随波逐流,苟且偷生"。正是凭借这种相通的情怀,所以他能够深刻理解"五月江深草阁寒",运于丹青,亦画出了"刚直寂寥的意境"。[①]

三、《江深草阁图》创作动因探析

《江深草阁图》受到众画家之青睐,必有其深层原因。现提出以下三点认识:

(一)复古:南宗画风的追尚

由统计表可看出,《江深草阁图》的创作虽不同时,但细加分析,便可发现此间的传衍关系,大致可分三派:

1. 明吴门派及其支流苏松派,皆所谓"南宗":唐寅、沈周、文徵明、文伯仁、钱毂属吴门派;赵左与董其昌为画友,与宋懋晋同学画于宋旭,是为苏松派。

2. 明末清初之"画中九友"至"四王"派:张学曾深受董其昌、王时敏影响,被吴梅村称为"画中九友"。王时敏、王鉴属受清廷重视与肯定的"正统派",加上王翚、王原祁号称"四王"。四王作为正统派山水代表对整个清代及民国画坛都产生了深远的影响。

3. 民国之海派及仿"吴门"或"四王"诸家:蒲华、汪琨皆为近代海派重要画家。翟继昌晚年仿沈周,其所作款识中有云"以文徵仲笔意写杜少陵句";顾沄所作扇面,正面题款有云"仿王二痴笔法",王二痴乃绍继"大四王"的王玖("小四王"之一);李墅所作款识云"仿文待诏笔法";吴湖帆、吴徵及冯超然之山水同以清代"四王"为本,吴湖帆又仿唐寅、沈周;冯超然所画扇面亦题"拟文待诏墨法";陆俨少则出自冯超然门下。

可以说,《江深草阁图》发源于元王蒙等之山水;到明渐成"南宗"

---

① 仇春霞:《四幅杜甫诗意画的文本外解读》,《美术大观》2007年第1期。

诸家所钟爱之题材,故竞相模袭;又经清正统派山水代表"四王"的发展,至民国、现当代,或踵武"四王",或远溯吴门,形成了一条纵贯六百年之久的绘画史。

自董其昌倡言"南北宗"以后,南宗画经明人争创,逐渐独领画坛。清人继承先贤又加以变化,南宗画宗尚贯穿有清三百多年,至民国仍为画坛薪向。故《江深草阁图》的历代创制,南宗山水画技法与风格的学习及模拟是一大原因。

(二) 性灵:闲情逸致之内在驱动

纵观历代《江深草阁图》,我们可以发见其内在驱动力除了上文提到的模拟之风外,主要来源于画家对闲情逸致之追求。文徵明所作草阁图上有首自题诗,云:"为爱江深草阁闲,倚栏终日坐忘还。个中妙境谁应识,阁下江声阁外山。"一个"闲"字将文氏之内在追求行于纸面。王绂曾云:"兴至则神超理得,景物逼肖;兴尽则得意忘象,矜慎不传。亦未尝以供人耳目之玩,为己稻粱之谋也。惟品高故寄托自远,由学富故挥洒不凡,画之足贵,有由然耳。"也曾指出:"一二稿本,家传师授,辗转摹仿,无复性灵。正如小儿学步,专藉提携,才离保姆,立就倾仆矣。"[①]沈周亦曾言:"山水之胜,得之目,寓诸心,而形于笔墨之间者,无非兴而已矣。"[②]生活于晚明的赵左,风雨飘摇的社会并未影响到他的稳定生活,故如他这样的"苏松派",创作上处处显露出闲情逸致。至清康乾时代,"士大夫皆优游风雅,其雍容和平之气象,适与南宗之趣味相投合"[③],故如"四王"之创作,皆一派闲适。

① 王绂撰:《书画传习录论画》,俞剑华编著:《中国古代画论类编》(上),北京:人民美术出版社,1998年,第99—100页。
② 沈周:《石田山水并题卷》,《式古堂书画会考》书画卷二十五,卢辅圣主编:《中国书画全书》第七册,第160页上。
③ 陈师曾:《中国绘画史》,杭州:浙江古籍出版社,2012年,第79页。

（三）情怀：杜甫及其诗歌的感召

杜甫其人其诗在宋代出现第一次宗尚潮流，至明末清初，杜诗所体现出的"诗史"意义及其心忧苍生、心系朝廷之士人情怀给时人以强烈感召，故兴起了第二次"杜诗学"高潮，诸如和杜诗、集杜诗之创作，杜诗之注疏校勘等，杜诗以各种方式迅速传播。而诸画家亦纷纷着墨，竞相创为杜甫诗意图。① 如明末清初之傅山，习杜诗、化用杜诗写诗，创制杜甫诗意图亦顺理成章。② 即如现当代画家，对杜诗亦心有戚戚。陆俨少曾说："我在入蜀前行李中只带一本钱注杜诗，闲时吟咏，眺望巴山蜀水，眼前景物，一经杜公点出，更觉亲切。城春国破，避地怀乡，剑外之好音不至，而东归无日，心抱烦忧，和当年杜公旅蜀情怀无二，因之对于杜诗，耽习尤至。入蜀以后，独吟无侣，每有所作，亦与杜诗为近。"③正是杜诗的这种感召，唤起了诸画家的热爱。

诗意图作为一种诗歌传播的媒介，是历史和文化发展的必然趋势。《江深草阁图》从图像的角度为我们探析杜诗"何以成为经典"、杜甫作为"文化符号"的生成及由这些图像来反观创作者之心境等提供了一个很好的切口，应成为杜诗学研究的一个重要角度。

第二节　金元明人杜甫诗意图题画诗综论

杜甫诗意图的创制最早可推至南唐周文矩（生卒年不详），其绘有《饮中八仙歌》图。④ 近阅冀勤编著《金元明人论杜甫》⑤，发现其中

---

① 可参王晓蓉：《明末清初的杜甫诗意图研究》，上海大学 2010 届硕士学位论文；万德敬：《明清唐诗诗意画的文献辑考与研究》，西北大学 2013 届博士学位论文。

② 傅山于杜甫之会心，可参仇春霞之解读，见《四幅杜甫诗意画的文本外解读》。

③ 《陆俨少自叙》，陆俨少原著，舒士俊选编：《陆俨少论艺》，上海：上海书画出版社，2010 年，第 38 页。

④ 见载于《石渠宝笈》卷六，商务印书馆影印文津阁《四库全书》子部艺术类第 273 册，第 150 页上。

⑤ 冀勤编著：《金元明人论杜甫》，北京：商务印书馆，2014 年。按，是书可谓接续华文轩《古代文学研究资料——杜甫卷》之作。

有多首关于杜甫诗意图的题画诗,迄今尚无人论及。两宋、明末清初及 20 世纪的杜诗学研究已有各种成果,然金元人之杜诗学研究尚不够深入①,近有王燕飞《明代杜诗选录与评点研究》对明代杜诗文献进行了较系统研究,但明人之杜诗学研究多限于明末如钱谦益、朱鹤龄等。故撰此文,一则以杜甫诗意图题画诗来对金元明人杜诗学成就予以评价,期以丰富杜诗学研究史;一则对这些题画诗进行评论,来见出其所蕴含的价值。

一、金元明人所题杜甫诗意图溯源

经笔者统计,《金元明人论杜甫》中共辑有 34 人(金 1 人,元 17 人,明 16 人)围绕杜甫诗意图写作了题画诗(不包括题杜甫肖像之作)。这些题画诗涉及的主题有"醉归图""骑驴图""游春图""寻芳图""行吟图""上谒图""茅屋秋风图""饮泣图""暮云春树图",本文统名之为"杜甫诗意图"。体裁有一首词和两篇文,其余皆为诗,详见下表:

表 5　金元明人杜甫诗意图题画诗统计表

主题	篇数	作者	题目
醉归图	9	李俊民	老杜醉归图二首
		李　庭	李杜醉归图
		刘敏中	少陵醉归图二首
		同　恕	少陵醉归图
		许有壬	杜子美骑驴醉归图
		江　昱	子美醉归浣花图
		胡　奎	子美醉归图

---

① 赫兰国有《辽金元杜诗学》(河南人民出版社,2012 年),对辽金元杜诗学有所研究。

主题	篇数	作者	题目
骑驴图	5	吴师道	跂跨驴觅句图
		周霆震	赞少陵骑驴
		袁士元	记画李杜骑驴图
		王 越	满庭芳题四诗人骑驴图（杜少陵）
		华 爱	杜少陵骑驴小影
游春图	19	程钜夫	少陵春游图
		尹廷高	杜甫游春
		郑允端	杜少陵春游图
		李 祁	题杜甫游春图
		吕 诚	题杜少陵行春图二首
		陆景龙	杜甫游春
		胡 奎	题子美游春图
		胡 奎	题子美游春图
		梁 兰	题画四首（杜甫游春）
		陈敬宗	题杜甫游春小扇面二首
		吴 讷	题四景（杜甫游春）
		陈献章	杜甫游春
		王 佐	杜甫游春图
		黄仲昭	题四景山水图
		王 弼	杜甫游春图
		孙 绪	题画四绝老杜游春
		张 琦	杜甫游春
寻芳图	2	欧阳玄	题子美寻芳图
		陈 琏	杜子美寻芳图为指挥姜仲文赋
行吟图	1	程钜夫	雪中行吟七贤图
上谒图	2	钱惟善	题杜甫麻鞋见天子图
		张 昱	杜甫上谒图

（续表）

主题	篇数	作者	题目
茅屋秋风图	2	李　祁	茅屋秋风图序
		高得旸	题杜子美秋风茅屋图
饮泣图	1	魏　畊	观赵翰林孟頫所画少陵饮泣图引
暮云春树图	1	王　褒	暮云春树图

据陈才智对题画诗涵义的论述，"广义的题画诗，除题在画上的诗外，还包括可以脱开画面独立存在的咏画、论画和赞画诗。早期的'题画诗'大多属于此类"①。上表所列题画诗（文、词），均为陈才智所定义的"广义的题画诗"。这些诗并非像宋以后的画家直接题在画上，而是如李白、杜甫、苏轼、黄庭坚等人一样，"脱开画面"，来"咏画、论画和赞画"。

上表所列杜甫诗意图的创作者除"饮泣图"可确知为赵孟頫作以外，其余皆难以稽考。醉归图应为宋元画家习见的题材，如北宋李公麟的《拥马醉归图》②，元宫廷画家模仿李公麟、马和之而作的《瑶池醉归图》③等。杜甫醉归图的创制迎合潮流，且应有多幅。据李俊民诗云"寻常行处酒债，每日江头醉归""百钱街头酒债，蹇驴醉里风光"④，可推测其所题醉归图的诗意应来源于杜甫的《曲江二首》，其二有云："朝回日日典春衣，每日江头尽醉归。酒债寻常行处有，人生七十古来稀。"⑤

杜甫《饮中八仙歌》写李白"长安市上酒家眠"⑥，据李庭所题诗云"青春锦里花边醉，白日长安市上眠"。故此《李杜醉归图》融合了

---

① 陈才智：《苏轼题画诗述论》，《乐山师范学院学报》2004年第6期。

② 陈瑞农、赵振华：《郑择墓志与李公麟〈拥马醉归图〉》，《东南文化》1997年第1期。

③ 高晓梅：《元〈瑶池醉归图〉卷》，《北方文物》1989年第4期；唐国文等：《宋〈蚕织图〉、元〈瑶池醉归图〉述略》，《大庆社会科学》1993年S1期；靳红曼《瑶池醉归图》，《收藏家》2014年第12期。

④ 冀勤编著：《金元明人论杜甫》，第3页。

⑤ 朱鹤龄辑注，韩成武等点校：《杜工部诗集辑注》卷四，第162页。

⑥ 朱鹤龄辑注，韩成武等点校：《杜工部诗集辑注》卷一，第23页。

《曲江二首》及《饮中八仙歌》诗意,将李杜二人置于一幅图中,来展现二人的神态。

刘敏中诗云"宗武扶醉眠,宗文引赢寒""耽诗不自苦,惟醉乃始忘",同恕诗云"致君尧舜平生事,驴背谁知醉后思",许有壬诗云"时事多忧一醉除",江垕诗云"闲愁到底难驱去,莫遣东风吹酒醒",胡奎诗云"白头乱后得还家",据诗句所用词及主旨,可推测这6首诗所题之图与黄庭坚、赵孟頫所题《杜子美浣花醉归图》当一致。明瞿佑曾评价说:"山谷《题浣花醉归图》云:'中原未得平安报,醉里眉攒万国愁。'能道出少陵心事。赵子昂诗云:'江花江草诗千首,老尽平生用世心。'亦仿佛得之。"①刘敏中等6人的题画诗亦遵循黄、赵的创作取向,其目的乃在于"道出少陵心事"。

骑驴图的取材既缘于杜诗诗意,如"骑驴十三载,旅食京华春"②;"平明跨驴出,未知适谁门"③。后来他做了官,上朝也是骑驴:"东家蹇驴许借我,泥滑不敢骑朝天。"④故取材杜甫"骑驴"诗创作诗意图便很自然。但杜甫骑驴诗意图的创制,更多地表现为一种固定的创作心理因袭以及文化的诉求。"诗人骑驴"体现为诗性的表达、形象的表征及文化特质的彰显。故如李白、孟浩然、李贺、贾岛等诗人都与骑驴有关。因此,宋元画家也顺应这种创作心理和文化的诉求,创制出杜甫骑驴图、李杜骑驴图。

杜甫游春图是元明人所题杜甫诗意图中最多的一类。隋展子虔有《游春图》⑤、唐张萱有《虢国夫人游春图》,可知"游春"是画家比较喜欢的一类题材。元杂剧作家杭州人范子安曾编有"杜甫游春"的杂剧,已佚。元代的古窑址曾出土"杜甫游春"的瓷片。⑥ 可知杜甫游

---

①　冀勤编著:《金元明人论杜甫》,第178页。

②　杜甫:《奉赠韦左丞丈二十二韵》,朱鹤龄辑注,韩成武等点校:《杜工部诗集辑注》卷一,第27页。

③　杜甫:《示从孙济》,朱鹤龄辑注,韩成武等点校:《杜工部诗集辑注》卷一,第41页。

④　杜甫:《逼侧行赠毕四曜》,朱鹤龄辑注,韩成武等点校:《杜工部诗集辑注》卷四,第171页。

⑤　关于展子虔是否作《游春图》,是美术史、学术史上的一个公案。

⑥　张嗣介:《宁都窑址出土元代杂剧图案的瓷器》,《江西历史文物》1982年第1期。

春图是宋元人竞相创制的一类画。从梁兰、吴讷、黄仲昭题诗可知，三人所题杜甫游春图为"四景山水图"中的一幅。尹廷高、郑允端、李祁、吕诚、陆景龙、胡奎、陈敬宗、陈献章、王佐、张琦等10人的题诗有一个共同的"意象"——骑驴，虽很难判定这些人所题为同一图，但我们联系一下杜甫游春图、醉归图、寻芳图、饮泣图，便可发现其中皆有"骑驴"这个意象。

从欧阳玄、陈琏题诗提到的"碧鸡坊""开元年""开元天"，可推测二人所题寻芳图可能为同一图。陈琏诗又有云"黄四娘家花正燃"①，而胡奎《子美醉归图》云"经旬出饮向何处？黄四娘家看好花"②，其《题子美游春图》云"扬鞭指点溪南路，黄四娘家花正娇"③，两相对照，寻芳图与游春图又有共通处。

《雪中行吟七贤图》描绘的应是李白、杜甫与另外的"五贤"在雪中吟诗的场面，将不同年代的七贤置于同一画面，不同的形色中便可见出所隐藏的共同色彩。所谓"风雪茫茫五君子，冻吟犹得望清尘"④，这是程钜夫赋予这幅画的生命。

上谒图当取材于杜甫《述怀》"麻鞋见天子，衣袖见两肘"⑤。天宝十四载十一月，安史之乱爆发。第二年六月，叛军攻陷长安，杜甫携全家加入了流亡队伍。由奉先到白水，再由白水到鄜州。七月，太子李亨在灵武即位，改元至德，是为肃宗。杜甫得知后，便把家小安置在鄜州的羌村，只身去投奔在灵武的肃宗。不幸中途为叛军所俘，被押回了长安。到至德二载三月，杜甫从长安城中逃出，到达肃宗行在凤翔。肃宗为奖他的忠心，授为左拾遗。张昱、钱惟善的题诗也基本是敷衍杜甫诗意。

饮泣图，是形容杜甫流泪很多，极度悲伤。赵孟頫所画。由诗可知此画为一个卖浆的薛公挂于庭壁。画中的杜甫形容枯槁，依然"跨

---

①　冀勤编著：《金元明人论杜甫》，第170页。
②　冀勤编著：《金元明人论杜甫》，第147页。
③　冀勤编著：《金元明人论杜甫》，第148页。
④　冀勤编著：《金元明人论杜甫》，第79页。
⑤　朱鹤龄辑注，韩成武等点校：《杜工部诗集辑注》卷三，第128页。

白驴"。诗歌最后四句云:"清明上巳花满江,慎勿以此挂高堂。恐有天涯憔悴客,抚时慷慨沾衣裳。"①可见赵孟頫此画的手法形象、逼真、传神。

茅屋秋风图和暮云春树图分别取材于杜甫的《茅屋为秋风所破歌》和《春日忆李白》的"渭北春天树,江东日暮云"②。图依杜诗诗意,题诗基于图画,实际亦是对杜诗的衍意。

杜甫诗意图是基于杜诗的一种创作,以图像的形式对杜诗的传播起到了积极的作用。而就杜甫诗意图来题诗,不仅体现出题诗者的艺术解读,也体现出图、诗相互印证的意味。

二、杜甫诗意图题画诗的艺术分析

金元明三代诗歌的水平虽难与唐诗、宋诗相轩轾,但34人纷纷就杜甫诗意图写作题画诗,这本身就充满了特殊的意味。纵观这39首题画诗、1首词、2篇序跋,我们会发现其在艺术性上具有一些共性。

(一) 对杜诗的化用

宋人学杜甫,喜欢化用杜诗,如苏轼、黄庭坚等。金元明人杜甫诗意图题画诗的第一个艺术共性也是喜欢化用杜诗。这固然是因为诗意图是对杜诗的敷衍,化用杜诗写作题画诗是对诗意图的直接阐释,其实也体现出金元明人的诗艺水平。

表6 金元明人杜甫诗意图题诗化用杜诗对比

作者	题目	诗句	杜甫原句
李俊民	老杜醉归图二首	寻常行处酒债	《曲江二首》其二:酒债寻常行处有。
		每日江头醉归	《曲江对酒》:苑外江头坐不归。

① 冀勤编著:《金元明人论杜甫》,第779页。
② 朱鹤龄辑注,韩成武等点校:《杜工部诗集辑注》卷一,第35页。

（续表）

作者	题目	诗句	杜甫原句
同　恕	少陵醉归图	致君尧舜平生事	《可叹》：致君尧舜肯肯朽。《奉赠韦左丞丈二十二韵》：致君尧舜上，再使风俗淳。
许有壬	杜子美骑驴醉归图	田翁招饮不烦沽	《遭田父泥饮美严中丞》：田翁逼社日，邀我尝春酒。
江　昱	子美醉归浣花图	四松万竹感深情	《草堂》：入门四松在，步履万竹疏。
胡　奎	子美醉归图	黄四娘家看好花	《江畔独步寻花七绝句》其六：黄四娘家花满蹊。
郑允端	杜少陵春游图	典衣买酒出城西	《曲江二首》其二：朝回日日典春衣。
		黄四娘家花满蹊	《江畔独步寻花七绝句》其六：黄四娘家花满蹊。
吕　诚	题杜少陵行春图二首	韦曲家家政恼人	《奉陪郑驸马韦曲二首》：韦曲花无赖，家家恼杀人。
胡　奎	题子美游春图	黄四娘家花正娇	《江畔独步寻花七绝句》其六：黄四娘家花满蹊。
	题子美游春图	日醉田家老瓦盆	《少年行二首》：莫笑田家老瓦盆，自从盛酒长儿孙。
		也胜朝扣富儿门	《奉赠韦左丞丈二十二韵》：朝扣富儿门，暮随肥马尘。
王　佐	杜甫游春图	曲江宫殿画沉沉，细柳新蒲伤客心。	《哀江头》：江头宫殿锁千门，细柳新蒲为谁绿。
王　弼	杜甫游春图	近前辄怕相臣嗔	《丽人行》：慎莫近前丞相嗔。
张　琦	杜甫游春	骑驴三十年	《奉赠韦左丞丈二十二韵》：骑驴三十载，旅食京华春。
陈　琏	杜子美寻芳图为指挥姜仲文赋	黄四娘家花正燃	《江畔独步寻花七绝句》其六：黄四娘家花满蹊。
程钜夫	雪中行吟七贤图	子美逢时稷契臣	《自京赴奉先县咏怀五百字》：许身一何愚，窃比稷与契。
钱惟善	题杜甫麻鞋见天子图	十年弟妹各殊方	《月夜忆舍弟》：有弟皆分散。
			《乾元中寓居同谷县作歌七首》：有弟有弟在远方。
			《五盘》：故乡有弟妹，流落随丘墟。

（续表）

作者	题目	诗句	杜甫原句
同上	同上	同上	《遣兴》：干戈犹未定，弟妹各何之。
			《九日》弟妹萧条各何在。
高得旸	题杜子美秋风茅屋图	秋风卷茅乱交加	《茅屋为秋风所破歌》：八月秋高风怒号，卷我屋上三重茅。
		天阴漠漠云堆墨	俄顷风定云墨色，秋天漠漠向昏黑。
		屋漏床床雨似麻	床头屋漏无干处，雨脚如麻未断绝。
		长夜少眠无限意	自经丧乱少睡眠，长夜沾湿何由彻。
		独怜广厦千间意	安得广厦千万间，大庇天下寒士俱欢颜。

由上表可看出，对杜诗的化用有些是直接将杜诗原句用于自己诗中，如"朝扣富儿门"；有些是对一句杜诗的化用，大部分是对二句杜诗的化用。

（二）对杜甫相关典故的化用

1. 杜甫醉登严武床

杜甫是否醉登严武床，表现出对严武的不尊敬？洪迈在《容斋续笔》中有所考辨：

《新唐书·严武传》云：房琯以故宰相为巡内刺史，武慢倨不为礼。最厚杜甫，然欲杀甫数矣。李白《蜀道难》，为房、杜危之也。甫传云：甫尝醉登武床，瞪视曰："严挺之乃有此儿。"武衔之。一日，欲杀甫，冠钩于帘者三。左右白其母，奔救得止。《旧史》但云：甫性褊躁，尝凭醉登武床，斥其父名，武不以为忤。初无欲杀之说，盖唐小说所载，而《新书》信以为然。按太白《蜀道难》，本讥章仇兼琼，前人尝论之矣。子美集中诗，凡为武者几三十篇。《送还朝》曰："江村独归处，寂寞养残生。"《喜再镇》曰："得归茅屋赴成都，真为文翁再剖符。"此犹武在时语。至《哭归榇》云："一哀三峡暮，遗后见君情。"《八哀》诗云："空余老宾客，身上愧簪缨。"若果有欲杀之怨。不应眷眷如此。好事者但以武诗有"莫倚善题《鹦鹉赋》"之句，故用证前说，引黄祖杀祢衡为喻，是殆痴人面前，不得说梦也。武肯以黄祖自比乎？①

故王嗣奭解杜甫《奉观严郑公厅事岷山沱江画图十韵得忘字》之题曰："题加奉观，致敬严公至此，安得有登床笑傲之失乎。"②李俊民《老杜醉归图二首》云："莫傍郑公门去，恐犹恨在登床。"③坐实了杜甫曾醉登严武床，这于情实是不相符的。

2. 李杜相逢饭颗山

李白与杜甫是唐诗史上的"双子星座"，二人曾同游齐鲁。"醉眠秋共被，携手日同行"④，故杜甫有 15 首怀赠李白之作。围绕二人之交谊也是后人乐道之话题。《本事诗·高逸第三》中载有一首李白《戏赠杜甫》诗：

> 饭颗山头逢杜甫，顶戴笠子日卓午。借问别来太瘦生，总为从前作诗苦。⑤

这首诗也见于五代王定保《唐摭言》、宋计有功《唐诗纪事》、清《全唐诗》（卷 185）。《旧唐书》（卷一百九十下《文苑列传下》"杜甫"）袭《本事诗》之说，谓李白嘲笑杜甫作诗刻板、拘守格律。但洪迈对此诗的真实性提出了质疑，《容斋随笔》载：

> 李太白、杜子美，在布衣时同游梁、宋，为诗酒会心之友。以杜集考之，其称太白及怀赠之作，凡十四五篇。至于太白与子美

---

① 《杜诗详注》卷十引《续笔》，(唐)杜甫著，(清)仇兆鳌注：《杜诗详注》，北京：中华书局，1979年(1999年重印)，第886页。

② 《杜诗详注》卷十四引《杜臆》，(唐)杜甫著，(清)仇兆鳌注：《杜诗详注》，第1186页。

③ 冀勤编著：《金元明人论杜甫》，第3页。

④ 朱鹤龄辑注，韩成武等点校：《杜工部诗集辑注》卷一，第16页。

⑤ 孟棨：《本事诗》，王云五主编：《丛书集成初编》第2546册，商务印书馆，1935—1937年，第9页。

诗,略不可见。盖杜自谏省出为华州司功,迤逦入蜀,未尝复至东州也。所谓饭颗山带头之嘲,亦好事者所撰耳。①

从金元明人的题画诗可看出,他们不仅认为李杜有饭颗山之逢,如袁士元《记画李杜骑驴图》:"不是相逢饭颗山,春游应共醉长安。"②王褒《暮云春树图》云:"唐兴三百余年,……独杜少陵、李太白之为友,片言细行,传诵至今。……故李之于杜也,若沙丘城之奇,尧祠亭之宴,饭颗山之逢。"③认为杜甫曾到过饭颗山,如鲜于必仁《折桂令·杜拾遗》:"饭颗山头,锦官城外,典尽春衣。"④也坐实了杜甫作诗带有"饭颗山"的性质,如柳贯《题松雪翁画杜陵小像》:"一代诗材饭颗山,国风雅颂可追还。"⑤

3. 一篇长拜杜鹃诗

杜甫共作有四首杜鹃诗,其中《子规》为自伤之作,《杜鹃行》(古时杜宇称望帝),"咏杜宇,以破从来望帝之说"⑥;《杜鹃》(西川有杜鹃)为"讥世之不修臣节者"⑦;《杜鹃行》(君不见昔日蜀天子)则为李辅国劫迁唐玄宗,感其失位而作,此亦为元明人题画诗所本。卢元昌解《杜鹃行》(君不见昔日蜀天子)曰:

上皇自蜀归,居兴庆宫,谓之南内。上元二年七月,李辅国矫制,迁上皇于西内。诗中"化为杜鹃似老乌",喻上皇昔为天

---

① 《杜诗详注》卷一引《容斋随笔》,(唐)杜甫著,(清)仇兆鳌注:《杜诗详注》,第51页。按,今人郭沫若、安旗、郁贤皓等考证"戏赠"诗确为李白作。安旗据版本考证"饭颗山头逢杜甫"应为"长乐坡前逢杜甫"。王辉斌指出"饭颗山或乃州之小地名"(《李白求是录》)。可参安旗:《长乐坡前逢杜甫——天宝十二载李杜重逢于长安说》,《北京社会科学》2001年第2期。

② 冀勤编著:《金元明人论杜甫》,第115页。

③ 冀勤编著:《金元明人论杜甫》,第145—146页。

④ 冀勤编著:《金元明人论杜甫》,第116页。

⑤ 冀勤编著:《金元明人论杜甫》,第90页。

⑥ 杜甫著,仇兆鳌注:《杜诗详注》,第752页。

⑦ 《杜诗详注》引赵次公注,(唐)杜甫著,(清)仇兆鳌注:《杜诗详注》,第1251页。

子,今老而逊位也。"虽同君臣有旧礼",谓当时上皇虽居南内,
父老过者,往往瞻拜,呼万岁。尝召郭英乂等上楼赐宴,有剑南
奏事官过楼下,辄拜舞。是君臣旧礼未尝废页。彼辅国于上皇,
亦有君臣之义。今谋为叵测,离间上皇父子,致使夹城起居,肃
宗不复致问。至迁居西内,如杜鹃寄巢他所,又窜身深树中也。
当上皇为辅国所逼,谓高力士曰:我儿为辅国误,不得终孝养矣。
此即发愤号呼之谓与!上皇昔为天子,今成羁孤。羁孤不已,至
于窜伏。向时满眼骨肉,如如仙媛安置矣,玉真公主出矣。至陈
玄礼、高力士,皆不得留。所留侍卫兵,才尫羸数人。所谓当殿
群臣趋者,安在?曰岂忆,伤痛之至也。托之杜鹃者,上皇曾幸
蜀。唐人诗每以蜀王例之。①

元明人则化用杜甫感寓明皇失位的杜鹃诗的典故,如张昱《杜
甫上谒图》:"出当天宝艰难日,归拜拾遗行在时。入蜀还秦底心
性,一篇长拜杜鹃诗。"②再如欧阳玄《题子美寻芳图》:眉尖不着杜鹃
恨,壶中风月开元天。谢应芳《题杜拾遗像》:"七歌同谷里,再拜杜
鹃前。"③

(三) 对杜甫形象的确认和推衍

杜甫的形象由其本人的诗歌进行了自我描绘,又经元稹、黄庭
坚、秦观等人的建构和确认,于是一个"诗圣"形象深入人心,为后人
所景仰。金元明的题画诗本身就是对杜甫的一种学习,其诗歌完成
了对杜甫形象的确认与推衍。

1. 杜甫的"诗圣"形象

杜甫一生心怀天下,忧心朝廷,心系苍生,故铸就了他诗中圣哲
的形象。金元明人题画诗也着眼于杜甫的诗圣形象,表达自己对杜

---

① 哈佛燕京图书馆藏康熙壬戌刻本《杜诗阐》卷十一。
② 冀勤编著:《金元明人论杜甫》,第125页。
③ 冀勤编著:《金元明人论杜甫》,第111页。

甫的敬仰。如程钜夫《雪中行吟七贤图》"子美逢时稷契臣"[1]；同恕《少陵醉归图》"致君尧舜平生事"[2]；许有壬《杜子美骑驴醉归图》"田翁招饮不烦沽，时事多忧一醉除。天子乘骡蜀山险，浣花溪上分骑驴"[3]；吴师道《跛跨驴觅句图》"杜岿然诗祖，忠不忘君，不可尚已"[4]；钱惟善《题杜甫麻鞋见天子图》"中兴百战洗兵甲，万里一身愁虎狼"[5]；周霆震《赞少陵骑驴》"泪堕中原天万里"[6]；李祁《茅屋秋风图序》"余观少陵……未尝不念王室之靡宁，忧皇纲之未正，感生民之涂炭，哀世路之荆棘，此其忠诚恳恻"[7]；王佐《杜甫游春图》"曲江宫殿画沉沉，细柳新蒲伤客心。天宝拾遗情思苦，蹇驴驼醉不胜吟"[8]。金元明人对杜甫诗圣形象的确认，即是对杜甫本人的敬仰，其创作趋向与手法，可以说是对王安石"吟哦当此时，不废朝廷忧。常愿天子圣，大臣各伊周。宁令吾庐独破受冻死，不忍四海赤子寒飕飕"[9]、黄庭坚"中原未得平安报，醉里眉攒万国愁"[10]、赵孟頫"江花江草诗千首，老尽平生用世心"[11]等的继承。对杜甫诗圣形象的吟哦，隐然成了咏叹杜甫的"集体无意识"。

2. 杜甫的"悠闲""苦吟"形象

"灞桥与风雪、驴背所营造的诗歌创作情境，一方面契合了'诗穷而工'和'江山助诗思'的传统作诗经验，另一方面又溢出单纯的'诗思'范畴成为一种对诗人身份的认同，传达出主体渴望远离尘

---

① 冀勤编著:《金元明人论杜甫》,第 79 页。

② 冀勤编著:《金元明人论杜甫》,第 83 页。

③ 冀勤编著:《金元明人论杜甫》,第 93 页。

④ 冀勤编著:《金元明人论杜甫》,第 94 页。

⑤ 冀勤编著:《金元明人论杜甫》,第 107 页。

⑥ 冀勤编著:《金元明人论杜甫》,第 111 页。

⑦ 冀勤编著:《金元明人论杜甫》,第 114 页。

⑧ 冀勤编著:《金元明人论杜甫》,第 193 页。

⑨ 王安石:《杜甫画像》,(宋)王安石著,(宋)李壁笺注,高克勤点校:《王荆文公诗笺注》卷十三,上海:上海古籍出版社,2010 年,第 315—316 页。

⑩ 黄庭坚:《老杜浣花溪图引》,黄宝华撰:《黄庭坚诗词文选评》,上海:上海古籍出版社,2018 年,第 180 页。

⑪ 冀勤编著:《金元明人论杜甫》,第 73 页。

俗纷扰、坚守生命本真的志趣追求,因而成为宋元人吟咏不辍的诗思范式。"①蹇驴与诗人的搭配题材,也向为画家青睐。吴师道《跋跨驴觅句图》云:"驴以蹇称,乘肥者鄙之,特于诗人宜。甫旅京华,白游华阴,岛冲尹节,孟浩然、郑綮傲兀风雪中,皆画图物色也。"②由此,我们看到,金元明人将杜甫与蹇驴联系起来,歌咏其远离尘俗的悠闲形象,也确认其"苦吟"形象。如尹廷高《杜甫游春》云"矍哉驴上一吟翁"③;李祁《题杜甫游春图》云"草屋客欹枕,茅亭可振衣。如何驴背客,日晏尚忘归"④;胡奎《题子美游春图》云"拾遗归隐浣花邨,日醉田家老瓦盆。满眼好山驴背稳,也胜朝扣富儿门"⑤;陈献章《杜甫游春》云"碧柳黄鹂三月画,江湖风雨万篇诗。花前浊酒不得醉,驴背春风空自吹"⑥等。这些诗中的杜甫归隐浣花村,春光旖旎,骑驴游春,悠闲地欣赏着春花春草,当风吟诗,饮酒沉醉,天晚了都忘了归家,看不出半点对"中原尚干戈"的忧虑,这种生活真的要比"朝扣富儿门,暮随肥马尘"的日子"胜"好多。可事实上,杜甫晚年虽归隐成都,修草堂,种花草,但其实内心并不平静。虽不乏《江畔独步寻花》这样的清新小诗,但更多的还是对天下的忧虑。

　　杜甫苦吟的形象从上面李白的戏赠诗中即可窥见,但其实这是李白对杜甫诗歌语言技艺的肯定。杜甫本人对诗歌的语言技艺是有要求的,他曾自言:"为人性僻耽佳句,语不惊人死不休"⑦"陶冶性灵存底物,新诗改罢自长吟"⑧。他品评其他诗人的诗时也注重其语言

①　尚永亮、刘晓:《"灞桥风雪驴子背"——一个经典意象的多元嬗变与诗、画解读》,《文艺研究》2017年第1期。

②　冀勤编著:《金元明人论杜甫》,第94页。

③　冀勤编著:《金元明人论杜甫》,第80页。

④　冀勤编著:《金元明人论杜甫》,第113页。

⑤　冀勤编著:《金元明人论杜甫》,第148页。

⑥　冀勤编著:《金元明人论杜甫》,第190页。

⑦　杜甫:《江上值水如海势聊短述》,(唐)杜甫著,(清)仇兆鳌整注:《杜诗详注》,第810页。

⑧　杜甫:《解闷十二首》其七,(唐)杜甫著,(清)仇兆鳌整注:《杜诗详注》,第1515页。

上的特点,如他评王维诗:"最传秀句寰区满,未绝风流相国能。"①评孟浩然诗:"复忆襄阳孟浩然,清诗句句尽堪传。"②评李白诗:"李侯有佳句,往往似阴铿。"③评严武诗:"新诗句句好,应任老夫传。"④评岑参诗:"故人得佳句,独赠白头翁。"⑤等等。元明人的题画诗继承了"驴背诗思"的创作传统,加上杜诗所显现出的"穷而后工"特色,故对杜甫"苦吟"的形象进行了推衍。如吕诚《题杜少陵行春图二首》"日斜驴背上,白发似诗多"⑥;陈敬宗《题杜甫游春小扇面》"杜陵诗思涌流泉,星斗蟠胸锦绣缠。想像当年驴背上,不知吟就几多篇。"⑦

三、金元明人杜诗学的诗意表达

金代未产生杜诗注解之作,元有虞集的《虞邵庵分类杜诗注》《杜工部七言律诗注》,赵汸的《杜律五言赵注句解》,明有单复的《杜律单注》,谢省的《杜律长古注解》,邵宝的《邵二泉先生分类集注杜诗注解全集》,张綖的《杜工部诗通》,顾廷榤的《杜律意笺》,郝敬的《批选杜工部诗》(明后期不计)等,但都无太大影响。因此,即使杜诗学研究者也少有论及。

但宋以下之人皆视杜甫为学习的楷模和敬仰的对象,因此,注杜这件事不易完成,于是他们选择了一种擅长、简单又富有诗意的表达——题画诗。他们以诗论画,以诗赞人,如"论诗绝句"的创作风尚,与杜甫、杜诗实现了诗与诗的对话,心与心的沟通。

杜诗的传播、杜甫形象的演绎有多种方式,而杜甫诗意图是一种

①　杜甫:《解闷十二首》其八,(唐)杜甫著,(清)仇兆鳌注:《杜诗详注》,第1516页。

②　杜甫:《解闷十二首》其六,(唐)杜甫著,(清)仇兆鳌注:《杜诗详注》,第1514页。

③　杜甫:《与李十二白同寻范十隐居》,(唐)杜甫著,(清)仇兆鳌注:《杜诗详注》,第45页。

④　杜甫:《奉赠严八阁老》,(唐)杜甫著,(清)仇兆鳌注:《杜诗详注》,第379页。

⑤　杜甫:《奉答岑参补阙见赠》,(唐)杜甫著,(清)仇兆鳌注:《杜诗详注》,第453页。

⑥　冀勤编著:《金元明人论杜甫》,第117页。

⑦　冀勤编著:《金元明人论杜甫》,第166页。

特殊的方式,围绕这些诗意图的题诗就更加有趣。在这种体裁的创作中,"诗歌"的技术要求退归了其次,重要的是要对诗意图予以评价,将诗意图所隐含的深意表达出来。但纵观金元明人的杜甫诗意图题画诗,我们发现,这些诗人似乎忘记了对诗意图作为"图画"性质的品评,我们看不出他们对这些诗意图设色、结构、线条等关乎图画的技艺品评,而仅仅就杜甫、杜诗发表自己的看法。他们的题诗在技艺上趋向为对杜诗的化用,在主旨上则表现为对前人已经树立的杜甫形象的确认和推衍。金元明人还有对杜甫肖像的题诗,如柳贯《题松雪翁画杜陵小像》、许有壬《杜子美像》、谢应芳《题杜拾遗像》、刘松《题杜草堂戴笠小像》、释仁发《题太白少陵像二首》、蒋灿《题杜少陵像二首》等,这些也是题画诗,与上面所论述的杜甫诗意图题画诗一致,一齐推动了杜甫形象、杜诗的传播。

第三节　"遗照自辉光":杜甫的画像及画像题诗

　　杜甫(712—770)是我国古典诗歌史上最伟大的诗人之一,被后人尊为"诗圣",鲁迅先生称他为"中华民族的脊梁",闻一多先生将他与李白并称为"诗中的两曜",郭沫若先生称二人为"双子星座"。杜甫及其诗歌在他生活的盛唐后期、中唐前期并未得到广泛接受,直到宋代才迎来了接受高潮,曾出现过"千家注杜"的盛况。宋代而后的杜诗接受愈加细密、深入和广泛,以至于成为一门专学——"杜诗学"。直到今天,不仅中国人在阅读、研究杜甫及其诗歌,世界上也有很多汉学家把杜甫作为其重要的研究对象。2020 年 4 月,英国广播公司(BBC)还隆重推出了最新纪录片《杜甫:中国最伟大的诗人》,一时成为热点。所以,杜甫是中国的,更是世界的。
　　在漫长的杜甫及其诗歌接受史上,杜甫的画像以及围绕这些画像的题诗虽已有研究者注意并撰文,但还有待深入。本文对历代杜甫画像及画像题诗的创制作一纵向的素描(尚不包括以杜诗为主题创作的诗意图），以期加深我们对"诗圣"杜甫的形象了解、对杜诗内质的进一步认识。

一、杜甫画像的分类

笔者将历代杜甫画像分为两种：一种是"像传"类的画像，好比今天的个人形象照；另一种是以杜诗为主题而演绎出的"诗意图"类画像。但不管哪类画像，都体现出人物画"传神"的创作规制及审美追求。

像传类的杜甫画像创自宋代，今台北"故宫博物院"藏有南薰殿本《杜甫像》（绢本、纸本），北京故宫博物院有藏元代佚名绘《杜甫像轴》，明弘治十一年（1498）所刊《历代古人像赞》有载《杜甫像》，清上官周《晚笑堂画传》有载《杜甫像》，成都杜工部祠内有清张骏所摹南薰殿本《诗圣杜拾遗像》，清顾沅辑《古圣贤像传略》所载《杜拾遗像》等。金、元、明人有很多杜甫画像题诗，其中可知有赵孟頫画《杜甫像》，其余均无主名。这类杜甫画像或全身，或半身，或仅头部；有的戴斗笠，有的戴头冠；还有的是刻石，皆比较直观地描摹出杜甫的相貌。直到今天，"像传"类著作仍是人物研究的一种方法。

诗意图类的杜甫画像。首先要有"杜甫"这个人物在画内，其次是画像的其他组成部分又涵盖杜诗的某些内容。这类画像较像传类创作较多，亦自宋至今，绵延不辍。宋代如黄庭坚所作《老杜浣花溪图引》，这里的《老杜浣花溪图》便是诗意图类的杜甫画像。

金、元、明、清人创作的诗意图类杜甫画像，涵盖的杜诗内容越来越多，也自然赋予了杜甫多面形象。据笔者统计，金、元、明、清人所创制的此类杜甫画像包括："老杜醉归图""少陵骑驴图""杜甫游春图""子美寻芳图""杜甫麻鞋见天子图""杜甫上谒图""少陵饮泣图"等。这其中，亦只有"少陵饮泣图"可知为赵孟頫所画，其余亦均无主名。

今北京故宫博物院藏有一卷纸本墨笔《古贤诗意图卷》，上有明金琮所书诗歌，杜堇画像。其中画卷最后一部分为杜甫《舟中夜雪有怀卢十四侍御弟》,画中树枝掩映下露半只船,船舱内仅一人,戴头巾,注目前方,即为杜甫。但若非有杜诗在前,其实不能认定此为杜甫画像。

晚清民初以来,凭借画家自身的修养及对杜甫形象的认识而创作的诗意图类杜甫画像也很多,最著名的当数蒋兆和所画《杜甫像》,这已经被当代语文教科书选入,作为杜甫形象定型下来,且深入人心。其他如黄永厚、王秉彝、姚有多、王子武、范曾等,都有杜甫画像的创制。

总之,杜甫画像体现出"图以载古人形象也明矣"[①],而展现画主形象的同时,除去画法的表层技艺外,也潜隐着作画者本人的精神寄托与理想表达。

二、杜甫画像题诗的创制

伴随杜甫画像的创制,也出现了有关杜甫画像的题诗。杜甫画像题诗亦可分为两类:一类是以杜甫画像为题材进行诗歌写作,创作原理与杜甫本人所作的题画诗一样;一类是直接题写在杜甫画像上,含有"题款"的性质。

第一类的题诗数量较多。据衣若芬教授统计,宋人题咏杜甫画像诗作凡二十五题,二十六首。其中为今人熟知的如欧阳修《堂中画像探题得杜子美》、王安石《杜甫画像》、黄庭坚《老杜浣花溪图引》、杨蟠《观子美画像》、林敏功《书吴熙老醉杜甫像》、王安中《次秦夷行观老杜画像韵》、陆游《题少陵画图像》等。金元明人的杜甫画像题诗,经笔者查阅有柳贯《题松雪翁画杜陵小像》、许有壬《杜子美像》、谢应芳《题杜拾遗像》、刘松《题杜草堂戴笠小像》、释仁发《题太白少陵像二首》、蒋灿《题杜少陵像二首》等。而上面提到的金元明人所作诗意图类杜甫画像,据不完全统计,相关题诗便超过 40 首,作者有李俊

---

① 《历代古人像赞序》,郑振铎编:《中国古代版画丛刊(一编)》第一册,上海:上海古籍出版社,1988 年。

民、李庭、刘敏中、许有壬、程钜夫、陈献章、钱惟善等多人。清代如王士禛、朱彝尊、沈德潜、翁方纲、舒位、王闿运等，亦均有杜甫画像题诗。

　　直接题写在杜甫画像上的诗比较少，而且有些还不是自作，如范曾《杜工赞》上的题诗乃杜甫所作《偶题》；蒋兆和《杜甫像》上的题诗虽是自作，但仅有六句。

三、杜甫画像及题诗对杜甫形象的传播

　　长期以来，杜甫形象的确立与传播，多依赖史传、碑铭的描摹，更主要的是通过阐释杜诗所写内容和表达的思想来形塑杜甫。所以，不管是古代的黄鹤、仇兆鳌等人所作"杜甫年谱"，还是冯至、陈贻焮、莫砺锋、洪业等学者所撰"杜甫传记"，其实都可谓之"诗谱"（清浦起龙便编有"少陵编年诗目谱"）或"杜甫诗传"。这提示我们，应该将杜甫画像及相关题诗纳入杜诗学研究视野，作为反观杜甫形象及杜诗传播与接受的一面镜子。

　　杜甫常感叹说："骑驴十三载，旅食京华春。"（《奉赠韦左丞丈二十二韵》）一生"支离东北""漂泊西南"，经常挨饿受冻，所以，他的诗呈现给世人的形象应该是瘦骨嶙峋、满脸愁苦的，但台北"故宫博物院"所藏南薰殿本《杜甫像》（绢本）以及《历代古人像赞》中的《杜甫像》却都是四方脸、大脸盘，十分丰满。因此，参观过南薰殿库房的何刚德写诗表示惊吓："嘴饱场中一达官，肌丰须黑面团团。"[1]

　　现代人所画杜甫像则均符合杜诗所写，如蒋兆和的《杜甫像》。这幅像的创作原型乃蒋兆和本人。画面设色明暗适宜，凸显沧桑；除面部外，大体勾勒，留有古人画的遗神；面部则精雕细琢，眼角和嘴角均下垂，显出杜甫的不快，而忧郁的眼神则显出了杜甫的孤寂；其用力处，更在杜甫眉毛的雕凿，若从眼角和嘴角而类推，杜甫的眉毛也应低垂，但蒋先生则让杜甫的眉毛笔挺，透露出其不屈于世的傲骨。尤其蒋兆和自作六句题诗，与画融合无间，诗云："丹青不知老将至，

---

　　[1]　黄爱武、林光：《杜甫画像审美流变举要》，《黄冈师范学院学报》2013年第1期。

富贵于我如浮云。千载岂知逢新世，万民欢唱大同时。我与少陵情殊异，提笔如何画愁眉。"

杜甫画像题诗则为我们探讨杜诗的传播与接受，以及杜甫形象的传播提供了非常生动的载体。自宋人欧阳修等人所作杜甫画像题诗开始，便为这类诗歌奠定了一些基本作法与固定的情绪表达模式，且较为稳定地传衍了下去。

首先在内容上，基本都包含对杜诗成就的评价，表达对杜甫人格的敬仰。如王安石的《杜甫画像》：

> 吾观少陵诗，谓与元气侔。力能排天斡九地，壮颜毅色不可求。浩荡八极中，生物岂不稠。丑妍巨细千万殊，竟莫见以何雕锼。惜哉命之穷，颠倒不见收。青衫老更斥，饿走半九州。瘦妻僵前子仆后，攘攘盗贼森戈矛。吟哦当此时，不废朝廷忧。常愿天子圣，大臣各伊周。宁令吾庐独破受冻死，不忍四海赤子寒飕飕。伤屯悼屈止一身，嗟时之人我所羞。所以见公像，再拜涕泗流。推公之心古亦少，愿起公死从之游。①

从开篇到"竟莫见以何雕锼"，是对杜甫诗歌艺术的评价；从"惜哉命之穷"到"攘攘盗贼森戈矛"，是对杜甫一生遭遇的简单概括，表达了同情；从"吟哦当此时"到"嗟时之人我所羞"，则表达了对杜甫人格的敬仰；最后四句才呼应诗题，进一步直接抒发自己对杜甫的崇敬。

从这首画像题诗里，我们看到了一个饱经风霜、沉沦下僚、瘦骨嶙峋、凄惨无比的杜甫，一个"身处江湖，心存魏阙""致君尧舜、窃比稷契"的杜甫，也看到了一个再拜垂涕、甘愿"从之游"的王安石。周锡馥先生注王安石诗，认为这首诗大概作于王安石任舒州通判时，皇祐三年和四年之间（1051—1052），推断理由是此时王安石写了《老杜诗后集序》。任舒州通判时，王安石才31岁，这是他继淮南节度判

---

① （宋）王安石著，（宋）李壁笺注，高克勤点校：《王荆文公诗笺注》卷十三，第315—316页。

官、鄞县县令之后的第三任官职,距其进京给仁宗皇帝上万言书,尚隔8年。王安石仕途的前三任地方官都兢兢业业,而我们从这首《杜甫画像》诗里也能体会到他"穷年忧黎元,叹息肠内热"般的心怀天下。诚如清人蔡上翔所谓:"少陵处盗贼干戈流离之际,而不忘忠君爱民,宜为后人所钦慕。若介甫身登仕籍,无不以爱民为心,自任以天下之重,终身未之有渝。"①这是少陵人格精神的嗣响。

其次在诗歌技艺上,一般会化用或径直挪用杜诗,会把杜甫、杜诗作为"典故"运用到题诗当中。这也发源于欧阳修、王安石等人的题诗传统。这里简单统计几首以见一斑:

表7　杜甫画像题诗②

作者	题目	诗句	杜甫原句
李俊民	老杜醉归图二首	寻常行处酒债	《曲江二首》其二:酒债寻常行处有。
		每日江头醉归	《曲江对酒》:苑外江头坐不归。
同　恕	少陵醉归图	致君尧舜平生事	《可叹》:致君尧舜焉肯朽。《奉赠韦左丞丈二十二韵》:致君尧舜上,再使风俗淳。
许有壬	杜子美骑驴醉归图	田翁招饮不烦沽	《遭田父泥饮美严中丞》:田翁逼社日,邀我尝春酒。
江　昱	子美醉归浣花图	四松万竹感深情	《草堂》:入门四松在,步履万竹疏。
胡　奎	子美醉归图	黄四娘家看好花	《江畔独步寻花七绝句》其六:黄四娘家花满蹊。
郑允端	杜少陵春游图	典衣买酒出城西	《曲江二首》其二:朝回日日典春衣。
		黄四娘家花满蹊	《江畔独步寻花七绝句》其六:黄四娘家花满蹊。
吕　诚	题杜少陵行春图二首	韦曲家家政恼人	《奉陪郑驸马韦曲二首》:韦曲花无赖,家家恼杀人。
王士祯	题杜工部秦州像为梁大曰缉二首	幽愁拜杜鹃	《杜鹃》:我见常再拜。

---

① (清)蔡上翔:《王荆公年谱考略》卷四,北京:中华书局,1959年,第72页。

② 按,此表中的题诗,李俊民、同恕、许有壬、江昱、胡奎、郑允端、吕诚等7人辑自冀勤《金元明人论杜甫》,王士祯、沈德潜、王闿运3人辑自张毅、李开林编《清代诗学名家书画评论汇编》。

(续表)

作者	题目	诗句	杜甫原句
沈德潜	题杜少陵像	孤舟断友朋	《登岳阳楼》:亲朋无一字,老病有孤舟。
王闿运	题杜像	旧静千官影	《喜达行在所三首》其三:影静千官里。

把杜甫、杜诗作为"典故"运用到题诗当中,我们以清乾隆后期受杜甫影响显著的大兴人舒位(1765—1816)的《和宋霭若先生囊余集中律体十八首·杜工部遗像》为例:

> 草堂相近锦官城,七尺躯留一部名。乱后麻鞋见天子,夜来白酒醉先生。凌烟阁上穷无相,饭颗山头瘦有情。幸未遗讹巾帼事,须眉如画祀文贞。[1]

这首诗额联两句,一句用杜甫"麻鞋见天子,衣袖露两肘"(《述怀》),一句用杜甫"啖牛肉白酒"的典故。颈联的"饭颗山头"的典故更是人所共知。

再次在传播杜甫形象、杜诗的作用上,这些题诗进一步传播、确认了立体化的杜甫形象;让我们看到了杜诗的传统与影响。宋人如黄庭坚等已经将杜甫"诗中圣哲"的形象进行了阐释和确认,如黄庭坚诗云:"探道欲度羲皇前,论诗未觉国风远。"[2]后来人则进一步将这种形象进行确认、传播,如程钜夫《雪中行吟七贤图》云"子美逢时稷契臣"[3];同恕《少陵醉归图》云"致君尧舜平生事"[4],钱惟善《题杜甫麻鞋见天子图》云"中兴百战洗兵甲,万里一身愁虎狼"[5]等。他如杜甫的"诗史"精神、"一饭不忘君"的儒家形象等,都常常在题诗中予以确认。

---

① (清)舒位著,曹光甫点校:《瓶水斋诗集》,第516页。
② 黄庭坚:《老杜浣花溪图引》,黄宝华撰:《黄庭坚诗词文选评》,第180页。
③ 冀勤编著:《金元明人论杜甫》,第79页。
④ 冀勤编著:《金元明人论杜甫》,第83页。
⑤ 冀勤编著:《金元明人论杜甫》,第107页。

　　罗时进教授说:"经典,不是册封的,也不是命名的,而是历史发展中形成的普遍认同。从本质主义经典化理论和建构主义经典化理论双重视角来看,唐人与唐诗成为中国文学史、文化史上经典之可能,本质上是其客观、潜在的经典特质所决定的,但某种精神潜能、美学特质被激活,最终被形塑为经典,则有待许多传播事件的发生。一旦形成连续性的事件,便使一部分唐代诗人、唐诗作品进入传世体系的中心,由此建构起经典地位。"①王士禛面对一帧杜甫秦州的画像时曾说"杜陵人不见,遗照自辉光"②,历代杜甫画像及相关题诗的创制,不仅使得杜甫的形象在后代"辉光",也如罗教授所谓,已经"形成连续性的事件",在构筑、确认与传播着杜甫及杜诗的经典地位。

---

　　①　罗时进:《宋代图像传播对唐代诗人与作品的经典化形塑》,《文学遗产》2018年第6期。

　　②　王士禛:《题杜工部秦州像为梁大曰缉二首》其一,(清)王士禛著:《王士禛全集·渔洋诗集卷六己亥稿》,济南:齐鲁书社,2007年,第230页。

第五章　杜诗学文献的整理与研究

第一节　卢元昌《杜诗阐》之体例论析

古人著书,首明凡例。以杜集注本为例,钱谦益《钱注杜诗》于卷首有《注杜诗略例》,朱鹤龄《杜工部诗集辑注》有《凡例》,仇兆鳌的《杜诗详注》有《杜诗凡例》,浦起龙的《读杜心解》有《发凡》和《读杜提纲》,杨伦的《杜诗镜铨》有《凡例》等。"凡例"除了介绍注解时所涉及到的"体例"外,还会透露作者的注杜思想。然而,卢元昌的《杜诗阐》虽然特意提出一个"阐"字,以异于众家之注,却没有明确交代《杜诗阐》的体例。不过,通读全书,不难发现《杜诗阐》的体例严整有序,包含有题解、公自注、评、述、阐五方面。

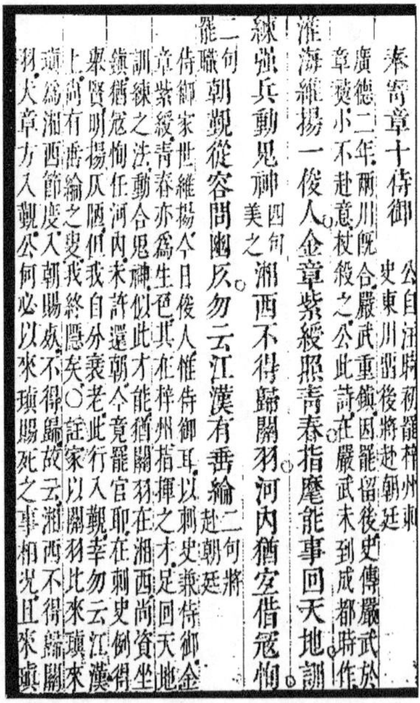

题解位于诗题左侧,字数较简短;公自注是卢元昌引用杜甫的原注,大多位于诗题下,也有的位于诗中,以夹注的形式出现;评位于诗中间和诗尾;述是串讲诗意的文字,位于诗后;阐则是阐发性的文字,有注有解,长短不一,以"〇"与述隔开。如图1所示:

图1　《杜诗阐》各种体例示意图

《杜诗阐》共收杜诗 1 447 首,笔者统计以上五种体例在全书中出现的情况,作一简表:

表8 《杜诗阐》五种体例在书中出现篇次统计表

体例	题解	公自注	评	述	阐
篇次	176	136	1 447	1 445①	714

以上五种体例从形式上看虽各自分离,但若从实质上讲,则又有重合的部分,比如有的题解完全可以作为阐来看,如《临邑舍弟书至,苦雨黄河泛溢,堤防之患,簿领所忧,因寄此诗,用宽其意》,卢元昌解题谓:"开元末年,河南北大水,临邑被灾。公弟为临邑主簿,题曰'堤防之患,簿领所忧',先勉之尽职也。'因寄此诗,用宽其意',次慰之安心供职也。"卢元昌引史交代此诗背景,阐明诗题之意。② 有很多评是在串讲诗意,与述别无二般,如《兵车行》,在"哭声直上干云霄"后卢元昌夹评云:"以上七句作者记事,以下借行人口中叙述到底。"在"被驱不异犬与鸡"后夹评云:"以上行人叙述前番戍卒,即大败泸南时事,托之山东。"在诗末尾评云:"以上行人叙述今番戍卒,即指捕人诣军时事,托之青海。"③有些诗的述交代典源,亦可作阐来看,如《戏题寄汉中王三首》其一"忍断杯中物,只看座右铭",卢元昌述曰:"忍断陶亮杯中之物,但看崔瑗座右之铭。"交代陶亮、崔瑗两个典故。④

此外,卢元昌在注杜过程中也引用了前人的注解,不过是作为他佐证或驳斥的对象,故不作特别论述。

身处明末清初的卢元昌,其杜注与同时代他家注本相较,在体例

①　整部《杜诗阐》,只《陪王侍御宴通泉东山野亭》《属江涨泊于方田》两首诗既无述也无阐。

②　(清)卢元昌撰:《杜诗阐》卷一,台湾大通书局 1974 年影印康熙二十五年书林刊本。本文所引《杜诗阐》均据此本,下不复注。

③　(清)卢元昌撰:《杜诗阐》卷二。

④　(清)卢元昌撰:《杜诗阐》卷十四。

上大致相同:即有注、有解,而各有侧重①。但卢元昌特标自己注解之作为"阐",这是有其特定考虑的,下面分述各体例之特点。

一、从《杜诗阐》之"题解"看卢元昌对杜诗内涵的阐释

《珊瑚钩诗话》载北宋陈师道与张表臣论学诗云:

> 陈无己先生语余曰:"今人爱杜甫诗,一句之内,至窃取数字以仿像之,非善学者。学诗之要,在乎立格命意用字而已。"余曰:"如何等是?"曰:"《冬日谒玄元皇帝庙》诗,叙述功德,反复外意,事核而理长;《阆中歌》,辞致峭丽,语脉新奇,句清而体好,兹非立格之妙乎?《江汉诗》,言乾坤之大,腐儒无所寄其身;《缚鸡行》,言鸡虫得失,不如两忘而寓于道,兹非命意之深乎?《赠蔡希鲁诗》云'身轻一鸟过',力在一过字,《徐步》诗云'蕊粉上蜂须',功在一上字,兹非用字之精乎? 学者体其格,高其意,炼其字,则自然有合矣。何必规规然仿像之乎!"②

陈师道这里所谓的命意,也即诗之内涵。卢元昌在解题时,以阐释杜诗内涵为目的,深入分析了杜诗的诗题。《杜诗阐》中共 176 首诗下有题解,对杜诗诗意的探析,可分为以下四个方面:

1. 以命题之法揭示杜诗之旨

对杜诗命题之法,金圣叹在《登兖州城楼》下有过一段精妙的论述:

> 杜诗题,有以诗补题者,如《游龙门奉先寺》是也;有以题补诗者,如《宇文晁尚书之子崔彧司业之孙重泛郑监审前湖》是也;

---

① 如钱谦益、朱鹤龄等偏重注;金圣叹、王嗣奭、浦起龙等偏重"解"。

② 张表臣:《珊瑚钩诗话》卷二,吴文治主编:《宋诗话全编》第三册,南京:江苏古籍出版社,1998 年,第 2610 页。

有诗全非题者,如《江上值水如海势聊短述》是也;有题全非诗者,此等(按即《登兖州城楼》)是也。其法甚多,当随处说之,兹未能悉数。①

卢元昌并没有像金圣叹这般分类,但细细归纳,也可见出一些共性。我们先看以下 4 例:

> 题曰《堂成》,虽承前《卜居》《遗草堂赀》,其实"堂成"二字,竟似"现成"。后《寄题江外草堂》诗有"雅欲逃自然""事迹无固必"等句,即此命题意也。(《堂成》)②
> 标题"长江"二字,大意取"江汉朝宗于海"之意,总是借长江警盗贼。(《长江二首》)③
> 时崔旰作乱成都,赵公刮寇至夔。大食,国名。题曰《赵公大食刀歌》,非歌大食刀,歌赵公也。(《荆南兵马使太常卿赵公大食刀歌》)④
> 王兵马,与芮公、赵公,同刮寇至夔者。公借角鹰美之。(《王兵马使二角鹰》)⑤

《堂成》之命题意,卢元昌解为"现成"。现成,佛家谓自然已有与不假造作安排,与天台宗所说的"当体"同义。卢元昌又联系《寄题江外草堂》中"雅欲逃自然""事迹无固必"两句诗,说明杜甫命此诗为"堂成",表达了杜甫对自然的向往,表明万事万物皆自然之造设,而杜甫就像暂止之"飞鸟""语燕",今虽"定巢"于此,但明年是否还能在此,则属未知,所谓"事迹无固必",万事皆非定数也。

《长江》之命题意,卢元昌与王嗣奭都解为"警盗贼"。时崔旰叛蜀,杜甫旅居云安,与民同遭兵燹之祸。杜甫言"朝宗人共挹,盗贼尔

---

① (清)金圣叹著,钟来因整理:《杜诗解》,上海:上海古籍出版社,1984 年,第 18 页。
② (清)卢元昌撰:《杜诗阐》卷十一。
③④⑤ (清)卢元昌撰:《杜诗阐》卷二十。

谁尊""众流归海意，万国奉君心"，警告崔旰等叛乱者，军民心向朝廷，而叛乱者虽"浩浩终不息"，但终归"众流归海"。

《荆南兵马使太常卿赵公大食刀歌》与《王兵马使二角鹰》二诗命题意，实是借物美人。时崔旰之乱，赵公、芮公、王兵马使皆至夔平息，为蜀地之安、朝廷之稳立下了赫赫战功。杜甫有感诸人之功，以诗纪史，并予以赞美。"大食宝刀卿可比""恶鸟飞飞啄金屋，安德尔辈开其群，驱出六合枭鸾分"，赞美之情，溢于言表。卢元昌根据杜诗命题之法准确抓住杜诗之旨，虽寥寥数语，但已让人明晓杜诗之真意。

此外，卢元昌还注意到杜甫有些诗的命题之法相同，如：

> 欲离西阁，先作不离西阁。曰不离者，深欲离也。(《不离西阁二首》)①
>
> 公未尝有释愁之日，云"复愁"者，愁反覆未有已也。非曾释愁，复愁之谓，乃前已愁。(《复愁十二首》)②
>
> 题曰《暮归》，实叹故园不得归。(《暮归》)③

卢元昌注意到上三首诗之题与诗意皆有"相反"的关系：不离西阁，而实却深欲离；复愁，并非释愁之后又有愁，而是愁未曾释即又有愁；暮归，而实是不得归。杜诗之一字一句皆非轻下，遑论诗题了。卢元昌通过对杜诗命题之法的探索，揭示出杜甫这些诗的深意。

2. 以历史背景还原杜诗真意

以史证诗，其理论可溯源至孟子的"知人论世"。一首诗如果放回到历史背景中来重新审视，或许会发现异于惯常的约定俗成。以史解杜者，自宋人已发其端，至钱谦益将以史证诗发展完善为一种系统的方法，从而使踵武者得心应手来完成自己对杜诗的解读。卢

---

① （清）卢元昌撰：《杜诗阐》卷二十五。
② （清）卢元昌撰：《杜诗阐》卷二十七。
③ （清）卢元昌撰：《杜诗阐》卷二十八。

元昌的题解亦注重透过历史背景的审视来定格杜诗所隐藏的真意。这类题解大多从诗的整体入手,有的引史实,有的则直接指出,比如:

> 唐有四十八监以牧马,有苑总监,时安禄山知总监事。公作《沙苑行》,疑讽之。(《沙苑行》)①
>
> 陈陶斜在咸阳县东,公《悲青坂》云"我军青坂在东门",故托之东郊瘦马。依旧注谓为房琯作。(《瘦马行》)②
>
> 《江咏五首》,皆托物比况:《丁香》《丽春》《栀子》为一类;《鸂鶒》《花鸭》为一类。各有所指。(《江咏五首》)③

此类题解,发源于"香草美人"传统,以"比兴"为原则,在解诗时自觉地设定了视界,不管是找寻史实为依据,还是对一个词进行考证,杜甫的诗题都已超出了其表面意思。而这一解诗原则,又是卢元昌对宋人解杜之"诗史"精神的遥应:

> 公客成都,作《石笋行》,讽奸臣之壅蔽;作《石犀行》,讽小人之诬妄;作《杜鹃行》,讽朝廷之寡恩:故曰诗史。(《石笋行》)④

杜甫以历史的见证者身份打量着一个帝国的兴衰,以直录的精神寄托自己的感受,对其诗背后意义的发明,则成了众多注杜之人的共同追求,所不同的,则是各自所能达到的深度。这种深度是基于历史的一种猜测,也是基于穿透历史的一种共鸣。卢元昌的这种对杜诗背后语意的揭示,与众多杜诗学者一样,皆是想做一个隔代的知音。而这些简短的题解,在探索性的还原中为我们打开了一扇通往杜甫心底、通往大唐历史的窗口。文学作为历史的另一种书写,其比兴手

---

① (清)卢元昌撰:《杜诗阐》卷三。
② (清)卢元昌撰:《杜诗阐》卷六。
③ (清)卢元昌撰:《杜诗阐》卷十三。
④ (清)卢元昌撰:《杜诗阐》卷十一。

法,与史家之"一字寓褒贬",只是名不同而已。

3. 以人物小传揭示杜甫之情

杜诗有许多诗题涉及历史人物,对这些人的注解,卢元昌简单勾
勒几句,便抓住了此人特征。如:

> 张氏,即叔明,隐徂徕山,与李白、孔巢父等号"竹溪六逸"。
> (《题张氏隐居二首》)①

金圣叹在《题张氏隐居二首》题下解道:"前首标隐居之胜,后首记张
氏之情。"②卢元昌只注明了张氏,但交代出他为"竹溪六逸"之一,这
正与第二首"杜酒偏劳劝,张梨不外求"的精神品质相一致,表达了杜
甫对张氏这种隐居生活的向往,以及对张氏人格魅力的钦佩。也正
应结句"前村山路险,归醉每无忧"。世事如前村山路,充满艰险,但
若张氏这般,有酒、果相伴,亦可销忧。

再如《赠特进汝阳王二十韵》题解云:

> 汝阳王,名琎,让皇帝长子,封郡王,加特进。公《壮游》诗
> 云:"西归到咸阳,赏从实贤王。"③

这段题解交代了汝阳王的身世,并引杜甫《壮游》诗句凸显汝阳王的
"贤",透露出杜甫对汝阳王的敬仰之情。

再如《李监宅二首》题解云:

> 赵氏以李监为李令问。按,令问,随玄宗平太平公主乱时,
> 已为太仆少卿。开元二十五年,坐其子与回纥承宗游,又贬抚州
> 别驾。李监非其人也。蔡梦弼又谓是李盐铁,以次章有"盐官
> 绊骥"句。夫"盐官绊骥"是惜其才大宦卑,"王孙豪贵",如首

---

① ③ (清)卢元昌撰:《杜诗阐》卷一。

② (清)金圣叹著,钟来因整理:《杜诗解》,第15页。

章所云,岂尚有才大官卑之痛? 愚意"首章讽李监,次章是美李婿"。①

卢元昌先驳赵、蔡二家注,后表明自己之见。我们从诗中"屏开金孔雀,褥隐绣芙蓉""一见能倾座,虚怀只爱才"也可见卢元昌所谓一讽、一美之见非虚。

诸如此类,还有《奉赠严八阁老》《梦李白二首》《题壁上韦偃画马歌》《寄杜位》《送鲜于万州迁巴州》《别李义》《江南逢李龟年》等,这些诗的题解,都可以看作是题中所提到之人的生平小传,表达出杜甫对诗中之人或赞美钦敬、或留恋不舍、或美好祝愿等心情。

4. 以地理沿革展现杜甫之感

杜甫一生漂泊,沉沦下僚,所经之地,所见之物,常引起他对历史及人生的思考。卢元昌对这些地理名物予以注解,试图勾画出曾经的历史沧桑。比如《刘九法曹郑瑕丘石门宴集》题解云:

石门,在鲁郡东。考李白有《石门送杜甫》诗。②

此诗大概作于开元二十四年以后③。李白《石门送杜甫》诗全题为《鲁郡东石门送杜二甫》,时为天宝四载,其中有"何时石门路,重有金樽开"。此时杜甫与刘法曹、郑瑕丘共聚,后又与李白等同游,皆其时"连璧"之人,而今安在哉? 卢元昌此题解特提及李白,意即在此也。

再如《哀江头》题解云:

长安朱雀街东,有流水屈曲,谓之曲江。此地,在秦为宜春苑,在汉为乐游园。开元疏凿,遂为胜境。其南有紫云楼、芙蓉苑;其西有杏园、慈恩寺。江侧菰蒲葱翠,柳阴四合,碧波红蕖,

---

①② (清)卢元昌撰:《杜诗阐》卷一。
③ 据仇兆鳌引黄鹤编年,(唐)杜甫著,(清)仇兆鳌注:《杜诗详注》,北京:中华书局,1979年(1999年重印),第12页。

依映可爱。公《乐游园诗》故有"青春波浪芙蓉园"，此章有"细柳新蒲为谁绿"等句。一废于禄山，再毁于章敬寺，曲江之胜荡然矣。①

此解共 143 个字，将曲江的历史沿革、四周的风景佳境如现人目前，以一个"荡然"结尾，既呼应了诗题《哀江头》之"哀"，也发出了那种"明眸皓齿今何在？血污游魂归不得""人生有情泪沾臆，江草江花岂终极"式的穿透历史的沧桑感；既是一篇绝美的小品文，又深合杜甫诗意。

此外，《陪诸贵公子丈八沟携妓纳凉晚际遇雨二首》题解驳旧注"丈八沟"、《崔驸马山亭宴集》题解注"山亭"、《九成宫》题解注"九成"、《玉华宫》题解注"玉华宫"、《游修觉寺》题解注"修觉寺"、《舟前小鹅儿》题解注"官池"等，从这些注中我们可以略知其地其时，又在其交代的沿革中陡然而起物是人非之感。仇兆鳌评价朱鹤龄"于经史典故及地理职官，考据分明"②，卢元昌这种注目于地理的考证，正是朱鹤龄这种考据精神的延续。

二、从《杜诗阐》之"评"看卢元昌对杜诗艺术的剖析

严羽曾谓诗之用工有三："曰起结、曰句法、曰字眼。"宋人注杜，对杜诗之句法、字眼多有注意，如范温《潜溪诗眼》、赵次公《句法义例》、《九家集注杜诗》等。卢元昌论杜诗章、句之法，注重从诗的结构入手，并总结杜诗的创作方法，从而揭示出杜诗的艺术特色。

（一）论杜诗之章法与句法

章、句之法，乃诗文的结构组织之法，一字一句，皆关涉到全篇的架构，如书法点划之左顾右盼。明张绅《法书通释》所谓："古人写字，

---

① （清）卢元昌撰：《杜诗阐》卷五。
② 仇兆鳌《杜诗凡例》，（唐）杜甫著，（清）仇兆鳌注：《杜诗详注》，第 24 页。

政如作文有字法、章法、有篇法,终篇结构首尾相应,故云:'一点成一字之规,一字乃终篇之主'。起伏隐显,阴阳向背,皆有意态。"①卢元昌在评析杜诗章句之法时,即注重从结构上来探索杜诗的浑融通脱,明其"意态"。

1. 论杜诗之起句

卢元昌注意到杜诗起句之于全诗的"包、领"作用。如对《奉赠韦左丞丈二十韵》"纨袴不饿死,儒冠多误身"的评析,张溍评曰:"二语便尽通首之意。"②仇兆鳌评曰:"首用议论总提。"并引王嗣奭《杜臆》:"儒冠误身,乃通篇之主,纨袴句特伴语耳。"③卢元昌评道:"二句包括一篇,侧重'儒冠'句。"④以上四人之说大同小异,其中张、仇之说相近,王、卢之说相近,而王、卢比张、仇更进一步,看到这两句诗的"主、宾"。

再如《同诸公登慈恩寺塔》的起首四句:"高标跨苍穹,烈风无时休。自非旷士怀,登兹翻百忧。"仇兆鳌评曰:"首言塔不易登,领起全意。塔高,故凌风。百忧,悯世乱也。"⑤卢元昌评道:"四句提纲。"⑥对此诗首四句之于整首诗的作用,卢元昌"提纲说"不仅合乎诗意,而且是最早之论。仇兆鳌之论无非是卢元昌之说的引申而已。

此外,如《苏端薛复筵简薛华醉歌》起句"文章有神交有道",卢元昌评曰:"领至末。"⑦如《一百五日夜对月》起句"无家对寒食",卢元昌评曰:"无家意贯至末。"⑧如《赠卫八处士》起四句:"人生不相见,动如参与商。今夕复何夕,共此灯烛光。"卢元昌评曰:"四句领全篇。"⑨诸如此类,皆表明卢元昌对杜诗之起句特别关注,而且,这些评析在其他杜注中或不见,或为后人引申。

---

① (明)张绅编:《法书通释》卷下"篇段篇第四",王云五主编:《丛书集成初编》第1622册,上海:商务印书馆,1935年,第60页。

② (唐)杜甫撰:(清)张溍评注:《读书堂杜工部诗集注解》卷一,清康熙三十六年(1697)张氏读书堂刊本。本文所引张溍,皆据此本,下不复注。

③ (唐)杜甫著,(清)仇兆鳌注:《杜诗详注》,第74页。

④⑥⑨ (清)卢元昌撰:《杜诗阐》卷一。

⑤ (唐)杜甫著,(清)仇兆鳌注:《杜诗详注》,第104页。

⑦⑧ (清)卢元昌撰:《杜诗阐》卷四。

卢元昌不仅注意到一首诗的起句之于全诗的作用,对于连章组诗,他还注意到起句之于全篇的作用。如《秦州杂诗二十首》其一,起句"满目悲生事,因人作远游",张溍评曰:"二句浑括廿首意,确是起语。"①卢元昌评曰:"包二十首。"②在这组诗的诗题下,卢元昌有一小段题解:

> 前数章,大意谓朝廷全师丧于安、史,至吐蕃失防,将来秦州不尽没吐蕃不止;后数章,欲卜筑于仇池、东柯。③

"前数章"之意,正是"满目悲生事","后数章"之意,正是"因人作远游"。卢元昌与张溍皆注意到这两句诗之于全篇的统领作用,不可不谓慧眼卓识。

2. 论杜诗之结句

杜诗艺术之精,亦可从其结句之法得窥一斑。卢元昌之前,明胡应麟解杜多注重从艺术上分析,其对杜诗结句之法有所关注,不过多从风格上着眼④。卢元昌对杜诗结句的评析,多探析其法,从而揭示出杜诗高超的艺术。如评《画鹰》结句"何当击凡鸟,毛血洒平芜"云:"借真鹰结。"⑤杜甫此诗以真鹰做结之法,卢元昌是第一个道破。后仇兆鳌评此诗结句云"末又从画鹰想出真鹰,几于写生欲活。每咏一物,必以全副精神入之,故老笔苍劲中,时见灵气飞舞"⑥,只是引申

---

① (唐)杜甫撰,(清)张溍评注:《读书堂杜工部诗集注解》卷五。

②③ (清)卢元昌撰:《杜诗阐》卷八。

④ 如《春宿左省》,《杜诗详注》引胡应麟曰:"杜诗五律,结句之妙者,如'明朝有封事,数问夜如何','经过自爱惜,取次莫论兵','亲朋满天地,兵甲少来书','安危大臣在,不必泪长流','无由睹雄略,大树日萧萧',语皆矫健振劲,绝非铮铮细响也。"再如《登高》,《杜诗详注》引胡应麟评曰:"此篇结句,似微弱者,第前六句,既极飞扬震动,复作峭快,恐未合弛之宜,或转入别调,反更为全首之累,只如此软冷收之,而无限悲凉之意溢于言外,未为不称也。昆明池水,虽极精工,然前六句,力量微减,一结奇甚,竟似有意凑砌而成,益见此超绝云。"(唐)杜甫撰,(清)仇兆鳌注:《杜诗详注》,第 440、1768 页。

⑤ (清)卢元昌撰:《杜诗阐》卷一。

⑥ (唐)杜甫著,(清)仇兆鳌注:《杜诗详注》,第 19 页。

而已。

再如《白水县崔少府十九翁高斋三十韵》结句"三叹酒食傍,何由似平昔",仇兆鳌评曰:"末结少府席上,有仓卒彷徨之意。"①而卢元昌评曰:"以感时结。"②黄鹤编此诗为天宝十五载夏,诸家无异议。此时安史之乱刚起不久,如卢元昌题解所谓:"时公从奉先挈妻子避乱鄜州,道经白水,依舅氏高斋作。"悯时伤乱,又意及己身,故有今日不似当日之感。卢元昌抓住了杜甫此诗结句之法,而仇兆鳌所谓的"仓卒彷徨之意",恐未当。

他如评《天育骠骑歌》结句"结意自况"③、评《月夜》结句"挽起意结"④等,皆对杜诗艺术进行了恰如其分地总结。

3. 论杜诗之"诗眼"

卢元昌在评析杜诗之章法时,有时注意分析某个字或某个词之于全诗的作用,与宋人分析诗之字眼一样;有时则根据诗意,抓住核心意思展开评析。

对某个字的关注,如《题张氏隐居二首》其一云:

> 春山无伴独相求,伐木丁丁山更幽。涧道余寒历冰雪,石门斜日到林丘。不贪夜识金银气,远害朝看麋鹿游。乘兴杳然迷出处,对君疑是泛虚舟。⑤

在"伐木丁丁山更幽"后卢元昌评道:"'幽'领至末。"所谓"'幽'领至末",正如下文所写:涧道余寒、石门斜日;不贪金银气、远害麋鹿游;杳然迷出处、疑是泛虚舟。这些无不在描述张氏隐居之"地幽""心幽"。

对某个词的注意,如在《骢马行》"雄姿逸态何崷崒"的"何"字前

---

①　(唐)杜甫著,(清)仇兆鳌注:《杜诗详注》,第 304 页。

②④　(清)卢元昌撰:《杜诗阐》卷四。

③　(清)卢元昌撰:《杜诗阐》卷三。

⑤　(清)卢元昌撰:《杜诗阐》卷一。

夹评:"以下都写'雄姿逸态'四字。"①此句之下,杜甫写道:"顾影骄嘶自矜宠。隅目青荧夹镜悬,肉鬃碨礌连钱动。"卢元昌此评,正如诗眼,让我们瞬间抓住了杜甫所刻画的这匹马的特点。

仇兆鳌在解《春宿左省》时引杨仲弘论"炼字"云:

> 诗要炼字,字者眼也。如杜诗"飞星过水白,落月动沙虚",炼中间一字。"地坼江帆隐,天清木叶闻",炼末后一字。"红入桃花嫩,青归柳叶新",炼第二字。非炼归、入字,则是学堂对耦矣。又如"暝色赴春愁,无人觉来往",非炼觉、赴字,便是俗诗,有何意味耶。②

诗歌讲究凝练、浑融,字字皆可谓千金。一句之中的某个字、一篇之中的某句诗,其对整首诗的艺术呈现,起着换一字、一句而不能的作用。卢元昌对杜诗字、词的关注,从艺术上较好地把握了杜诗的特色。

抓住核心诗意的,如《奉寄河南韦尹丈人》云:

> 有客传河尹,逢人问孔融。二句颇有访问。青囊仍隐逸,章甫尚西东。二句隐答问意。鼎食为门户,词场继国风。尊崇瞻礼绝,疏放忆途穷。四句颂韦,仍带访问意。浊酒寻陶令,丹砂访葛洪。江湖漂短褐,霜雪满飞蓬。牢落乾坤大,周流道术空。谬惭知蓟子,真怯笑扬雄。八句自叙,亦带访问意。盘错神明惧,讴歌德义丰。尸乡余土室,难说祝鸡翁。结还故庐在偃师,隐缴访问意。③

这首诗卢元昌引杜甫自注作为题解:"甫故庐在偃师,承韦公频有访

---

①　(清)卢元昌撰:《杜诗阐》卷三。

②　(唐)杜甫著,(清)仇兆鳌注:《杜诗详注》,第439页。

③　(清)卢元昌撰:《杜诗阐》卷一。按着重号为笔者所加,带着重号字为卢元昌评语。

问,故有下句。"卢元昌抓住此诗"韦公频有访问",将此诗分成了五部分,而每一部分其皆应"访问",揭示出此诗之浑融。

4. 论连章组诗

对于连章组诗,卢元昌也都把它看作一个整体,注意到首与首之间的联系。比如在《故武卫将军挽词三首》第二首的末尾,卢元昌评道:八句通写"敢决"。所谓"敢决"乃第一首的"壮夫思敢决"。而在第一首的"哀诏惜精灵"后夹评云:"伏末章。"我们从第三首的"部曲精仍锐,匈奴气不骄"后看到夹评:"二句精灵。"在"无由睹雄略,大树日萧萧"后看到夹评:"结还惜意。"与"伏末章"正呼应。题虽曰数首,但杜甫在写时,其思绪应该是前后相衔而有所呼应的。卢元昌这种从整体上的把握,即是注意到了组诗之间所隐藏的思绪的呼应。

刘勰曾谓:

> 夫设情有宅,置言有位,宅情曰章,位言曰句。故章者,明也;句者,局也。局言者,联字以分疆;明情者,总义以包体。区畛相异,而衢路交通也。①
>
> 夫人之立言,因字而生句,积句而成章,积章而成篇。②

刘勰此论虽是就文章而言,但其理亦可施于诗词。卢元昌在论杜诗章、句之法时,虽是针对某个字、词,抑或某句诗而言,但其旨归皆是为完美地剖析杜诗的艺术。他没有像金圣叹那样,简单地将杜诗分为前解、后解,而是根据诗意来分段。后来仇兆鳌在解杜时,对于长律、古诗,亦循卢元昌之法而对杜诗进行分段,而且有些诗的分段,与卢元昌非常接近③。即使如现代人在分析古人的长诗时,亦是遵循

---

① （南朝梁）刘勰著,詹锳义证:《文心雕龙·章句》,上海:上海古籍出版社,1989年,第1248页。

② （南朝梁）刘勰著,詹锳义证:《文心雕龙·章句》,第1250页。

③ 如《奉寄河南韦丈人》,卢元昌分为五段,仇兆鳌分为三段,后两段两人分法相同,不同处在卢元昌将仇兆鳌第一段又分成了三小段,而从诗意来看,卢元昌之分法更细致。

根据诗意来分段的方法来分析诗歌。

不过,卢元昌之"评"也招致了四库馆臣的批评。卢元昌因为精熟古文、时文,亦曾评《唐宋八大家文钞》(古文)、《大题汇删观》(八股文),所以,他对杜诗的评析也自然运用了时文品评之法。此外,明末清初的杜诗学者,如吴见思、卢世㴶,也将杜诗纳入"文章"的视域下予以品评,亦用到八股之法。四库馆臣批评卢元昌《杜诗阐》:"其注如《四书讲章》,其评亦如时文批语。说诗不当如是,说杜诗尤不当如是也。"①这其实恰是《杜诗阐》的特点。而且今日看来,这种文章结构上的品评,恰是我们今人阅读杜诗时百般寻绎的。

(二) 论杜诗之比兴

颜昆阳先生曾交代,他在《论汉代楚辞学在中国文学批评史上的意义》一文中指出:"中国自汉代开始即建立以'文学批评'寄托'政治批判'的文化形态,汉代'楚辞学'是如此,明清之评点《水浒传》《三国演义》亦是如此。至于清代,由钱谦益所开启的诗文笺释学当然也是如此。清初知识分子对晚明政治之腐败而导致亡国于异族,莫不深怀痛切之感,故以'诗史''比兴'观念笺释诗文集。杜甫固然是显性典范,即使向以晦涩著称,甚至被认为只是艳情之作的李商隐诗、李贺诗,也被重塑为寄托'忠愤'之意的隐形典范。这很难说不是笺释者怀抱的投射。"②衡之于明末清初的杜诗注解诸作,颜昆阳先生的论断十分准确。

台湾杜诗学者简恩定先生曾就宋人解杜注重"赋",而明清人解杜注重"比兴"作过比较③。对于作者来说,赋、比、兴是创作手法;而对于注解者来说,则是一种注解观念、方法。诚然,一味地以赋或比兴来深挖诗意,有时反而离诗意越来越远,但如果这种观念、方法把

---

① (清)永瑢等撰:《四库全书总目提要》卷174,北京:中华书局,1965年,第1533页。

② 颜昆阳:《李商隐诗笺释方法论自序》,颜昆阳著:《李商隐诗笺释方法论:中国古典诠释学例说》,第6页。

③ 详简恩定:《清初杜诗学研究》,台北:文史哲出版社,1964年,第29—34页。

握得适度,确可作为走进诗人、诗歌的一条捷径。

笔者曾围绕清初江南奏销案的影响来谈卢元昌注杜所秉持的比兴原则,此处《杜诗阐》的体例"评",亦常可见卢元昌对杜诗的比兴手法。也正是对杜诗比兴之法的分析,才见得出杜诗的艺术特色。这里仅简单举一个例子,如《遣兴五首》其一有云:"朔风飘胡雁,惨澹带砂砾。长林何萧萧,秋草萋更碧。"卢元昌夹评道:"四句比兴。"①从这四句诗及本诗主旨"此章叹富家宴乐之盛"②来看,更符合"兴"这种创作手法,这四句以凄惨之景来衬托后面所写杜甫身世之戚戚。

杜甫处在盛唐转衰的交替时代,以诗来书写自己对时代、社会的看法,因为寓意、寄托,而不是歇斯底里的直白,从而成就了他的沉郁顿挫。如卢元昌等后人注杜,在杜甫的沉郁顿挫里揭示出其隐藏的寄托,可以说是杜甫隔了代的知音。这个"知音",应当包含两类,一类是能够骋其志;一类是能够赏其音。后人的"臆解""心解",无非都是为了做一个合格的"知音"。卢元昌的这些评,发明其"比兴",可以说是对历史的一种再现,显之于当时,或有所期待人君注目于此等"殷鉴"。

三、从《杜诗阐》之"述"看卢元昌对注解本身的文学追求

《杜诗阐》每卷卷首都署"华亭卢元昌文子氏述",郑子运说:"述取自《尚书》'述大禹之戒以作歌(《五子之歌》)',……是因为《五子之歌》是以大禹的口吻陈述的,而《杜诗阐》中的述用的是杜甫的口吻。"③郑子运将卢元昌的"述"进行了溯源,我们细览杜诗也会发现,杜甫不止一次在其诗题中用到了"述":《述怀》《秋日荆南述怀三十韵》《秦州见敕目薛三璩授司议郎毕四曜除监察与二子有故远喜迁官兼述索居凡三十韵》《江上值水如海势聊短述》《观作桥成月夜舟中有

①　(清)卢元昌撰:《杜诗阐》卷七。
②　仇兆鳌评语,(唐)杜甫著,(清)仇兆鳌注:《杜诗详注》,第568页。
③　郑子运:《明末清初诗解研究》,南京:凤凰出版社,2010年,第106页。

述还呈李司马》《述古三首》《览柏中丞兼子侄数人除官制词因述父子兄弟四美载歌丝纶》等。而杜诗亦两次用到"述作":"哀伤同庾信,述作异陈琳"①"焉得思如陶谢手,令渠述作与同游"②。卢元昌之于杜诗神玩已久,以杜甫的口吻进行诗意的串讲,不仅是他自身的素质所在,还有一层"述怀""述作"之意。

整部《杜诗阐》只有两首诗无述。卢元昌虽是以杜甫口吻来述,但也有其自身注杜的追求:即注重追求"述"的文学性表达。

1. 综合运用多种修辞手法

如《游龙门奉先寺》:

> 已从招提游,更宿招提境。阴壑生虚籁,月林散清影。天阙象纬逼,云卧衣裳冷。欲觉闻晨钟,令人发深省。

卢元昌述道:

> 我游龙门招提,已得其概矣。顾山中幽致,非宿不领。宿时所闻者,阴壑风生,灵籁自响。宿时所见者,疏林月照,清影若散。龙门高矣,若天阙然,象纬几几相逼;招提静矣,若云卧然,衣裳冷冷侵人。我始而游,继而宿,未几觉矣。人惟不觉,虽有晨钟不闻,焉能深省。我方欲觉,故晨钟一传,即发深省。岂非欲觉者闻,不欲觉者不闻;能省者不闻亦省,不能省者,闻仍不省耶!③

在这首诗的述里,卢元昌分别用了排比、对比两种表现手法。排比如"宿时所闻者""宿时所见者";"龙门高矣""招提静矣"。对比如把"人

---

① 杜甫:《风疾舟中伏枕书怀三十六韵奉呈湖南亲友》,(唐)杜甫著,(清)仇兆鳌注:《杜诗详注》,第 2094 页。

② 杜甫:《江上值水如海势聊短述》,(唐)杜甫著,(清)仇兆鳌注:《杜诗详注》,第810 页。

③ (清)卢元昌撰:《杜诗阐》卷一。按着重号为笔者所加。

惟不觉"与"我方欲觉"、"欲觉者"与"不欲觉者"、"能省者"与"不能省者"作比。对这些表现手法的运用,方功惠也予以特别指出,所谓"贯穿一气,间用排偶"①。

同时,我们还可以看到卢元昌于此首诗的述里所体现的辩证参悟,而这即是杜甫此诗的真意。黄鹤谓此诗"当是开元二十四年后游东都时作",杜甫过东都洛阳所见,在游龙门奉先寺、宿寺中所闻,遂有了对时局人事的思虑。所谓"岂非欲觉者闻,不欲觉者不闻;能省者不闻亦省,不能省者,闻仍不省耶",正道出了其时李林甫这等"不欲觉者"的丑态。联系卢元昌此诗阐中对"令人发深省"原因的揭示:"天阙自宜星拱,何以曰逼? 他日曰'妖星带玉除'是也。故结曰'令人发深省'。"②"妖星带玉除"出《收京三首》其一,"妖星"即指安禄山。而安禄山不也正是这"不欲觉者""不能省者"吗? 或许还可以引申,杜甫所指摘的"不欲觉者""不能省者",也包括那高高在上的唐玄宗。

再如《行次昭陵》:

> 旧俗疲庸主,群雄问独夫。谶归龙凤质,威定虎狼都。天属尊尧典,神功协禹谟。风云随绝足,日月继高衢。文物多师古,朝廷半老儒。直词宁戮辱,贤路不崎岖。往者灾犹降,苍生喘未苏。指麾安率土,荡涤抚洪炉。壮士悲陵邑,幽人拜鼎湖。玉衣晨自举,铁马汗常趋。松柏瞻虚殿,尘沙立暝途。寂寥开国日,流恨满山隅。

对于"庸主",如赵次公、王洙、刘辰翁等皆释为隋炀帝,而卢元昌、仇兆鳌释为南北朝诸君。按诸史实,谓南北朝诸君、隋炀帝为庸主皆符合;但若按诗意,则杜甫两句诗的指向皆为隋炀帝,似有重复之嫌。所以,卢元昌释"庸主"为南北朝诸君较符合杜诗原意。卢元昌联系

---

① 方功惠《跋杜诗阐》,孙微辑校:《清代杜集序跋汇录》,第91页。
② (清)卢元昌撰:《杜诗阐》卷一。

隋末唐初之史事来述此诗,注重行文上的修辞,如对比、排偶等:

> 南北朝,率皆庸主,风俗之敝,厥惟旧哉。至隋炀,不但庸主,天下群指为独夫也。惟时李密、刘武周之徒,皆兴兵问罪,乃符谶所属。于是天属本亲,尊神尧之《典》,父位禅子也;神功于铄,协大禹之《谟》,武兼文德也。隋末群雄竞起,太宗出而风云际会,皆随捷足;隋末天地否塞,太宗出而日月重朗,能继高衢。且礼乐庶务,率师古人。房杜诸公,无非儒者。霁颜从谏,以魏徵之直,往往见容;瑞在得贤,致贞观之治,都由乎此。岂知往者,固承隋乱哉。帝灾犹降,民喘未苏。自太宗一指挥,东征西讨,遂安率土;一荡涤,化育甄陶,尽在烘炉。当年功德如此,今者陵邑茫茫,鼎湖渺渺。壮士幽人,过而瞻拜。俯仰之下,灵爽如存。玉衣犹举也,铁马还趋也。独行次者,生不同时,使松柏徒瞻,尘沙自立。开国雄风,寂寥不见。山隅萧瑟,流恨何穷哉!

读此诗之述,其时风云际会便了然于胸,同时杜甫之怀念太宗之情、对权奸之贬斥亦昭然纸上。

2. 熟练运用多种句式

卢元昌精于选政,又曾选批唐宋八大家之文,故其为文亦当不逊于时人,我们从他对杜诗的述中也能发见。卢元昌的述以四六文为主要句式,这可能是受其浸染时文日久的影响,以《赠卫八处士》为例:

> 人生不相见,动如参与商。今夕复何夕,共此灯烛光。少壮能几时,鬓发各已苍。访旧半为鬼,惊呼热中肠。焉知二十载,重上君子堂。昔别君未婚,男女忽成行。怡然敬父执,问我来何方。问答未及已,驱儿罗酒浆。夜雨剪春韭,新炊间黄粱。主称会面难,一举累十觞。十觞亦不醉,感子故意长。明日隔山岳,世事两茫茫。

卢元昌述曰：

> 昔有实沈阏伯，兄弟不相能者，为参商星，终古而不想见。人生睽隔，动即似之。言念及此，今夕灯前，诚出意外，何以如参商哉？其在者，昔年少壮，曾几何时，今日相逢，鬓毛都白；其亡者，故旧几人，半为异物，惊呼不见，空热中肠。"人生不相见，动如参与商"，为此深悲耳。今夕何如？由今溯昔，二十载矣。谁料今夕，重登此堂。昔日别君，君未婚娶，今夕相见，儿女成行。见我虽有父执之呼，问我不知何方之客。问未及答，酒浆已具。春灯夜雨，剪韭炊粱。会面艰难，累觞不醉。诚念故人意长耳。"今夕复何夕，共此灯烛光"，夫岂易得者已矣。明日行矣。吾此行，由东都至长安，中隔终南二华。在天参商，在地山岳。畴昔参商，今夕灯光幸共；明朝山岳，他年相见何期。世事茫茫，诚不可必。明日隔山岳，又是"人生不相见，动如参与商"也。世事两茫茫，安得"今夕复何夕，共此灯烛光"也。勉旃处士，毋忘今夕哉！①

这种以四六句式行文的述，不仅没有扭曲杜诗本意，而且读来朗朗上口。此外，从语气上看，杜甫还运用了反问（"何以如参商哉？"）、设问（"今夕何如？由今溯昔，二十载矣"）、感叹（"勉旃处士，毋忘今夕哉！"）等句式，然若非卢元昌之述的转化，较难体会。

3. 自觉追求行文完整

卢元昌的述讲究浑融一体，前后完整，自成乾坤。我们以《饮中八仙歌》为例：

> 古来达人君子，悯时病俗，不得志于时，因逃之于酒，今日八仙是也。
>
> 其一贺知章。知章越人，习于乘船，骑马亦似之。且知章视

---

① （清）卢元昌撰：《杜诗阐》卷二。按着重号为笔者所加。

岩廊，无异江湖。意尝在鉴湖一曲，"骑马似乘船"，殆陆沉金马耶。醉眠水底，又焉知也。不谓之仙而何？

其一汝阳王。汝阳为让皇帝子，非无故托之于酒。汝阳尝于上前大醉，上遣人掖出。汝阳谢曰：臣三斗壮胆，不觉至此。则知汝阳胸中，欲以酒自晦也。不然，眉宇天人资，虬髯似太宗者，不托之酒，能自全乎？所以直欲辞郡王，移封酒泉也。汝阳真饮仙中善藏其用者。

其一李适之。适之忤李林甫，罢相后，咏"避贤初罢相，乐圣且衔杯"，是适之之饮，失志而饮也。信陵见废后，日饮醇酒自娱。杨恽落职家居，日事纵酒为乐。适之日费万钱，殆以沉湎自废，期免林甫之忌耳。避贤路，乐清圣，真仙饮也。

其一崔宗之。宗之风神潇洒，皎如玉树，似非酒徒。然以侍御谪金陵，亦失志而饮者。阮籍见礼俗之士，则白眼。宗之则白眼望青天。当其举觞，见得世无青眼者，亦谁为我可白眼者？此其沉醉埋照，不诚饮仙中，独清独醒，亦与天为徒者哉。

其一苏晋。古未有佛而饮者，佛而饮，自弥勒始。苏晋雅好浮屠，尤以弥勒性嗜米汁而宝之。夫晋好饮，其天性也。礼佛，其寄迹也。人有大不得已者，斯逃之于酒，逃之于酒不得，又逃之于禅。彼苏晋者，我不知其逃禅于酒，抑逃酒于禅。酒徒与？开士与？直仙而已。

其一李白。八人皆饮中仙，李白为主。李白以诗豪天下，不知李白以酒豪天下。盖"一斗诗百篇"也。"一斗诗百篇"，非百篇之诗，有待于一斗，乃一斗之顷，诗有百篇之多。所以沉香召而不顾，莲舟召而不来。信为酒中仙矣。何以自称，世无知李白者，只自称云尔。

其一张旭。旭，东吴之精也。负放浪不羁之性，托诸为龙为蛇之笔。其书独以草著，特三杯后，以头濡墨，古无此书法也。当其醉时，叫呼狂走，及疾书而醒，自以为神。善书能饮，两者皆难定旭。在草为圣，在酒为仙，东吴之精，一人而已。

其一焦遂。人饮而困，未有饮而卓者。饮而卓，斯仙矣。一

斗至三四斗犹未卓，五斗方卓，尤仙矣。五斗方卓，然其未必五
斗，必放诞非卓者可知。遂口吃，酒后酬酢如注，辨论惊筵，所以
为卓耳。

八人者，皆不得志，逃之于酒，然已仙矣。不得志于时者，神
仙之津梁也。①

对于《饮中八仙歌》，前人之注，或论此诗体式上的创格，如赵次
公、蔡絛等②；或考证八仙究为哪八个，如蔡梦弼、钱谦益等③。而对
杜甫创作此诗的心迹探寻，在杜诗注释史上，卢元昌是特有的一个。
卢元昌于此诗述之开头即开宗明义："古来达人君子，悯时病俗，不得
志于时，因逃之于酒，今日八仙是也。"此八仙之沉湎于酒，非放浪形
骸，非表现了盛唐之浪漫情怀，而是其人皆不得志于时，故沉湎于酒，
诚所谓"借酒消愁"。

卢元昌之述钩沉史实，抓住了贺知章视廊庙同江湖，心在名利场
之外的轻松；抓住了汝阳王以酒来藏锋的无奈；以信陵君、杨恽为比
李适之，抓住其迫于李林甫之忌而沉于觥筹的抑郁；以阮籍为比崔宗
之，抓住其迫于世事浑浊而己清醒的孤独；抓住了苏晋周旋于禅与酒
之间的矛盾；抓住了李白为世不知的茕孑之苦；抓住了张旭打破常
规，不为成法所限的精神；抓住了焦遂的雄辩之才。

在述的最后，卢元昌又总结到八人因"逃之于酒"而"已仙矣"，即
成为时代特出之人。卢元昌体会到杜甫对此八人心志的感知，同时

---

① （清）卢元昌撰：《杜诗阐》卷一。
② 郭知达《九家集注杜诗》引蔡元度云："此歌分八篇，人人各异，虽重押韵无害，亦
周诗分章之意也。"赵次公云："此篇谓之歌，其歌八迭，每一迭各就一公事实，以其好饮美
之、且戏。谓之八仙，则已有意矣。为其各言一公之事，故得重用韵。"郭知达编：《新刊
校定集注杜诗》卷二，中华书局影印南宋刊本，北京：中华书局，1981年。
③ 仇兆鳌《杜诗详注》引钱《笺》：《新书》云：白与贺知章、李适之、汝阳王琎、崔宗之、
苏晋、张旭、焦遂，为酒中八仙人，此因杜诗附会耳。且既云天宝初供奉，又云与苏晋同游，
何自相矛盾也？蔡梦弼曰：按范传正《李白新墓碑》在长安时，时人以公及贺监、汝阳王、
崔宗之、裴周南等八人为酒中八仙。公此篇无裴，岂范别有稽耶？（唐）杜甫著，（清）仇兆
鳌注：《杜诗详注》，第81页。

又将杜甫所描写的这八个人的"独个"升华为历史长河里的"所有"——"不得志于时者,神仙之津梁也。"程千帆先生在《一个醒的和八个醉的——杜甫〈饮中八仙歌〉札记》中曾论到杜甫以一个看透历史的清醒者来打量着这八个看似醉而实皆醒的"酒徒"。而卢元昌在这首诗的述里,亦以一个清醒的知音来体会数百年前杜甫的心声,同时打量着自己所处的时代。

程千帆先生在《札记》中指出:"《饮中八仙歌》是杜甫在以一双醒眼看八个醉人的情况之下写的,表现了他以错愕和怅惘的心情面对着这一群不失为优秀人物的非正常精神状态……"①这与卢元昌的"古来达人君子,悯时病俗,不得志于时,因逃之于酒,今日八仙是也",可谓心有灵犀!

程千帆先生又在文章第二部分联系八仙行迹,一一作出考证。这与卢元昌之述亦有很多相同之处,二人对于此八人特点的把握,既符合史实,又非常深刻。

这首诗的述一首一尾,前呼后应,中间叙述清楚明晰,实乃一篇极好的议论文。杜甫的诗仅仅描摹了八个人的"仙态",而卢元昌则以文学性的述解明了这首诗背后的深意。仇兆鳌在解释这首诗的诗题时,引黄鹤注谓:

> 蔡兴宗《年谱》云天宝五载,而梁权道编在天宝十三载。按史:汝阳王天宝九载已薨,贺知章天宝三载、李适之天宝五载、苏晋开元二十二年,并已殁。此诗当是天宝间追忆旧事而赋之,未详何年。②

而卢元昌的述恰道出了仇氏所谓"此诗当是天宝间追忆旧事而赋之",杜甫的追忆,其实是为己之不得志于时寻求精神上的俦侣,在

①　程千帆:《一个醒的和八个醉的——杜甫〈饮中八仙歌〉札记》,程千帆著,莫砺锋编:《程千帆全集》第9卷,石家庄:河北教育出版社,2000年,第115页。

②　(唐)杜甫著,(清)仇兆鳌注:《杜诗详注》,第81页。

感同身受中获得暂时的慰藉。这"八仙"之外,还有第九个"仙",就是杜甫本人。

对行文完整的追求还体现在他能够抓住一首诗的核心,从而围绕这一核心展开,而不单单是串讲诗意。如《送韦书记赴安西》:

> 夫子歘通贵,云泥相望悬。白头无藉在,朱绂有哀怜。书记赴三捷,公车留二年。欲浮江海去,此别意茫然。

卢元昌抓住"云泥相望悬"这一核心,整首诗的述,都围绕这句展开:

> 我滞京邸,夫子忽除书记,从此一云一泥,相望悬绝。夫白头之人,无有聊藉,我其泥矣。夫子为书记,哀怜有人,夫子其青云哉。书记之职,参谋军事,夫子此行,建功幕府。必一赴,主将即奏三捷,为云宁有量耶!我待诏以来,已经二载,留滞既久,除授杳然,殆将泥途老矣。一云一泥,相悬如此。夫子赴安西,我亦浮东海,从此一别,东西茫然。相望不相见,岂但云泥悬绝而已。①

卢元昌申明晋丁彬书所谓"云泥异途,邈矣悬隔"②之意,又道出了杜甫沉沦蹉跎的无奈、对友人美好前途的祝福,俨然一篇情文并茂的小品文。

对于连章组诗,卢元昌也总是以一个整体来看待。以连章组诗的方式来写律诗、绝句,从而突破绝句之诗题、律诗之句数的限制,而章与章之间又是彼此关联,从而构成一个大的整体,这是杜甫在诗国开垦出的又一片天地。诚所谓:"汉魏以来诗,一题数首,无甚铨次,

---

① (清)卢元昌撰:《杜诗阐》卷二。
② 仇兆鳌解"云泥相望悬"引,(唐)杜甫著,(清)仇兆鳌注:《杜诗详注》,第134页。

少陵出而章法一线。"①卢元昌在解杜甫的连章组诗时，对结构上的关联给予了特别的关注。如《秦州杂诗二十首》，在第八首"述"开头即标明"承上"，在"阐"中则合两章一起解析诗意。同样，在第十三首，卢元昌标明"赋东柯谷"。在第十五、十六首，卢元昌则指出这两首承第三首而来。对于这二十首诗整体上的脉络，卢元昌曾在题解中有所交代：

> 前数章，大意谓朝廷全师，丧于安史。至吐蕃失防，将来秦州，不尽没吐蕃不止。后数章，欲卜筑于仇池、东柯。②

后又在第十一首的"述"中给予了呼应："此章为前后脉络。"这样，章与章之间铨次分明，而整首诗的"浑然一体"也清晰可见。

　　与卢元昌大约同时的吴见思有《杜诗论文》五十六卷，逐首串解诗意，分析句段，论述文法。该书刊于康熙十一年（1672），而卢元昌《杜诗阐》初刻于康熙二十五年（1686）。吴见思是江苏武进人，卢元昌是上海松江人，卢元昌之于杜诗之述，一方面是因其对时文的娴熟，另一方面，或可受吴见思"论文"式解法的影响。但卢元昌"述"之文学性，则要在吴见思之上。洪业先生曾说："时亦抑扬可诵，更胜吴见思所作。"③此言确矣！

　　本文对《杜诗阐》体例特点的分析，也是对卢元昌注杜特色的分析。尽管《杜诗阐》在今日之杜诗学界问津者不多，但作为杜诗全集注本，又产生于明末清初，其价值仍值得进一步探析。

---

　　①　浦起龙评《前出塞九首》，（清）浦起龙著：《读杜心解》，北京：中华书局，1961年（2010年重印），第9页。

　　②　（清）卢元昌撰：《杜诗阐》卷八。

　　③　洪业著，曾祥波译：《杜甫：中国最伟大的诗人》附录二《杜诗引得·序》，第335页。

第二节　广东省立中山图书馆藏
吴梯《读杜姑妄》考辨

继宋人注杜且形成"千家注杜"的盛况之后,明末清初再次出现了第二次注杜高潮,涌现出多部迄今仍有影响的杜诗注本。然自乾隆朝杨伦《杜诗镜铨》之后,虽注杜之人不断,产生影响的杜诗注本却寥寥无几。清岭南顺德人吴梯之《读杜姑妄》是这"寥寥无几"中较为有特色的一部,然因久藏秘阁,至今未引起注意。

吴梯(1775—1857)①字秋航,一字云川,号岭云山人。广东顺德伦教黎村堡(今荔村一带)人。嘉庆六年(1801)广东乡试解元,由大挑出仕山东蒙阴知县。调任潍县、禹城,擢任胶州、济宁。告病还乡,倾力注杜。能文善诗,文宗昌黎,诗祖少陵。道光年间与林联桂、谭敬昭、黄培芳、张维屏、黄玉衡、黄钊并称"粤东七子"。著有《岱云编》三卷、《岱云续编》三卷、《归云编》二卷、《归云续编》二卷、《巾箱拾羽》二十卷、《读杜姑妄》三十六卷等②。

《读杜姑妄》是吴梯"历数十年""又十余年""以八十老翁"撰成的"巨著"③,不仅"令人钦敬"④,更因其对杜诗的校勘、对杜诗旨意的独到心解而显得特殊。本文就其底本、版本及体例等予以考辨,以使今人了解其真面目。

---

①　关于吴梯之卒年,今依《清代七百名人传》,定为 1857 年。蔡冠洛编纂:《清代七百名人传》,北京:北京图书馆出版社,2008 年,第 305 页。

②　此处关于吴梯生平、著述,综合咸丰《顺德县志》卷十一、光绪《广州府志》卷九十六、民国《顺德县志》卷十四、卷十七、1996 年《顺德县志》。

③　(清)吴梯:《读杜姑妄自序》,《广州大典》影印广东省立中山图书馆藏清咸丰五年刻本《读杜姑妄》,第 301 页。按,本文所据《读杜姑妄》均据《广州大典》影印本,下省称"《广州大典》影印本"。

④　周采泉评语,周采泉著:《杜集书录》,第 507 页。

一、《读杜姑妄》之底本

很多人因未亲见《读杜姑妄》,故对其底本亦不甚了了。如周采泉推测"似为玉勾草堂本"①。玉勾草堂本《杜工部集》乃删去"钱氏之名、钱氏之序及《略例》及钱氏之笺注耳,其余正文、校文,一仍钱本之旧也"②。也就是说,玉勾草堂本杜集乃钱谦益《钱注杜诗》的白文本。我们可以将《钱注杜诗》与《读杜姑妄》作一简单对比。《读杜姑妄》卷五有《遣兴四首》,而《钱注杜诗》有三组《遣兴五首》。《读杜姑妄》之《遣兴四首》分别见于《钱注杜诗》之《遣兴五首》中。又《钱注杜诗》之《遣兴五首》"地用莫如马"一诗,"不杂蹄齿间"之"杂"后注"一作在"③,而《读杜姑妄》无注。仅此一例,他不赘述,可知《读杜姑妄》之底本非玉勾草堂本杜集。

那么,《读杜姑妄》的底本是哪一种杜集呢? 笔者断为曾噩刊本《九家注》,理由如下:

1. 笔者以台北"故宫博物院"影印瞿氏铁琴铜剑楼藏南宋本《新刊校定集注杜诗》与吴梯《读杜姑妄》对照,二本目录完全一致。

2. 吴梯在《读杜姑妄》中也有明文交代。卷一上《奉赠韦左丞丈二十二韵》,吴梯不同意范温《潜溪诗眼》论此诗为杜诗"压卷之作",驳正道:"范氏压卷之说似是而非,最足惑人。是诗列于卷首,旧本相传如此,谓出于有意,特以压卷则非。岂《咏怀》《北征》反逊此耶? 此尚是老杜早年之作,固为集中高唱。……然必舍此而另求压卷,或并全集移其次第,此亦妄人也已。杜集今存者以此《九家注》本为最古,仍朝旧第可耳。此是杜诗开卷第一义,因世俗狃于压卷之说,故极论焉,以破宿惑,非敢吹索不满于杜诗也。"④此段中的"杜集今存者以

<hr>

① 周采泉著:《杜集书录》,第 507 页。
② 洪业:《杜诗引得·序》,洪业著:《洪业论学集》,北京:中华书局,1981 年,第 341 页。
③ (唐)杜甫著,(清)钱谦益笺注:《钱注杜诗》,第 92 页。
④ (清)吴梯撰:《读杜姑妄》,《广州大典》影印本,第 327 页。

此《九家注》本为最古",可知吴梯依据的正是《九家注》。

又卷一上《送高三十五书记》,吴梯论此诗之分段及诗题,云:"此题各家俱作《送高三十五书记十五韵》,而诗却十六韵,与题不符,向罕知者,惟《九家注》本无'十五韵'三字。"[①]通过核检《杜工部草堂诗笺》《钱注杜诗》《杜诗阐》《杜诗详注》《读杜心解》《杜诗镜铨》等,均有"十五韵"三字。与《九家注》对照,《九家注》确无"十五韵"三字。

又卷二上《乐游园歌》,对题下旁注,吴梯云:"题下旁注十一字,后来注家多作'自注',惟《英华》作'晦日贺兰杨长史筵醉歌'。"加按语云:"《九家注》本旁注十一字,而不云'自注',盖以入题,今从之。"[②]核《九家注》本,确无"自注"字。

3. 吴梯在文中多次提及"从古本",这里所谓的古本即《九家注》本。如卷四上《雨过苏端》,对题下"端置酒"三字,吴梯云:"题下旁注,后来诸本皆作'自注'。"加按语云:"古本无'自注'字,盖以入题。"[③]检《九家注》本,确无"自注"字;检卢元昌《杜诗阐》,则标"公自注"三字。再如卷十四下《寄薛三郎中》,吴梯指出,这首诗题的末尾有的有"据"字,有的把"据"写作"璩"。对此,吴梯云:"古本无'据'字。"[④]核《九家注》原文,确无"据"字。

4.《九家注》含有薛苍舒、鲍文虎等注,因此,笔者取《读杜姑妄》所载"鲍注""薛云"与《九家注》所载相较如下:

卷二中《去矣行》,吴梯引鲍钦止解题云:"天宝十四载,公在率府,数上赋颂,不蒙采录,欲辞职,遂作《去矣行》。"[⑤]核《九家注》,只"载"作"年",其他无别。

卷九下《去秋行》,有云:"遂州城中汉节在,遂州城外巴人稀。"吴梯引鲍钦止云:"上元二年四月,剑南节度兵马使段子璋反,陷棉州。遂州刺史嗣虢王巨死之,节度李奂奔于成都,故诗云'遂州城中汉节

①　(清)吴梯撰:《读杜姑妄》,《广州大典》影印本,第328页。
②　(清)吴梯撰:《读杜姑妄》,《广州大典》影印本,第346页。
③　(清)吴梯撰:《读杜姑妄》,《广州大典》影印本,第389页。
④　(清)吴梯撰:《读杜姑妄》,《广州大典》影印本,第652页。
⑤　(清)吴梯撰:《读杜姑妄》,《广州大典》影印本,第356页。

在',盖伤之也。"①核《九家注》,一字不差。

卷十四中下《八哀诗·故著作郎贬台州司户荥阳郑公虔》有云:"黄石愧师长。"吴梯引薛云:"《汉·张良传》:老父出一编书,曰:读是则为王者师。后十三年,孺子见我济北谷城山下,黄石即我矣。遂去,不见。世所谓《三略》者,即其书也。此言'黄石愧师长',名其人耳,非书也。"②核《九家注》,一字不差。

通过以上四点,基本可断定吴梯《读杜姑妄》所据底本为《九家注》,那究竟是哪本《九家注》?《九家注》,古代的公私书目如《直斋书录解题》《读书敏求记》《天禄琳琅书目》《百宋一廛书录》《仪顾堂序跋》等均有收录及提要③。《九家注》由郭知达初刻于淳熙八年(1181),至宋理宗宝庆元年(1225),官广南东路转运判官的曾噩据蜀本摹刊于南海(今佛山南海)漕台④。至清代,《九家注》有武英殿聚珍本、嘉庆翻刻本等,蜀本已无传。而流传至今的曾噩漕司本共两部,一部归皕宋楼,今藏于日本静嘉堂文库;一部归瞿氏铁琴铜剑楼,今藏于台北"故宫博物院"。笔者通过研读林继中《杜诗赵次公先后解辑校》,可以断定吴梯所据《九家注》为清嘉庆翻刻曾噩刊本《九家注》。

据林继中《杜诗赵次公先后解辑校》"凡例"一,"是编甲、乙、丙三峡之辑佚,以中华书局影印南宋宝庆元年曾噩刊本《新刊校定集注杜诗》(简作《九家注》)为底本,校以清嘉庆刻本(简作'清刻本')……"⑤我们以《登历下古城员外新亭》"吾宗固神秀"为例,此首见《九家注》卷一,题作《登历下古城员外新亭北海太守李邕作》,《杜诗赵次公先后解辑校》题同《九家注》。然林继中在题下加校语云:"清刻本题作:

①　(清)吴梯撰:《读杜姑妄》,《广州大典》影印本,第496页。

②　(清)吴梯撰:《读杜姑妄》,《广州大典》影印本,第633页。

③　洪业著:《洪业论学集》,第307—308页。

④　曾噩刊本《九家集注杜诗》摹刊蜀本之说,李伟曾撰文否定,详李伟:《郭知达〈九家集注杜诗〉版本辨疑》,《杜甫研究学刊》2017年第1期。

⑤　(唐)杜甫著,(宋)赵次公著,林继中辑校:《杜诗赵次公先后解辑校》(修订本),第1页。

《登历下古城新亭亭本太守北海太守李邕作》。"①核《读杜姑妄》,题正与清刻本同。

再进一步证明吴梯所用确为清刻本。此诗末尾两句,《百家注》引了两条赵注,《九家注》同样引述,但在前标"新添"二字。其中有一条赵注云:"邕诗虽亦两字多有出处,似同杜公法门,而句法类皆枯瘁僻涩。然公集中录首唱之人无几,而公今录邕此诗于集,岂亦取其同法门邪?"对此条,林继中加校语:"两字多有出处:清刻本作:用字多有出处。"②《读杜姑妄》同样引述此条赵注,"两字多有出处",《读杜姑妄》作"用事多有出处"。"用字""用事",基本一致,意思也可通。想吴梯可能看错,但确是依据清刻本。

吴梯对赵注也进行了删减,如卷一上《高都护骢马行》,尾句云:"何由却出横门道?"对此句中的横门,赵次公注云:"鲍照诗:骢马金络头也。马展效在于壹战,则虽被青丝之饰以老,不若出横门以致功也。此与前所谓犹思战场利之意相为终始。汉宫殿名曰长安,有横门。又,《成帝纪》注:《三辅黄图》云:横门,北面西头第一门。横音光,其字从木,非纵横之横也。"《九家注》及《杜诗赵次公先后解辑校》此条赵注一样,而吴梯引则只从"汉宫殿名曰长安"至最后。

综上,可知吴梯所据底本为清嘉庆翻刻曾噩本《新刊校定集注杜诗》。不过,对于《九家集注杜诗》的版本、流传,至今学界仍有存疑,本文也只作一种推定。

二、《读杜姑妄》之版本

《读杜姑妄》,清刻本,二十五册。三十六卷,前十六卷为古体诗,后二十卷为近体诗。板框高 19.6 厘米,宽 13.8 厘米。现广东省立

---

①　(唐)杜甫著,(宋)赵次公著,林继中辑校:《杜诗赵次公先后解辑校》(修订本),第15页。

②　(唐)杜甫著,(宋)赵次公著,林继中辑校:《杜诗赵次公先后解辑校》(修订本),第16页。

中山图书馆、中山大学图书馆各藏一部,其余未见流传。每卷首署"顺德吴梯秋航案"。

《读杜姑妄》为多种文献著录:(1)方志类如咸丰《顺德县志》、光绪《广州府志》、民国《顺德县志》、1996年《顺德县志》等。(2)书目类(工具书)如周采泉编《杜集书录》"内编卷八辑评考订类"、张忠纲等编《杜集叙录》、广州图书馆编《广东历代著者要录·广州府部》、骆伟编《岭南文献综录》"文学部·别集类"、张文兵主编《全唐诗鉴赏词典》附录三《唐诗书目辑要》、陈伯海、朱易安主编《唐诗学书系》之《唐诗书目总录上》第三编别集类等。(3)今人的研究著作如孙微《清代杜诗学文献考》"道光、咸丰卷"、孙微《清代杜诗学史》第三章"清中期的杜诗学"、吴宏一主编《清代诗话考述》等。此外如孙殿起《贩书偶记续编》卷十三集部别集类亦有著录。

以上文献(著述)对《读杜姑妄》之版本,除周采泉模糊标为"清咸丰刻"外,其余皆标为"咸丰四年"。《广州大典》据广东省立中山图书馆所藏原版影印,亦将版本标为"咸丰四年"。然据吴梯《读杜姑妄后序》所云:"事有不可料者。吾成此书之难,前序略言之矣,乃犹未已也。此刻始于咸丰三年之冬,订以四年之夏,蒇事及期仅完半。五月而东莞盗起,六月而据佛山镇,七月而破顺德城。遍地红巾,所至焚掠。板本在马冈之冯怀香堂,其处浩劫屡经,而吾此书独幸无恙。惟道途中梗,无梨枣以续成之。"又云:"至(五年)三月中旬,兵来贼去,而城复乱,计十阅月矣。乃得续理此书,以底于成其难也。"①由此知此书始刻于咸丰三年,咸丰四年续刻及校订,中经匪乱,至咸丰五年终刻完帙。故其版本当为咸丰五年。程中山所作《〈读杜姑妄〉考述》亦据吴梯后序定是书版本为咸丰五年②。

黄国声在《广东马冈女子刻书考索》中提及马冈冯怀香堂咸丰中

---

① 吴梯:《读杜姑妄后序》,(清)吴梯撰:《读杜姑妄》,《广州大典》影印本,第419页。

② 吴宏一主编:《清代诗话考述》,台北:"中央研究院"中国文哲研究所,2006年,第793页。

刊《读杜姑妄》三十二卷①，卷数与以上诸书所云"三十六卷"不同。据吴梯"后序"可知，此即咸丰四年未完本。

三、《读杜姑妄》之体例

古人著书，首言凡例（体例、义例）。注杜诸家也多先明体例，如钱谦益《注杜诗略例》、仇兆鳌《杜诗凡例》、张远《杜诗会粹凡例》等。吴梯《读杜姑妄》虽无明文交代凡例，但不难总结。

周采泉在介绍《读杜姑妄》的体例时说："此为读杜随笔，第一行'《读杜姑妄》上'同行下署'顺德吴梯秋航按'，不曰'注''解''撰'，而曰'按'，盖每诗皆于篇末另行低一格加按语也。其体例略同于吴见思《杜诗论文》及陈式《杜意》，每卷分上、下，故全书共三十六卷。诗皆白文，无句下注，亦无圈点……第一首为《奉赠韦左丞丈二十二韵》，则亦为古、近体编。篇末首冠一'题'字，下引《杜臆》云：'前诗有颂韦丞语，此篇全属陈情，题曰赠，似以宜作呈为是。'则系据仇杨两注转引。冠以'题'字者，实解题耳。"②张忠纲等编《杜集书录》中对《读杜姑妄》介绍说："此书每卷分上、下，按古、近体编次。卷前第一行署'读杜姑妄上（或下）'，同行下署'顺德吴梯秋航按'。每诗于篇末另行低一格加按语。诗皆白文，无句下注，亦无圈点。多引王嗣奭《杜臆》及仇兆鳌、杨伦之说。"③此介绍大体沿袭周采泉之说。但据笔者查检，《读杜姑妄》的卷次依《新刊校定集注杜诗》确分三十六卷，但并非如周、孙所说每卷分上、下。其中卷二、卷六、卷十一、卷十三、卷十四、卷十五、卷十六、卷十八、卷十九、卷二十、卷二十二、卷二十三、卷二十四、卷二十六、卷二十九、卷三十、卷三十二、卷三十六皆分"上、中、下"。又卷十三、卷十四、卷十九、卷二十、卷三十，此五卷之中卷亦分"上、下"。通过校读全书，可知《读杜

①　黄国声：《广东马冈女子刻书考索》，《文献》1998 年第 2 期。
②　周采泉著：《杜集书录》，第 507 页。
③　张忠纲等编著：《杜集叙录》，济南：齐鲁书社，2008 年，第 452 页。

姑妄》的体例分为题解、校勘、杜旨阐释、杜诗分段和杜诗释疑五部分。

(一) 杜诗题解

题解是杜诗注释的一贯内容,吴梯对杜诗之题目多有解释,所解释的内容也十分丰富。

1. 解释诗题中所提到的人。如卷一上《高都护骢马行》,仇兆鳌认为诗题中的"高都护"指的是高仙芝,吴梯同意仇兆鳌的看法,所以先引仇兆鳌的判断:"高仙芝平少勃律在天宝六载。是年,大食诸部七十二国皆降附。八载,入朝,诗云'飘飘远自流沙至',又云'长安壮儿不敢骑',正其时也。九载,仙芝讨石国,俘其王以献,则知次年又往边疆矣。此诗当是天宝八载所作。黄云七载,梁云十一载,皆非。"接着吴梯加按语云:"仇说近是,当即其人。"①

2. 解释诗题中一些名词。如卷一下《天育骠骑歌》,对题目中的"天育",吴梯引(王)洙曰:"天育,厩名。"引朱氏(鹤龄):"谓诸书无考。"引浦(起龙)按云:"疑是当时称天厩之俗名。"针对王、朱、浦三家注,吴梯案云:"诸说俱非。骠乃马之一种。《说文》:'黄马,发白色。'则指其物色。天育言其为天所特生,则指其德力,乃是合三字而为一马之名,特以褒异此马。杜《丹青引》有玉花骢,《观曹将军画马图》有照夜白、拳毛騧、师子花等名目,天育骠正与之同。或疑不见史传,马名无关紧要,故偶缺载,转赖杜诗以永传耳。《西京杂记》文帝九马,四曰逸骠。《旧唐书》太宗十骥,六曰飞骠。杜《徒步归行》亦有'须公枥上追风骠',其为马名无疑。"②

3. 论杜诗编年。注杜诸家多于解题中论杜诗编年,吴梯亦复如是。如卷一下《白丝行》,题解中吴梯先引仇兆鳌注:"此诗当是天宝十一二载间,客居京师而作,故末有'忍羁旅'之说,当依梁氏编次。师氏谓此诗乃讥窦怀贞。鹤云:怀贞亡于开元元年,公时才两岁,于

①　(清)吴梯撰:《读杜姑妄》,《广州大典》影印本,第333页。
②　(清)吴梯撰:《读杜姑妄》,《广州大典》影印本,第334页。

年月不合。"针对仇兆鳌等人说法，吴梯加按语道："师说非，鹤说是。此等若无确据，不必凿空妄指。"①

4. 论题目本来面目。如卷二下《三川观水涨二十韵》，吴梯云："题云二十韵，诗却二十三韵，当是题脱'三'字。注家无察及者。"②检诸本确皆作"二十韵"，故吴梯对自己这种发现亦颇为自矜，特指出"注家无察及者"。

5. 论杜诗旨意。如卷四上《喜晴》，吴梯指出此题有作《喜雨》者，其加按语云："作'喜雨'亦得。须知晴雨一样，意在雨旸应候，及时可耕，以起归隐之计耳。"③再如卷五下《前出塞九首》，吴梯详引赵次公、王嗣奭、仇兆鳌三家论此诗之旨，赵云："此诗与《后出塞》，皆代边士之作。"王嗣奭云："《前出塞》云赴交河，《后出塞》云赴蓟门，明是两路出兵。"仇注："当时初作九首，单名《出塞》，及后来再作五首，故加前、后字，以分别之。旧注见题中前、后字，遂疑同时之作，误矣。"针对三家之说，吴梯加按语云："诸说并是。"④

6. 论杜诗制题之法。这也是杜诗学家较多关注的问题。如卷十四下《君不见简苏徯》，吴梯解题曰："起用两'君不见'，即以为题，可悟制题之法。"⑤因此诗起两句皆以"君不见"开头，故吴梯认为杜甫即用"君不见"为题。

(二) 杜诗校勘

校勘是历代杜诗注家所关注的问题，也是《读杜姑妄》最主要的内容。程中山曾将吴梯的杜诗校勘特点总结为：(1) 吴氏多能罗列各种版本，考起同异，或引杜诗以互证，或以诗句上下诗意，以证其见。(2) 吴氏重杜诗用字之声调，借以辨别字句易动或讹误。(3) 吴氏辨别诗句异文，多推崇古本。(4) 吴氏尝对异文作大胆推测，图以

①　(清)吴梯撰：《读杜姑妄》，《广州大典》影印本，第 335 页。
②　(清)吴梯撰：《读杜姑妄》，《广州大典》影印本，第 360 页。
③　(清)吴梯撰：《读杜姑妄》，《广州大典》影印本，第 390 页。
④　(清)吴梯撰：《读杜姑妄》，《广州大典》影印本，第 420 页。
⑤　(清)吴梯撰：《读杜姑妄》，《广州大典》影印本，第 651 页。

见杜诗原作。① 这些亦可作为吴梯校勘杜诗的方法看待。现笔者对吴梯的杜诗校勘类型和原则总结如下。

1.《读杜姑妄》校勘类型

因各种原因,杜诗在后世的传刻过程中出现了一些讹误,总的来说,包括形、音两个方面的讹误。笔者将吴梯的杜诗校勘类型统计如下表:

表9　《读杜姑妄》校勘类型

序号	总类	细类	例句	吴梯所列讹字	吴梯按语
1	形	形近而讹	卷一上《兵车行》:武皇开边意未已。	"武",一作"我"。	作"我"非,形近而讹。必用武皇,方与下句"汉家山东二百州"相应。
2			卷一下《醉时歌》:痛饮真吾师。	"真",一作"直"。	作"直"非,形近而讹。
3		形似而讹	卷一下《天育骠骑歌》:矫矫龙性合变化。	"合",一作"含"。	含,形似而讹。
4		偏旁之讹	卷一下《秋雨叹三首》其一:城中斗米换衾裯。	"换",一作"抱"。	作"抱"非,偏旁之讹。
5			卷一下《示从孙济》:宅舍如荒村。	"宅",一作"客"。	作"客"非,并从"宀"而讹。
6			卷一下《醉时歌》:终古立忠义	"立",一作"占"。	作"占"无义,作"立"亦欠显豁,鄙见疑本作"泣",因缺去偏旁而讹。
7	音	音同而讹	卷一下《醉时歌》:时赴郑老同衾期。	赵云:"'衾',当作'襟'。"	赵说非,"衾"是,作"衾",音同而讹。
8		音近而讹	卷一下《天育骠骑歌》:矫矫龙性合变化。	"矫矫",一作"矫然"。	矫矫,音近而讹。

---

① 吴宏一主编:《清代诗话考述》,第794—795页。

（续表）

序号	总类	细类	例句	吴梯所列讹字	吴梯按语
9	音形	音同形近而讹	卷一上《送高三十五书记》：饥鹰未饱肉。	"饥"，后来注家本多作"饑"。	作"饑"非。饑、饥义异，音同形近而讹，古本作"饥"不可改。
10		音同形近而讹	卷一上《陪李北海宴历下亭》：北渚凌清河。	"清河"，一作"清菏"，一作"青荷"。	一作皆非，并音形近而讹。北渚，指北海。清河，指历下。
11		音形并近而讹	卷二下《悲陈陶》：野旷天清无战声。	"旷"，一作"广"。"清"，一作"晴"。	一作并非，音形并近而讹。

《读杜姑妄》中的杜诗"误"字类型，除吴梯大胆推测外，皆如上表所示。

2. 校勘原则

　　吴梯的杜诗校勘遵循一定的原则，并非随意为之。他所遵循的第一个原则便是从古本，即《九家注》。第二个原则是"非改杜诗，乃订误本耳。"吴梯在卷二下《哀王孙》诗末加按语云："诗仅二十八句，而各本字之不同者，已有十余处。可见杜诗流传至今，已无定本，只可择其善者而从之。非改杜诗，乃订误本耳。"①第三，在不能确定时，秉持阙疑或商量的原则。吴梯多次在注中表达这一原则，如"愿与普天下读杜者同商榷焉"②"不敢固执，姑备一说"③"不敢冒昧，姑备一说"④等。第四，如程中山所总结的，吴梯擅于以杜注杜，擅于从音韵学的角度来校勘杜诗。如卷十八下《陪李金吾花下饮》，其中"细草称偏坐"，吴梯指出"称偏"，一作"偏称"，引赵次公注："'称'字去声，如公尝使'偏劝腹腴愧年少''渔父忌偏醒''病骥思偏秣'之义。"吴梯又指出仇兆鳌《杜诗详注》作"偏称"，引仇兆鳌注云："（称）义从去声，读用平声。一作'称偏坐'，非。"针对异字及赵、仇二家注，吴梯

---

① （清）吴梯撰：《读杜姑妄》，《广州大典》影印本，第 365 页。
② 卷十二上《壮游》，（清）吴梯撰：《读杜姑妄》，《广州大典》影印本，第 563 页。
③ 卷十五上《忆昔行》，（清）吴梯撰：《读杜姑妄》，《广州大典》影印本，第 656 页。
④ 卷六上《铁堂峡》，（清）吴梯撰：《读杜姑妄》，《广州大典》影印本，第 429 页。

云："赵、仇二说皆觉未安。鄙见疑有误字，'称'当作'胜'，音近而讹。'细草偏胜坐'，何等明白！'坐'字读上声，若读去声，则与上之'见轻吹鸟毳'、下之'醉归应犯夜'为叠犯声病。"①

（三）杜旨阐释

对于前人阐释杜诗旨意的见解，吴梯多有征引，并秉持"旧解所有，存是去非；旧解所无，独抒鄙见"的原则，或驳正，或申发，或独创。所征引范围上至《九家注》，下至明清诸家，比较多的杜诗学者有钱谦益、王嗣奭（从《杜诗详注》引）、朱鹤龄、卢元昌、仇兆鳌、浦起龙、杨伦等，由此也可见杜诗学史的流传；还有就是一些笔记，比如胡仔《苕溪渔隐丛话》、洪迈《容斋随笔》等；此外是一些诗学大家，如杨慎、王士祯、翁方纲、沈德潜等。但更多的是他对杜诗旨意的独到见解，故他多次在解中注明"此句向无的解"，从而"独抒鄙见"。如卷五下《前出塞九首》之九有云："中原有斗争，况在狄与戎？"朱鹤龄、仇兆鳌、浦起龙诸家均无解，卢元昌评"中原有斗争，况在狄与戎。丈夫四方志，安可辞固穷"曰："四句发明出塞之故。"又云："'众人贵苟得'，道尽边帅幸功之弊。"②相对来说，卢元昌揭示出了部分诗旨，然不如吴梯的阐释深刻，吴梯案云：

> 二句向无的解，乃承上文论功苟得而来，言中原耳目，至近论功尚有斗争，况在戎狄之远。断无实绩可稽，不过皆冒功邀赏而已。洞见军营营私积习。而当时所以出塞之故，正为此，恰好接到收场。凡为此者，皆欲辞固穷者耳。丈夫四方之志，安可如此哉？收联亦是作诗大旨，借从征者口中说出，与起处相映成章法。起言在上者有好大喜功之心，收言在下者有冒功邀赏之望，上下相蒙，复上下相市。遂至兵连衅结，祸延国家。君以此始，

---

①　（清）吴梯撰：《读杜姑妄》，《广州大典》影印本，第765页。

②　（清）卢元昌撰：《杜诗阐》卷九，台湾大通书局1974年影印康熙二十五年书林刊本。

亦以此终，吁可畏哉。①

此外，对于杜诗主旨或某些诗句的阐释，吴梯还能够联系自己的亲身实际进行阐释，如卷六上《赤谷》："乱石无改辙。"对此句的解释，吴梯先引述赵次公的解释："言涂（途）虽值乱石，业已欲前矣，不以乱石之故而改辙焉。"吴梯认为赵次公之解没有真正理解杜诗的含义，所以他解释道："乱石载涂，只有一辙，非能改而不欲，乃欲改而不能。仆前莅蒙阴，由县城西南行，往盘车沟。中有数里，遍地皆石，车后石面，转轮更无他径，沟之得名以此。每到其间，辄诵杜诗'乱石无改辙'之句，为黯然销魂焉。"②与赵次公解相对照，吴梯以自己亲身经历得出的解释确符合杜诗旨意。集中尚有多处这样的例子。

（四）杜诗分段

明末清初注杜诸家，如卢元昌、仇兆鳌、浦起龙皆对杜诗进行分段。吴梯《读杜姑妄》即在校勘完字句后，便引仇兆鳌、浦起龙二家之分段，然后予以判定，是则从，非则驳。我们以卷二下《哀江头》为例。吴梯引仇兆鳌分段："此章，四句起，下二段各八句。起见曲江萧条，有故宫离黍之感；中段忆贵妃游苑事，极言盛时之乐；末慨马嵬西狩事，深致乱后之悲。"吴梯不同意仇兆鳌的分段，加按语说："仇分段非。起、结各四句，中一大段十二句，俯仰今昔，乐极哀生。通篇叙事言情，不着议论，此为得体。"③此诗杜甫确无议论，诚如黄生评价说："此诗半露半含，若悲若讽。天宝之乱，实杨氏之祸阶，杜公身事明皇，既不可直陈，又不敢曲讳，如此用笔，浅深极为合宜。"④黄生所谓"合宜"，亦如吴梯之谓"得体"。

---

①　（清）吴梯撰：《读杜姑妄》，《广州大典》影印本，第 421 页。
②　（清）吴梯撰：《读杜姑妄》，《广州大典》影印本，第 428—429 页。
③　（清）吴梯撰：《读杜姑妄》，《广州大典》影印本，第 363 页。
④　仇兆鳌引黄生评语，(唐)杜甫著，(清)仇兆鳌注：《杜诗详注》，第 407 页。

（五）杜诗析疑

在字句校勘、分段论之后，围绕杜诗存在的一些疑难问题，吴梯也会加以分析。如范温论《奉赠韦左丞丈二十二韵》为杜集"压卷"之作。这里我们以卷十四下《别李义》为例。吴梯在最后引王慎中（遵岩）曰："殊不见用意处。"引邵子湘（长蘅）曰："语极觍缕，气颇苦衰茶，子美晚年有此颓唐之笔。"引何焯（义门）于起处评云："韩退之碑版每学此笔法。"又指出王士祯（渔洋）的评点："王渔洋无评，前半单点抹'淮湖奔'三字，'忆昔初见时'四句单圈，'误失将帅意'以下至收单圈，'涕唾烦'三字、'戎轩'二字、'困石根'三字并尖起单点。"针对诸家对此诗之评论，吴梯加了一段较长的按语：

> 义门评近是，余子所见皆非，而邵青门尤为大谬。此诗乃杜集中有数之作，何以言之？以文笔为诗，惟韩昌黎能之，杜亦间有，而不多也。至以《史》《汉》为诗，昌黎亦谢不敏，惟杜夔州以后能之。此篇与《别张十三建封》《送重表侄王砅评事使南海》，皆《史》《汉》也，皆夔州以后诗也。诗至此，地位峻绝，蔑以加矣。后人不惟不能作，亦不能读。就中《送王砅》一首，世尚有喜者，《别李》《别张》，知者鲜矣。评家于此篇收处，亦间或首肯，起处则真赏殆绝矣。盖世人学诗者多，好杜者少，能好杜夔州以后诗尤少。诗人学古文者少，学古文而能知《史》《汉》者更少。杜此等诗直逼《史》《汉》，宜知音之难遇也。自唐迄今，遥遥千载，相赏者谁？甚至恣加訾毁，子美所以有文章千古、得失寸心之叹也。义门以为昌黎碑版学此，亦管中窥豹，时见一斑者矣。愚故表而出之，与同志共焉。[①]

对杜甫此诗之特色、杜甫以文为诗的笔法，吴梯之分析较深刻、到位，对诸家之评价亦较为公允。

---

① （清）吴梯撰：《读杜姑妄》，《广州大典》影印本，第 648—649 页。

　　以上就《读杜姑妄》的一些基本情况进行了考订,只是今人多未见此书,故知之甚少。若想全面了解吴梯的杜诗学研究特色,还要认真详读《读杜姑妄》本文。吴梯是道咸年间岭南著名的诗人,其诗又宗杜甫,故以诗人之身份解杜诗,诚能解其会心处。吴梯一生虽做过几任官职,但都不太重要。其吏治虽有名声,然终难骋大志。晚年又迭经世乱,盗匪猖獗,就连《读杜姑妄》底本几遭不测。这些经历使其与卢元昌等人的注杜心理具有一致性:这些人以自己的方式或注或解,从而在心理上获得与杜甫相知的慰藉。他们都渴盼做杜甫千年而后的知音,也都不惜穷十数年之精力而注杜。如《读杜姑妄》这样的杜诗注本,正是我们探求他们这份"心路历程"的最好载体,也是据以了解杜诗、传承杜诗的最好凭借。

第三节　岭南杜诗学文献研究论纲

　　陶渊明《饮酒二十首》其十一有云:"虽留身后名,一生亦枯槁。"①这两句诗用来形容杜甫非常适合,所以龚斌先生谓:"'虽留'二句意同杜甫《丹青引》诗'但看古来盛名下,终日坎壈缠其身'。"②杜甫《丹青引》这两句诗是用来安慰流落蜀地的曹霸的,但诚如汪灏所谓:"借古人不遇以慰将军(按即曹霸),并倾注自己满腹眼泪,千古有名人俱为之一哭。"③慰人,亦慰己。所以,这两句诗又何尝不是杜甫的"夫子自道"! 杜甫生前,乃至身后很长一段时间(一直到晚唐),声名都未彰显;直到宋代开始,杜诗经过宋人反复研习,才确立其经典地位,杜甫也才成为人们敬仰的对象。也正是从宋人开始,"杜诗学"逐渐成为一门学问,直到今天,杜诗学仍是世界学人共同关注并

---

① (晋)陶潜著,龚斌校笺:《陶渊明集校笺》,上海:上海古籍出版社,1996年,第232页。

② (晋)陶潜著,龚斌校笺:《陶渊明集校笺》,第233页。

③ 《杜甫全集校注》引汪灏语,萧涤非主编:《杜甫全集校注》卷十一,第3204页。

付诸实践的研究对象。

有学者认为,"研究杜诗学史,应包括杜甫所受前人的影响及其对后世的影响,还应包括对后世研究杜甫著作的再研究与再评价。"①有关"杜甫受前人的影响及对后世的影响"的研究成果已经很多,而对"后世研究杜甫著作的再研究与再评价",因很多文献久藏秘府,世人无由得见;还有很多零篇断什存于别集或总集等著述内,无人整理抽绎,所以,这为今天的杜诗学者提出了共同的话题。虽然有关"后世研究杜甫著作的再研究与再评价"的成果也相当可观,但只要我们泛览周采泉《杜集书录》、张忠纲等《杜集叙录》等杜集书目文献即可知,有关"再研究与再评价"的研究仍大有可为,且很有价值。

在古代,地理、交通对文学的影响非常大。岭南②在古代被称为"偏远"之地,所以,文学的产生、发展和影响,都无法与中原内陆、江南等地相媲美。黄天骥先生曾说:"千百年诗渊词海,浩浩乎浸润九州;亿万人激吭高吟,袅袅兮金声玉振。雅泽绵绵,迭代传芳;诗国泱泱,寰球无两。惟周秦之世,粤人远处炎方,隔居岭外;汉晋以前,风气未开。徒闻嘶嘲之山笛,空负早春之梅柳。汉晋以还,虽初被风教,尚未可以言诗,偶有篇什,亦已尘湮星散。迨唐代张曲江开文献之宗,举风雅之旗,接中土之天声,揽岭表之芳润。于是云山珠水,尽入诗怀;雁声渔火,都成雅调。……遂使岭表骚坛,别辟蹊径,既承中原统绪,亦注百粤宗风,从此艺苑添我新花,诗海渐开一脉。"③所以,研究岭南诗歌,一般都从唐代的张九龄开始④。杜诗之于宋人及宋代以后的诗家影响都很大,所以,自宋代开始,江苏、浙江、福建、河

---

① 张忠纲、綦维、孙微著:《山东杜诗学文献研究·绪论》,第2页。

② 本文所谓岭南,限于今天行政区划上的广东省。

③ 黄天骥:《全粤诗序》,中山大学中国古文献研究所编:《全粤诗》,广州:岭南美术出版社,2008年,第1页。

④ 陈永正《岭南诗歌研究》论"岭南诗派"分为萌芽期、成长期、成熟期三期,但萌芽期"没有比较杰出的诗人和诗作",成长期也仅有唐、宋时期的张九龄、邵谒、陈陶、余靖、崔与之、李昴英等6人,个中能以诗名世的也只有张九龄、余靖二人而已。岭南诗歌的真正成熟,并逐渐成为一个"派别",是从元末明初的"南园五子"开始。详参陈永正:《岭南诗歌研究》,广州:中山大学出版社,2008年,第24—41页。有关诸人的诗歌成就,还可（转下页）

南、四川、江西等很多省份,都有关于杜诗注解之作、学习杜诗之人,但唯独岭南地区可考见的杜诗学文献,只能溯源至明代。笔者研习杜诗学以来,近年开始关注岭南的杜诗学文献,认识到岭南的杜诗学文献虽然不多,但也确是一种存在;尤其是见存的一些杜诗学文献,少有人关注,以至于对它们的价值认识不足。所以,本文对岭南杜诗学文献的类型、特点进行宏观介绍,以期为后续的微观深入研究做一准备工作。

一、杜甫诗歌中的“岭南”

杜甫晚年漂泊湖湘,最南端到过衡阳、耒阳,岭南可谓“近在咫尺”。杜甫虽未到过岭南,但其诗中却有很多“岭南”。据笔者统计,杜诗中与岭南有关的共有 19 首,可大致分为两类:一类写与岭南有关之人;一类写与岭南有关之事或物。

1. 与岭南有关之人

杜甫所写与岭南有关之人,除张九龄为韶关(唐时称韶州)人外,其他均为到岭南(广州、韶州、南海)做官或行事。详下表:

表 10　杜诗所写与岭南有关之人

诗题	所写之人	事由
送翰林张司马南海勒碑	张司马	送碑
寄杜位	杜　位	被贬
广州段功曹到,得杨五长史谭书,功曹却归,聊寄此诗	段功曹、杨谭	赠书
得广州张判官叔卿书,使还,以诗代意	张判官	赠书
送段功曹归广州	段功曹	送别

(接上页)细参陈永正主编:《岭南文学史》,广州:广东高等教育出版社,1993 年。杨权、陈丕武在文章中也说:“岭南诗歌出现的时间甚为久远,但具有严格意义的岭南诗歌史,应当是从曲江张九龄开始的。这位被唐玄宗誉为‘文场元帅’的一代诗宗,以其杰出的创作活动为岭南诗歌在诗坛争得了一席之地,同时,也开创了粤海的百代诗风。”杨权、陈丕武:《诗派标准与“岭南诗派”》,《学术研究》2012 年第 3 期。

（续表）

诗题	所写之人	事由
送李卿晔	李　晔	被贬岭南
八哀诗·故右仆射相国曲江张公九龄	张九龄	哀挽
衡州送李大夫赴广州	李　勉	任官
潭州送韦员外牧韶州	韦　迢	任官
赠韦韶州见寄	韦　迢	答诗
奉送魏六丈佑少府之交广	魏　佑	干求亲知
送重表侄王砅评事使南海	王　砅	出使
送魏二十四司直充岭南掌选崔郎中判官兼寄韦韶州	魏司直	任官
舟中苦热遣怀奉呈阳中丞通简台省诸公	李勉等	赠书

2. 与岭南有关之事、物

　　杜诗中所写岭南之事和物不多,但都具有代表性。比如岭南荔枝,我们今人熟悉的是杜牧所写的"一骑红尘妃子笑,无人知是荔枝来"①,但岭南贡荔枝之事,杜甫已经予以讽刺性书写了。此外,提到最多的便是冯崇道造反。

表 11　杜诗所写与岭南有关之事、物

诗题	所写岭南事、物
诸将五首其四	南方州郡贡使久不通
解闷十二首其九、其十	岭南荔枝
自平	宦官吕太一南海收珠
归雁(闻到今春雁)	涨海、罗浮
蚕谷行	冯崇道造反

　　以上只是将这些诗搜检了出来,而围绕这些诗的编年、诗中所写之人的行迹、所写历史事件,还有这些诗的艺术特色、历代接受等,都需要进一步细致研究。

---

　　①　杜牧:《过华清宫绝句三首》其一,(唐)杜牧著,(清)冯集梧注:《樊川诗集注》,上海:上海古籍出版社,1962年,第138页。

二、岭南人所作杜集书目

张忠纲先生曾说："在整个中国古典诗歌史上，还没有哪一个诗人的集子像杜甫诗集这样让后人如此重视。前有唐宋人的纂辑、校勘、整理，后有历代学者文人的选注、评点、笺释、疏解，对杜诗的整理研究可谓代代更替，踵武不绝，且异彩纷呈，成果累累。"①但在这累累成果中，岭南人所作却相对式微；且大部分都已亡佚，而存者也成为"特藏书"而鲜为人所见，因此，对这些仅存的成果，今人研究也不多。笔者以周采泉《杜集书录》（上海古籍出版社，1986 年）、郑庆笃等所编《杜集书目提要》（齐鲁书社，1986 年）、张忠纲等编著《杜集叙录》（齐鲁书社，2008 年）、孙微《清代杜诗学文献考（增订本）》（上海古籍出版社，2019 年）4 部杜集书目著作为基础，搜检出以下岭南人所作杜集书目，详下表：

表 12　今人杜集书目所载岭南人所作杜集文献

杜集书目著作	序号	杜集文献	作者	著录或保存	备注
周采泉《杜集书录》	1	读杜窃余	（清）劳孝舆	清代诗征	未见
	2	读杜姑妄	（清）吴梯	中山大学	
	3	批杜诗阐	（清）宋荦	广东人民图书馆	残本
	4	批杜诗阐	（清）邵长蘅	广东人民图书馆	残本
	5	杜集约	（明）黄琦	潮州府志艺文志	未见
	6	杜诗注	（清）汪后来	广东文征作者考	未见
	7	杜律诗解	（清）高鐄	民国乐昌县绪志卷三一文学传	未见
	8	李杜或问	（明）黄淳	清光绪广州府志艺文部	未见
	9	李杜诗选	（清）屈大均	萧一山《清代学者著述表》	未见
	10	李杜诗解	（清）罗国器	清光绪广州府志艺文志	未见

① 张忠纲：《杜集叙录前言》，张忠纲等编著：《杜集叙录》，第 1 页。

（续表）

杜集书目著作	序号	杜集文献	作者	著录或保存	备注
同上	11	读杜韩笔记	（清）李黼平	清光绪嘉应县志艺文志	
	12	集杜诗	（清）杨天培	民国大埔县志艺文志	
	13	和杜诗	（明）曾仕鉴	清黄虞稷千顷堂书目	
郑庆笃等《杜集书目提要》	1	读杜韩笔记	（清）李黼平	上海中华书局聚珍仿宋本	
	2	杜诗会意详说	（清）陈如岳		
	3	读杜姑妄	（清）吴梯	贩书偶记续编卷十三	
	4	读杜窃余	（清）劳孝舆	道光广东通志卷一百九十八	
张忠纲等《杜集叙录》	1	和杜诗	（明）曾仕鉴	清黄虞稷千顷堂书目	佚
	2	李杜诗意	（明）李延大	民国乐昌县绪志艺文志	佚
	3	李杜诗选	（清）屈大均	萧一山《清代学者著述表》	佚
	4	杜诗注四卷	（清）汪后来	广东文征作者考	佚
	5	李杜诗解	（清）罗国器	清光绪广州府志艺文略七	佚
	6	读杜窃余	（清）劳孝舆	清光绪广州府志艺文略七	佚
	7	西岩集诗稿①	（清）杨天培	民国大埔县志艺文志	佚
	8	说杜择粹	（清）谢圣钠	清光绪广州府志艺文略七	佚
	9	读杜韩笔记	（清）李黼平	上海中华书局聚珍仿宋本	
	10	读杜姑妄	（清）吴梯	咸丰四年（1854）刊本	
	11	杜律诗解	（清）高鐏	民国乐昌县绪志卷三一文学传	佚
	12	杜诗会意详说	（清）陈如岳	北京市文物局、中国古籍善本书目集唐五代别集类	
孙微《清代杜诗学文献考》	1	李杜诗选	（清）屈大均	萧一山《清代学者著述表》	佚
	2	杜诗注	（清）罗湛	民国佛山忠义乡志卷一一艺文下	佚
	3	李杜诗解	（清）罗国器	清光绪广州府志艺文略七	佚
	4	杜诗注释	（清）廖贞	广东通志卷二九一	佚
	5	杜诗矩四卷	（清）汪后来 吴恒孚	广东文征作者考著录为杜诗注	

① 周采泉误作《集杜诗》,张忠纲等编著:《杜集叙录》,第 398 页。

（续表）

杜集书目著作	序号	杜集文献	作者	著录或保存	备注
同上	6	西岩集杜稿	（清）杨天培	民国大埔县志艺文志	
	7	读杜窃余五卷	（清）劳孝舆	清光绪广州府志艺文略七	佚
	8	说杜择粹	（清）谢圣辂	清光绪广州府志艺文略七	佚
	9	杜诗意	（清）陈接	民国东莞县志	佚
	10	读杜韩笔记	（清）李黼平	上海中华书局聚珍仿宋本	
	11	读杜姑妄	（清）吴梯	咸丰四年（1854）刊本	
	12	李杜韩苏诗选句分韵	（清）黄春帆		佚
	13	杜诗会意详说	（清）陈如岳	北京市文物局、中国古籍善本书目集部唐五代别集类	

上表中所列今人 4 种杜集书目所著录岭南人所作杜集文献互有重复，除去重复，岭南人所作杜集文献共有 18 种，其中亡佚 15 种，仅《杜诗会意详说》《读杜韩笔记》《读杜姑妄》3 种见存。今人蔡锦芳所著《杜诗学史与地域文化》，论及广东的杜诗学，谓明清两代，广东共有 16 种杜集文献，仅谭、梁、邓三人所校本《杜工部集》未见于上表（此书笔者放到下文分析），其他 15 种中，蔡锦芳谓黄春帆《李杜韩苏诗选句分韵》有"道光十二年（1832）刻本"，与上表所备注不同。[①] 但总之，岭南人所流传至今的杜集文献真是"屈指可数"。

仅存的 4 种杜集文献，目前对它们的研究都处于"叙录"（提要）阶段。笔者近两年开始整理吴梯《读杜姑妄》，才对其版本、底本、体例、杜诗学研究特色等予以揭示，但仍有未尽之处。

三、岭南人所作笔记、诗话等所见杜诗学文献

笔记和诗话是保存诗学文献较为典型的两类著述。岭南人所作

---

① 蔡锦芳著：《杜诗学史与地域文化》，杭州：浙江大学出版社，2015 年，第 361—367 页。

笔记和诗话也不多，但因为杜诗之于古典诗歌的影响，所以，岭南人在谈诗时，有时也会论及杜诗，这些，我们皆可视为杜诗学文献。本文举笔记、诗话、诗歌选集三种为例来说明。

1. 吴梯《巾箱拾羽》所见杜诗学文献

《巾箱拾羽》二十卷，清吴梯撰，清道光二十九年（1849）刻本，藏广东省立中山图书馆。此书为吴梯晚年读书札记，所读书四部皆有，每则先录原文，后加按语，或是或非，均有辩驳，其中多条论杜，如卷一"解杜作骑墙之见"条载：

> 《岁寒堂诗话》：杜子美《登慈恩寺塔》云："回首叫虞舜，苍梧云正愁。惜哉瑶池饮，日宴昆仑丘。"此但言其穷高极远之趣尔，南及苍梧，西及昆仑，然而叫虞舜，惜瑶池，不为无意也。《白帝城最高楼》云："扶桑西枝对断石，弱水东影随长流。"①使后来作者如何措手？东坡《登常山绝顶广丽亭》云："西望穆陵关，东望琅邪台。南望九仙山，北望空飞埃。相将叫虞舜，遂欲归蓬莱。"袭子美已陈之迹，而不逮远甚。山谷《登快阁》诗云："落木千山天远大，澄江一道月分明。"此但以远大分明之语为新奇，而究其实，乃小儿语也。山谷晚作《大雅堂记》，谓子美死四百年，后来名世之士，不无其人，然亦未有能升子美之堂者，此论不为过。

针对《岁寒堂诗话》所论，吴梯加按语云：

> "但言其穷高极远之趣"，此论是。"叫虞舜，惜瑶池，不为无意"，此论非。通首皆穷高极远之趣，并无讥讽微旨。若作骑墙之见，仍是泥于明皇贵妃，不能摆脱。②

他如卷三论杜诗"赤霄行""晴""山寺""巳上人茅斋""戏为六绝

---

① 此句后，吴梯小字双行注云："按此诗刊本'对断石'，或作'封断石'。"
② （清）吴梯撰：《巾箱拾羽》卷一，《广州大典》影印道光二十九年刻本，第406页。

句"，他如卷三论杜诗与《文选》、卷五论杜诗出处、卷六论"李杜语意相合""杜诗讹字""古柏行"、卷七论"杜苏上去音义不同""放翁诗不必与杜同论""八哀""岱宗夫如何"、卷十一论"杜诗命意""杜集刊误"、卷十四论"杜诗易力"等，内容非常丰富，此不赘引。

　　此类论杜文献，在其他笔记中亦可多见，后来李黼平《读杜韩笔记》所论杜诗，也就是平时读杜笔记的积累。所以，笔记中的这些杜诗学文献可作进一步研究。

2. 梁九图《十二石山斋诗话》

　　《十二石山斋诗话》十卷，清梁九图撰，清道光二十六年（1846）十一月梁氏十二石山斋刻本，藏广东省立中山图书馆。其中有多条有关杜诗学，如论黄培芳《望罗浮》一诗逼近少陵①；梁九图认为他的同邑人可接迹黎二樵（简）、胡豸浦（亦常）两位风雅的，要属吴晦亭维彰，录吴《夜泊宝应》《洞庭杂咏》《万松岭》《寄逢石》各一联，并评价说："直摩少陵之垒。"②诸如此类，集中尚有多条。

　　如《十二石山斋诗话》这般，岭南人的很多诗话在论述诗歌源流、评价后人诗歌特点、对所提诗学主张寻找证据等，都会把目光投向杜诗。如果加以整理、汇录，可就其中探析杜诗学。

3. 黄培芳《律诗钞》

　　《律诗钞》十二卷，翁方纲原钞，钱载原评，黄培芳增订，香石山房珍藏秘本。其中卷二收杜甫律诗七十八首，黄培芳注云："原七十二首，删去一首，增录七首。"正文内黄培芳加评点，如评《城西陂泛舟》云："'春风'一联非拗也。惟'悲'字用平声，故以下直以平声接去。音节之妙，平仄自可不拘，以音节为主也。论亦本籜石先生。"③其他不赘引。

　　洪业先生曾从杜诗学史的角度指出："嘉庆以后，注《杜》而善者，

　　①　（清）梁九图撰：《十二石山斋诗话》卷四，《广州大典》影印本，第520页。
　　②　（清）梁九图撰：《十二石山斋诗话》卷三，《广州大典》影印本，第483页。
　　③　（清）翁方纲钞，（清）钱载评，（清）黄培芳增订：《律诗钞》卷二，《广州大典》影印本，第725页。

更无闻焉。窃谓钱（谦益）、朱（鹤龄）、卢（元昌）、黄（生）、仇（兆鳌）、浦（起龙）之后，欲更以注解考证多取胜者，亦难矣。况乾隆中叶以后，钱氏之书，法所厉禁，纵曾读其书，而不敢征引，故杨（伦）、许（宝善）辈皆不曾举钱谦益之名。处此局势之下，纵于读《杜》兴趣浓厚，而欲有所称述，只可转而作诗话、笔记之属耳。"①因此，探讨岭南杜诗学，要多从黄培芳《广三百首诗选》（黄氏岭海楼钞本）、《香石诗话》（嘉庆十五年岭海楼刻本）、《粤岳草堂诗话》（宣统二年铅印绣诗楼丛书本）等著述中辑录和分析。

四、杜集文献在岭南的流播

除了岭南人自作杜集书目外，另外的杜集书目也曾在岭南流播；清代岭南地区的刻书业有所发展，所以，也有部分杜集在岭南覆刻。这些也是我们探讨岭南杜诗学应该予以注目的。

据《广东省立图书馆图书目录》所载，该馆藏有以下 10 种杜集：

1.《杜工部全集六十六卷》，旧刻本，十册；

2.《杜工部集二十卷》，仿玉勾草堂本，八册；

3.《杜工部集二十卷》，八册；

4.《杜工部集二十卷》，致一斋本，十册；

5.《杜子美集二十卷》，宋刘辰翁评，明刻本，四册；

6.《杜工部草堂诗笺二十二卷》，宋蔡梦弼笺，碧琳琅馆本，二册②；

7.《分门杜工部诗二十五卷》，宋陈浩然编，涵芬楼本，十册；

8.《杜诗五家评本二十卷》，广州刻本，五册；

9.《杜诗镜铨二十卷》，清杨伦辑，望三益斋本，六册③；

---

① 洪业：《杜诗引得·序》，洪业著：《洪业论学集》，第 346 页。

② 周采泉《杜集书录》有介绍，周采泉著：《杜集书录》，第 74—75 页。

③ 周采泉谓："此本外省流传较少，现藏中山大学。"周采泉著：《杜集书录》，第 233 页。但核《中山大学图书馆古籍善本书目》所收杜集，并无《杜诗镜铨》。

10.《岁寒堂读杜二十卷》,清范辇云辑注,苏州范氏本,四册。①

但经笔者查检,今广东省立中山图书馆所藏杜集文献,尚有以下几种。流传至岭南最有影响的是钱谦益笺注本《杜工部集》。今广东省立中山图书馆藏有清康熙六年(1667)季振宜静思堂刻本6册。另有不知刊刻机构的钱笺本《杜工部集》9册。钱笺本被列为禁书后,郑沄曾删去钱注,刊为白文玉勾草堂本《杜工部集》,今广东省立中山图书馆藏有乾隆五十年(1785)玉勾草堂本《杜工部集》11册,与上所列10册本不同,待核验。

自明后期发明套印技术之后,尤其经吴兴闵、凌两族的光大,此技术畅行海内。阮元督粤后,因其提倡刻书,使得套印技术在岭南大放光彩。其中便有道光十四年(1834)卢氏芸叶庵自辑自刻《杜工部集》二十卷,实为五家(王士禛、王世贞、王慎中、宋荦、邵长蘅)评本。今广东省立中山图书馆藏光绪二年(1876)骆浩泉翰墨园重刻卢氏芸叶庵本。吴梯撰《读杜姑妄》,用来参考的杜集便有五家评本《杜工部集》,如卷十四下《别李义》(五家评本见卷七),吴梯于诗末所引王遵岩(慎中)、邵子湘(长蘅)两家评语,及王渔洋(士禛)之单点抹、单圈、尖起单点,与五家评本相较,一模一样。

还有卢元昌的《杜诗阐》,为方功惠碧琳琅馆所藏。此外,广东省立中山图书馆藏有宋荦批康熙二十五年刊《杜诗阐》残本2册,共八卷(卷一至四、卷三十至三十三)。此本为海内孤本,"是牧仲(宋荦)先生手录邵子湘(长蘅)评点,亦间有牧翁(钱牧斋)评语,则加'湯堂批'三字以别之。"②此即为周采泉《杜集书录》所著录的《杜诗阐》残本③。

此外,中山大学图书馆亦藏有19部杜集文献④。

---

① 《广东省立图书馆图书目录》卷四,北京图书馆出版社古籍影印室辑:《明清以来公藏书目汇刊》第56册,北京:北京图书馆出版社,2008年,第295页。

② 宋荦批本《杜诗阐》卷一所附识语,广东省立中山图书馆藏康熙二十五年刊本《杜诗阐》(残本)。

③ 周采泉著:《杜集书录》,第535页。

④ 《中山大学图书馆古籍善本书目》,中山大学图书馆印本,1982年,第254—257页。

今南京图书馆也藏有多部岭南的杜集。如芸叶盦六色套印本《杜工部集》二十卷 10 册。另藏有经南海人谭宗浚校、梁洁修复校、邓维贤三校并刊的《杜工部集》。据周采泉考订，谭刊本自云"用宋本校"，"（谭刊本）虽题王洙编次，其祖本实令人怀疑。"谭本《杜工部集》与"玉勾草堂本有所不同"，"其在校勘时参稽群籍，不同于玉勾草堂完全为钱笺之翻刻也。"①

以上这些杜集书目有些皆附有评点，如中山大学图书馆所藏两部清钞本《杜工部诗钞》，附吴宝树朱墨批校；所藏钱谦益笺注《杜工部集》，附查慎行评语。这些均是非常珍贵的杜诗学文献，然迄今无人问津。

本文只是对岭南杜诗学文献的类型进行了概述，有待进一步深入研究，尤其是像吴梯《读杜姑妄》这样的著述，还有像对岭南所流播杜集书目的整理，这些都可丰富杜诗学史的研究和文献积累，也可以纠正目前杜诗学界的一些说法。

第四节　日本内阁文库所藏杜集 书目考述

中国古代的著述（"汉籍"）很早就流往了域外。当今世界范围内，藏有"汉籍"文献最多的要数日本。以杜集文献来说，早在唐宣宗大中元年（847），日本僧人圆仁由唐返回日本时，"携带汉籍 584 部，计 802 卷。其中就有《杜员外集》。杜员外，当即杜甫。"②杜甫晚年漂泊湖湘，曾作有《潭州送韦员外牧韶州》，韦迢则作有《潭州留别杜员外院长》回赠，由此亦可证"杜员外"即杜甫。今日本各大公私图书馆、寺院等机构收藏杜集文献很多，但国内杜诗学者对其研究较少。其中，内阁文库（日本国立公文书馆第一部）是保存杜集文献较多的

---

① 周采泉著：《杜集书录》，第 254 页。
② 张忠纲等编著：《杜集叙录》，第 3 页。

一个机构。

今人周采泉、郑庆笃、张忠纲等人所编著杜集书目虽皆涉及日本杜集文献，但有关日本内阁文库所藏杜集书目，均未著录。严绍璗编著《日藏汉籍善本书录》是目前著录有关日本所藏杜集文献最全面的著作，该书著录内阁文库所藏杜集书目共 24 种。另严绍璗《日本藏汉籍珍本追踪纪实》记载内阁文库藏"明人戴金藏明刊本'集部'自题'识文'九种"，其中有"明三色套印刊本《杜子美七言诗》"①。严绍璗《日藏汉籍善本书录》著录"明郭正域批点《杜子美七言律》一卷"，亦为内阁文库藏明三色套印刊本②，应为此戴金藏本。本文即以严著为基础，对本人所目验内阁文库所藏 11 部杜集进行考述，以期增进世人对这些杜集文献的进一步认识。

一、元大德陈氏重刻《杜工部草堂诗笺》四十卷 年谱二卷 外集一卷

严绍璗著录为"（唐）杜甫著，（宋）鲁訔编，蔡梦弼笺，《年谱》（宋）赵子栎编"③。核原书，书前所附年谱，卷上为赵子栎编，卷下为鲁訔编，鲁訔年谱无序。严书对《年谱》标识稍有差误，因所附年谱乃赵子栎和鲁訔各作，非赵子栎一人所编。据目录后所钤牌记，知此本为元桂轩陈氏大德（1297—1307）年间重刊本。桂轩陈氏何人，至今无考。索书号：汉 3390 号，10 册，特函四十一架。

书内钤印有：林氏藏书（林衡藏书印）、林氏传家图书（林榴冈用印）、浅草文库④、江云渭树（林信胜藏书印）、秃崖（待考）、日本政府

　　①　严绍璗：《日本藏汉籍珍本追踪纪实：严绍璗海外访书志》，上海：上海古籍出版社，2005 年，第 149 页。

　　②　严绍璗编著：《日藏汉籍善本书录》，北京：中华书局，2006 年，第 1448 页。

　　③　严绍璗编著：《日藏汉籍善本书录》，第 1444 页。

　　④　即书籍馆。文部省于明治五年（1872）八月在昌平坂学问所旧址上建立的日本最早的公共图书馆。林申清编著《日本藏书印鉴》，北京：北京图书馆出版社，2000 年，第 147 页。按，本文所考藏书印，均据此书。

图书①、昌平坂学问所②。严绍璗介绍,"(日本国立)公文书馆(即内阁文库)的汉籍特藏,大致可以分为'枫山官库'本、'昌平坂学问所'本、'医学馆'本和'释迦文院'本四大系统。"③"'昌平坂学问所'是日本明正天皇宽永十年(1630)幕府的汉学巨擘林罗山在上野忍冈开设的书院。"④由《杜工部草堂诗笺》所钤印可知,此本为林家旧藏。

该书版本,严绍璗著录为:"每半叶有界十二行,行十九或二十字。注文双行,二十五、六字不等。黑口,左右双边。"⑤有关《杜工部草堂诗笺》的版本情况,今所见各种杜集书录皆有著录,详略不一。郑庆笃等所编著《杜集书目提要》把该书版本分为三类:五十卷本,宋椠;二十二卷本;四十卷加补遗十卷本。⑥ 而陈尚君与王欣悦所作《蔡梦弼〈杜工部草堂诗笺〉版本流传考》则将该书版本分为两类:50卷本(11行本)和40卷本(12行本)。⑦ 其中,郑书所谓第二类"二十二卷本"仅著录方功惠碧琳琅馆影宋刻本,此本陈、王则归为40卷本中,谓"卷1—13属40卷本系统,目录及卷14—22属50卷本系统"⑧。内阁文库所藏《杜工部草堂诗笺》亦属于40卷本系统。

对于内阁文库本,严绍璗、陈尚君等尚有未介绍的地方,笔者总结如下:

---

① 内阁文库于1886年2月起钤用此印,以代替原先的"太政官文库"印和"秘阁图书之章"。林申清编著:《日本藏书印鉴》,第155页。

② 昌平坂学问所,又称昌平校,以孔子生于昌平乡,故名。昌平校为当时幕府直接管辖的官办教育机构,由林述斋创办于宽政九年(1797),……藏书以林家旧藏为主。昌平坂学问所藏书印有墨、朱二色。墨色为昌平坂旧藏,包括原来林家的藏书,朱印为各家进献之书,学生不得阅览。林申清编著:《日本藏书印鉴》,第143页。

③ 严绍璗:《日本藏汉籍珍本追踪纪实:严绍璗海外访书志》,第125页。

④ 严绍璗:《日本藏汉籍珍本追踪纪实:严绍璗海外访书志》,第127页。按严绍璗此处介绍昌平坂学问所的创制,与林申清有异。应以林说为准,林罗山所建应为弘文院。

⑤ 严绍璗编著:《日藏汉籍善本书录》,第1444页。

⑥ 郑庆笃、焦裕银、张忠纲、冯建国编著:《杜集书目提要》,济南:齐鲁书社,1986年,第24—28页。

⑦ 陈尚君、王欣悦:《蔡梦弼〈杜工部草堂诗笺〉版本流传考》,《古籍整理研究学刊》2011年第5期。

⑧ 陈尚君、王欣悦:《蔡梦弼〈杜工部草堂诗笺〉版本流传考》,《古籍整理研究学刊》2011年第5期,第23页。

1. 内阁文库本亦被陈、王归为 40 卷本系统。据笔者查验，内阁文库本首为赵、鲁二人所编年谱，其次为目录，目录共正文四十卷、外集一卷(酬唱)，目录后附牌记，其次为正文。但全书仅正文四十卷，缺外集一卷。此外，据笔者将此本与《古逸丛书》本相较，内阁文库本卷二十缺开头两页。

2. 内阁文库本卷一末题"云衢俞成元德校正"。据郑庆笃等所编《杜集书目提要》介绍，北京图书馆所藏《杜工部草堂诗笺》五十卷本，卷九、二十七后亦有"云衢俞成元德校正"一行①。

3. 内阁文库本各卷首尾题名非常混乱。除"杜工部草堂诗笺"外，尚有"集诸家注杜工部草堂诗笺"(卷五)，"增修杜工部草堂诗笺"(卷二、二十三、二十六、二十七)，"集注杜工部草堂诗"(卷三十一)三种。卷首标题与卷末标题不一致者，如卷二十七首题"增修杜工部草堂诗笺"，而卷末题"杜工部诗"；卷三十首题"杜工部草堂诗笺"，而卷末题"集注草堂杜工部诗"；卷三十一首题"集注杜工部草堂诗"，而卷末却题"集注草堂杜工部诗"。此外，卷一、三十六、三十八、三十九题下有"嘉兴鲁訔编次　建安蔡梦弼会笺"，卷三十五、三十七题下仅有"嘉兴鲁訔编次"，其他各卷均未标识鲁、蔡。

傅增湘对黎庶昌《古逸丛书》本《杜工部草堂诗笺》攻驳云："宋刻每卷标题《杜工部草堂诗笺》，嘉兴鲁訔编次，建安蔡梦弼会笺。黎刻于书名或加'增修'，或加'集注'，或改题'黄氏集千家注杜工部'，或题'黄氏杜工部草堂诗笺'；其下或单题蔡氏，或单题鲁氏，或题临川黄鹤集注，歧见杂出，不可致诘。"②傅增湘所攻驳的这些问题，在内阁文库本亦可见，且内阁文库本比《古逸丛书》本更乱。不过，陈尚君、王欣悦文又指出："其实，将黎本与《中华再造善本》影印上海图书馆藏之元本(即影元本)对照可知，傅增湘提出的卷次颠倒、首尾题名、蔡笺异文等问题，皆是 40 卷本产生时既成的错失，并非此次刊刻之误。……黎本刊刻时很好地保持了 40 卷本系统的原貌，且在一些

---

① 郑庆笃、焦裕银、张忠纲、冯建国编著：《杜集书目提要》，第 25 页。
② 周采泉引，周采泉著：《杜集书录》，第 75 页。

细节上甚至优于元本。"①

4. 内阁文库本尚为今人所未知者,还在于它所附的墨笔手抄评点文字。评点文字位于天头处,仅有一处位于地脚。字数不等,其内容可分为:

杜诗校勘:如《临邑舍弟书至,苦雨,黄河泛溢,堤防之患,簿领所忧,因寄此诗,用宽其意》有云"青天矢万艘",天头有"矢一作失"四字。查《宋本杜工部集》,此句作"青天失万艘"②,萧涤非主编《杜甫全集校注》于此句出校云:"'失',二蔡本作'矢'。"③所谓"二蔡本",即蔡梦弼《杜工部草堂诗笺》。据此可知,批点者乃据宋本校蔡本。再如《与李十二白同寻范十隐居》末句云"悠悠沧海滨",天头有一"情"字。《杜甫全集校注》此句作"悠悠沧海情",亦出校云:"'情',蔡乙本作'滨'。"④"蔡乙本"即宋刻四十卷本《杜工部草堂诗笺》。此又是据宋本校蔡本。如此等校勘,为评点主要内容,集中尚有很多,不多赘引。此等校勘,可救出元刻本之失。

杜诗注释:解释杜诗个别词语,如卷三十五《奉送蜀州柏二别驾将中丞命,赴江陵起居卫尚书太夫人,因示从弟行军司马位》有云"楚宫腊送荆门水",天头处有"楚宫在江陵"五字。连同此句,杜诗用"楚宫"凡七次:《夔州歌十绝句其八》"楚宫犹对碧峰疑"、《雨》"楚宫久已灭"、《赠李八秘书别三十韵》"台榭楚宫虚"、《咏怀古迹五首其二》"最是楚宫俱泯灭"、《敬寄族弟唐十八使君》"泊舟楚宫岸"、《朝二首其一》"清旭楚宫南"。仇兆鳌在解释"最是楚宫俱泯灭"时,曾引《寰宇记》载:楚宫,在巫山县西二百步阳台古城内,即襄王所游之地。⑤但于"楚宫腊送荆门水"之"楚宫"却无解。不仅仇兆鳌无解,笔者查阅

---

① 陈尚君、王欣悦:《蔡梦弼〈杜工部草堂诗笺〉版本流传考》,《古籍整理研究学刊》2011年第5期,第25页。

② (唐)杜甫撰:《宋本杜工部集》,北京:国家图书馆出版社,2019年,第183页。

③ 萧涤非主编:《杜甫全集校注》,第58页。

④ 萧涤非主编:《杜甫全集校注》,第99页。

⑤ (唐)杜甫著,(清)仇兆鳌注:《杜诗详注》卷十七,北京:中华书局,1979年(1999年重印),第1502页。

有影响的几部杜注,如朱鹤龄、浦起龙、杨伦等,以及今人的杜集注释,如萧涤非、谢思炜等,对此句之楚宫均无注。内阁文库本的批点指出此楚宫非巫山县之楚宫,而在江陵(即荆州),所以这句“楚宫腊送荆门水”才说得通。此外,亦有引《千家注》《九家注》注释词句;还有个别字之音训(反切)。

补充脱句:内阁文库本刊刻实在较差,正文还有脱句。天头评点则对脱句进行了补充,如卷三十五《元日示宗武》“训喻青衿子”后脱“名惭白首郎”,但并不脱此句之注释,评点遂补此句。核《古逸丛书》本,此处不脱,但作“惭为白首郎”。核《杜甫全集校注》,此句出校云:“蔡乙本脱此句。”①核《宋本杜工部集》,此句亦作“名惭白首郎”。可知,此处补充脱句亦应据宋本。再如卷三十五《大历三年春,白帝城放船出瞿塘峡,久居夔府,将适江陵,漂泊有诗,凡四十韵》“廷争酬造化”后脱“朴直乞江湖”,亦不脱注释。《古逸丛书》本不脱,《杜甫全集校注》亦出校云:“蔡乙本脱此句。”②

此外,内阁文库本有些字存在涂抹、墨围情况,评点有的予以补充,有的则仍原版,如卷二十《山寺》诗注文中有两处墨围,据《古逸丛书》本,知为“经”“阳”。正文中尚有朱笔圈点。

以上是内阁文库本《杜工部草堂诗笺》的大致情况,其中笔者认为所附评点文字尚有一定价值,可做进一步研究。

二、日本庆安四年(1651)覆刻本《杜工部七言律诗分类集注》二卷

明薛益集注,日本庆安四年中村市兵卫覆刻金昌五云居刊本。封面钤印:林氏藏书、弘文学士院③、浅草文库、日本政府图书、芝宫

---

①　萧涤非主编:《杜甫全集校注》卷十八,第5387页。

②　萧涤非主编:《杜甫全集校注》卷十八,第5451页。

③　1663年,幕府授林氏家塾“弘文学士院”称号,并授予林鹅峰(林罗山第三子)为“弘文院学士”。林申清编著:《日本藏书印鉴》,第75页。

(待考)。目录后有"昌平坂学问所"印。故此书为昌平坂学问所旧藏。索书号:汉 10145,312 函 148 架。

是书王重民《中国善本书提要》、周采泉《杜集书录》、郑庆笃等《杜集书目提要》、张忠纲等《杜集叙录》均有著录。据《杜集叙录》所载,是书"主要承袭伪虞注,即张性《杜律演义》。有崇祯十四年(1641)刻本。……是本传世极罕,国内仅吉林省图书馆有藏本。美国国会图书馆亦有藏本,日本宫内厅书陵部、公文书馆及东洋文库皆有藏本。日本又有后光明天皇庆安四年中村市兵卫据崇祯刊本覆刊本"①。

严绍璗著录此书版本为明崇祯年间(1628—1644)金昌五云居刊本,亦谓此书宫内厅书陵部和东洋文库有藏本。内阁文库藏本原系昌平坂学问所旧藏,2 册。东洋文库藏本原系小田切万寿之助旧藏②。但据笔者核验书末"庆安四(辛卯)年四月吉祥日""中村市兵卫开板"两行字,可知内阁文库本并非崇祯原刻,乃中村市兵卫覆刻本,且有 5 册。也许内阁文库另藏有严绍璗所谓的"2 册本"崇祯刻本。

是书版式,严绍璗著录为:"每半叶有界八行,行二十字。白口,左右双边。"③《杜集书目提要》著录崇祯本版式为:"半页八行,行二十字,四栏双边,白口单鱼尾。"④据笔者核验,内阁文库本确为四栏双边,严书未标识鱼尾,边栏亦有些许差误。

薛益,严绍璗无考,可详参《杜集叙录》。

对于书内详情,严绍璗亦仅提及:"前有明崇祯戊寅(1638)徐如翰《序》,又有崇祯辛巳(1641)林云凤《序》,并杨士奇《序》、白云漫史《序》。后有崇祯十四年(1641)《自跋》。"⑤严氏此段文字并未揭示书内详情,且亦有不确之处。现将书内自封面后详情依次列于下:

---

① 张忠纲等编著:《杜集叙录》,第 214 页。按,笔者核田中庆太郎《图书寮汉籍善本书目》(昭和六年,文求堂、松云堂),其中有十种杜集,但并无《杜工部七言律诗分类集注》。

②③⑤ 严绍璗编著:《日藏汉籍善本书录》,第 1450 页。

④ 郑庆笃等编著:《杜集书目提要》,第 113 页。

1. 崇祯戊寅冬徐如翰《杜工部七言律诗分类集注序》；

2. 崇祯十四年七月林云凤《薛虞卿先生杜律七言集注序》；

3. 薛益《杜律集注乞序诗》；

4. 杨士奇《杜律虞注旧序》；

5. 白云漫史①《少陵纪略》（象鼻处署"杜律纪略"）；

6. 《杜律心解题词》四节，分别为陈正敏《遁哉闲览》②节录、王安石《杜甫画像》诗全文、元稹《唐故工部员外郎杜君墓系铭并序》节录、宋祁《新唐书·文艺传上·杜甫传赞》节录；③

7. 白云漫史《杜律虞注叙略》；

8. 崇祯十四年八月薛益《跋》；

9. 修默居士《杜律心解凡例》三条；

10. 《杜工部七言律诗分类集注目录》，分卷之一：纪行、述怀、怀古、将相、宫殿、省宇、居室、题人屋、宗族、隐逸、释老、寺观、四时 13类；卷之二：节序、昼夜、天文、地理、楼阁、眺望、亭榭、果实、舟楫、桥梁、燕饮、音乐、禽兽、虫类、简寄、寻访、酬寄、别送、杂赋 19 类。二卷合计 32 类。

目录终页钤"昌平坂学问所"。以下为正文。每卷题下署"明长洲后学薛益集注，海阳社弟程圣谟，男薛桂、松同较"。

关于此书之特色，《杜集叙录》已揭示，此不赘。不过，因此书国内罕见，故亦有其特殊价值。

三、明万历十六年（1588）初刻本《杜律集解》六卷

明邵傅撰。是书各杜集书目均有著录，然此初刻本国内已无藏。索书号：汉 3396，312 函 152 架。

---

① 《杜集叙录》提示白云漫史为谢杰。

② 应为《遁斋闲览》。

③ 《杜集叙录》对此处描述稍有差误，谓《杜律心解题词》"录《遁哉闲览》、王安石、元稹、宋祁杜诗话四则"。张忠纲等编著：《杜集叙录》，第 214 页。

是书版式，严绍璗书未介绍。据笔者核检，每半页八行，行十七字，小字双行，四栏单边，白口，单鱼尾。

《杜律五言集解》封面后内容依次为：

1. 陈学乐万历戊子(1588)夏闰月望日《刻杜工部五言律诗集解序》。《序》首页钤印：林氏藏书、浅草文库、林氏传家图书、勉亭①、日本政府图书。

2. 杜律五言集解目录。四卷，录杜甫五言律诗387首。其中卷二附高适《赠杜二拾遗》1首。诗题有的是节录，如卷三《陪李梓州王阆州苏遂州李果州四使君登惠义寺》，邵傅节作《陪四使君子登寺》。组诗有的全录，有的节录，如卷二节录《秦州杂诗》十四首等。目录诗题亦有别字，如卷四《入乔口》，作《入香口》。

3. 四卷正文。卷一首页题下署：闽中邵傅梦弼集　陈学乐以成校。正文内每首诗有解题、有夹注、有句读，诗末附阐释，偶有朱笔圈点，个别字旁有墨笔日文。天头处偶有墨笔批点文字，如《重过何氏五首其三》"自今幽兴熟，来往亦无期"后小字注中有"台上啜茗之诗、人、物各适"，此句中"诗"字误，天头处批一"时"字，此为校勘。卷末钤"昌平坂学问所"。卷末左栏外有朱笔"万治庚子秋孟二十九日　春信滴露"二行字。万治为日本后西天皇第三个年号，庚子为1660年。秋孟为农历七月。春信，即林春信，可知是书经林春信阅览及收藏。

卷二首页钤印：林氏藏书、浅草文库、日本政府图书。天头亦偶有批点，如《天末怀李白》"凉风起天末，君子意如何"注文引陆士衡诗，然"士"写成了"仕"，故天头处批一"士"字。卷末钤"昌平坂学问所"。卷末左栏外有朱笔"万治庚子孟秋晦日　春信途朱"二行字。孟秋晦日，农历七月三十日，与卷一日期相接。

卷三、四首页题下署名、钤印，卷末钤印均同卷一。卷三末页天头有一处朱笔批点，是校勘注文"刘植"，写作"桢"。从书法来看，与末页左栏外的"庚子仲秋朔　春信一见"一样，当为林春信批点。庚子仲秋朔，仍然接续卷二日期，为八月初一日。卷四末页左栏外有"庚

子八月二日 春信电瞩"二行字,接续卷三日期。

以上每卷一册。第五、六两册为《杜律七言集解》,封面后内容依次为:

1. 陈学乐万历丁亥(1587)九月朔旦所作《刻杜工部七言律诗集解序》,钤印:林氏藏书、浅草文库、日本政府图书;

2.《杜诗七言目录》卷上、下,选杜甫七言律诗 137 首;

3. 邵傅万历丁亥冬十月朔所作《集杜律七言注解序》;

4. 邵傅《集解凡例》七条。

以下为正文。卷上首页署闽中邵傅梦弼集,无钤印。天头有两处批点。末页钤"昌平坂学问所",左栏外署"庚子南吕三冀 春信抹朱"。南吕,中国古代乐律调名。中国古人以十二律配十二月,南吕乃八月之异名。三冀是三日之意。八月三日,又接续第四册日期。

第六册卷下首页钤印同前四册,天头亦有批点。卷末有方起莘跋,钤印"昌平坂学问所",左栏外署"万治庚子壮月初四 春信一览了",壮月即八月。

从以上六册末页左栏外朱笔所署日期可知,林春信自农历七月二十九日开始阅读《杜律集解》,间有批点,每日一卷,历六日而阅完。

邵傅此书在国内流传不多,但在日本却非常受欢迎。周采泉说:"此书亦无甚优异,国人鲜有知者,而日本却一再翻刻此书,殊可怪也。"①据严绍璗著录,此书自日本明正天皇宽永二年(1625)开始,日本便一再翻刻此书,有 14 个版本②。该书并非周采泉所谓"无甚优异",《杜集叙录》评价说:"邵傅《杜律集解》吸收了当时杜律研究的主要成果,因其对诸家评骘沉玩甚久,故对旧注之评驳多有精到之见,所出注解简明平实,成为一部比较完备的杜律著作,故颇得重视……"③

我们举一例来看下邵傅之解是否"精到"。杜甫《望岳》(岱宗夫

---

① 周采泉著:《杜集书录》,第 332 页。

② 严绍璗编著:《日藏汉籍善本书录》,第 1448 页。

③ 张忠纲等编著:《杜集叙录》,第 215—216 页。

如何)，自《宋本杜工部集》已将此诗体裁归为古诗，后之论者皆持此见。吴瞻泰评《望岳》云："此古诗之对偶者，犹自《选》体中来，而其结构严整，已似五律。"①仇兆鳌表达了大致相同的意见："《龙门》及此章，格似五律，但句中平仄未谐，盖古诗之对偶者。而其气骨峥嵘，体势雄浑，能直驾齐梁以上。"②但邵傅却把《望岳》《游龙门奉先寺》都认作五律，他在《望岳》诗题下注云："此首似古诗，而体裁实律，与后《游龙门奉先寺》不可以用仄韵类为古诗，余仿此。""似古诗实律"与吴、仇之"似五律实古"，意见正相反。邵说是否合理，但它提示我们，对杜诗之体裁、甚或古典诗歌之体裁，仍可作深入研究。

四、明万历三十年（1602）书林郑云竹宗文堂刻本《翰林考正杜律五言赵注句解》三卷《翰林考正杜律七言虞注大成》二卷

《翰林考正杜律五言赵注句解》三卷，元末明初赵汸注；《翰林考正杜律七言虞注大成》二卷，元虞集撰，各 1 册。据每册卷末牌记，知二书分别为明万历壬寅（1602）秋、冬由书林宗文堂郑云竹刻。每册卷末钤"昌平坂学问所"。索书号：汉 5424，312 函 139 架。严绍璗著录此书版式为："每半页有界十行，行二十一字。白口，四周双边。"③据笔者目验，为单鱼尾。

第 1 册《翰林考正杜律五言赵注句解》封面后内容依次为：

1. 万历癸卯（1603）季春中浣之吉日吴怀保《杜律五言赵注引》。据吴《引》可知，吴怀保曾为赵汸刻《杜律五言赵注》。《杜集书目提要》称三卷本《杜律五言赵注》，北京图书馆藏有明版两种，其中一种题为《杜律五言注释》，为万历十六年（1588）吴怀保七松居刻本；另一

---

① （清）吴瞻泰撰，陈道贵、谢桂芳校点：《杜诗提要》，合肥：黄山书社，2015 年，第1—2 页。

② （唐）杜甫著，（清）仇兆鳌注：《杜诗详注》，第 5 页。

③ 严绍璗编著：《日藏汉籍善本书录》，第 1446 页。

种为万历十六年书林郑云竹刻本,亦题《翰林考正杜律五言赵注句解》。① 笔者核《北京图书馆古籍善本书目》,确有藏万历十六年吴怀保七松居刻本《杜律五言注解》三卷,二册,九行二十字,白口,四周单边。亦有万历十六年书林郑云竹刻本,二册,版式同七松居刻本。② 但内阁文库藏本赵怀保《引》所署时间为 1603 年。而卷末牌记的确标为万历壬寅郑云竹刻本。可能的解释便是郑云竹 1603 年覆刻《杜律五言赵注》,且将版式更改,而把吴怀保七松居刻本的《引》挪到了万历癸卯本前。

吴《引》首页钤印:林氏藏书、浅草文库、江云渭树。严绍璗谓:"内阁文库藏此刊本共两部。一部原系昌平坂学问所旧藏。一部原系江户时代林罗山旧藏,卷中有'江云渭树'印迹。"③

2. 正德八年(1513)夏五月既望鲍松《东山先生注解杜律诗选序》。鲍松《序》署名后,又署"万历癸卯季春中浣之吉,建邑书林郑云竹新梓"。从鲍《序》可知,正德八年鲍松亦曾刻《杜律五言赵注》。从郑云竹署名来看,亦是郑覆刻时,将鲍《序》挪来。《杜集书目提要》称上海图书馆藏明版《类选杜诗五言律》,明正德刻本④,可能即为鲍松刻本。

3.《翰林考正杜律五言赵注句解目录》。按题材分类,分为朝省、宴游、感时、羁旅、闲适、宗族、朋友、送别、哀悼、登眺、感旧、节序、无题名类别、天文、禽兽、题咏 16 类,合 261 首。

4. 正文。卷上首页题下四行,分署:工部杜甫子美撰咏,东山赵汸子常选注,温陵苏濬紫溪重阅,建邑书林郑豪锓梓。诗中有圈点,句中有夹注,对各句意均有总结概括。对句意的解释,有类八股评法,如评《重过何氏》"颇怪朝参懒,应耽野趣长"云:"二句总喝起,中二联分应之。"每首诗后引诸家注,如刘须溪、李于麟、葛常之、黄山

---

① ④　郑庆笃等编著:《杜集书目提要》,第 64 页。

②　北京图书馆编:《北京图书馆古籍善本书目·集部》,北京:书目文献出版社,1987 年,第 2033—2034 页。

③　严绍璗编著:《日藏汉籍善本书录》,第 1446 页。

谷、修可、黄鹤、蔡梦弼、吴子良、王荆公、王元美、谢榛、胡元瑞、虚谷、石林、刘后村、王洙、徐子舆，《王方直诗话》《东坡志林》《容斋三笔》《后山诗话》《西清诗话》《瑶溪集》等。

第 2 册《翰林考正杜律七言虞注大成》封面后内容依次为：

1. 正德甲戌（1514）冬十月望日董玘《虞邵庵注杜工部诗律序》。《序》首页钤印：林氏藏书、浅草文库、江云渭树。从董《序》可知，虞集《杜律七言注解》曾为余姚魏仲厚、仲英兄弟刊刻。书刻好后，魏仲英子魏瑶赴京师述职，请序于董玘。《杜集书目提要》著录一种正德三年（1508）刻本《杜律七言注解》[①]，未详刻者，与董《序》本时间较接近。董《序》所署时间后，复署"万历癸卯春月书林郑云竹重新梓"，亦应是郑氏重刻《杜律七言注解》时，将正德本董《序》挪至此。

2.《杜诗七言律目录》，按题材分为纪行、述怀、怀古、将相、宫殿、省宇、居室、题人屋、宗族、隐逸、释老、寺观、四时、节序、昼夜、天文、地理、楼阁、眺望、亭榭、果实、舟楫、桥梁、燕饮、音乐、禽鸟、虫类、简寄、寻访、酬寄、送别、杂赋等 32 类。总分二卷。

3. 正文。卷一题署"翰林考正杜律七言虞注大成"，题下分四行依次署：工部子美杜甫诗集，邵庵先生虞伯生注释，温陵紫溪苏濬校阅，宗文书舍郑云竹锓梓。每首诗末注释，间引录前人评点，如刘须溪、范元实、《荆公语录》《诚斋诗话》等，但不多，主要以虞注为主。

4. 卷二末钤印"昌平坂学问所"。

五、集千家注系列三种

日本所有公私收藏机构所藏杜集书目，以"千家注"系列最多。严绍璗书著录内阁文库所藏"千家注"系列杜集书目共有 6 种。现就笔者所见 3 种予以述考如下。

1. 明许自昌校刊本《集千家注杜工部诗集》二十卷《文集》二卷

严绍璗书共著录三种许自昌校刊本《集千家注杜工部诗集》：第

---

①　郑庆笃等编著：《杜集书目提要》，第 62 页。

一种为宫内厅书陵部、京都大学文学部中国语学文学哲学研究室、爱知大学附属图书馆简斋文库、福井县立大野高等学校等机构收藏。版本为明万历年间（1573—1620）刊本。版式为每半页有界九行，行二十字。注文双行，行同正文。白口，四周双边，间或左右双边。①第二种为内阁文库、东洋文库、京都大学人文科学研究所东洋学文献中心藏本。版本仅标为明刊本，无版式信息。第三种为静嘉堂文库藏本，版本仅标为明刊本，无版式信息。

下面笔者将内阁文库藏本信息考述如下。内阁文库藏本共 6 册，每册末钤"昌平坂学问所"。索书号：汉 3391，312 函 128 架。版式同宫内厅书陵部藏本。版本下文考述。封面后内容依次为：

（1）宝元二年（1039）十月王洙《杜工部诗史旧集序》。首页钤印：林氏藏书、江云渭树、浅草文库、日本政府图书。知此本为林氏旧藏。

（2）皇祐壬辰（1052）五月王安石《杜工部诗后集序》。

（3）元祐庚午（1090）胡宗愈《成都草堂诗碑序》。

（4）嘉泰甲子（1204）蔡梦弼《杜工部草堂诗笺跋》。

（5）《集千家注杜工部诗集》目录；《集千家注杜工部文集》目录。

（6）诗集二十卷。每卷题下署"明长洲许自昌玄祐甫校"。天头处偶有墨笔、朱笔批点，内容有杜诗字词注释，如卷一《题张氏隐居二首》其一有云"乘兴杳然迷出处"，天头批云："《杜诗金声》云：'迷出处'云云，迷者，忘也。"有的是校勘，如卷二《桥陵诗三十韵因呈县内诸官》有云"先帝昔宴驾"，天头批云："晏。"知是校勘"宴"字。以校勘居多。另地脚处亦偶有校勘。此外，卷九末手抄《东津送韦讽摄阆州录事》，诗题下朱笔批点："异本此诗在《江涨》诗上。"卷十七所附元结《春陵行》缺两页，手抄补入。

（7）文集二卷。卷一《朝献太清宫赋》缺第八页，自"孔盖"后缺至"于心胸"。

关于此书版本，严绍璗仅著录为"明刊本"，但据版式，又同宫内

---

① 严绍璗编著：《日藏汉籍善本书录》，第 1443 页。

厅书陵部等所藏为万历刊本。周采泉《杜集书录》有一种许自昌校刻本,版本为"明万历三十一年(1603)刻",并推测"是书亦应属于高崇兰本体系,但第一行题'唐杜甫撰,长洲许自昌玄祐校刻',无'刘须溪评点'一行"①,而内阁文库藏本第一行并无"唐杜甫撰",更无"刘须溪评点",故内阁文库藏本可能非周采泉所谓万历三十一年本。又郑庆笃等《杜集书目提要》著录一种许自昌刊本,从对内容及版式的介绍来看,与内阁文库本相同。洪业《杜诗引得·序》梳理"集千家注"系列,提到许自昌刻本,版式同内阁文库本,谓许自昌本出高崇兰本,许本"不记年月,疑其在启祯间也"②。也就是天启、崇祯间。

据刘致中考证,许自昌生于万历六年(1578),卒于天启三年(1623)③,享年46岁。刘致中引董其昌《中书舍人许玄祐墓志铭》交代,许自昌自三十岁"谒选得中书舍人后","不久就挂冠东还"。"许自昌嗜学博文,雅好校书刻书,其校刻之书,行世甚多,大都成于告归之后。"④那么许自昌所校刊《集千家注杜工部诗集》,便不可能如洪业所推测刻于"启祯间"。另据刘致中文提示,《明代版刻综录》卷四著录许自昌刻《集千家注杜工部诗集》二十卷,《文集》二卷。经笔者核验,《明代版刻综录》著录一种,明万历二十一年(1593)刊本⑤。另据该书标记各书出处,知北京大学图书馆有此藏本。笔者复核《北京大学图书馆藏古籍善本书目》,著录该书共两部:一部为十册本,有缺页;一部为六册本。⑥ 这第二部六册本应该同内阁文库本。惜笔者未能目验北大六册本。那么,内阁文库本可能即为万历二十一年刊本。

---

①　周采泉著:《杜集书录》,第141页。

②　洪业:《杜诗引得·序》,洪业等编纂:《杜诗引得》,上海:上海古籍出版社,1983年,第37页。

③④　刘致中:《许自昌家世生平著述刻书考》,《文献》1991年第2期。

⑤　杜信孚纂辑:《明代版刻综录》第四卷(排印本),江苏:广陵古籍刻印社,1983年,第34页。

⑥　北京大学图书馆编:《北京大学图书馆藏古籍善本书目》,北京:北京大学出版社,1999年,第413页。

2. 元建安广勤书堂刊本《集千家注分类杜工部诗》二十五卷《杜工部文集》二卷

唐杜甫撰,宋徐居仁编,宋黄鹤补注。徐居仁编本《集千家注分类杜工部诗》,《杜集书目提要》著录元刊本五种,明刊本两种①;曾钊《面城楼集钞杜工部集跋》云有"元时有三刻":勤有堂刊、广勤堂刊、汪谅重刊②。

广勤书堂刊本《集千家注分类杜工部诗》,严绍璗共著录7种(含残卷一种)。其中内阁文库藏本共14册。索书号:16716,2函4架。《杜工部文集》应为二卷,严书误为二十五卷。

有关广勤堂刊本的具体情况,《天禄琳琅书目》卷六言之较详。经笔者将内阁文库本与《天禄琳琅书目》所著录本信息相较,可知内阁文库本正是《天禄琳琅书目》所云。为使读者了解此本详情,现转录《天禄琳琅书目》所考:

> 《集千家注分类杜工部诗》,唐杜甫撰,宋徐居仁编次,黄鹤补注,二十五卷。前载"传序碑铭"一卷,《注杜姓氏》一卷,《年谱》一卷。陈振孙《书目解题》曰"《门类杜诗》二十五卷,称东莱徐居仁编次,未详何人"云云,是门类系居仁所编,而"集千家注"之名,则自黄鹤为之。书分七十二门,所列诸诗姓氏,始韩愈、元稹,终以文天祥、谢枋得、刘会孟,共一百五十六家。其曰集千家者,盖夸大之词耳。……书中门类目录后,有"皇庆壬子"(1312)钟式木记,"勤有堂"炉式木记。"传序碑铭"后,有"建安余氏勤有堂刊"篆书木记。诗题目录及卷二十五后,皆别行刊"皇庆壬子余志安刊于勤有堂"。③

《集千家注分类杜工部诗》,篇目同前,后附《文集》二卷。此

---

① 郑庆笃等编著:《杜集书目提要》,第38页。
② 《杜诗引得·序》引,洪业等纂:《杜诗引得》,第324页。
③ (清)于敏中等撰:《天禄琳琅书目》卷六,《清人书目题跋丛刊》第10册,北京:中华书局,1990年,第120页。按,洪业、郑庆笃等均引此条。

书即前版，惟将"传序碑铭"后建安余氏篆书木记镌去，别刊"广勤书堂新刊"木记。门类目录后钟式、炉式二木记尚存，而以"皇庆壬子"易刊"三峰书舍"，"勤有堂"易刊"广勤堂"。其诗题目录后别行所刊之"皇庆壬子余志安刊于勤有堂"十二字虽亦镌去，而卷二十五后所刊者，当时竟未检及，失于削补。所增附之《文集》二卷，橅印草草，较之前二十五卷，亦不相类。此拙工所为，虽欲作伪，亦安能自掩也耶？①

据笔者核验，内阁文库本只二十五卷后无"皇庆壬子余志安刊于勤有堂"十二字。

该书版式，严绍璗著录为：每半页有界十二行，行二十字。黑口。② 据笔者目验，为四栏双边，双鱼尾。书内所附内容，严书著录不全，《天禄琳琅书目》亦有不备，故现详考如下。

《杜工部传序碑铭》：第 1 册开篇《杜工部传序碑铭》所附内容，依次为宋祁《唐新书杜工部传》、元稹《唐杜工部墓志铭》、韩愈《题杜子美坟》、李观《遗补杜子美传》、孙仅《读杜工部诗集序》、王安石《杜工部诗后集序》、胡宗愈《成都草堂诗碑序》、鲁訔《编次杜工部诗序》、王琪《增修王原叔编次杜诗后记》、王彦辅《增注杜工部诗序》、郑卬《杜少陵诗音义序》、郑卬《跋杜子美诗并序》、孙何《读子美诗》、欧阳修《子美画像》、王安石《子美画像》、张伯玉《读子美集》、杨蟠《观子美画像》。

"传序碑铭"首页钤朱印两方："秘阁图书之章""佐伯侯毛利高标字培松藏书画之印"。林申清介绍，"秘阁图书之章"先后共三枚。据笔者核验，内阁文库本所钤印当为明治十二年（1879）十二月据"甲"原样重刻之"丙"印。毛利高标（1755—1801）字培松，九州佐伯藩（二万石）第八代藩主。性耽图籍，藏书八万卷，且几乎全为从中国直接舶载而至的汉籍。高标殁后，其孙毛利高翰将古板图书二万余卷献

---

① （清）于敏中等撰：《天禄琳琅书目》卷六，第 120 页。
② 严绍璗编著：《日藏汉籍善本书录》，第 1439 页。

给幕府,是为红叶山文库的重要来源,部分复本则分藏于昌平坂学问所和医学馆。现多见藏于宫内厅、内阁文库、大分县立图书馆和佐伯市图书馆。[①] 严绍璗据此判断内阁文库本乃"原江户时代丰后佐伯藩主毛利高标旧藏"[②]。

"传序碑铭"末有"广勤书堂新刊"印记。

《杜工部诗年谱》:"传序碑铭"后为"杜工部诗年谱",题下署"临川黄鹤撰"。

《集注杜工部诗姓氏》:按唐贤、宋贤、时贤(元)分列,计 156 人。每个人标示籍贯,名下小字标示名、字、任官、与杜甫有关情况等。

《集千家注杜工部诗门类》:分七十二门,但分类标准不一。有的按"题材"分,有的按"体裁"分。且有些可能重复,如"简寄"类,即与书信有关,那可以包括杜甫给他人写的书信,也可以包括杜甫收到他人的来信,那么这个"他人"则可包括"仙道""隐逸""世胄""宗族"这些人。再如"酬答",杜甫有些诗是以书信来酬答。再比如"音乐"门里收入《观公孙大娘舞剑行》,从体裁上说属于"行",但并未归入后面的"行"门。而所列体裁则仅有"绝句""歌""行"三门,也不能包括杜诗所有体裁。总之,这个分类比较"特殊"(混乱)。

《集千家注分类杜工部诗目录》:题下另两行分署"东莱徐居仁编次,临川黄鹤补注"。共 25 卷,每卷又按前所分七十二门列诗,所列诗又分体裁。如卷一、卷二含纪行(上、下)、述怀(上)两门,"纪行上"为古诗四十首,"纪行下"为律诗三十七首。

诗歌正文:从第 2 册开始为诗歌正文。仅卷一题下另两行分署"东莱徐居仁编次,临川黄鹤补注",余皆无。天头处有很多墨笔批点,内容较丰富,分述如下:

音训,如卷一《北征》"君诚中兴主",天头批云:"中,竹仲反。"

释义,如卷一《北征》"人烟眇萧瑟",天头批云:"萧瑟,寒凉之意。"《杜甫全集校注》解释"萧瑟":"犹萧条。王洙曰:'萧瑟,言人皆

---

① 林申清编著:《日本藏书印鉴》,第 20 页。

② 严绍璗编著:《日藏汉籍善本书录》,第 1439 页。

避乱,无留居者。'"①此等解释并没有直接解释"萧瑟",不如内阁文库本批点。再如《北征》"坡陀望鄜畤",天头批云:"坡陀,高广貌。"向来解杜诗"坡陀"者,一般作"靡迤或曲折行进",如仇兆鳌解《沙苑行》"往往坡陀纵超越"之"坡陀",引《匡谬正俗》云:"坡陀者,犹言靡迤。"②《杜甫全集校注》解"坡陀望鄜畤"云:"言岩谷重叠,忽隐忽现。"③像内阁文库本批点解为"高广",还属第一次。再如卷十《春水生二绝》其二有云"数日不可更禁当",天头批云:"禁当,蜀之俗语。"赵次公亦把"禁当"解为"蜀中语"④。

校勘,如卷十《秋野五首》其二有云"难交一物违",天头批云:"教。"是校勘"交"。据《杜甫全集校注》校勘记,宋九家本、宋百家本、宋千家本等六种杜集均作"交"⑤。

评价,如卷十《秋夜五首》题目上天头处有总评,引方回《瀛奎律髓》之评语,又解释"吾老甘贫病,荣华有是非"之"吾老"与"荣华"对仗。

朝鲜语批点,此类批点较特殊,即用朝鲜语来解释汉字,如卷五《遣兴三首》其三末二句云"但讶鹿皮翁,忘机对芳⑥草",天头批云:"讶,의심(疑心)。"一般解杜诗者,均注目于鹿皮翁之典,但无人解"讶"。其实此"讶"字不仅关乎对这二句的理解,更关乎对整首诗、对杜甫诗心的理解。《杜甫全集校注》把对这二句的解释当作了一个"备考"问题,先引述了如下诸说:

朝鲜李植曰:(末二句)言若鹿皮翁则本无心进取,不容以早

---

① 萧涤非主编:《杜甫全集校注》卷四,第948页。

② (唐)杜甫著,(清)仇兆鳌注:《杜诗详注》,第231页。

③ 萧涤非主编:《杜甫全集校注》卷四,第949页。

④ (唐)杜甫著,(宋)赵次公注,林继中辑校:《杜诗赵次公先后解辑校(修订本)》,第393页。

⑤ 萧涤非主编:《杜甫全集校注》卷四,第4933页。

⑥ 《杜甫全集校注》疑"芳"应作"芝",形近而讹。萧涤非主编:《杜甫全集校注》卷五,第1347页。

晚勉之，隐然自高。（《纂注杜诗泽风堂批解》卷七）

陈式曰：至末引用鹿皮翁故事，以为可讶，非讶也，公盖慕而不能得耳。（《问斋杜意》卷五）

吴见思曰：衡门之士，不必有枯槁之叹也。若一旦时来，才力得展，又安有先后丑好乎？但我则如鹿皮翁忘机事外，无意天下矣。（《杜诗论文》卷十二）

张溍曰：此见士人抱负当俟时展布，目前遇乱，止宜归隐，故列前二首后。（《读书堂杜诗注解》卷五）

仇兆鳌曰：三章睹秋成，感贤士之晚遇也。秋禾晚登，犹士之晚遇，迟速何足计乎？今既不遇，当如鹿皮翁之遁世矣。（《杜诗详注》卷七）

汪灏曰：有济世之才，必有应用之时，若专以隐遁为事者，则非所论耳。（《树人堂读杜诗》卷六）

浦起龙曰：诗眼在"鹿皮翁"，伤老废也。前以禾之晚成，兴士之晚遇，皆属激射语，身则甘为鹿皮翁矣，而语仍潇洒。（《读杜心解》卷一之二）①

对以上诸说，《杜甫全集校注》加按语云：

　　以上诸说，多谓甫有以鹿皮翁自喻意，唯汪灏说不同。今据《列仙传》，鹿皮翁能用机械，然不用世，专凭才力以避世隐居。观其行事，颇与老杜所谓"时来展才力，先后无丑好"者相左，故诗用"但讶"字。则汪灏之说近是。然则鹿皮翁何以终于避世隐居，或者亦由生不逢时，其才终不能为世所用，亦诚足讶。其时老杜弃官流寓，虽以良田晚熟少慰用世之心，然而何时得展才力耶？斯亦难于预卜耳。因于鹿皮翁之终隐，亦有深慨焉。则借鹿皮翁以自喻之说，亦有可取之处。又，老杜此诗有取于前人者，又有曹植《弃妇诗》："招摇待霜露，何必春夏成？晚获为良

---

① 萧涤非主编：《杜甫全集校注》卷五，第1347—1348页。

实,愿君且安宁。"老杜取意,脱胎于此,唯易"弃妇"为弃士耳。……又《庄子·徐无鬼》曰:"遭时有所用,不能无为也。"郭象注:"凡此诸士,用各有时,时用则不能自已也。苟不遭时,则虽欲自用,其可得乎?"似亦诗意所本。[①]

此按语首先肯定了汪灏之说。对于鹿皮翁,仇兆鳌等人或认为杜甫自喻,或认为杜甫羡慕,而汪灏否认自喻说。我们看内阁文库本批点把"讶"解释为"疑心",也就是等于否认了自喻说、羡慕说。

3. 元西园精舍刊本《集千家注批点杜工部诗集》二十卷《文集》二卷

宋人于杜诗有辑佚、集注、编年、分门(分类)。自宋末刘辰翁开始,又有"评点"。刘辰翁《须溪批点杜工部诗》二十卷,由刘辰翁子刘将孙门人高楚芳编辑刊刻后,通行元、明两朝。

严绍璗书共著录刘辰翁《集千家注批点杜工部诗集》共 16 种,是日本所藏杜集中种类最多的一种。其中内阁文库藏本索书号:汉10128,55 函 2 架。关于其基本信息,严绍璗著录如下:

> 元刊本,共十册。
> 内阁文库藏本,原江户时代近江西大路藩主市桥长昭等旧藏。
> 每半叶有界十二行,行二十四字。注文双行。黑口,四周双边,间或左右双边(21.1 cm×13.6 cm)。
> 版心题"杜诗(间或'杜''诗')卷几",下记叶数。[②]

现据笔者目验,对相关信息考述如下。

首先是该书版本。严绍璗著录为元刊本,并不具体。此书,《杜集书录》《杜集书目提要》《杜集叙录》均著录。对其版本,周采泉著录

---

① 萧涤非主编:《杜甫全集校注》卷五,第 1348 页。
② 严绍璗编著:《日藏汉籍善本书录》,第 1440 页。

元刻本 8 种、元明间刻本 2 种、明刻本 12 种、清刻本 3 种。①《杜集书目提要》则著录元朝至今 25 种版本。② 但内阁文库藏本,均不在这些书目中。

内阁文库藏本内封页分上下两格:上格横署"西园精舍";下格分三行,大字左右两行署"集诸家注杜工部诗",中间小字署"黄鹤补注须溪评点"。封面钤印"仁正侯长昭黄雪书屋鉴藏图书之印"。西园精舍为福建建阳书坊余氏刻书堂号之一,又称为"西园余氏",自宋到清,世代刻书,均有刻本流传。书坊余氏刻本誉满天下,叶德辉曾说:"宋刻书之盛,首推闽中,而闽中尤以建安为最,建安尤以余氏为最。"③笔者亦查看到内阁文库另藏有元至顺年间(1330—1331)西园精舍刊本《新编纂图增类群书类要事林广记》、明永乐十四年西园精舍刻本《新刊刘向先生说苑二十卷》。因此,此本"集诸家注杜工部诗",应标为元西园精舍刊本,但具体时间不详。

其次是版式。严绍璗著录有误。据笔者核检,每半页应为十四行,每行二十四字,间有二十五字、二十六字。据《经籍访古志》著录求古楼藏元至大元年(1308)云衢会文堂刻本云:

> 元高楚芳编。首有大德癸卯刘将孙《序》,……《序》后载《杜工部年谱》及目录。卷首并目录首题"须溪先生刘会孟评点"。每半板十四行,行廿四字,或五、六字。注双行。界长七寸二分,幅四寸六分。目录末有"云衢会文堂戊申孟冬刊"木记。考戊申乃大德十二年,是岁改元至大,隔刘《序》之时仅数岁,则此本当楚芳原刊。每卷有"梵后""大宁""松雪斋"等数印,他文不可读。容安书院宝素堂俱藏元椠零本,板式一与此本同。《孙氏祠堂书目》载大德刊本,盖亦与此同种。④

---

① 周采泉著:《杜集书录》,第 101—110 页。
② 郑庆笃等编著:《杜集书目提要》,第 45—47 页。
③ 叶德辉著:《书林清话》卷二,上海:上海古籍出版社,2012 年,第 38 页。
④ (日)澁江全善、森立之编:《经籍访古志》卷六,贾贵荣辑:《日本藏汉籍善本书志书目集成》第 1 册,北京:北京图书馆出版社,2003 年,第 361—362 页。

《经籍访古志》所著录本的版式与内阁文库本在行数、字数上皆相同，但内阁文库本并无《经籍访古志》所提到的木记和印章，故内阁文库本并非会文堂本。但《杜集书录》等书目所著录"元刊十四行本"并无西园精舍刊本。

再次是该书内容。第 1 册：封面后首为刘将孙大德癸卯序，序首页钤印：日本政府图书、浅草文库、定观[①]。次为《集千家注批点杜工部诗集目录》，题下另行署"须溪先生刘会孟评点"。此目录页版式又每半页十三行，与正文又不同。次为《集千家注批点杜工部诗集附录》，包括元稹《唐杜工部墓志铭》、宋祁《（新）唐（书）·文艺列传上·杜审言杜甫传》、王洙《杜工部诗史旧集序》、王琪《增补王原叔编次杜诗后记》、王安石《杜工部诗后集序》、胡宗愈《成都草堂诗碑序》、欧阳修《堂中画像探题得杜子美》、王安石《子美画像》、韩愈《题杜子美坟》（仅有题，无诗）、李观《遗补杜子美传》（仅有题）[②]、蔡梦弼《杜工部草堂诗笺跋》、《苕溪渔隐丛话》2 条、朱熹《跋章国华集注杜诗》、《容斋随笔》1 条、《题刘玉田选杜诗》、《题宋同野编杜诗》、《萧禹道诗序》、《刘孚斋诗序》、《陈□[③]诗序》、《陈宏曳诗序》、《王生孝诗》、《连伯正诗序》、《跋白廷玉诗》、《胡仁叔诗序》、《赠胡圣则序》、《秋风图序》。附录末云："以上皆须溪先生文集中评论之及杜诗者，故附于此。"末页钤印"昌平坂学问所"。

第 2 册：首为《杜工部年谱》，首页钤印：仁正侯长昭黄雪书屋鉴藏图书之印、日本政府图书、浅草文库、定观。《杜工部年谱》先列杜氏世系，自杜预始，终杜嗣业。杜甫年谱是以表格形式呈现，每半页分横栏四格。

次为《集千家注批点杜工部文集目录》，共两卷。题下另行署"须溪先生刘会孟评点"。文集的版式则又变成了每半页十三行，行二十三字。左右双边。刘辰翁评点杜诗，但未评点杜文，故此二卷乃编书

---

① 不知何人印鉴，待考。

② 后辑录郑印、刘须溪二家评李观《补杜甫传》、韩愈《题杜子美坟》。

③ 按原字不清晰。

者补入。从诗集与文集版式不同来看,编刻者所依据的版本并不一样。

自第 3 册至第 10 册为诗集。诗集正文天头处有墨、朱亮色批点。朱笔批点内容有提示诗歌用韵情况,如卷一《游龙门奉先寺》天头批云:"二十三梗。"《赠李白》天头批云:"十八巧。十九皓。"有校勘,如卷一《奉赠鲜于京兆二十韵》有云"雕鹗离风尘",天头朱笔批云:"雕。"还有注释,如卷六《成都府》有云"信美无与适",天头批云:"王仲宣《登楼赋》曰:虽信美而非吾土兮。"此外,有些诗题上朱笔标识数字,不知何意,如卷七《遣意二首》题上有"三",《春水》题上有"十",《江亭》题上有"十四"等。

墨笔批点内容有音训,如卷一《李监宅二首》其一有云"女婿近乘龙",天头批云:"婿,思计反。"有校勘,如卷二《渼陂西南台》有云"仿豫识鲛人",天头批云:"像。"是校勘"豫"。又该诗有云"庶结茅茨迴",天头批云:"迥。"是校勘"迴"。又有注释,如《季秋苏五弟缨江楼夜宴崔十三评事、韦少府侄三首》其二末句云"更觉片心降",对此句中的"心降",仇兆鳌仅引《诗》"我心则降"[1],并未解释降字何意。谢思炜《杜甫集校注》引《诗·召南·草虫》:"亦既见止,亦既觏止,我心则降。"[2]但这里的"降"是"下"的意思,"这里指心中思夫之情放下了"[3]。《杜甫全集校注》注此句先引《诗·小雅·出车》:"未见君子,忧心忡忡。既见君子,我心则降。"进而注云:"降,下也,心服也。"[4]我们看内阁文库本早就批云:"降,服。"

第 10 册末有市桥长昭撰,市河三亥书《寄藏文庙宋元刻书跋》。严绍璗云:

　　日本光格天皇文化五年(1808),下总守市桥长昭举其所藏

---

①　(唐)杜甫著,(清)仇兆鳌注:《杜诗详注》,第 1776 页。

②　(唐)杜甫著,谢思炜校注:《杜甫集校注》,上海:上海古籍出版社,2015 年(2017 年重印),第 2528 页。

③　程俊英、蒋见元著:《诗经注析》,北京:中华书局,1991 年(1999 年重印),第 35 页。

④　萧涤非主编:《杜甫全集校注》,第 5120 页。

宋元旧刻本三十种及明本数种,献诸文庙,是书即为其一("下总守"为市桥长昭自称之词,亦称"黄雪山人")。卷末有市桥长昭撰《寄藏文庙宋元刻书跋》,《跋》由市河米庵(三亥)书写。其文如次:

"寄藏文庙宋元刻书跋:

长昭夙从事斯文经十余年,图籍渐多,意方今藏书家不乏于世,而其所储大抵属鞟(晚)近刻书,至宋元椠盖或罕有焉。长昭独积年募求,乃今至累数十种。此非独在我之为难,而即在西土亦或不易,则长昭之苦心可知矣。然而物聚必散,是理数也,其能保无散委于百年之后乎,孰若举而献之庙学,获借圣德以永其传,则长昭之素愿也。虔以宋元椠三十种为献,是其一也。

文化五年二月下总守市桥长昭谨志。

河三亥书。"①

笔者所见内阁文库本市桥长昭此跋止此,严绍璗则另著录以下文字:

自《周易》至《山谷集》十四种一函,自《淮海集》至《国朝名臣事略》十六种一函,右二函。文化五年戊辰五月市桥下总守寄藏。②

笔者核内阁文库藏宋高邮军学本《淮海集》(10 册),第 1 册首为《淮海闲居文集序》,首页钤印"仁正侯长昭黄雪书屋鉴藏图书之印""浅草文库",知确为市桥长昭所旧藏。第 10 册末亦有《寄藏文庙宋元刻书跋》,但亦无"自《周易》至《山谷集》……市桥下总守寄藏"这些字。

六、大坂(阪)兴文堂文化三年(1806)刊本《李杜诗法精选》二卷

清游艺辑,大阪浪华书肆兴文堂覆刻本。索书号:汉 11239,312

---

① ② 　严绍璗编著:《日藏汉籍善本书录》,第 1440 页。

函 184 架。版式：每半页十行，行十八字。四栏单边。白口，无鱼尾。版心上署卷次，下署页码。间有圈点，诗句旁间有小字注释，诗末多有评语。杜甫《新安吏》诗页天头有批点，引千家注，仅此一处。

游艺，字子六，明末清初人，生卒年不详，建宁（今福建建阳）人。清初著名算学家，《四库全书总目提要》"天文算法类"著录其《天经或问前集四卷》《天经或问后集》。另辑有《诗法入门》。

《李杜诗法精选》即为游艺《诗法入门》中的一部分。《诗法入门》刊刻时间不确定，《四库全书总目提要》仅提及。《杜集书目提要》著录《李杜诗选》二卷，"卷次下署'闽潭游艺子六原辑，宝山朱绵生民初重订。'半页八行，行二十字。诗旁时加圈点，偶有小字评语。多白文，注极少，注文小字双行，附于题下或诗后。"又提及《成都杜甫纪念馆馆藏杜集目录》载有乾隆刻本《杜集》二卷，署"建宁游艺子六原辑，宝山朱春生东发重订"①。但内阁文库藏本与此二本皆不同，严绍璗书亦未著录。

内阁文库本有封面，从右至左三行，依次署：闽潭游子六评选，李杜诗法精选，大坂兴文堂。

封面后首为文化乙丑（1805）八月松本修撰《李杜诗法精选序》。序首页钤三方朱文印：书籍馆印②、日本政府图书、浅草文库。知此书旧为书籍馆所藏。一方白文印：文贯道器。序末钤两方印：松本修、子文氏。

松本修序有云："有游子六所著《诗法入门》者，其中有《李杜诗选》一卷，浪华书肆兴文堂欲表出行世，就余谋焉。乃批读之，其于近体莫不备焉，且妙句变体等处，间注于其旁，此大有益于学者。凡泳

---

① 郑庆笃等编著：《杜集书目提要》，第 142 页。

② 据林申清介绍：书籍馆（浅草文库），文部省于明治五年（1872）八月在昌平坂学问所旧址上建立的日本最早的公共图书馆。书籍馆藏书以原昌平坂学问所与和学讲谈所的旧藏为基础，再加上公、私各家捐赠图书组合而成。明治七年七月废止书籍馆，馆舍被征用为地方官会议场所，全部藏书迁往浅草，改称浅草文库，并对外开放，直到明治十四年五月文库关闭，14 万册藏书经内务省归内阁文库。林申清编著：《日本藏书印鉴》，第 147 页。

学海、憩艺林者取法此书，驰骋则可以致其才之美。"据此可知，兴文堂所刻本，乃截取《诗法入门》中的《李杜诗选》，并经松本修批读。由正文题下所署"书林余明汝正氏梓"可知，兴文堂所依据的版本应该是书林余明所刻《诗法入门》。余明何人待考。

序后为《李杜诗法精选卷之一目录》，录"李太白诗选"，分古乐府19首、五言古诗18首、七言古诗12首、五言律诗13首、七言律诗2首、五言排律6首、五言绝句10首，七言绝句22首，合计八体102首。

次为《李杜诗法精选卷之二目录》，录"杜少陵诗选"，分五言古诗24首①、七言古诗9首、五言律诗19首、七言律诗12首、五言排律4首、七言排律1首、五言绝句7首，七言绝句5首，合计八体81首。

次为正文。每卷题下另两行分署：闽潭游艺子六氏辑，书林余明汝正氏梓。卷二后附"二刻增订李杜诸体诗法"，但仅有"二家诗总评"，辑录刘次庄、郑厚、严沧浪、松石轩、王世贞等7人评论李杜诗。此7人总评，并不见《诗法入门》，据题"二刻"，可知为刻书者辑入。

卷末钤印"昌平坂学问所"。并附出版发行信息。署"文化三年丙寅正月发行"，末署林伊兵卫、北泽伊八郎、浅野弥兵卫、三宅吉兵卫四人，当为发行者。

关于此书，《杜集书目提要》云："该书印制粗劣。批注虽少，错谬颇多。如七古《饮中八仙歌》'汝阳三斗'旁注云'王维'，五律《题玄武禅师屋壁》首句'何年顾虎头'旁注云'望之字虎头'之类，皆系谬误显著者。其他错印错解者亦不乏见，实无足观。"②但据笔者核内阁文库本，《饮中八仙歌》"汝阳三斗"旁无注，《题玄武禅师屋壁》首句"何年顾虎头"旁注"恺之字虎头"。

内阁文库本为松本修批读，其批点实有可观。如他评李白《前有樽酒行》"金樽绿酒生微波"云："'酒波'字妙。"李白《关山月》"明月出

---

① 《杜集书目提要》误为25首。笔者核武汉古籍书店影印民国六年(1917)上海广益书局石印本《诗法入门》(1986)，杜甫五言古诗亦收24首。

② 郑庆笃等编著：《杜集书目提要》，第142页。

天山"旁注云:"即祁连山。"又"汉下白登道"旁注云:"在朔州。"这些
与瞿蜕园、朱金城《李白集校注》,詹锳《李白全集校注汇释集评》等书
的解释都一致。再如他评李白《长相思》云:"如泣如诉,怨而不诽。"
亦与谢叠山评此诗一致①。

他评杜甫《饮中八仙歌》云:"此篇直如贯珠走马,各极其趣。"评
《客亭》云:"此怨而不怒,哀而不伤,故非后来所及。"都可见会心处。
《高都护骢马行》有云"何由却出横门道","横门"旁注"长安西门"。

不过原刻的确有瑕疵,如李白《将进酒》"将进酒,君莫停",此句
缺"将"。杜甫《月夜忆舍弟》题缺"舍"字,这些是刻书难免。

游艺《诗法入门》刻本很多,但此《李杜诗法精选》(《李杜诗选》)
单刻本很少,而松本修之批注本,更因少见,故其价值未被注意。

七、明万历间刻本《杜诗钞述注》十六卷

严绍璗书未著录。内阁文库藏本,将此书与林兆珂《李诗钞述
注》统一编在一起,索书号:汉 3815,312 函 180 架。

关于此书版本,《杜集书录》著录两种说法:"明天启间(1621—
1627)刻于衡阳"②"明万历刻于赣州"③。《四库全书总目提要》已明
言此书乃林兆珂守衡州时刊刻,林兆珂《杜诗钞述注自序》亦明言此
书是他守衡州时,与同僚曾汝嘉、郑克④严、周元微⑤、王世端共商刊
刻,故此书不可能刻于赣州。而且据《兴化府莆田县志》卷二十二《人
物志·文苑》载林兆珂提示,"万历甲戌(1574)进士,授蒙城知县,改
仪封教授,升国子监助教,转博士监丞。在成均七年,……升刑部主

---

① 日本近藤元粹评选《李太白诗醇》卷一引谢叠山云:"此篇戍妇之词,然悲而不伤,
怨而不诽,可以追三百篇之旨矣。"詹锳主编:《李白全集校注汇释集评》卷三,天津:百花文
艺出版社,1996 年,第 409 页。

② 周采泉著:《杜集书录》,第 775 页。

③ 周采泉著:《杜集书录》,第 335 页。

④ 《杜集书目提要》作"光"。郑庆笃等编著:《杜集书目提要》,第 106 页。

⑤ 《杜集书目提要》作"徽"。郑庆笃等编著:《杜集书目提要》,第 106 页。

事，历员外郎，……出为廉州太守，丁内外艰，补衡州，又补安庆。十年三典大郡，归之日，囊无余赏。"可见林兆珂与赣州没有任何关系。

《杜集叙录》谓"此书只初刻本"①，但并未明确注明初刻本的版本信息。不过，对于林氏生卒年，《杜集叙录》标为"？—约1621"②。1621年正是天启元年，假如林氏果真卒于此年，那么"天启刻本"之说便不成立了。

《杜集书目提要》云："我们所见者即林氏约于天启年间在衡州所刻之本。扉页题'林孟鸣先生述注'，书名《杜诗抄》，下署'因因堂藏版'。卷首依次为林兆珂自序，柯守恺序，均无年月。序后为全书总目录，凡十六卷，分体编次。"③此处也有问题，《莆田县志》已交代，林氏典三郡（廉州、衡州、安庆）十年，故天启年间林氏早已不在衡州。更何况天启年间林氏是否还在世还未知。不过，由"约于"二字也可看出，《杜集书目提要》是推测。但《杜集书目提要》所谓"因因堂藏版"言之凿凿，笔者未见此版本，又不敢遽定其误。但天启衡州刻本之说肯定存疑。

《四库全书存目丛书》据福建省图书馆藏明万历刻本影印，卷首依次为柯守恺序，林兆珂自序（缺一页），邓应奎《杜诗钞述注后序》（实际是该书跋），然后才是全书总目录。又正文卷一题下署"仍孙徐质时垣氏重校"。这个署名很有问题。仍孙乃自身下数到第八世孙，林兆珂的仍孙不可能生活在万历年间。还有，林兆珂八世孙为何姓"徐"？《四库全书存目丛书》卷首内容的排序与《杜集书目提要》也不一样。"万历刻本"可能成立，但《四库全书存目丛书》所依据的这个底本标为"万历刻本"存在问题。

内阁文库亦藏林兆珂《李诗钞述注》，首有林国光万历己亥（1599）序、黄履康万历戊戌（1598）序。其中林序提到"（林兆珂）守衡则谓杜重于衡，重杜所以重衡也，为刻杜集于衡，海内欣赏"，后林兆

①　张忠纲等编著：《杜集叙录》，第185页。
②　张忠纲等编著：《杜集叙录》，第184页。
③　郑庆笃等编著：《杜集书目提要》，第107页。

珂守皖,则又刻李白集(即《李诗钞述注》)。黄序谓:"吾郡林孟鸣先生负千秋轶才,由国子拜西曹簿书,视它曹稍闲,号称西翰先生,得以间理铅椠业。取《子美诗钞注》行之,流脍艺林,……先生已从衡州守读礼岩居,游思竹素,更取青莲诗,亦擸摭其什六七,手自笺疏,与杜集并行之,持示余小子属一言弁之。"从林、黄二人序可知,《杜诗钞述注》成于《李诗钞述注》之前,《杜诗钞述注》成于衡州,《李诗钞述注》成于皖(安庆)。时间上来说,《杜诗钞述注》肯定刻于《李诗钞述注》的刊刻时间万历己亥之前。《莆田县志》载林兆珂中进士后所历官,其中"在成均七年",即当时的最高学府,那么林氏到衡州任官时,可推知在万历九年(1581)之后。

　　综上,《杜诗钞述注》的初刻本应该是万历刻本,时间在万历九年至万历二十七年(1581—1599)之间。此外,林兆珂流传至今的著述,如北京师范大学图书馆藏明万历刻本《檀弓述注》二卷(卷首郭子登序署万历丁未,即 1607 年)、上海图书馆藏明万历刻本《考工记述注》(湘藩逸史序署万历癸卯,即 1603 年),这两部书亦均以"述注"为名,且均刻于万历年间,此或可作为《杜诗钞述注》刻于万历年间之旁证。

　　内阁文库本共 9 册。卷首依次为柯守恺序,林兆珂自序。柯序首页钤印:书籍馆印、林氏藏书、大学藏书①、浅草文库、江云渭树、日本政府图书。可知内阁文库本为林氏旧藏。林序末署"照磨邓时登书",知林序乃邓时登所书。此行亦见于《四库全书存目丛书》本。照磨,是元朝时在中书省下设立的掌管磨勘和审计工作的官员。

　　内阁文库本版式与《四库全书存目丛书》本相同:每半页有界八行,行二十字。注文与正文字一样,只每行十九字。四栏单边,白口,无鱼尾。每卷题下另行署"莆林兆珂孟鸣父纂述"。卷末间有钤印"日本政府图书""昌平坂学问所"。十六卷末为林兆珂门人邓应奎

---

　　① 据林申清介绍:"大学校·大学,明治元年(1868)四月,昌平坂学问所的藏书改由大总督府管理,后来又历经昌平学校、大学校、大学管辖。此大学校及大学即文部省的前身,同时掌管昌平学校、医学校、开成所三校。明治四年七月,撤大学改设文部省。"林申清编著:《日本藏书印鉴》,第 147 页。

《杜诗钞述注后序》。

是书内容,《四库全书总目提要》评价较低,云:"然甫诗全集凡一千四百余首,巨制名章,往往不录,而于《杜鹃行》《虢国夫人》二诗,向因黄鹤、陈浩然二本误入者,反并登选。其《秦州杂诗》二十首,则仅录八首;《游何氏山林》十首,则仅录六首,竟以'其一''其二'标写次第,似原诗止有此数,尤不可解。至注中援引事实,多不注出典。此又明代著述之通病,非独兆珂一人矣。"①四库馆臣对明人著述向多驳斥,但按林氏所注,确有可观。如其对《石壕吏》创作背景的揭示,就比黄鹤详细,林氏云:

> 石壕属邠州,陕东戍也。在新安县西,即石崤也。时邺师溃,子仪以朔方军断河阳桥保东京,东京士民惊骇,散奔山谷。子仪在河阳,将谋城守,人又惊奔。诸将继至,众及数万。议捐东京,且守蒲陕。都虞候张济曰:"蒲陕荐饥,不如守河阳。"子仪从之,筑南北两城以守之。公见征兵太急,故作此诗。②

仅举此例,他不赘述。总之,是书不仅国内传本较少,若无《四库全书存目丛书》影印,就只能依赖内阁文库藏本。

八、明万历三十七年(1609)积善堂刊《内阁批选杜工部诗律金声》二十四卷

元虞集注解,明李廷机批点。索书号:汉 10143,358 函 79 架。严绍璗仅著录该书版本:明万历三十七年(1609)积善堂刊,共三册③。但其实有误,后文详辨。周采泉、郑庆笃、张忠纲等人所编书

---

① (清)永瑢等撰:《四库全书总目提要》卷一七四·集部二七·别集类存目一,第1532 页下。

② (明)林兆珂撰:《杜诗钞述注》卷二,内阁文库藏本。

③ 严绍璗编著:《日藏汉籍善本书录》,第 1447 页。

目均未著录此书。据笔者核检，二十卷版式均为：每半页十一行，行十八字。注文小字双行。白口，四栏单边，单鱼尾。李廷机，《明史》卷二百十七有传，《杜集叙录》有生平考述①。据《明史》，可知其卒于万历四十四年(1616)，但生年不知。

首为李廷机撰《题诗律金声引》，未署年月。首页钤印：林氏藏书、浅草文库、日本政府图书、江云渭树。

次为《锲李阁老批点杜工部诗集目录》，另行署"太仪朱名世校订"。朱名世，生平事迹不详，江西临川人，有《牛郎织女传》四卷。他为李廷机此书作校订，二人应为朋友。是书分二十四卷，但核目录与正文，其中有很多问题。目录有残缺：卷十八止《送十五弟侍御》，自《洞房》缺至末，共十四题；卷十九缺全部；卷二十一《荆南述怀》和《江汉》之间为《江上》，但正文却为《舟中对雪有怀卢十四侍御弟》；卷二十一正文《移居公安山馆》(题作《移居公安》)后，缺《夜》《醉歌行》《赠卫大郎》《送韦少府》《公安怀古》《送李晋肃》等六首诗；卷二十三、二十四目录全缺，但其实并非李廷机本原缺，后文详述。

次为正文。据笔者目验，卷一至卷二十二，首均署"内阁批选杜工部诗律金声"，题下另三行分署：九我李廷机批点，元虞集伯生注解，奇泉陈孙贤绣梓。每卷末署"内阁批点选注杜工部诗"。陈奇泉，名孙贤，建阳坊贾，又刻有《重刊官版地理天机会元》三十五卷等书，书坊号"积善堂"。内附批点内容，均冠以"批云"二字，如卷八《远送》，诗题下有"批云：如画出塞图"；再如卷九《剑门》，诗题下有"批云：叹地险而恶负固者也"。或仅冠一"批"字，如卷一《夜宴左氏庄》末有"批"云："末谓闻吴谍而思昔游，是摆开说。寄兴闲远，状景纤悉，写情浓至，而闾阎参错，不见其冗，乃此诗妙处。"

卷二十二末有一段跋：

> 杜少陵诗纵横辟阖，隐隐云龙腾空，变化万状，谁得而步趋之？恨旧注坌冗，探公心迹者鲜。顷居秣陵，乃得刘须溪批本读

---

①　张忠纲等编著：《杜集叙录》，第187页。

之,如获珙璧。续见赵东山五言批评,又获明备。不揣并虞伯生
七言注,统三子合为一编,以便检阅。

　　东川黎尧卿跋。

　　跋文署名后钤印:廷表、癸丑进士、司马大夫。
　　黎尧卿这里所谓的"统三子合为一编",就是把刘须溪、虞集(伯
生)、赵汸(东山)三人杜诗批注并行刊刻。《杜集书目提要》著录成都
杜甫纪念馆藏明正德四年(1509)东川黎尧卿重刻《须溪评点选注杜
工部集》二十二卷,赋赵东山类选杜诗、虞伯生注杜工部诗各一卷。①
　　卷二十三末又有跋:

　　　　东山诗选有朝省、宴游、感时、羁旅、闲适、宗族、朋友、送别、
　　哀悼、登眺、感旧、节序、杂赋、天文、禽兽、题咏等 16 色,统若干
　　首,入刘本者不区别矣。纵余一首,亦题篇端,以见公批勘精到
　　之意,览者其注意焉。岁己巳重九跋。

己巳正是明正德四年,由此可证,此卷(二十三)正是黎氏所刻《须溪
评点选注杜工部集》所附一卷之"赵东山类选杜诗"。但笔者核内阁
文库本原文,其中黎氏所谓十六类,此本缺朝省、感旧二类。但内阁
文库本卷二十三题仍署"内阁批选杜工部诗律金声",题下另两行分
署"东山赵子常辑注""太仪朱名世校订",据此可推断,卷二十三应是
陈孙贤积善堂据黎氏正德四年原刻所附赵汸《类选杜诗》覆刻。另赵
汸分类注杜诗,皆为五律,而卷二十三恰皆五律,此可证笔者推断
无误。
　　卷二十四题署"内阁批选唐杜工部诗",题下另行署"书林奇泉陈
孙贤梓"。此卷当是黎刻所附虞集《注杜工部诗》。此集全篇七律,亦
可证此推断无误。卷末钤印"昌平坂学问所",并有"万历己酉岁积善
堂"木记。严绍璗著录此书为积善堂刊本,应该据此木记。但综合以

_____

① 郑庆笃等编著:《杜集书目提要》,第 64 页。

上考述,笔者认为内阁文库本《内阁批选杜工部诗律金声》二十四卷,应为万历三十七年积善堂据明正德四年黎尧卿重刻《须溪评点选注杜工部集》本覆刻,全书经朱名世校订。不过,也有学人考证,李廷机并未撰过此书,此书应为托名李廷机所撰的一部伪书①。从著者李廷机的角度来考量,此却可视为伪书;但抛开李廷机,此书作为黎本的覆刻本,其实是有一定价值的。黎本传世很少,而黎本的覆刻本更少。

笔者另目验内阁文库藏清康熙二年(1663)吴门书林刻本《辟疆园杜诗注解》十七卷,此本周采泉、郑庆笃、张忠纲等所编书目均有考述。孙微教授对《辟疆园杜诗注解》有较深刻的研究论文②,另有梁曦匀据内阁文库藏本写作的硕士学位论文(2019年),陈玉涛据河北大学藏本写作的硕士学位论文(2019年),故本文不再赘述,可一并参阅。

以上是笔者就所见内阁文库藏杜集书目11种进行了基本情况的考述。内阁文库所藏杜集,有些具有版本价值,有些在国内已经难见,故值得进一步研究。本文的考述,其价值体现在:对周采泉、郑庆笃、张忠纲、严绍璗等所著杜集书目进行了一些补订;首次揭示了内阁文库所藏杜集文献一些不为人知的价值,如所附评点等。希望对目前的杜诗学文献研究有所助益。

第五节　杜甫资料整理的集大成之作
——评刘明华编《杜甫资料汇编》

根据一定体例缀辑旧文,对原始文献不加改窜,从而形成一种新的"文献",这种传统由来已久,也产生了一大批具有较高价值的著述。但对于今天的学术评价机制来说,很多这样的著述却不被认为

---

① 杨理论:《日藏本〈内阁批选杜工部诗律金声〉考辨》,《域外汉籍研究集刊》第十五辑。

② 载《杜甫研究学刊》2002年第1期。

是"科研成果",从而导致很多人不愿意从事资料汇编这项既辛苦却得不到"评价"的工作。

自 20 世纪五六十年代开始至今,中华书局即组织相关领域的专家,出版系列"古典文学研究资料汇编",为我国的古籍整理工作、古典文学研究工作做出了重要贡献。其中,这套书中便包含华文轩先生主编的《杜甫卷》(之前统一命名"古典文学研究资料汇编·某某卷",后改为"古典文学研究资料汇编·某某资料汇编")。但自 1964 年出版上编(唐宋之部)至今,计划中的上编(金元明清之部)及下编却一直无缘面世。这对于杜甫资料的整理和广大杜诗学研究者、爱好者来说,不能不说是一种"缺憾"。2021 年 12 月,中华书局出版了西南大学刘明华教授主编的《杜甫资料汇编》13 册,从唐五代、宋到金、元、明,再到清,不仅实现了杜甫资料整理的"完璧",更在多方面体现出杜甫资料整理的"集大成"之功。

一、杜甫资料整理的历程概览

1. 华文轩编《杜甫卷》之前的杜甫资料整理情况

杜诗在宋代被追尚以后,各种笔记、诗话、文章等著述中关于杜甫的评论资料俯拾即是。北宋末年兴化(今福建莆田)人方深道所辑《诸家老杜诗评》(五卷,可能刻印于绍兴初年①),"是最早一部专论杜甫的诗话汇编"②。南宋胡仔所纂《苕溪渔隐丛话》前集(成于绍兴十八年)卷六至卷十四,后集(乾道三年)卷五至卷八,合计十三卷,占全书总量的 13%,专门辑录前人有关杜甫的诗话,也可视为杜甫资料汇编之作。蔡梦弼《杜工部草堂诗话》(二卷,嘉泰四年)附于其所撰《杜工部草堂诗笺》中,这是"专论杜甫诗话中流传较广的一种"③,相较于《诸家老杜诗评》,《四库全书总目》认为"道深④书琐碎冗杂,

---

① ②　张忠纲等编著:《杜集叙录》,第 53 页。

③　张忠纲等编著:《杜集叙录》,第 91 页。

④　《杜集叙录》考订为"方深道"。张忠纲等编著:《杜集叙录》,第 53 页。

无可采录，不及此书之详赡"①。方深道之孙方铨撰有《续老杜诗评》，然已佚。

金人元好问曾编有《杜诗学》一卷，亦佚，内容"包括前人（唐、北宋以来）、时人（元好问之父、师、友等）对杜甫其人其诗的评价，及杜甫的生平资料"②。可见此书亦可纳入杜甫资料汇编的范畴。

清人刘凤诰撰有《杜工部诗话》（五卷，道光十七年刊毕），"收录诗话一百五十多条"，"于杜甫家世、亲族交游、生平事迹、思想性格、诗义阐释及诸家评骘，多所评骘，且偶有新见"③。民国蒋瑞藻有续补刘凤诰之作《续杜工部诗话》（二卷，民国三年），"纂录自宋以来诸家评论杜诗之语，凡120余条，搜罗颇广"④。

清人潘德舆著有《养一斋李杜诗话》（三卷），其中卷二、卷三计28条为专论杜诗，乃潘德舆辑录自宋苏轼、秦观等至明高棅、胡应麟等评论杜诗的材料，然后申以己意。

除以上这些以诗话为主的杜甫资料汇编之作，有些杜集书目中也辑录一些杜甫资料，笔者近两年从事日本所藏杜集文献的整理，现就所见，举例如下。如日本内阁文库所藏日本庆安四年（1651）覆刻本《杜工部七言律诗分类集注》，是书乃明薛益集注，日本庆安四年中村市兵卫覆刻金昌五云居刊本。该书封面后，依次辑录：（1）崇祯戊寅冬徐如翰《杜工部七言律诗分类集注序》；（2）崇祯十四年七月林云凤《薛虞卿先生杜律七言集注序》；（3）薛益《杜律集注乞序诗》；（4）杨士奇《杜律虞注旧序》；（5）白云漫史⑤《少陵纪略》（象鼻处署"杜律纪略"）；（6）《杜律心解题词》四节，分别为陈正敏《遁哉闲览》⑥节录、王安石《杜甫画像》诗全文、元稹《唐故工部员外郎杜君墓系铭

---

① （清）永瑢等撰：《四库全书总目》卷一九五·集部四八·诗文评类一，第 1789 页。
② 张忠纲等编著：《杜集叙录》，第 113 页。
③ 张忠纲等编著：《杜集叙录》，第 428—429 页。
④ 张忠纲等编著：《杜集叙录》，第 501 页。
⑤ 《杜集叙录》提示白云漫史为谢杰。张忠纲等编著：《杜集叙录》，第 214 页。
⑥ 应为《遁斋闲览》。

并序》节录、宋祁《新唐书·文艺传上·杜甫传赞》节录；①(7) 白云漫史《杜律虞注叙略》；(8) 崇祯十四年八月薛益《跋》；(9) 修默居士《杜律心解凡例》三条。

再如日本内阁文库所藏元建安广勤书堂刊本《集千家注分类杜工部诗》，该书第 1 册开篇为《杜工部传序碑铭》，包括宋祁《唐新书杜工部传》、元稹《唐杜工部墓志铭》、韩愈《题杜子美坟》、李观《遗补杜子美传》、孙仅《读杜工部诗集序》、王安石《杜工部诗后集序》、胡宗愈《成都草堂诗碑序》、鲁訔《编次杜工部诗序》、王琪《增修王原叔编次杜诗后记》、王彦辅《增注杜工部诗序》、郑卬《杜少陵诗音义序》、郑卬《跋杜子美诗并序》、孙何《读子美诗》、欧阳修《子美画像》、王安石《子美画像》、张伯玉《读子美集》、杨蟠《观子美画像》。这些都属于杜甫资料。

不过，自蒋瑞藻之后，一直到华文轩，未见杜甫资料整理的专门之作。

2. 华文轩编《杜甫卷》

华文轩主编的《杜甫卷》(以下省称华编)出版于 1964 年 8 月，但华文轩所写"前记"所署时间为 1962 年 12 月，书稿等待了近两年才出版面世。

华编对杜甫资料的收集范围基本遵循传统诗话的体例，包括"杜甫生平事迹的记述，杜甫诗歌的评论，作品本事的考证，文字、典故的诠释"。但这些资料的来源，要远远超过前人，包括"诗文别集、总集、诗话、笔记、史书、地志、类书"②。

华编出版以后，为杜诗学研究提供了极大方便，诚如刘明华教授所谓："可以说四十年来凡是研究杜甫其人其诗的学人，没有不从中

---

① 《杜集叙录》对此处描述稍有差误，谓《杜律心解题词》"录《遁斋闲览》、王安石、元稹、宋祁杜诗话四则"。张忠纲等编著：《杜集叙录》，第 214 页。

② 华文轩编：《古典文学研究资料汇编·杜甫卷上编唐宋之部·前记》，北京：中华书局，1964 年，第 1 页。

得益的。"①

3. 华编之后的杜甫资料汇编情况

华编之后，直到 20 世纪 90 年代，才开始出现一些"补充"之作。最早的如沈时蓉据唐圭璋先生所编《词话丛编》辑录有关杜甫资料 83 条，并分为"词学理论家对杜诗整体风格的评价""宋词化用杜诗意境、词语举例""杜诗与其他诗词遣词造句用法相同举例"三类加以疏解②。

2002 年，聂石樵先生发表了他对杜甫资料的增补成果，共辑录吴曾、江少虞、赵德麟等 17 人的 21 条资料，其中如伊世珍《琅嬛记》卷上引《胶葛》载："余延寿选杜甫诗作六十卷，其余二十余卷不足存，欲畀宋无忌。有一俗客，将掩为己物，延寿不欲，遂临之以刃，与之。以魋魋之容，而被夷光之服，何益哉？而求如此也。其后有觉之者，仍入杜集中。"③此条可作为杜诗早期流传研究的资料。

刘明华教授自接受中华书局之委托（2004 年 11 月）后，即开始爬梳文献，在辑录金元明清卷的同时，也在订正唐宋卷。其中，关于唐宋卷，刘教授于 2010 年 4 月发表了相关增订成果，增补了舒岳祥、牟巘、何梦桂、刘辰翁、黄仲元、林景熙、熊禾、王炎午、俞琰 9 人的 45 条新资料，并精确标识每条资料的出处④。2010 年 10 月 16 日至 18 日，南开大学文学院与中国唐代文学学会、西北大学共同主办的中国唐代文学学会第十五届年会暨唐代文学国际学术研讨会在南开大学举行，会上刘明华教授亦宣读了此文，并被收入此次会议的论文集⑤。

① 刘明华：《现代学术视野下的杜甫研究——杜甫研究百年回顾与前瞻》，《文学评论》2004 年第 5 期。
② 沈时蓉：《〈词话丛编〉中有关杜甫资料辑证》，《杜甫研究学刊》1998 年第 4 期。
③ 聂石樵：《杜甫部分珍贵资料辑录》，《古籍研究》2002 年第 1 期。
④ 刘明华、王飞：《〈古典文学资料汇编杜甫卷（唐宋之部）〉补遗》，《杜甫研究学刊》2010 年第 2 期。
⑤ 载中国唐代文学学会编：《唐代文学研究》第十四辑，桂林：广西师范大学出版社，2010 年，第 697—704 页。

2013 年 1 月、2015 年 5 月,张忠纲先生曾先后在《古籍研究》上发表华文轩编《杜甫卷》的增补成果,其中 2013 年增补白居易、张彦远、释齐己、王禹偁等 82 人的 155 条资料①。2015 年增补范浚、胡铨、郑樵、葛立方等 85 人的 166 条资料②,前后合计 167 人 321 条,极大地丰富了唐宋时期的杜甫资料。

2015 年 10 月 15 日至 18 日,由中国杜甫研究会、重庆市文化委员会、西南大学联合主办,重庆国学院和西南大学文学院承办的“中国杜甫研究会第七届年会暨杜甫与重庆学术研讨会”在西南大学召开。其中,此次会议的论文集收入了杨海龙的《清代诗文集涉杜资料分类研究》,该文从清代众多诗文集里面辑录有关用杜和论杜两类资料,其中用杜又可以分为用杜韵、仿杜、集杜、用杜诗典故;论杜包括论杜甫、论杜诗、以杜诗论人③。

2014 年 11 月,冀勤先生编著的《金元明人论杜甫》由商务印书馆出版。这部书可称得上名副其实的杜甫资料的“金元明卷”,但可惜并未纳入中华书局出版。对此,中华书局文学室编审刘尚荣先生曾写文记叙道:

> 到了二十世纪八十年代初,《杜甫卷》出乎意料地重印三次,总发行量超过两万册;更有专家学者打探:全书何时可以出齐?然则时过境迁,中华书局文学室势难再用“大兵团作战”的形式,完成续编重任。于是,文学室将已收集到的资料转交山东大学,希望借助萧涤非教授率领弟子长期研究杜甫的功底与积累,继续完成《杜甫卷》上编金元明部、清与近代之部及下编的编撰重任。因各种原因,数年过去,山大老师对此资料书的编撰并无实

---

①　张忠纲:《〈古典文学研究资料汇编·杜甫卷〉补遗(上)》,《古籍研究》(2012 年辑),合肥:安徽大学出版社,2013 年,第 248—275 页。

②　张忠纲:《〈古典文学研究资料汇编·杜甫卷〉补遗(下)》,《古籍研究》2015 年第 1 辑,南京:凤凰出版社,2015 年,第 180—203 页。

③　杨海龙:《清代诗文集涉杜资料分类研究》,《中国杜甫研究会第七届年会暨杜甫与重庆学术研讨会论文集》,2015 年,第 105—114 页。

质性的推进。"续编"迫在眉睫又迟迟编不成书,这也让中华书局骑虎难下,不知所措。

在关键时候,老编辑冀勤挺身而出,她不甘心《古典文学研究资料汇编·杜甫卷》全书遭"夭折",遂决心独立完成后续工作。她投入大量时间和精力,率先收集金元明人评论杜甫的资料,内容包括:杜甫的生平事迹与思想演变的考述;杜甫诗歌的评论;作品本事的考证;典故的注释;以及杜诗的传承与影响等。

……

全书编定后,理应作为《杜甫卷》上编"金元明部"继续由中华书局出版。因为各种原因,书稿在书局耽搁数年,未能及时审定出书。编者无奈,只好另觅出路。幸有商务印书馆独具慧眼,率先考虑读者亟需,毅然接受了冀勤先生的全稿,并聘请专家外审外校严把质量关。经过一番周折,以《金元明人论杜甫》的全新书名,于2015年1月,让这部被专家学者期盼已久的资料书得以问世。稍有遗憾的是,清及近代作家评论杜甫的资料汇编,还是遥遥无期。①

据冀勤先生所写的"前记"所署时间"2004年",至2014年出版,整整十个寒暑。

杜诗学研究专家孙微教授也积极从事于杜甫资料的整理,其主要聚焦于清代杜集序跋的辑录。自2004年开始,孙教授即从事于清代杜集序跋的查访、搜集。终于在2017年6月出版了《清代杜集序跋汇录》,辑录了清代470多篇杜集序跋,可称为清代杜甫资料的第一次系统整理,为杜诗学研究构建了坚实的基础资料。

此外,曾绍皇自博士阶段开始对"杜诗未刊评点"进行整理与研究,近年来发表了一系列高水平成果。杜诗未刊本中附有很多评点,这些评点对研究杜诗具有很大帮助,比如《台湾地区藏稀见杜诗手批

---

① 刘尚荣:《评冀勤先生的〈金元明人论杜甫〉》,《杜甫研究学刊》2015年第2期。

本提要叙录》一文所介绍的台北"故宫博物院"藏《黄氏补千家注纪年杜工部诗史》三十六卷(残本),元至元二十四年詹光祖月崖书堂刊本。清李国松题识并朱墨批校。该文引用了《白丝行》之"象床玉手乱殷红,万草千花动凝碧"一句,其墨眉处批云:"'乱殷红'对'动凝碧',人可能也。'象床玉手'对'万草千花',非大手笔不能也,可以为法。"①指出此联的对仗法。他不赘述。

民国时期仍有大量旧体诗话创作,其中也含有很多杜甫资料。孔令环将民国诗话中评论杜甫的资料分为杜诗注解、校勘与评点、杜诗渊源与影响、杜甫生平考证、杜甫与他人之比较、后人的杜甫评论五类,每类举例进行了详细分析。② 刘晓萱亦将民国时期的旧体诗话作为研究范围,考察其中评论杜甫的内容,并分为对杜甫其人的评价、对杜诗艺术风格的赏析、对杜诗源流的分析、"诗史"说、"诗圣"说、"大家"说六个方面的内容进行系统分析。③ 不过,这些都是研究论文,并非专门辑录杜甫资料。

总之,华编之后,人们都在非常渴望、并积极投入杜甫资料整理的"完璧"工作。

二、刘明华编《杜甫资料汇编》的过程

刘明华教授对《杜甫资料汇编》的"完璧"工作,起初只是一种盼望,这可以追溯到他在《现代学术视野下的杜甫研究——杜甫研究百年回顾与前瞻》一文中所袒露的心声:"学人们一直盼望着《杜甫卷》的完整出版。当然,这是一个大工程,需要人力物力和财力,更需要时间,需要一批执着者,需要一个有力的有眼光的组织者和出版社等等。"④刘明华教授在《杜甫资料汇编·前言》中亦引述了这段话,并

---

① 曾绍皇:《台湾地区藏稀见杜诗手批本提要叙录》,《杜甫研究学刊》2019 年第 1 期。

② 孔令环:《民国诗话中的杜甫评论》,《杜甫研究学刊》2017 年第 2 期。

③ 刘晓萱:《民国时期旧体诗话之杜甫研究》,西北大学 2017 年硕士学位论文。

④ 刘明华:《现代学术视野下的杜甫研究——杜甫研究百年回顾与前瞻》,《文学评论》2004 年第 5 期。

接着说:"提出这个问题,意在促进《杜甫卷》全编尽早问世,自己并无意来做这个工作。我深知这是一个大工程,自己学识和精力均有限。"①但这是自谦之辞。笔者认为刘教授是从事此项工作的绝佳人选,这体现在:

1. 从刘明华教授对杜诗学长期以来的研究来看,刘教授是此项工作的优秀人选。刘教授长期致力于杜诗学研究,早在 1991 年即出版《杜诗修辞艺术》(中州古籍出版社),对杜诗中的对仗、借对、互文、用典、拟人、夸张、对比、句法、构词(词法)、叠字(字法)等几种修辞艺术(借对包含在对仗中)进行了系统分析,尤其是举了很多例证。1994 年,刘教授又出版了《社会良知——杜甫:士人的风范》(山西教育出版社,"龙门丛书"之一种),该书是对杜甫思想的一种评价,可以视为"杜甫评传"。刘教授将杜甫定位为"社会良知",即"知识分子",这是西方人的概念,若用中国传统术语来说,则是"士"。刘教授将杜甫的"士人风范"析解为杜甫的忧患意识、批判思想、重建意识、民胞物与精神、忠君、悲剧命运,"如此分别探讨了杜甫对社会与人生,对现世与未来,对人与对物,对君国与对自身等等的态度,表现杜甫的忠、勇、仁、恕、真诚、坚韧等品格,以及这些品格与当时社会的不能相容,和由此带来的杜甫内心的矛盾和痛苦,他的困惑和如何战胜困惑等等。"②诚如查洪德教授所评价的:"本书的可贵之处在于,它一方面是从'社会良知'这一与社会学、政治学有关的角度入手去把握杜甫的人格及人生内容,由此阐释杜甫'伟大'的原因;同时它又是将杜甫作为古中国'社会良知'的代表(或说典范)来剖析的,它写的是杜甫,又不仅仅是杜甫,它把杜甫放在中国封建社会的背景上,放在积极的儒家精神的背景上,放在中国士阶层(或群体)的背景上来研究,因而其意义也就超越了杜甫研究,有时引发我们对中国历史和中国

---

① 刘明华编:《杜甫资料汇编·前言》,北京:中华书局,2021 年,第 2 页。
② 查洪德:《杜诗学研究的新视角——读〈社会良知——杜甫:士人的风范〉》,《杜甫研究学刊》1994 年第 3 期。

文化作总体思考,有时则让读者感受到强烈的时代感。"①此后,刘教授在其《丛生的文体:唐宋文学五大文体繁荣》(江苏教育出版社,2000 年)、《杜甫研究论集》(重庆出版社,2002 年)等著作中,继续对杜诗学作纵深的研究。

2. 从刘教授的师承来说,刘教授是此项工作的优秀人选。刘教授师从杜诗学研究大家张志烈教授。张教授"因在初唐四杰、杜甫、苏轼等重要作家研究领域取得较多突破性成果,被学术界称为'长于史事、精于故实',在海内外产生了较大影响。……1999 年出版的《杜诗全集今注》,是新中国成立以来出版的第一部杜甫诗歌全集的新注"②。张教授还曾编辑《苏轼资料汇编》(中华书局,2004 年),也是中华书局这套"古典文学研究资料汇编"系列中的一种。张教授之编辑经验,也许曾给予刘教授以指导。

3. 从刘教授所处的科研环境来说,刘教授也是此项工作的绝佳人选。刘教授所任教的西南大学文学院中国古代文学专业,不仅有曹慕樊、谭优学等杜诗学研究专家奠定的优良传统,近年也培养了一大批致力于杜诗学研究的硕士和博士。刘教授在《杜甫资料汇编·前言》中曾提及他和学生在会议室翻阅《清代诗文集汇编》的情景:"记得那个夏天,正是重庆高温季节,我和延期回家的几十个学生(古代文学专业各方向学生主动请缨要求参与这项古籍整理实践工作)在一起翻阅这部巨编,大家埋头书海,安静时,会议室只有空调声和沙沙的翻页声。这样的工作陆续进行大半年。"《杜甫资料汇编·后记》中未言一字,只详列了参与这项工作的人员名单,计有 118 人之多。这样的学术团队,在当今的学术生态下是很难得的。回首刘教授 2004 年对于从事杜甫资料汇编工作所设想的困难——"需要一批执着者,需要一个有力的有眼光的组织者",西南大学文学

---

① 查洪德:《杜诗学研究的新视角——读〈社会良知——杜甫:士人的风范〉》,《杜甫研究学刊》1994 年第 3 期。

② 四川省教育厅人文社会科学重点研究基地"地方文化资源保护与开发研究中心""专家学者"之"张志烈简介",网址:http://dfwh.xhu.edu.cn/fe/b1/c4368a130737/page.htm,2022 年 3 月 8 日访问。

院刘教授所领衔的这个团队所做出的成绩，无疑是当初这一困难的最好答案。

从 2004 年 11 月，中华书局决定由刘教授来负责完成《杜甫卷》（金元明清部分）的编纂工作开始，到 2008 年年底，此项工作正式启动。后将编辑计划调整为唐宋金元明清全部时期，并且对"唐宋卷"重新编纂。直到 2021 年 12 月出版问世，前后持续十八年。此间，这件工作先后得到了全国高校古委会项目、重庆市文科基地重点项目、教育部人文社科项目、国家社科基金项目、国家古籍整理出版专项经费的支持，才保证了这煌煌 13 册 380 万字书稿的出版。这也呼应了刘教授当年预想的困难——"这是一个大工程，需要人力物力和财力，更需要时间"。

与杜甫齐名的李白，其资料汇编先后于 1994 年和 2007 年出齐古代部分：裴斐、刘善良编《李白资料汇编（金元明清之部）》和金涛声、朱文彩编《李白资料汇编（唐宋之部）》。盛唐诗人如王维，其资料汇编也于 2014 年（张进、侯雅文、董就雄编）出版。只有《杜甫资料汇编》的出版，跨越了近 60 年（1964—2021）才得完璧。

三、刘明华编《杜甫资料汇编》的创获

刘明华编《杜甫资料汇编》（以下省称刘编）继承了华编的体例，但不管是唐宋部分，还是金元明部分，所纂资料均超过了华文轩和冀勤两位先生（为行文简单，下文省称冀编），而清代部分更可见筚路蓝缕之功。全书分成 13 册，唐宋卷 4 册，金元卷 1 册，明代卷 2 册，清代卷 6 册，各册字数相差无几。因此，仅从最直观的数量上来看，也可看出刘教授对唐宋卷和清代卷付出颇多。笔者虽仅作了概览，但认为此巨编在以下两方面表现出非常明显的创获：

（一）收录范围上：尽力求"全"

时代上之"全"不言自明，刘编跨越唐、五代、宋、金、元、明、清七个历史时期。

　　《杜甫资料汇编》的编纂原则虽在华编时已经确立为"唐宋部分求全，元明以后取精"，但我们只要对比一下刘编和华编、冀编所入选人数，即可非常清晰显示出刘编的"求全"。

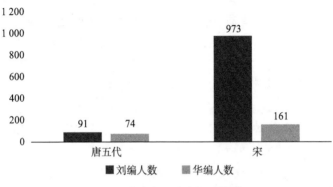

图 2　唐宋卷入选人数对比图

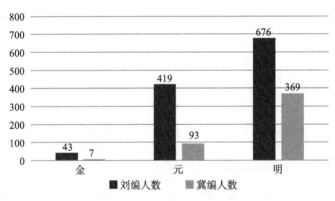

图 3　金元明卷入选人数对比图

　　从上面两个对比图可以清晰看出，唐五代卷，刘编比华编多出17人；宋代卷，刘编比华编多出高达812人；金代卷，刘编比冀编多出36人；元代卷，刘编比冀编多出326人；明代卷，刘编比冀编多出307人。刘编（唐至明）入选总人数合计2 202人，而华编和冀编入选总人数计704人。仅唐五代至明这段时期，刘编增补人数就达到了1 498人。笔者对清代卷入选人数亦作了统计，计有2 029人，那么刘编全部入选人数达到了 4 231 人。

刘编的"求全"还体现在,对于同一个人的材料,也尽可能多搜集。前文已提及刘教授在《〈古典文学资料汇编杜甫卷(唐宋之部)〉补遗》中的增补条目,现我们再仅选取 10 例,统计如下表:

表 13 同一人物在刘编与华编、冀编中增补条目数对比

人名	刘编条数	华编条数	人名	刘编条数	冀编条数
韩 愈	10	8	赵秉文	10	4
白居易	6	5	李俊民	17	2
李商隐	6	3	元好问	27	3
郑 谷	7	6	刘秉忠	13	6
宋 祁	17	8	郝 经	15	3
梅尧臣	21	2	张以宁	10	5
欧阳修	14	8	刘 崧	10	1
赵 抃	8	3	贝 琼	12	5
韩 维	13	2	高 棅	14	10
强 至	12	2	方孝孺	10	7
增补条数合计	67		增补条数合计	92	

刘编之所以会多出这么多人和条目,是因为对纂辑书目范围的扩大。请看下面的对比图:

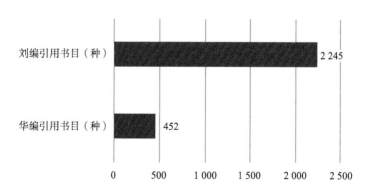

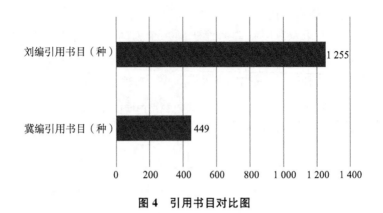

图4　引用书目对比图

笔者对刘编清代卷引用书目亦作了统计,为2 190种,合唐五代卷2 245种、金元明卷1 255种,总计5 690种。刘教授在"前言"中说"此书最后统计,涉及作家四千余,引书五千种",只是取了一个整数。

刘编的"求全"意识还体现在,对于同一人的同一著作,也尽量多搜集该书有关杜甫的全部资料,我们以冀编、刘编所收明高棅《唐诗品汇》为例。

表14　冀编与刘编中所收明高棅《唐诗品汇》条目

对比内容	冀编	刘编	备注
所收《唐诗品汇》条目	1.唐诗品汇总序(节录)	1.唐诗品汇总序(节录)	名称同,但刘编多出196字。
	2.五言古诗叙目(节录)长篇	2.五言古诗叙目·大家	冀编缺
	3.七言古诗四叙目(节录)大家	3.五言古诗叙目·名家	冀编缺
	4.七言古诗六(节录)名家下	4.五言古诗叙目·羽翼(节录)	冀编缺
	5.歌行长篇(节录)	5.五言古诗叙目·长篇(节录)	同
	6.五言律诗七叙目(节录)大家	6.七言古诗叙目·正宗	冀编缺
	7.七言律诗三叙目(节录)大家	7.七言古诗叙目·大家(节录)	同
	8.七言绝句三叙目(节录)羽翼	8.七言古诗叙目·名家(节录)	同

（续表）

对比内容	冀编	刘编	备注
同上	9.五言排律五叙目(节录)大家	9.歌行长篇(节录)	同
	10.五言排律十一叙录（节录）长篇	10.五言律诗叙目·大家(节录)	同
		11.七言律诗叙目·大家(节录)	同
		12.七言绝句叙目·羽翼(节录)	同
		13.五言排律叙目·大家(节录)	同
		14.五言排律叙目·长篇(节录)	同

同是从《唐诗品汇》中收集有关杜甫资料,刘编比冀编多出 4 条。对于相同条目,如《唐诗品汇总序》,刘编也尽可能多录内容。

（二）收录内容上:尽可能"精"

这其实体现为刘编在编纂过程中处理材料时所定下的四条原则,即定作者、调出入、删重出、辨源流。此外,还包括对引用书目版本的考量和入选作者顺序的重新厘定。刘教授在《〈杜甫资料全编·唐宋卷〉整理札记》一文(《杜甫研究学刊》2017 年第 4 期)及《杜甫资料汇编·前言》中均有明确交代。这些原则,体现出刘教授团队在收录内容时体现出的精益求精的精神,也就是刘教授所谓的"希望《杜甫卷》的文献是可以直接征引的"①。现就笔者阅读所见,再来印证一下刘编的这种求精精神。

1. 引用书目的版本

对于引用书目的版本,华编确立的原则是:"所收各书的版本,择其通行可靠的,非有特别需要,不改用宋元明旧刻本。"②而刘编则"尽量采用善本加以核校"③。因此,对于宋元明旧刻,刘编亦有引用。

---

① 刘明华编:《杜甫资料汇编·前言》,第 3 页。
② 华文轩编:《古典文学研究资料汇编·杜甫卷上编唐宋之部·前记》,第 2 页。
③ 刘明华编:《杜甫资料汇编·凡例》,第 2 页。

对于相同的书目,刘编对版本的标识更加清晰,非常便于今人按图索骥。比如唐宋卷引用的"《分类补注李太白诗》二十五卷",华编标为:"宋杨齐贤元萧士赟注,《四部丛刊》景明本。"①刘编标为:"唐李白撰,宋杨齐贤元萧士赟注,《四部丛刊》景明嘉靖二十二年郭云鹏宝善堂刊本。"②对于同一人,刘编引用书目也更加全面。如李白,华编只引用了《四部丛刊》本,而刘编除《四部丛刊》本以外,另引用王琦注《李太白诗集注》(文渊阁四库全书本)及《李太白集》(三十卷,宋刻本)。

2. 入选作者及材料的编排顺序

对于入选作者的顺序,三书皆按照生卒年为序。刘编确立的原则是:"按照人物生年为序,生年相同者以卒年为序。不能确定生卒年者,按照其大致生活年代列入。"③而对于所选材料的排序,三书都根据华编所确立的原则:"同一人名下的资料,其编次次序为先本集,次其他著作,最后列见于他书的文句。"④并且三书对一些材料均有考证性的"按语"。但刘编后出专精,在人物的排序上体现出学术的演进,我们以高适、岑参、贾至为例。华编的顺序为贾至、岑参、高适,刘编的顺序为高适、岑参、贾至。

据周勋初先生考证,高适生于唐久视元年(700)⑤。孙钦善注《高适集》,前言标注高适生年为 701 年⑥。刘开扬所著《高适诗集编年笺注》,卷首附《高适年谱》,高适生年定为唐武后长安四年(704)⑦。

---

① 华文轩编:《古典文学研究资料汇编·杜甫卷上编唐宋之部·引用书目》,第 3 页。

② 刘明华编:《杜甫资料汇编·唐宋卷引用书目》,第 1798 页。

③ 刘明华编:《杜甫资料汇编·凡例》,第 2 页。

④ 华文轩编:《古典文学研究资料汇编·杜甫卷上编唐宋之部·前记》,第 2 页。

⑤ 周勋初著:《高适年谱》,上海:上海古籍出版社,1980 年,第 6 页。

⑥ (唐)高适著,孙钦善校注:《高适集校注》,上海:上海古籍出版社,1984 年,第 1 页。

⑦ 刘开扬:《高适年谱》,刘开扬著:《高适诗集编年笺注》,上海:上海古籍出版社,1981 年,第 1 页。

陈铁民所撰《高适岑参诗选评》，标示高适生年为"703?"①。

岑参的生年，闻一多先生系为玄宗开元三年（715）②。陈铁民、侯忠义二先生所作《岑参集》附《岑参年谱》，廖立笺注《岑嘉州诗》附《岑参年谱》，岑参生年均定为玄宗开元三年（715）③。但陈铁民所撰《高适岑参诗选评》，却标示岑参生年为"717?"④。

贾至的生年，沈文君所作年谱定为玄宗开元六年（718）⑤。陈尚君先生最新发表的文章《诗人贾至：被忽略的盛唐名家》，贾至的生年亦标为 718 年⑥。

从上面的论列可知，刘编的排序符合三人的生年先后，而华编则有所欠缺。他不赘述。

3. 定作者、调出入、删重出、辨源流

对于此四项原则，主要是针对华编，可参刘明华教授的"整理札记"及全编前言。现仅就笔者阅读所见关于"定作者"及"删重出"两则附于下。

定作者： 华编"宋代卷"收"王□"名下三条资料，均出自《道山清话》⑦，今刘编已将《道山清话》定为王暐作，华编所收三条资料均系于王暐名下⑧。

删重出： 华编"唐五代卷"于孟宾于下收其所作《耒阳杜工部墓》诗一首，标示此条出自"钱注《杜工部集·唱酬题咏》引《耒阳祠志》"⑨。但又于无名氏下收《耒阳杜工部坟》诗一联，标示出自"《诗

①　陈铁民撰：《高适岑参诗选评》，上海：上海古籍出版社，2018 年，第 9 页。

②　闻一多：《岑嘉州系年考证》，闻一多：《唐诗杂论》，闻一多著：《闻一多讲文学》，南京：凤凰出版社，2008 年，第 177 页。

③　（唐）岑参著，陈铁民、侯忠义校注：《岑参集校注》，上海：上海古籍出版社，1981 年，第 467 页。（唐）岑参著，廖立笺注：《岑嘉州诗笺注》，北京：中华书局，2004 年，第 856 页。

④　陈铁民撰：《高适岑参诗选评》，第 139 页。

⑤　沈文君：《贾至年谱》，《古籍研究》2008 年第 2 期，第 224 页。

⑥　陈尚君：《诗人贾至：被忽略的盛唐名家》，《文史知识》2022 年第 1 期，第 54 页。

⑦　华文轩编：《古典文学研究资料汇编·杜甫卷上编唐宋之部》，第 274—275 页。

⑧　刘明华编：《杜甫资料汇编·唐宋卷》，第 492—493 页。

⑨　华文轩编：《古典文学研究资料汇编·杜甫卷上编唐宋之部》，第 49 页。

话总龟》前集卷四十三引《摭遗》"①。但实际无名氏一联诗，即孟宾于《耒阳杜工部墓》之颔联。刘编据《（康熙）耒阳县志》卷七录此诗，且最后一句为"经过时吊君"②，较华编所录"经过自吊君"为优。而《全宋诗》于孟宾于条据《钱注杜诗》收此诗，亦作"经过时吊君"③。

余论：《杜甫资料汇编》的未来

《杜甫资料汇编》的未来，在笔者看来主要有两个方向。一个是为相关杜诗学研究提供资料和指引。通过阅读该书可以发掘很多问题，然后按图索骥，找到所需材料，如笔者就曾利用《金元明人论杜甫》写作了《金元明人杜甫诗意图题画诗综论》一文。

另一个便是对《杜甫资料汇编》的订补，尤其是补充清代的资料。刘教授虽遵循"唐宋卷求全，金元明清卷求精"的编纂要求，但通过上面的对比我们也看出，金元明卷的编纂，刘教授也尽量往"全"的方向靠近。至于清代，仅从目前所编入的条目看，和唐、五代、宋、金、元、明六个时期已经相差无几。不过，清代浩如烟海的文献，何人、何时能将清代的杜甫资料收集完，恐怕还有待更多时间。笔者近两年从事于岭南杜诗学文献的整理，现就所见，补充一二。

清梁九图撰有《十二石山斋诗话》，其中卷六载："杜诗'风含翠筱娟娟静，雨裛红蕖冉冉香'，上句风中有雨，下句雨中有风，人知此等句法甚少，惟新建裘文达公日修全仿其意，有'竹凉似有潇潇雨，荷净微生袅袅风'；震泽张鸿勋栋有'空山落木散秋影，孤馆月明生夜凉'，亦得此法。"④卷十载："唐以诗取士，而浣花翁竟不能博一第。余有《读唐诗》绝句云：'律喜三唐欲问津，声诗取士局原新。如何大笔风

---

① 华文轩编：《古典文学研究资料汇编·杜甫卷上编唐宋之部》，第53页。

② 刘明华编：《杜甫资料汇编·唐宋卷》，第64页。

③ 北京大学古文献研究所编：《全宋诗》卷三，北京：北京大学出版社，1991年，第34页。

④ （清）梁九图撰：《十二石山斋诗话》，《广州大典》集部诗文评类（第五十八辑）第三册（总第519册），广州：广州出版社，2015年，第518页。

骚接,却是春官失意人。'"①

　　清吴梯撰有《巾箱拾羽》,其中卷一"解杜作骑墙之见"条载:"《岁寒堂诗话》:杜子美《登慈恩寺塔》云:'回首叫虞舜,苍梧云正愁。惜哉瑶池饮,日宴昆仑丘。'此但言其穷高极远之趣尔,南及苍梧,西及昆仑,然而叫虞舜,惜瑶池,不为无意也。《白帝城最高楼》云:'扶桑西枝对断石,弱水东影随长流。'②使后来作者如何措手? 东坡《登常山绝顶广丽亭》云:'西望穆陵关,东望琅邪台。南望九仙山,北望空飞埃。相将叫虞舜,遂欲归蓬莱。'袭子美已陈之迹,而不逮远甚。山谷《登快阁》诗云:'落木千山天远大,澄江一道月分明。'此但以远大分明之语为新奇,而究其实,乃小儿语也。山谷晚作《大雅堂记》,谓子美死四百年,后来名世之士,不无其人,然亦未有能升子美之堂者,此论不为过。'但言其穷高极远之趣',此论是。'叫虞舜,惜瑶池,不为无意',此论非。通首皆穷高极远之趣,并无讥讽微旨。若作骑墙之见,仍是泥于明皇贵妃,不能摆脱。"③

　　《律诗钞》十二卷,清翁方纲原钞,清钱载原评,清黄培芳增订,香石山房珍藏秘本。其中,黄培芳评杜甫《城西陂泛舟》云:"'春风'一联非拗也。惟'悲'字用平声,故以下直以平声接去。音节之妙,平仄自可不拘,以音节为主也。论亦本籜石先生。"④

　　此外,海外所藏中华古籍,或者海外汉学家对中华古籍的研究,其中也有很多杜甫资料,可单独汇为一编。近有左江辑校《高丽朝鲜时代杜甫评论资料汇编》(上海古籍出版社,2021 年),即是海外杜甫资料的结集。笔者近两年亦从事于日本图书馆所藏杜集文献的整理,其中有些杜集书目上附有很多杜甫资料,前文已指出两种,现再举一例。

---

　　①　(清)梁九图撰:《十二石山斋诗话》,《广州大典》集部诗文评类(第五十八辑)第三册(总第 519 册),第 642 页。

　　②　此句后,吴梯小字双行注云:"按此诗刊本'对断石',或作'封断石'。"

　　③　(清)吴梯撰:《巾箱拾羽》,《广州大典》子部杂家类(第四十九辑)第四册(总第 395册),广州:广州出版社,2015 年,第 406 页。

　　④　(清)翁方纲钞,(清)钱载评,(清)黄培芳增订:《律诗钞》卷二,《广州大典》集部总集类(第五十七辑)第四册(总第 483 册),广州:广州出版社,2015 年,第 725 页。

日本内阁文库所藏元西园精舍刊本《集千家注批点杜工部诗集》二十卷《文集》二卷,共 10 册,其中第 1 册有《集千家注批点杜工部诗集附录》,包括元稹《唐杜工部墓志铭》、宋祁《(新)唐(书)·文艺列传上·杜审言杜甫传》、王洙《杜工部诗史旧集序》、王琪《增补王原叔编次杜诗后记》、王安石《杜工部诗后集序》、胡宗愈《成都草堂诗碑序》、欧阳修《堂中画像探题得杜子美》、王安石《子美画像》、韩愈《题杜子美坟》(仅有题,无诗)、李观《遗补杜子美传》(仅有题)[①]、蔡梦弼《杜工部草堂诗笺跋》、《苕溪渔隐丛话》2 条、朱熹《跋章国华集注杜诗》、《容斋随笔》1 条、《题刘玉田选杜诗》、《题宋同野编杜诗》、《萧禹道诗序》、《刘孚斋诗序》、《陈□[②]诗序》、《陈宏叟诗序》、《王生孛诗》、《连伯正诗序》、《跋白廷玉诗》、《胡仁叔诗序》、《赠胡圣则序》、《秋风图序》。

　　明末清初诸杜诗学者,如朱鹤龄、卢元昌、仇兆鳌等,均十数年孜孜矻矻于杜诗注解,为后世留下一部又一部杜集。而今刘教授所辑《杜甫资料汇编》,亦历十八载,真可谓杜诗学"功臣"。期待民国乃至 20 世纪杜甫资料的再一次结集,也期待华文轩先生所计划的"下编",即"对每一篇作品的评析",将来能有人成此不朽著作。

---

① 后辑录郑印、刘须溪二家评李观《补杜甫传》、韩愈《题杜子美坟》。
② 按原字不清晰。

参考文献

一、杜集书目

1. （明）林兆珂撰：《杜诗钞述注》，内阁文库藏本。

2. （清）卢元昌撰：《杜诗阐》，哈佛大学燕京图书馆藏康熙壬戌（1682）华亭卢氏刊本。

3. 宋荦批本《杜诗阐》，广东省立中山图书馆藏康熙二十五年刊本《杜诗阐》残本。

4. （清）吴梯撰：《读杜姑妄》，广东省立中山图书馆藏清咸丰刻本。

5. （清）浦起龙著：《读杜心解》，北京：中华书局，1961年。

6. （明）王嗣奭撰，曹树铭增校：《杜臆增校》，台北：艺文印书馆，1971年。

7. （唐）杜甫著，（清）钱谦益笺注：《钱注杜诗》，上海：上海古籍出版社，1979年。

8. （唐）杜甫著，（清）仇兆鳌注：《杜诗详注》，北京：中华书局，1979年。

9. （唐）杜甫著，（清）杨伦笺注：《杜诗镜铨》，上海：上海古籍出版，1981年。

10. 佚名著：《杜诗言志》，南京：江苏人民出版社，1983年。

11. 郭曾炘撰：《读杜札记》，上海：上海古籍出版社，1984年。

12. （清）金圣叹著，钟来因整理：《杜诗解》，上海：上海古籍出版社，1984年。

13. （唐）杜甫撰，（清）张溍注：《读书堂杜工部诗集注解》，《四库全书存目丛书》影印本。

14. (清)朱鹤龄辑注,韩成武等点校:《杜工部诗集辑注》,保定:河北大学出版社,2009 年。

15. (唐)杜甫著,(宋)赵次公注,林继中辑校:《杜诗赵次公先后解辑校》(修订本),上海:上海古籍出版社,2012 年。

16. 萧涤非主编:《杜甫全集校注》,北京:人民文学出版社,2013 年。

17. (唐)杜甫著,谢思炜校注:《杜甫集校注》,上海:上海古籍出版社,2015 年。

18. (清)吴瞻泰撰,陈道贵、谢桂芳校点:《杜诗提要》,合肥:黄山书社,2015 年。

19. 孙微辑校:《清代杜集序跋汇录》,北京:人民文学出版社,2017 年。

20. (唐)杜甫撰:《宋本杜工部集》,北京:国家图书馆出版社,2019 年。

二、古籍书目(含今人整理本)

1. (清)卢元昌著:《半林诗稿》,南京图书馆藏清抄本。

2. (宋)胡仔编著:《苕溪渔隐丛话》,清乾隆五年至六年海盐杨佑启耘经楼依宋板重刊本。

3. (宋)文天祥著:《文山先生全集》,《四部丛刊》初编本。

4. (汉)司马迁撰:《史记》,北京:中华书局,1959 年。

5. (清)蔡上翔:《王荆公年谱考略》,北京:中华书局,1959 年。

6. (唐)杜牧著,(清)冯集梧注:《樊川诗集注》,上海:上海古籍出版社,1962 年。

7. (宋)胡仔纂集,廖德明校点:《苕溪渔隐丛话》,北京:人民文学出版社,1962 年。

8. (清)永瑢等撰:《四库全书总目提要》,北京:中华书局,1965 年。

9. (后晋)刘昫等撰:《旧唐书》,北京:中华书局,1975 年。

10. (宋)欧阳修、宋祁撰:《新唐书》,北京:中华书局,1975 年。

11. （日）遍照金刚撰，周维德校点：《文镜秘府论》，北京：人民文学出版社，1975年。

12. （清）叶梦珠撰：《阅世编》，《笔记小说大观》本，台北：新兴书局，1976年。

13. （元）脱脱等撰：《宋史》，北京：中华书局，1977年。

14. （宋）魏庆之编：《诗人玉屑》，上海：上海古籍出版社，1978年。

15. （清）何文焕辑：《历代诗话》，北京：中华书局，1981年。

16. （唐）元稹撰，冀勤点校：《元稹集》，北京：中华书局，1982年。

17. （晋）陆机撰，金涛声点校：《陆机集》，北京：中华书局，1982年。

18. （清）王显曾、冯鼎高纂修：《华亭县志》，台北：成文出版社，1983年。

19. （宋）刘克庄撰，王秀梅点校：《后村诗话后集》，北京：中华书局，1983年。

20. （唐）韩愈著，钱仲联集释：《韩昌黎诗系年集释》，上海：上海古籍出版社，1984年。

21. （清）徐珂编撰：《清稗类钞》，北京：中华书局，1984年。

22. （南朝梁）刘勰著，詹锳义证：《文心雕龙》，上海：上海古籍出版社，1989年。

23. （清）黄丕烈，顾广圻等撰：《清人书目题跋丛刊》，北京：中华书局，1990年。

24. （清）姚鼐著：《惜抱轩诗文集》，上海：上海古籍出版社，1992年。

25. （清）王时敏著：《西庐家书》，《丛书集成续编》本，上海：上海书店，1994年。

26. （宋）秦观撰，徐培均笺注：《淮海集笺注》，上海：上海古籍出版社，1994年。

27. （晋）陶潜著，龚斌校笺：《陶渊明集校笺》，上海：上海古籍出版社，1996年。

28. (清)沈德潜等:《历代诗别裁集》,杭州:浙江古籍出版社,1998年。

29. (清)卢元昌撰:《左传分国纂略》,《四库全书存目丛书》影印本。

30. (清)叶昌炽:《藏书纪事诗》,上海:上海古籍出版社,1999年。

31. (清)董含撰:《三冈识略》,《四库未收书辑刊》本,北京:北京出版社,2000年。

32. 故宫博物院编:《清高宗御制诗》(影印本),海口:海南出版社,2000年。

33. (清)钱谦益著,(清)钱曾笺注,钱仲联标校:《钱牧斋全集·初学集》,上海:上海古籍出版社,2003年。

34. (清)宋琬著,辛鸿义、赵家斌点校:《宋琬全集》,济南:齐鲁书社,2003年。

35. (清)王士禛著:《王士禛全集》,济南:齐鲁书社,2007年。

36. 新文丰出版社编辑部编:《丛书集成新编》,台北:新文丰出版社,2008年。

37. (清)舒位著,曹光甫点校:《瓶水斋诗集》,上海:上海古籍出版社,2009年。

38. 纪宝成主编:《清代诗文集汇编》,上海:上海古籍出版社,2010年。

39. (宋)王安石著,(宋)李壁笺注,高克勤点校:《王荆文公诗笺注》,上海:上海古籍出版社,2010年。

40. (宋)朱熹集注,赵长征点校:《诗集传》,北京:中华书局,2011年。

41. (清)章学诚著,叶瑛校注:《文史通义》,北京:中华书局,2014年。

42. (清)吴梯撰:《巾箱拾羽》,《广州大典》影印本。

43. (清)梁九图撰:《十二石山斋诗话》,《广州大典》影印本。

44. (清)翁方纲钞,(清)钱载评,(清)黄培芳增订:《律诗钞》,

《广州大典》影印本。

三、今人论著

1. 王云五主编:《丛书集成初编》,上海:商务印书馆,1935 年。

2. 佚名著:《清诗注评读本》,北京:中华书局,1936 年。

3. 杨伯峻译注:《孟子译注》,北京:中华书局,1960 年。

4. 简恩定:《清初杜诗学研究》,台北:文史哲出版社,1964 年。

5. 丁福保编:《清诗话》,上海:上海古籍出版社,1978 年。

6. 金启华:《杜甫诗论集》,长春:吉林人民出版社,1979 年。

7. 傅庚生:《杜诗散绎》,西安:陕西人民出版社,1979 年。

8. 郭绍虞著:《宋诗话考》,北京:中华书局,1979 年。

9. 王力著:《汉语诗律学》,上海:上海教育出版社,1979 年。

10. 洪业著:《洪业论学集》,北京:中华书局,1981 年。

11. 《中山大学图书馆古籍善本书目》,中山大学图书馆印本,1982 年。

12. 杜信孚纂辑:《明代版刻综录》,江苏:广陵古籍刻印社,1983 年。

13. 洪业等编纂:《杜诗引得》,上海:上海古籍出版社,1985 年。

14. 中国历史文献研究会编:《中国历史文献研究集刊》第 5 集,长沙:岳麓书社,1985 年。

15. 郑庆笃、焦裕银、张忠纲、冯建国编著:《杜集书目提要》,济南:齐鲁书社,1986 年。

16. 周采泉著:《杜集书录》,上海:上海古籍出版社,1986 年。

17. 北京图书馆编:《北京图书馆古籍善本书目》,北京:书目文献出版社,1987 年。

18. 郑振铎编:《中国古代版画丛刊》,上海:上海古籍出版社,1988 年。

19. 许总著:《杜诗学发微》,南京:南京出版社,1989 年。

20. 程俊英、蒋见元著:《诗经注析》,北京:中华书局,1991 年。

21. 莫砺锋著:《杜甫评传》,南京:南京大学出版社,1993 年。

22. 陈永正主编:《岭南文学史》,广州:广东高等教育出版社,1993年。

23. 詹锳主编:《李白全集校注汇释集评》,天津:百花文艺出版社,1996年。

24. 葛晓音著:《诗国高潮与盛唐文化》,北京:北京大学出版社,1998年。

25. 俞剑华编著:《中国古代画论类编》,北京:人民美术出版社,1998年。

26. 吴文治主编:《宋诗话全编》,南京:江苏古籍出版社,1998年。

27. 林申清编著:《明清著名藏书家·藏书印》,北京:北京图书馆出版社,2000年。

28. 李灵年、杨忠编:《清人别集总目》,合肥:安徽教育出版社,2000年。

29. 程千帆著,莫砺锋编:《程千帆全集》,石家庄:河北教育出版社,2000年。

30. 林申清编著:《日本藏书印鉴》,北京:北京图书馆出版社,2000年。

31. 陈寅恪著:《陈寅恪集》,北京:生活·读书·新知三联书店,2001年。

32. 洪汉鼎主编:《理解与诠释——诠释学经典文选》,北京:东方出版社,2001年。

33. 陈寅恪著:《金明馆丛稿二编》,北京:生活·读书·新知三联书店,2001年。

34. 柯愈春编:《清人诗文集总目提要》,北京:北京古籍出版社,2002年。

35. 南京大学中国语言文学系《全清词》编纂研究室编:《全清词(顺康卷)》,北京:中华书局,2002年。

36. 贾贵荣辑:《日本藏汉籍善本书志书目集成》,北京:北京图书馆出版社,2003年。

37. 陈贻焮著:《杜甫评传》,北京:北京大学出版社,2003 年。

38. 谢思炜著:《唐宋诗学论集》,北京:商务印书馆,2003 年。

39. 饶宗颐初纂,张璋总纂:《全明词》,北京:中华书局,2004 年。

40. 钱仲联主编:《清诗纪事》(影印本),南京:凤凰出版社,2004 年。

41. 张忠纲、綦维、孙微著:《山东杜诗学文献研究》,济南:齐鲁书社,2004 年。

42. 严绍璗著:《日本藏汉籍珍本追踪纪实:严绍璗海外访书志》,上海:上海古籍出版社,2005 年。

43. 鲁迅著:《鲁迅全集》第 6 卷,北京:人民文学出版社,2005 年。

44. 莫砺锋著:《古典诗学的文化关照》,北京:中华书局,2005 年。

45. 吴宏一主编:《清代诗话考述》,台北:"中央研究院"中国文哲研究所,2006 年。

46. 严绍璗编著:《日藏汉籍善本书录》,北京:中华书局,2006 年。

47. 孟森著:《心史丛刊一集》,北京:中华书局,2006 年。

48. 李小林撰:《清史纪事本末》(第二卷顺治朝),上海:上海大学出版社,2006 年。

49. 中山大学中国古文献研究所编:《全粤诗》,广州:岭南美术出版社,2008 年。

50. 陈永正著:《岭南诗歌研究》,广州:中山大学出版社,2008 年。

51. 蔡冠洛编纂:《清代七百名人传》,北京:北京图书馆出版社,2008 年。

52. 北京图书馆出版社古籍影印室辑:《明清以来公藏书目汇刊》,北京:北京图书馆出版社,2008 年。

53. 张慧剑著:《明清江苏文人年表》,上海:上海古籍出版社,2008 年。

54. 王伯敏著:《中国绘画通史》,北京:生活·读书·新知三联书店,2008 年。

55. 卢辅圣主编:《中国书画全书》,上海:上海书画出版社,2009 年。

56. 陆俨少原著,舒士俊选编:《陆俨少论艺》,上海:上海书画出版社,2010 年。

57. 郑子运著:《明末清初诗解研究》,南京:凤凰出版社,2010 年。

58. 张忠纲等编著:《杜集叙录》,济南:齐鲁书社,2010 年。

59. 洪业著,曾祥波译:《杜甫:中国最伟大的诗人》,上海:上海古籍出版社,2011 年。

60. 萧涤非著,萧海川辑补:《汉魏六朝乐府文学史》(增订本),北京:人民文学出版社,2011 年。

61. 钱基博著:《现代中国文学史》,长春:吉林人民出版社,2012 年。

62. 王运熙著:《王运熙文集》,上海:上海古籍出版社,2012 年。

63. 赫兰国著:《辽金元杜诗学》,郑州:河南人民出版社,2012 年。

64. 陈师曾著:《中国绘画史》,杭州:浙江古籍出版社,2012 年。

65. 叶德辉著:《书林清话》,上海:上海古籍出版社,2012 年。

66. 徐侠著:《清代松江府文学世家述考》,上海:三联书店,2013 年。

67. 赵睿才著:《百年杜甫研究之平议与反思》,北京:人民出版社,2014 年。

68. 冀勤编著:《金元明人论杜甫》,北京:商务印书馆,2014 年。

69. 杨义著:《国学会心录》,北京:生活·读书·新知三联书店,2014 年。

70. 楚默著:《楚默全集》第 9 卷,上海:上海书店出版社,2014 年。

71. 陈伯海主编:《唐诗学书系》,上海:上海古籍出版社,

2015 年。

72. 王宇根著:《万卷:黄庭坚和北宋晚期诗学中的阅读与写作》,北京:生活·读书·新知三联书店,2015 年。

73. 蔡锦芳著:《杜诗学史与地域文化》,杭州:浙江大学出版社,2015 年。

74. 付琼著:《清代唐宋八大家散文选本考录》,北京:商务印书馆,2016 年。

75. 葛晓音著:《唐诗流变论要》,北京:商务印书馆,2017 年。

76. 葛晓音著:《杜诗艺术与辨体》,北京:北京大学出版社,2018 年。

77. 颜昆阳著:《李商隐诗笺释方法论:中国古典诠释学例说》,郑州:河南人民出版社,2018 年。

78. 黄宝华撰:《黄庭坚诗词文选评》,上海:上海古籍出版社,2018 年。

79. 梁启超著,俞国林校:《中国近三百年学术史(校订本)》,北京:中华书局,2020 年。

四、期刊论文(含硕博论文)

1. 冯文炳:《杜甫写典型——分析〈前出塞〉〈后出塞〉》,《东北人民大学人文科学学报》1956 年第 1 期。

2. 伍丹戈:《论清初奏销案的历史意义》,《中国经济问题》1981 年第 1 期。

3. 张嗣介:《宁都窑址出土元代杂剧图案的瓷器》,《江西历史文物》1982 年第 1 期。

4. 冯春田:《永明声病说的再认识——谈平头、上尾、蜂腰、鹤膝》,《语言研究》1982 年第 1 期。

5. 高晓梅:《元〈瑶池醉归图〉卷》,《北方文物》1989 年第 4 期。

6. 裴斐:《唐宋杜学四大观点述评》,《杜甫研究学刊》1990 年第 4 期。

7. 刘致中:《许自昌家世生平著述刻书考》,《文献》1991 年第

2 期。

　　8. 唐国文等:《宋〈蚕织图〉、元〈瑶池醉归图〉述略》,《大庆社会科学》1993 年 S1 期。

　　9. 罗福崇:《略论诗意画的传统和特点》,《温州师范学院学报》1995 年第 2 期。

　　10. 吴承学:《论古诗制题制序史》,《文学遗产》1996 年第 5 期。

　　11. 单芳:《杜甫〈前出塞〉是为哥舒翰征吐蕃事而发吗》,《杜甫研究学刊》1996 年第 2 期。

　　12. 陈瑞农、赵振华:《郑择墓志与李公麟〈拥马醉归图〉》,《东南文化》1997 年第 1 期。

　　13. 王振权:《关于诗病"上尾"的讨论》,《榆林高专学报》1997 年第 3 期。

　　14. 王崇、王晓秋:《杜甫〈前出塞〉新解》,《沈阳师范学院学报(社科版)》1997 年第 3 期。

　　15. 黄国声:《广东马冈女子刻书考索》,《文献》1998 年第 2 期。

　　16. 莫砺锋:《杜诗伪苏注研究》,《文学遗产》1999 年第 1 期。

　　17. 傅光:《论杜学的定义与内涵》,《人文杂志》1999 年第 3 期。

　　18. 孙立平:《古典诗论中的杜诗句法研究》,《南昌大学学报(人社版)》1999 年第 4 期。

　　19. 衣若芬:《宋人题"诗意图"诗析论——以题〈归去来图〉〈憩寂图〉〈阳关图〉为例》,台北"中研院"中国文哲研究所《中国文哲研究集刊》第 16 期。

　　20. 张天健:《杜甫前后出塞诗漫议》,《杜甫研究学刊》2001 年第 2 期。

　　21. 安旗:《长乐坡前逢杜甫——天宝十二载李杜重逢于长安说》,《北京社会科学》2001 年第 2 期。

　　22. 谢思炜:《杜诗的自我审视与表现》,《文学遗产》2001 年第 3 期。

　　23. 谢思炜:《启功先生的治学与育人之道》,《北京师范大学学报》2002 年第 3 期。

24. 付庆芬:《清初"江南奏销案"补证》,《江苏社会科学》2004 年第 1 期。

25. 陈才智:《苏轼题画诗述论》,《乐山师范学院学报》2004 年第 6 期。

26. 宫宏祥:《论江南奏销案》,《太原理工大学学报(社科版)》2005 年第 1 期。

27. 殷春梅:《现存有关杜甫的古代书画作品目录》,《杜甫研究学刊》2006 年第 2 期。

28. 仇春霞:《四幅杜甫诗意画的文本外解读》,《美术大观》2007 年第 1 期。

29. 李桂芹:《从唱和词集为〈全清词顺康卷〉补目》,《殷都学刊》2008 年第 2 期。

30. 张海明:《魏晋人物品评与诗话之滥觞》,《文艺研究》2008 年第 2 期。

31. 卞波:《舒位诗歌研究述评》,《文教资料》2008 年第 33 期。

32. 岁有生:《关于江南奏销案的再思考》,《兰州学刊》2008 年第 4 期。

33. 陈璇:《奏销案与清初江南词坛——以阳羡词人为中心》,《中国韵文学刊》2009 年第 2 期。

34. 杨经华:《盛唐边塞之梦的破灭——杜甫〈后出塞〉意蕴解析》,《杜甫研究学刊》2010 年第 1 期。

35. 孙克强、杨传庆:《〈云韶集〉辑评(之三)》,《中国韵文学刊》2011 年第 1 期。

36. 陈尚君、王欣悦:《蔡梦弼〈杜工部草堂诗笺〉版本流传考》,《古籍整理研究学刊》2011 年第 5 期。

37. 李晓红:《绝句文体批评考论》,《学术研究》2011 年第 6 期。

38. 薛海燕、赵新华:《图像传播时代的中国古典小说传承——以〈红楼梦〉为例》,《中国海洋大学学报》2011 年第 6 期。

39. 杨权、陈丕武:《诗派标准与"岭南诗派"》,《学术研究》2012 年第 3 期。

40. 吴航:《增订晚明史籍考》,《图书馆理论与实践》2012年第8期。

41. 张伯伟:《典范之形成:东亚文学中的杜诗》,《中国社会科学》2012年第9期。

42. 黄爱武、林光:《杜甫画像审美流变举要》,《黄冈师范学院学报》2013年第1期。

43. 康耀仁:《王蒙〈溪山风雨册〉考——兼谈旧题赵孟頫〈山水三段卷〉问题》,《中华书画家》2014年第6期。

44. 李俊:《清初古籍〈大题汇删观〉考述》,《中华文化论坛》2014年第9期。

45. 靳红曼:《瑶池醉归图》,《收藏家》2014年第12期。

46. 曾绍皇:《明清杜诗手批本书目著录的辑补与辨正》,《中国文学研究》2017年第1期。

47. 尚永亮、刘晓:《"灞桥风雪驴子背"——一个经典意象的多元嬗变与诗、画解读》,《文艺研究》2017年第1期。

48. 李伟:《郭知达〈九家集注杜诗〉版本辨疑》,《杜甫研究学刊》2017年第1期。

49. 罗时进:《宋代图像传播对唐代诗人与作品的经典化形塑》,《文学遗产》2018年第6期。

50. 潘殊闲、张志烈:《杜甫研究百年回顾与展望》,《西华大学学报》2019年第1期。

51. 王新芳:《杜诗学史上的"以杜证杜"方法论》,《北京社会科学》2020年第9期。

52. 王刚:《顺治朝的江南控制策略》,陕西师范大学2009年硕士学位论文。

53. 王晓蓉:《明末清初的杜甫诗意图研究》,上海大学2010年硕士学位论文。

54. 李艳:《乾嘉诗人舒位研究》,辽宁师范大学2010年硕士学位论文。

55. 金燕:《清初词人金烺研究》,南京师范大学2011年硕士论文。

　　56. 闫会雁:《舒位研究》,河南师范大学 2011 年硕士学位论文。

　　57. 万德敬:《明清唐诗诗意画的文献辑考与研究》,西北大学 2013 年博士学位论文。

　　58. 王雪:《〈杜诗阐〉整理与研究》,西北大学 2019 年硕士学位论文。

后　记

时光荏苒，一晃就是十年。

十年而往，从没想过自己对于杜甫的"研究"会持续到现在。如今校对这份杜诗学的书稿，很多往事都涌上了心头，但又不知从何说起。

2010年9月，我只身一人拖着行李箱，从北京坐Z201次火车，历经22个多小时才到达了广州暨南大学，开始了硕士研究生的生活。入学前，每个人的导师都已安排好，我和另外两位女同学瑶和华容被分到了聂巧平教授门下。

甫一入门，聂老师其时正在做《九家集注杜诗》的整理工作，我们便都被安排了校对工作。校对之余，聂老师指导我们读书，如她把自己在上海读博时购买的钱锺书《谈艺录》就送给了我，让我好好阅读。可能是缘于我比他人校对快，所以聂老师也给我安排了校对之外的研究工作，比如她曾让我整理《九家集注杜诗》中赵注对杜诗用典的注释，只是当时的自己对于学术和研究懵懂无知，所以整理出来的那些条目至今还静静地闲置在电脑里。

2011年秋季开学前，聂老师去了美国一所大学做交流，临行前的暑假，就把我的硕士学位论文题目给敲定了。她把选题范围确定在了明末清初的几个杜诗学者。说来也巧，当时她指定的卢世潅的《读杜胥抄》《读杜私言》、黄生的《杜诗说》、吴瞻泰的《杜诗提要》，暨大图书馆都没有收藏，而只有卢元昌的《杜诗阐》，暨大有《四库全书存目丛书》本。所以，多选题一下子就变成了单选题。于我而言，不管是卢世潅、黄生，还是吴瞻泰、卢元昌，其实都一样，因为我根本就不知道他们是谁，更不知道他们的书写了什么。所以，聂老师说选卢元昌，我没有任何意见，就当是领了一份任务。聂老师觉得《存目》本字太小，不容易看，托其时正在南京大学读博士的蒋晓光师兄（现在华侨大学任教）帮我复印了南大图书馆收藏的台湾大通书局的《杜诗丛刊》本《杜诗阐》。就这样，我便开始了《杜诗阐》的研读。

硕士毕业后，辗转投到了徐国荣教授门下攻读博士学位。读博期间，第一年潜心读书，把罗志田、王汎森、桑兵、左玉河、周勋初等学者关于清代、民国、现代的思想史、学术史的专著阅读了一遍。阅读过程中，就自己喜欢的话题结合博士课程，写了两篇课程结业论文。对于杜诗，我其实并没有想过继续展开研究，只是迫于博士学位的压力，不得不发表核心论文，于是就把硕士论文中的部分内容修订成了两篇论文，并把之前自己打算写的一篇关于杜诗的论文迅速写了出来。加上两篇课程论文，一齐拿到了徐老师办公室请他批评指正。徐老师对每篇论文都细致地给予了修改，并提出了进一步完善的意见，针对每篇论文的特点，还给我推荐了投稿方向。

博士毕业后，我到了广东开放大学任教，在教学工作和学院工作之余，开始涉足科研项目的申报。自 2018 年至今，关于杜诗学的研究，先后获批了四川省社科一般项目、广州市社科项目、广东开放大学校级重点项目和广东省社科项目。此外，关于舒位的论文，是参与河北师范大学阎福玲教授主持的国家社科基金重大招标项目写出的。假如不是这些项目的驱动，也可能就没有这本小书。

编辑这本小书的想法也是一时兴起，只是打算留个纪念。这里收的文章，曾先后发表在《杜甫研究学刊》《文献》《中华文化论坛》《嘉应学院学报》《问学》《广府文化》《国学季刊》《中国语言文学研究》《广州大典研究》《天中学刊》《陕西社会科学》《博览群书》《中国诗学研究》《古文献整理与研究》《广东开放大学学报》十五种期刊上，所以，真心感谢这些刊物的责编、主编及外审专家。本次结集，适当作了修订，尤其是重新核实了引文出处。为写作这些论文，曾穿梭在暨大图书馆里，也曾赶早班机飞到南京，到南京图书馆抄了一天的《半林诗稿》。个中甘苦，记忆犹新。

感谢一直以来提点过、帮助过我的诸位师友，感谢聂老师、徐老师引我入门,感谢杜诗学同好山东大学的张学芬博士、西南民族大学的王猛副教授,感谢广州大典研究中心的赵晓涛师叔。感谢广东开放大学文化传播与设计学院的蓝天院长、科研处陈东英处长、规划处李光先处长等领导给予我的关爱和鼓励。感谢我可爱的 501 的同事们给予我家的温暖。感谢本书的责编李霏女史的辛苦,还有为本书题签的豚父学兄。

最后,感谢我的家人,没有他们的支持,我不可能有时间、有精力坐在电脑前爬梳文献、敲字垒砖。尤其是小儿出生至今,妻子更是付出太多时间,既要抚慰大儿子,又要哺育小儿子,辛苦百倍!

根柢浅薄如我,虽近年恶补了不少关于文献学、目录学、学术史的课,但仍难登学术的殿堂。所以,假如有人读到了这本书,还请赐正。

刘晓亮

2022 年 6 月 30 日于金燕花园微注室